『冷板凳』学术书系
罗振亚 主编

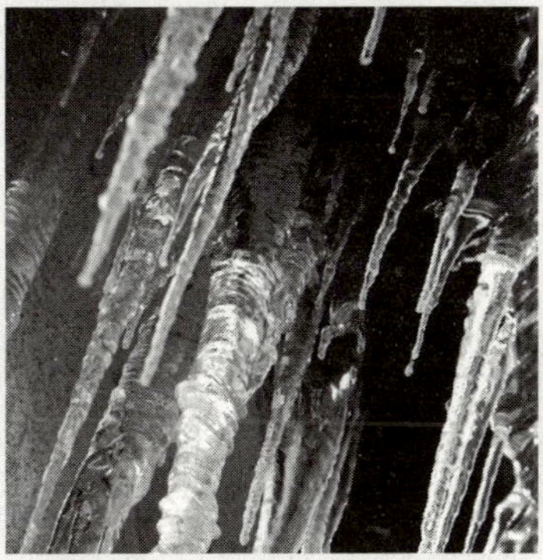

# 当代
# 诗坛“刀锋”透视

刘波 著

河北大学出版社

**图书在版编目（C I P）数据**

当代诗坛“刀锋”透视 / 刘波著. -- 保定 : 河北大学出版社, 2014.5
（“冷板凳”学术书系 / 罗振亚主编）
ISBN 978-7-5666-0587-0

Ⅰ. ①当… Ⅱ. ①刘… Ⅲ. ①诗歌研究－中国－当代②诗歌评论－中国－当代 Ⅳ. ①I207.22

中国版本图书馆CIP数据核字（2014）第043662号

责任编辑：杨显硕
装帧设计：赵　谦
责任印制：靳云飞

出版：河北大学出版社
经销：全国新华书店
印制：保定市北方胶印有限公司
开本：1 / 16（710mm × 1000mm）
字数：270千字
印张：19.25
版次：2014年5月第1版
印次：2014年5月第1次
书号：ISBN 978-7-5666-0587-0
定价：42.00元

# 总　序

在这样一个浮躁的时代，甘坐十年“冷板凳”的学者，确实越来越少了。尤其是对于年轻一代的学者来说，更是如此。他们即便心里很想先沉下来，把书读好，然后再回过头来扎实地做文章；但是囿于各种量化的评价指标和功利性要求，这种大环境似乎也不允许他们依循自己的理想去做“慢”的学问。于是，快速写作和高端发表，就成了当下学术的常态。然而，不管社会怎样喧嚣，时代如何疯狂，学术之事，归根结底不是一场热闹的狂欢，它仍需要学者们持守一份宁静的心态，需要耐得住长久的寂寞，如此方可靠近学问的真谛。总之，坐“冷板凳”，还是我们从事真正的学术研究的前提，也是学问通往一种深度和境界的保证。

正因如此，我觉得在当下出版一套甘坐“冷板凳”的年轻学者的著作，就显得尤为必要，意义非凡。而“冷板凳”这三字，绝非我一时所想，其实它早有一段渊源。记得是2002年秋天，我在武汉大学攻读博士学位时的一次珞珈山庄同门聚会上，导师龙泉明先生兴奋而庄重地和我们说，他要主编一套研究丛书，让自己弟子们优秀的博士学位论文以集束的方式面世。而后又不止一次谈及这一设想，并从期望弟子能在孤独中找到真正精神归宿的角度出发，寓意深刻地将之命名为“冷板凳系列丛书”，联系好了人民文学出版社。当时，师兄弟们很受鼓舞，我也在盼着自己的论文忝列其中出版的日子。谁也想不到的是，2003年7月恩师被确诊为肝癌，一病不起，次年初即离开人世，弟子们除了悲恸，还是悲恸。丛书出版之事只能搁浅。而后，每逢念起此事，我都深感老师的期望之重，也品味到了遗憾滋味的折磨。恰巧这次河北大学出版社的编辑杨显硕先生希望我能主编一套当代诗歌研究方面的专著，在某种程度上提供了弥补遗憾的机会，所以我打从心里感激编辑。

编辑明确要求丛书收入的一定是专著，而不是评论和论文集，这当是出版社仍在寻求学术理想的体现，也符合龙老师当年的期望。1990年代以来，诗歌文体逐渐边缘化了，而诗歌研究依靠如今的学术体制虽然能获得一些生机，但在众多学科里仍然属于冷门。现在能沉得住气专注于研究诗歌的，则可视为这个时代做孤独学术的见证。当编辑跟我交流和沟通时，我瞬间就想到了这套诗学研究丛书可以用“冷板凳”来命名。一方面，是完成龙泉明先生当年的未竟之愿，以另一种形式怀念他，告慰他的在天之灵；另一方面，也想以此命名倡导甘坐“冷板凳”的学术精神，以之鞭策自己，激励更多年轻的学者敛心静气地做学问。

纳入“冷板凳”学术书系的几本专著，都是对当代诗歌或局部或整体的研究，且各有侧重，有现象研讨和个案批评，有诗歌断代史的梳理，还有对诗歌精神的探究。霍俊明的《新世纪诗歌的精神考察》，是一部系统论述新世纪各种诗歌现象与问题的诗学专著。他以田野作业、微观阅读和现象学考察相结合的方法，对诸多诗歌问题予以别开生面又深具发现力的辨析与省思。尤其是对新世纪以来纷繁的诗歌现象、诗歌生态和诗人的精神境遇作出了令人信服的整体性分析与总结。刘波的《当代诗坛“刀锋”透视》，则是一部通过个案批评对当代先锋诗坛进行整体扫描的诗学著作。从《今天》派、朦胧诗，到“第三代”诗人、“中生代诗人”，再到70后诗人，作者对这些参与中国当代文学发展进程的重要诗人进行了独到的阐释，既富有诗歌批评的感性情怀，又不乏学术研究的理性品质。他的另一本专著《“第三代”诗歌研究》，是对“第三代”先锋诗潮研究的力作。它从“第三代”诗人的理想主义气质和他们所处的文化语境入手，解析这一代诗人的情感和创作心态，还原他们的生活与交往现场，注重从各种角度动态性地透视这一先锋诗歌运动。它从诗学和非诗学两个层面来重新审视“第三代”诗歌运动，尤其是对运动结束后诗人们的持续性创作做追踪考查，以挖掘“第三代”诗歌的历史价值与现实意义，视角独特。我的《1990年代新潮诗研究》，企望探讨民间写作、知性写作、70后诗歌、女性主义诗歌等主要群落间的承续与变异、每个群落的不同特质，解析先锋诗歌的裂变与转型、生产与传播方式、诗学主张和叙事策略，总结其内在流变规律，特别是对于坚、翟永明、西川等代表性诗人的解剖，以使“个人化写作”精神落到实处，从而完成1990年代的先锋诗潮的断代诗歌发展史建构。

国内已有数种“新诗研究与批评”之类的丛书出版，并且各具特色，不乏精品，只是多为评论结集，有时难免让人觉得其略显零散、琐碎，在主题上尚不够集中。这套“冷板凳”学术书系也是立足于当代诗歌，但力求每一本都主题突出，尽量使研究趋于全面系统。在目前，肯于大规模地出版系列诗歌研究著作的出版社并不多，它既需要眼光，又需要魄力。从这个向度上说，河北大学出版社集束性地推出“冷板凳”学术书系，就功德无量，价值独具，它是对浮躁世俗学术研究怪象的一种扼制，更可视为对理想主义精神坚守的一种象征。

罗振亚

2013年12月

# 目　录

# 绪 论

现在，我们回过头来审视当代诗歌 60 多年的历程，会发现它走了一条曲折之路。从一开始的“左翼”意识形态化之路，到后来的开放与多元，期间各种诗歌风潮和诗人团体、流派轮番登场，在 1980 年代将先锋诗歌的氛围推向了前所未有的高潮。此后，诗歌趋于沉寂，它不再疯狂，也不再“灿烂”。那些此前靠勇气和胆识写诗的人，被写进了文学史，而专业化的要求将那些荷尔蒙的青春写作抛在了时代的车轮后，技艺凸显，思想淡出，晦涩的玄学诗成为一时的风尚。但食洋不化的现实触及了诗人们焦虑的神经，他们在网络时代纷纷提出本土化的观念，然而，实践起来又是如此艰难。

汉语诗歌到底是要拥抱西方，还是要回归传统，抑或是撷取二者之精华，自创一条新路？这些摆在当代诗人面前的问题，总能引起一拨又一拨的思考与跟进。“诗歌热”不再成为可能，即便有，那也只是诗人以小丑的角色登场，引来的不仅是嘲笑和讥讽，还有他们面对残酷现实的尴尬与无奈。失望者或弃绝而下，或改换门庭，或转向他者，而那些坚守者依然衷情于缪斯的独唱，他们将个性化的书写置于大时代的席卷中，去接受考验，去面对风雨。这是时代赋予当代诗人的权利，也是诗歌这一寂寞的文体本身的处境。冷遇、苍白、偏离，最终都归结为趣味，反思的立场是根本。于是，这才有了对当代诗歌所走之路的审视，以及对诗坛“刀锋”的透视。

**一、召唤当代诗歌精神**

中国当代诗歌的前行之路，一直有着两条线索，一条是显性的，主流的，一直占据着某个“安全”的位置；另一条是隐性的，有时候在场，有时候又不在场，有时从非主流变成主流，从“地下”的先锋逐渐转变成了文学史书写的对象。这似乎是“三十年河东，三十年河西”的文学翻版，又像是“风水轮流转”的现实投射。不管在那条主流的诗歌之路上，多少人玩得喧嚣、张扬，大都不过是“应景”的速朽之作，唯有那些踽踽独行的诗人，他们偶尔闪现的灵感，那些或残酷或温情的光芒，会始终照耀着这历史并不长的新诗之路。

“十七年”时期被树立为标杆的政治抒情诗人们，他们在时代的“关照”下，既抒发了自我的激情，也迎合了某种文学趣味，这些早年进入文学史的一笔，永远都在，但它们留给后世更多的还是“批判的靶子”。虽然像郭小川、贺敬之、闻捷等都有着那个时代诗人的性情、政治嗅觉和敏感性，但也囿于特殊权力的召唤，成为了那个时代的特殊个体。然而，处于隐性状态下的同龄诗人们，却走了一条潜于无闻的写作之路，他们的逐渐“被发现”，经历了一个由“地下”到地上公开的过程，当然，这也是一条由边缘到中心的路径。这不是被收编或“招安”，而是先锋诗歌惯常的被“发现”方式。从郑敏、牛汉、曾卓、彭燕郊、邵燕祥、流沙河，到黄翔、哑默、林莽、多多、食指、江河、芒克等，中国当代诗歌完成了又一次现代转型，他们的过渡为先锋诗歌的更深层次探索作了铺垫。朦胧诗人和前朦胧诗人们的写作，是在那个特殊时代环境下的创造，他们没有大唱时代的赞歌，而更多时候是向内心寻找生存的希望，所以更像是在塑造挽歌时代的悲剧。悲剧一直是中国作家和诗人们关注的主题，它既是永恒的精神之根，又在压制个性的时代为诗人们找到释放的出口提供了思想支撑。因此，除了语言创造之外，对于诗歌的思想性，不管有多少人不屑一顾，甚至嗤之以鼻，它仍然是贯穿当代诗歌一条至关重要的线索。

“文革”期间的诗人们，大都充当着精神受难者的角色，他们在现实中蒙羞，但在无名的写作中，他们释放了自己，那种紧张、警觉和压抑，正是诗意自然生成的契机。在这种状态下写出的诗歌，大都是有力量的，它们是一种非正常状态下诗人心理的正常语言投射，没有多少应景的成分，也无口号和传声筒的虚假。“潜在诗歌写作”的真诚，是那一代诗人所留下的珍贵遗产，我们无从考证，但也不能遗忘。

我们来看根子（岳重）在“文革”期间写下的《三月与末日》、《致生活》、《白洋淀》、《桔红色的雾》等诗作，仍然不过时，他的写作虽然是基于对“文革”浩劫的反思，但并没有囿于单纯的控诉，他写作的重心仍然是在探求艺术创造的可能性。当危机来临，希望的破灭并不是那代人要“活下去”的障碍，他们仍然在默默地等待黎明的曙光。那是一个恐怖的时代，诗人写下犯忌的作品，就是打破了自我闭塞的可能，克服了人生的障碍，在艺术探索中保持了一个诗人的良知。不妥协的诗人们在那个疯狂的年代，积存下了一批让我们至今都觉得应该“刮目相看”的作品，他们拒绝融入时代的大合唱，在私下的巨大共鸣中亮出了“独唱”的嗓音。那些经典之作我们现在读起来仍然感觉眩晕，有一种说不清道不明的内心感动。在那个充满恐惧的时代能脱颖而出的诗人，他们的写作肯定迎合了某种趣味，青春的，反叛的，逆向的，虽有一张残酷的脸，但内心还是温和的，纯洁的，其实，“他们没那么复杂”。真实，似乎应该成为诗歌在特殊时代的唯一标准，但往往谎言遍地后，所有的价值底线都指向“不作恶”。很多诗人确实“不作恶”，但平庸的文字改变不了脆弱的现实，这个世界仍然需要强劲的创造，于是，这些诗坛“刀锋”带着自己的绝活出来亮相，目的和想法不同，行动也就大相径庭。他们中有的人是为尊严写作，有的人是为名利而来，在大一统的价值观和世界观里，他们被置于一处，接受时代的审判。

但凡有着警觉意识的诗人，大都不会在随波逐流的浪潮中湮没于平庸，他们总能在混乱的秩序中找准自己的位置，这是需要某种理想和信仰的。对语言的敬畏成了多数有追求的诗人的选择，他们在创造的世界里闯荡，横冲直撞，或在困惑中寻找“文学内部的风景”，迂回救赎。诗人的反叛一度成为了时尚，但这种反叛肯定不是表面上的，而是精神上，骨子里的。对既定价值的不认同，对固有观念的质疑，对人生的不屈服，对平庸的抗拒，都在先锋诗人那里获得了响应，而疯子、神经病等被贴在先锋诗人身上的标签并未撕掉，那已成为他们的宿命。人生与诗歌的错位，迎来的往往是一段苍凉的美学，

"黄金给了我们耳朵/我们用脚倾听/用技术整出星空的颜色/捕捉永恒的自然之声"(余世存《十月的诗》),这唯一能契合的,就是我们的内心。而当内心分裂成为一种常态,诗人就从中获得了精神的资源,幻化,冥想,到头来还是归于沉重。

这个时代的诗人们不仅仅是要和语言过不去,而且还要跟那些微妙的人生挣扎与纠结过不去,困惑是诗歌写作的内在动力,于是,怀疑和对抗意识产生。当代诗歌所走过的历程并非一帆风顺,时间虽不长,但经历的曲折和磨难并不少,投身于此的诗人们遭遇了更多的限制、约束和嘲讽。带着悲情上路,他们中很多人仍然义无反顾。不管他们保持了多久对抗的姿态,政治是一个绕不过去的主题,它是诗人在清醒状态下探求存在感时不可多得的参照。意识形态的那张大网时刻笼罩着中国诗人的写作,这是坏事,也是好事,就看他们如何去利用了。困惑的写作,如同困惑的人生一样,容易进入到个体状态里,这与话语权无关,也无涉岁月的摩拳擦掌,它还是在于诗人怎样以真心去体验大时代的严峻与荒寒。

1980 年代是激情的,辉煌的,"灿烂"的,而 1990 年代是相对沉寂的,平稳的,但在平稳中也有着潜在爆发的激流。新世纪第一个十年,网络的兴盛让诗歌趋于"繁荣",似乎又回到了 1980 年代"灿烂"精神的复兴,但诗人们普遍遭遇了身份认同的尴尬,诗人成为了被嘲笑的对象,而写诗成了"地下"工作,这种反差就是新世纪的重要特点。有诗人抱怨环境不为自己提供机遇,有诗人彻底融入到了适合消费时代的"潜规则"中,有的诗人竭力拥护先锋精神和民间立场,还有的诗人从西方视野里返身回来,要保持一颗"古典之心"。新诗与西方现代主义文学,新诗与古典传统的关系,先锋诗歌该向何处去,都成为了诗人、批评家和诗歌研究者关注的问题。同时,伪问题也不断出现,但诗评家们仍然乐此不疲地去探讨与分析。遗留的旧问题刚获解决,新问题又接踵而至,我们总是在解决和困惑之间循环往复,如同对即将消失的诗意的热切挽留。

20 世纪的"灿烂"诗意确实在渐趋消失,它们被更为理性和"科学"的诗情取代,这不是方向性问题,而是美学趣味上的"风水轮流转”。但我们所需要的最基本的诗意，还是那些古老的心灵话题，爱恨、情仇、生死、轻重等，它们对人之心弦的拨动，是对境界的某种验证。这种诗意的流动，也是对近百年新诗史发展的一个回应，它流到新世纪的第二个十年，生命还在延续，某种新的变化也在酝酿中。

**二、尊严写作的日常化**

1990 年代，欧阳江河说：“90 年代的诗歌写作对如何使用一个词的强调甚至对如何理解一个词的强调，是一个非常重要的诗学特征。”①诗人准确地抓住了 1990 年代汉语诗歌的处境，过于强调词，也就是对语言的极端化重视，这才有了后来对“知识分子写作”的诟病。不管结果如何，诗人们在 1990 年代的积淀、尝试和突围，都会掀起一阵波澜。对词语在 1990 年代的命运，王家新有诗为证：“雪将以童年的样子被记住。/中年：一条终于松开的绳子，/双手从打了死结的事实缩了回来。//雪的浪漫身子牵涉到光线变化，/哦雪，即兴风格的最后闪耀，/肖像从面孔吹拂过去，词回到词。/随着词的改变，/我们也改变着自己的肉体。/事物变轻了，词却取得了重量。”(《词语》)在这样的诗里，不仅是词在改变，诗人在中年困境中对“雪”的依赖，同样是一场灵魂的救赎。先锋实验更多是属于青春写作的一部分，而一旦越过这一阶段，诗人们的转向就是必然。他们从内心挖掘更具深度的写作，从倔强固执变得温和顺从，散文化也就成了诗歌写作的另一极美学。当诗人们不再玩狂热的语言实验了，词的力量又在何处体现？唯有内心对世事之同情的理解，方可在平淡无奇的现实里找到那一抹人生的感动。就像诗人宋琳在一次采访中说：“诗歌的自治要从抢救词语开始，重新为词语注入灵魂。不对心灵起作用就谈不上真正的影响。”②

现在，我很少再听到有人说，诗歌看不懂了，我觉得这并不是说读者的阅读水准提高了，而是近百年新诗的变化，在审美趣味、自我认同和读者接受等各个方面有了明晰的立场。“高处不胜寒”的先锋

---

① 欧阳江河：《共识语境与词的用法》，《站在虚构这边》，生活·读书·新知三联书店 2001 年版，第 270 页。

② 张晴：《宋琳：诗歌曾经抚慰过我们》，载《时代周报》2011 年 1 月 6 日。

之作，越来越有了它们的同谋，诗人之间的相轻变成了一种惺惺相惜的同情和爱怜。诗人朵渔曾说，不团结就是力量，这针对的是诗人多元化的表达，个性化和丰富才会是先锋诗的出路。而抱团取暖的江湖格局，仍然是诗坛不成文的规则，似乎谁也无法撼动。自己跟自己玩，不是不行，但在这样一个时代，孤独就是自绝门户，而门户在当下又显得多么举足轻重！

门户不是哪个诗人仅凭个人之力就能建起来的，它需要的是一批趣味相近、志同道合者的共谋发展。即便是风格不同，甚至连立场有别的诗人，在新世纪也能走到一起，在网络上和现实中寻找某些相互认同的契合点。臧棣说："在我看来，沈浩波的诗，也包括伊沙的诗，他们的成功之处都在于，更新并且深化了现代汉语诗歌写作中的口语和语感之间的联系。他们的写作都超越口语，且借助诗歌对口语的运用，促进了现代诗写作中对活的语言的追寻。"①很多经历过1990年代末盘峰论争的诗人看到这一幕，都可能会觉得不可思议，其实，不仅是诗在变化，人同样也在变化。臧棣和伊沙是颇有争议的两位诗人，臧棣的知识分子形象，伊沙的民间立场形象，都因各自的阵地互不搭界，之前形同陌路，当他们都坐上了自己所属阵营的交椅，也不免会产生相互的认同感。不管是友情赞助，还是刻意违心，他们能走到一起，不是宽恕心理在起作用，而是诗人们在寻找呼吸的出口。

诗人们在新世纪的握手言和，确实能从一定程度上给诗坛带来"团结"的氛围，这于人情是好事，但就诗歌本身来说，这样的和解更像是某种让步的结果。诗歌艺术精神的迁就是创造的敌人，它们对抗的直接就是个人的美学趣味：你是否在坚持永远不变的"先锋"精神？尽管如此，仍然有很多诗人在妥协，而且是无节制的妥协，于是他们渐渐走向了诗的反面。哗众取宠只能短期吸引眼球，但绝对不是诗之大道。新诗的创造还是在于对现代性的无尽探索，这种探索不是走火入魔的极端实践，而是让创造立足于一种底气，它包括个人

---

① 臧棣：《诗歌能口语吗，或口语能诗歌吗》，载《新京报》2013年7月20日"书评周刊"。

的体验、时代的病症、社会的启蒙、历史的经验，甚至是我们广阔的传统，也就是说个体写作与公共言说的融合似乎要成为诗人的一种自觉。

自觉的写作说起来容易，但实施起来是有难度的。大部分人的诗作都写得“太过便宜”，缺乏一种高贵性和纵深感，总之是平淡，读了他多首诗，也像是读了一首，没有多少变化和令人耳目一新的精彩。很多诗人还是重复走他人的老路，步其后尘。诚然，诗歌的丰富性离不开多维度的探索，但不能被那些驯化的思维所限制，打破惯常的理念，不是姿态，而是行动。现在有理念的诗人很多，而具行动力的诗人太少。能常给人带来惊喜，一直给我们信任感，这样的要求在绝大部分诗人身上难以实现。这也是新世纪以来先锋诗歌的现实处境，思想的力量无法融合语言的创造，二者不能有效对接，这不是哪一个诗人的错，它恰恰是时代语境给诗人带来的割裂之困。对神秘感的不再兴奋，或者丧失了梦想的魄力，诗人的敬畏也会随之淡化，没有敬畏的写作是很难引起读者共鸣的，它们充其量也就是对机械和程式化写作的戏拟性追随。

在当下，有尊严的写作是诗人自己争取来的，不是他者赋予的权利。“真正的诗人从本质上说就是革命者。”①先锋诗人们的革命，逐渐从 1990 年代前后的语言革命转向了精神革命，所以后来有人提出要重建诗歌精神。没有思想的写作，难以获得尊严，在诗歌上同样如此。不管诗人们在过去多么钟情于“异质混成”的成就感，他们对本土化的选择就是一场身体和灵魂的革命。“在远离故土的外国找到一种本地感，比纯粹的漂流更怪诞。”②这是去国诗人杨炼的感慨，这一复杂的心理让很多诗人失去了方向，找不到自己的位置了。不断的向内转，在异域写古典和传统之诗，这种格局和境况并非怪诞所能概括，要靠记忆嫁接历史和现实，诗人有时是要颠覆自己的过去的。

---

① [法]伊沃纳·杜布莱西斯：《超现实主义》，老高放译，生活·读书·新知三联书店 1988 年版，第 91 页。

② 杨炼：《本地中的国际》，《中国诗歌评论——细察诗歌的层次与坡度》，上海文艺出版社 2012 年版，第 123 页。

很多诗人叫嚣着要从西方“影响的焦虑”中走出来，回到本土，这如果能成为普遍的自觉，当为现代汉诗的幸运。然而，古典的传统很大程度上是内化的，汉语诗歌的本质仍然体现为现代性，而如何在二者之间架起一座桥梁，令绝大部分诗人困惑不已。有人说要与国际接轨，还有人要立足于本土，到最后，都会归结为文本的实现。

我在很多诗人的作品里读到的不是观点、思想和创造的价值，而是无限的感慨。当感慨用独白的方式道出，就可能成为古老的咒语，它是一种手艺，也是一种叙事。因为有清正雅训之辞的传统，很多诗人都在“用现代汉语写古诗”（吕约语）。“语言只有在诗歌中才得到充分发挥，因为诗歌对语言的要求是最大限度的：语言的所有方面都须竭尽所能；诗歌好像在榨取语言的全部滋养；语言在诗歌中也超越自身。”①同样是回到语言，我们还应该有一种“超越语言”的意识，它是隐性的原则，从不及物通向及物写作，这并非就是诗歌的常识，而是让诗歌的内涵离我们更近一些。异质的晦涩将语言写进了死胡同，要让它从封闭的状态中解放出来，唯有在语言上施加现实感和存在感，诗歌或许才可更具活力。我相信，在诗歌写作中，语言不可能被过度遮蔽，被遮蔽的往往会是残酷的现实。“我们谈时局的危机、佛门的不幸和俗世的婚姻。/总觉得有令人窒息的东西在头顶悬着”（陈先发《失去的四两》）。这是一种痛感，诗人必须潜入进去，才会将困惑转化为存在的诗意，诗意的贫穷不会因为虚无主义的强势攻入而改变方向。

不是说哪个诗人的作品有介入性、自由立场和批判意识，就想当然地给他贴上“反社会”与“不和谐”的标签，这本身就是一种话语暴力。诗歌评判的权力和标准，如今不在批评家和学者手里，也不在媒体和大众读者的掌控之中，而是在诗人自己心中。我仍然相信，不论一个诗人在形式上多么先锋和前卫，最终决定其经典性的，还是他为我们提供了什么样的语言创造和思想内涵，这就是“入心”的写作。入心看似简单，实则困难重重，要真正做到“入心”，并非用蛮力可达

---

① ［俄］M·巴赫金：《语言艺术创作中的内容、材料和形式问题》，《巴赫金文论选》，佟景韩译，中国社会科学出版社1996年版，第292页。

到，也不是追求喧嚣的炒作，它是一种无声的行动。



### 三、表达的难度与思想的深度

虽然当下诗歌的传播更依赖网络的力量，但网络绝对不是衡量诗歌优秀与否的标准，它只是一种媒介工具，“网络的兴起，为诗歌的自由发表提供了技术保证。但是网络只是文本的解放，诗歌依然只在私人阅读中传播，它的场域依然是封闭的”。[①]“刀锋”诗人们要想获得新的起点，还必须将网络仅仅当作传播的工具，而不是最后的救命稻草。网络只是一个影响传播的外在因素，诗歌写作的根本还在于诗人的语言创造和思想冲击，它是内在的，永恒的。

行动中的写作，就是要让诗歌回到人心，回到灵魂的内部。当代先锋诗歌走过的历程，就是一条从孤独的实验再逐渐回到人心的过程。有的诗人写出一首稍有反响的诗，就飘飘然地觉得胜券在握，认为自己的写作才能代表汉语诗歌的方向。自信是诗人写出好作品的前提，而过度的自负就是一种精神的灾难，它无法让诗人回到本真的内心。自信中的谦逊，代表着诗人所遵循的修辞法则。相比于那些以大师自居的诗人，有理性精神的诗人总是在默默地写，即便在喧嚣的网络时代，他们仍然会固守于某种原则和立场，以保持内心的自由。

——我对这样的诗人，一直有着由衷的敬畏。就像有的诗人写了多年，他仍然认为自己不知道诗歌何为，“我真的还不知道诗到底是怎么回事”。[②] 而有的诗人写诗没几年，说话时总是一副大师口吻，好像自己掌握了诗歌的全部。谁能最后抵达诗歌的终点，全赖于我们如何从诗歌最本质的立场出发，去老老实实地学习、借鉴和用力。天才的诗人终究只是少数，而且他们也必须要有勤奋的美德，否则，天才缺少了创造的努力，经典作品的出现依然是个未知数。在历史的长河中，我们不追求诗歌的天方夜谭，只是需要经得起读者检验

---

① 于坚：《还乡的可能性：从诗的蓝调开始》，《还乡的可能性》，商务印书馆 2013 年版，第 36 页。

② 朵渔：《〈最后的黑暗〉后记》，《最后的黑暗》，北岳文艺出版社 2013 年版，第 187 页。

和时间淘洗的文本，除此之外，一切的大言不惭都可能毁掉一个优秀诗人。

在谨慎中出示真言，它对应的就是良知写作的要求。诗人们带着反思意味的作品，总能在不经意间触及我们的神经，只要你对自己身处的时代现实有足够清醒的认识，孤独和沉寂都应该是诗歌前行脉络上的重要一环。“世上还有谎言/光荣属于哑巴/如果谁真敢于歌唱/人间怎么会有聋子”（《无能的力量或 6 月 3 日：至崔健》），这是诗人俞心樵与摇滚歌手崔健的对话，有一段的确“不大动听”，但确实是实话，诗人道出了真相。这样的写作看似宏大，其实是诗人以内心对接了高层的现实，如此文本才富有力量感。否则，那些绵软的表达无法引起我们更客观的审视，当然，更不能形成内部的共鸣。那些不入心的诗歌，很可能就是技术对诗意的一种绑架，技术是形式，它合适的位置应该是内化于主题的表现里，既不可随意处置，又不能无视其存在，它总是应该在其嵌入的地方显得恰到好处。就如同我们经常会提到的诗歌的哲思性，虽然诗人郑敏说，诗歌和哲学是近邻，但诗歌肯定不等于哲学。歌德说：“一个诗人需要整个哲学，但他必须将之排除在作品以外。”①哲理性是文学永恒的母题，也是深度诗意产生的保障。诗歌的美感和神秘，有时就是来自哲思的高度。所以，抽象的言辞也完全可以入诗，它们能和诸多的意象构成诗歌内部的和谐，包括诗人以经验参与创造的热情和活力，都归属于主体想象发挥的生动现场。

但这样的写作，同样有其难度。我们很少再看到不计成本的诗歌了，那种渴求快速见面的写作，成为了网络时代的急先锋。“在这个垃圾遍地的时代/著作等身简直是可耻的”（朵渔《昏晨星》）。真正有力量的诗意，不是靠碎片化的幻灭感构成，而是一种结实的体系，它由美感、德性、道义和品质所组建。“一个人，要吞下多少光明，才会变得美好起来？”（朵渔《细雨》）这是诗人整体反思后的感言，它不是由纯粹的浪漫虚构所完成的表达，而是长久理解后的精神释放。

---

① 转引自叶芝：《诗歌的象征主义》，傅浩译，潞潞主编《准则与尺度——外国著名诗人文论》，北京出版社 2003 年版，第 321 页。

他终于找到合适的方式说出来了，但这合适的方式更多时候可遇而不可求。困惑无处不在，可能就连最基本的问题，我们有时也难以说清。如王家新在诗中所追问的："一个修辞学意义上的诗人/将如何修辞？"（《孤堡札记》）他的困惑，可能也是大多数诗人的困惑，这种困惑不是表象的，而是直抵本质。尤其是在复杂的现代性中，如何去把握一种永恒之思，它能贯穿我们人生的始终，你既无法脱离它，也不舍得去抛弃，终究要在持续中创造和超越。"他已几乎度过了一生。/他从冬日的北京起飞，穿过黎明灰烬的颜色，/而在灰烬之上，透出珍珠色的光。/在血液的喧嚣中，/现在，他降临到一个滨海城市，/就在乘车进城的盘山路上，/大海出现，/飞机下降时的耳鸣突然止息。/他看到更美妙的山峰在远处隆起。/他恍如进入一面镜子中，/在那一瞬间他听到/早年的音乐。"王家新写于 2005 年的这首《晚年》，相对于他之前的那些"激愤"之言，平和多了，也更日常了。但这并不代表诗人没有困惑和疑难，世事洞明了，他只是将写作的档位调到了人性的层面，我们要在语言创造之外来理解诗歌的价值。诗人写出了我们想写或想看的，那种代入让人有身临其境之感。这样的写作，并不是诗人降低了水准，而是他在内心的朴白中理解了世界的暧昧，所以那些云中化雨的诗意，虽然相对于过去的沉重来说轻逸了些，但其力量已暗藏在了入心之后素朴的表达里。

贴近日常，书写生活，并不是要将自己降低为一个庸俗的记录者。世俗世界的精彩，不仅在于诗人的那种超越感，还要有现代情怀。诗人的书写当能引起我们的思考，这样才会在浩如烟海的作品里脱颖而出，虽然要经历沙里拣金的淘洗，但自我意识的增殖在写作优秀作品时仍然不可或缺。"云南人雷平阳/一连三次问我同一个问题：/'你有没有心慌？'/一次是在慈溪，一次是在某地/最近这回在罗江/他来回摩挲着矿泉水瓶，从昆明说到了西双版纳/'太美好了。太可怕。'/这个云南人舍不得喝水/他还有家乡，而我只剩下故居"（张执浩《心慌》）。诗人的反思是带着时代审视意味的，至少他越出了自我的那点小情调，走向了与自己周遭更紧密的自然和精神空间。也就是说，诗人要能从一般的感官刺激和表象的语言诱惑中走出来，进入到更高层次的状态，它可能是一份埋藏心底的理想，也可能是对人类命运的关注。

当下的诗歌写作，要走的就是与消费主义精神相反的路，只有这条相反的路，可让诗歌的纯粹保持一种理想主义的高洁，这是我们长久“向下看”之后所需要仰望的精神方向。“我一直以为，写作者首先是一个理想主义者，他所坚持的部分在现实看来也许有些荒诞，但正是这种荒诞还保持着一种没有被异化的纯粹。我相信一个写作者由于立场给作品带来的偏执，这种偏执给写作带来了独特的棱角和锐气，也正是这种属于个体的、独立的偏执，才给我们的文学带来多种方向性和丰富性。”①理想主义者可能都无法免于偏执，但诗人就是语言上的理想主义者，他们用高于日常的语言来书写生活，探索人在思想启蒙上的新路径。他们书写的快慰，或许就是偏执精神所带来的，而其诗歌的个性，也可能源于不受他人左右的独特写作立场。郑小琼作为80后诗人，出道的时间也不短了，她的写作所通向的，貌似冰冷的底层，其实是一道被赋予爱的人性边界。所以她在书写中还原文学的力量，不是通过语言暴力完成，而是那些不断在我们耳边响起却又并不引人关注的声音所带来的生活修辞，它们在郑小琼笔下获得了诗意的再生。她写的是诗，更是生活本身，似乎只有底层来书写底层，才会有锥心刺痛之感。

底层书写不是要刻意去追求某种对比性，而是一种在场。它应该成为诗人的自觉，它也是诗歌写作的常态，诗人们关注的命题就真切地存在于自己所处的时代，这并无任何特殊性可言。当很多诗人不知道自己要写什么时，总要去寻找“大题材”或非常态的怪诞之事来建立自信，这样的写作往往一不小心就可能滑向晦涩或荒唐。诗人对日常生活的真实书写，一旦获得了价值和境界的提升，仍然可赢回读者的尊重与信任。当然，在诗歌经典化滞后的当下，诗人们的焦虑是正常的，而读者的困惑同样显得真实，唯有我们都能去以语言之美和思想之力的标准建立起寻美批评的遴选机制，让被埋没的优秀之作重见天日，让那些曾经引领或现在仍能影响汉语诗歌格局的诗

① 郑小琼：《在写作中认领生活》，载《文艺报》2013年6月10日。

人们获得他们应有的位置，这当是遍缺创造性的时代深具意义的一项创举。我们去发现诗坛“刀锋”，来让这些“刀锋”突破时空和意识的限制，继续让汉语诗歌获得光彩，仍然有其积极的可能。

# 第一章　集体主义时代的象征美学

从“文革”到新时期，中国文学看似经历了一场颠覆性的变化，其实是有着内在联系的，它们之间的延续性并不明显，而是处于隐秘状态。对于诗歌来说，尤其如此。我们后来所知道并记诵的很多诗作，其实诗人们早在“文革”期间就已写出，只不过没有公开，仅限于“地下”传播了。从“地下”到“地上”的变化，是积存和转型的结果，也是开放视野和打破诸多限制带来的新变。从食指、根子、北岛、黄翔，到顾城、芒克、多多、林莽等，这些诗人都经历了集体主义的时代，苦难与单纯的欢乐交织，悲剧又和某种幸运相联，他们丢失了很多，但也在某些方面有所得，至少他们的精神并未太空虚。因此，这代诗人才会有当年的呐喊之声，激情之意。

朦胧诗时代的诗人们，如今大都已完成了一个时代所赋予他们的使命，好多人都不写了，有的是写不动了，有的是不想写了，那些当年站在峰端的诗人，诗歌还是他们的宿命，一生都离不开了。他们现在似乎不再是为他人写，而是在为自己写，食指偶有露面，北岛还在继续，多多创造力依然旺盛，而王小妮成为了诗人的良知代表。他们过去的诗，今天读来仍有力量，这到底是美学的原因，还是其他非诗歌的缘故？一时难说清楚。只是，这些诗人们仍然在影响着我们的文学和生活，影响着这个时代某些细部的格局，他们站在“刀锋”的位置，言说见精彩，诗歌写作同样见力量。

## 第一节 食指:苦难审视与自我拯救

食指是时代的见证者,他每一阶段的诗,都呈现出那个时期的特点,那既是他个人生活的体验和沉思,也是时代赋予他的某种精神底色。这位曾经的精神病患者,凭借强大的内心在诗歌的人生之旅中完成了自我砥砺。他的写作,是真正用生命在换取每一个词的价值,因此比起那些轻松涂鸦的诗人来说,食指更像是一个文学上的苦行僧。针对上山下乡一代人的遭遇,他曾有过锥心泣血的书写,虽然后来诗人变得相对平静了,但心底的精神风暴并未平息,只不过他作了一种更加悲情的转换。这种转换不仅是身体上的,而且越到后来更多的还是一种精神的支撑。在时代的洪流中,他的书写既拯救了自我,也影响了他者,这是一个诗人最好的归宿,他完成了使命,也转换了生活对他的全部馈赠。

### 一、吹响时代的号角

当诗人以亲历者的身份参与一个时代的建构时,他所提供给我们的,除了语言的创造之外,更重要的是其思想对那个时代的凝练和张扬。食指之所以成为一个时代的"刀锋",现在看来,不是因为他的诗歌在艺术性上有多么令人惊异的创造,而是在于他的一种诗写精神和思路。很多后来者都对食指有着自己的理解,"在我看来,就郭路生早期抒情诗的纯净程度上来看,至今尚无他人能与之相比。我初次见到他已是 1974 年冬的事,那时他已精神崩溃。就我记忆所及,郭路生是自朱湘自杀以来所有诗人中唯一疯狂了的诗人,也是 70 年代以来为新诗歌运动趴在地上的第一人"。[①] 在一个众人皆醉我独醒的时代,他走在了时代的前列,不管他是以昂扬的格调写下了那些让人奋进的诗歌,还是以沉郁的语气发出了内心的声音,他都是在

① 多多:《被埋藏的中国诗人(1972～1978)》,廖亦武主编《沉沦的圣殿——20 世纪 70 年代中国地下诗歌遗照》,新疆青少年出版社 1999 年版,第 195～196 页。

展示自己的心性所带来的力度。

确实,食指的诗歌,在那样一个政治抒情诗一统天下的时代,在一个颂歌成为主流的社会环境中,他的独异正在于其边缘化,这种边缘化恰恰契合了一代人内心的"地下"状态:在面对罪恶与苦难之时,如何通过文字表达出内心的希望,当是引领人走向前方的标杆。食指的写作影响深远,至今在很多人眼里可能觉得不可思议,无论从哪方面看,他的诗都不足以和当下的先锋诗人们媲美,但他又真切地复活了文学在其所处时代的功能,以感化和共鸣的方式重新获得世界的认可。"平心而论,使我们感到如此肠回气荡的,不是他诗歌的形式,而是他诗歌的内容。就其内容而言,他主要表现的是青春、幻灭、抗争和固执的希望。这正是当时知青们共同的思想情感。郭路生是他们的代言人。就其形式而言,他采用了我们熟悉的新诗中的严谨的格律体,易于大家接受,没有形式上的障碍。语言上,注意遣辞炼句,因而朗朗上口,有一种清新的宋词的意境。"①当我们将目光拉回到历史的现场,就会发现,食指看似不经意的文字,其实触动了一个特殊时代的神经,很多人从他的诗歌里找到了外部的援助之力,且内化成了支撑自我前行的力量。在食指的青年时代,他的创造力优于同龄人,其大部分后来引起强烈反响的诗作,都是写于他 20 岁前后,因此,从这个意义上说,食指的诗歌也是"青春期"写作的结晶。他的早期诗作《海洋三部曲》就是明证,我们从中既可以看到郭沫若诗作与何其芳诗意的影子,也能够发现食指本人的思考,有着集体主义合唱的美学,趋于宏大抒情,又让人生与文字在亮色中呈现光彩。

当蜘蛛网无情地查封了我的炉台/当灰烬的余烟叹息着贫困的悲哀/我依然固执地铺平失望的灰烬/用美丽的雪花写下:相信未来//当我的紫葡萄化为深秋的露水/当我的鲜花依偎在别人的情怀/我依然固执地用凝霜的枯藤/在凄凉的大地上写下:相信未来//我要用手指那涌向天边的排浪/我要用手掌那托

① 宋海泉:《白洋淀琐忆》,廖亦武主编《沉沦的圣殿——20 世纪 70 年代中国地下诗歌遗照》,新疆青少年出版社 1999 年版,第 239 页。

住太阳的大海/摇曳着曙光那枝温暖漂亮的笔杆/用孩子的笔体写下：相信未来//我之所以坚定地相信未来/是我相信未来人们的眼睛/她有拨开历史风尘的睫毛/她有看透岁月篇章的瞳孔//不管人们对于我们腐烂的皮肉/那些迷途的惆怅、失败的苦痛/是寄予感动的热泪、深切的同情/还是给以轻蔑的微笑、辛辣的嘲讽//我坚信人们对于我们的脊骨/那无数次的探索、迷途、失败和成功/一定会给予热情、客观、公正的评定/是的，我焦急地等待着他们的评定//朋友，坚定地相信未来吧/相信不屈不挠的努力/相信战胜死亡的年轻/相信未来、热爱生命

这是食指在 1968 年写下的《相信未来》，“文革”期间，这首诗曾以手抄本的形式，在知青中被广泛传阅。很多人从这首诗中获得了人生的动力，有几欲自杀的年轻人从中读到了生的希望，也有人在身体和精神的煎熬中读到了这首诗，并以此找到了活下去的理由。因此，从某种意义上说，《相信未来》是一首拯救之诗，一方面是拯救和影响他者；另一方面，是诗人的自我拯救，在肉体上，从精神中。

当食指在“文革”发生后的第三年写下这首诗时，还是出于对苦难的一种反抗。诗人相信，苦难不能将人击垮，当困境袭来，唯有迎难而上，方可让自己免于苦难的困扰，至少不能被苦难裹挟着走，更不可被失败嘲弄后就随波逐流。一个生命的强者，必须坚定地将人生的希望寄托在未来，因为未来有拓展的空间和美好的前景。在“文革”时代，各种情绪都可能被压抑，就如诗人所说，蜘蛛网查封了炉台，灰烬的余烟叹息着悲哀，紫葡萄化为深秋的露水，“我”的鲜花依偎在别人的怀抱，但这些都不能阻挡一个人去固执地“相信未来”，未来代表着希望和青春的力量。诗人为何要相信未来？因为他相信“未来人们的眼睛”，这双眼睛，“她有拨开历史风尘的睫毛/她有看透岁月篇章的瞳孔”，拥有富于穿透力的眼睛，正是诗人建立自信的关键所在。当面对轻蔑的微笑和辛辣的嘲讽，内心强大者有信心将其化作向未来前行的动力，化为预言和见证的力量。确实，一个人有了正义的立场和不曲的脊梁，“那无数次的探索、迷途、失败和成功/一

定会给予热情、客观、公正的评定”。在此，诗人就是一个预言家，他相信一代人所经历的苦难，迟早有一天会得以昭雪。尽管他很“焦急”，但这一天早被诗人言中。有了不屈的信念，他才会坚定地相信未来，当这种激昂的情绪感染到每一个人，整个社会才有新的希望。所以，诗人林莽对食指作如此评价：“食指之所以受到同代诗人们的敬重，更重要的是他诗中所体现的艺术指向。60年代的中国，文学艺术作品中充斥着政治口号。然而食指以独立的人的精神站出来歌唱，他让我们感到了诗歌是语言的艺术，是直觉，是情感，是经验，是有意味的形式，并首先是人的自由意志与人格的体现。他的后来者们，朦胧诗的早期作者们正是沿袭了这一点，才成为了开一代诗风的代表人物。从这一点上讲食指诗歌作品确实是划时代的。”[①]这种评价，其实更多的还是基于食指在诗歌写作上所投入的真挚之情和追问之意，那样才显得沉实厚重。

食指以一首《相信未来》，打动了无数在苦难的生命线上挣扎的国人，让他们从失望乃至绝望中走出来，面对历史的审判和未来的检视，留给自己另一条通向光明的人生之路。在写这首诗之前的1967年，食指还写过一首《命运》，其中有这样几句：“我的一生是辗转飘零的枯叶，/我的未来是抽不出锋芒的青稞；/如果命运真是这样的话，/我愿为野生的荆棘高歌。”就是这种不向命运低头的姿态，才让诗人有勇气继续写下《相信未来》。包括食指在1978年写的那首《热爱生命》，他都是以不向人生低潮屈服的倔强，完成了对自我和他者的救赎。“我乞丐似地光着脊背走去，/深知道冬天风雪中的饥饿寒冷，/和夏天毒日头烈火一般的灼热，/这使我百倍地珍惜每一丝温情。//但我有着向命运挑战的个性，/虽是屡经挫败，我绝不轻从。/我能顽强地活着，活到现在，/就在于：相信未来，热爱生命。”诗人几乎道出了他人生的全部秘密，从相信未来，到热爱生命，中间虽然经历了愤怒、寒风、痛苦和无尽的悲伤，但他毅然走过来了。一个人活着，除了基本的物质满足，更多依靠的还是精神的力量，而如何活，怎样活，信

① 林莽：《未被埋藏的诗人》，廖亦武主编《沉沦的圣殿——20世纪70年代中国地下诗歌遗照》，新疆青少年出版社1999年版，第122页。

仰就成了重要的砝码，在人生的天平上，稍有倾斜，都可能导致前功尽弃，甚至满盘皆输。

诗歌是食指手中的利器，让他者不至于迷失方向，也让自己也不至于发疯。他那首写知青下放的《这是四点零八分的北京》，曾让多少同龄人读得心潮澎湃，因为他们和诗人一样经历过，体验过，承受过，所以才会有那种无以言状的深深共鸣。食指抓住了离京知青那种生离死别的情绪，他不仅理解他们的苦楚和困境，而且感同身受，痛彻心肺。他用低沉的语调写出了一种撕裂之感。当后来听到知青们再读这首诗时，我仍然能发现他们的颤抖、眼泪与悲愤，那是对食指的精神认同。这种认同源于一种人在现实巨变中被裹挟而行的无助，虽然那段经历已经成为了记忆，被定格在了历史的影视框里，但是，刻骨铭心的疼痛感，早已深深地在一代人身上烙下了耻辱的印痕，因为一种安全感被打破，人生的路变得狭窄，看不到尽头，也找不到出口。食指正是写出了青年人的光明之路被堵上后一刹那的感受。人生转折的关口，不是由自我来决定，而是由一种无法控制的伟人之力来重塑，这对于很多外省年轻人来说可能是机遇，然而，对于生长于北京的食指这一代人来说，则是令他们痛苦的灾难。人生从此看不到前景了，所有的梦想和憧憬，都只是一场虚幻的泡影，在历史车轮的辗压下，有人屈服而认命，有人清醒而试图改变。

### 二、一种美学转折的发生

当食指在“文革”前后写下那些带着豪言壮语风格的诗作后，曾有一批后来者受其影响，他们在一片暗淡的天日中发现了奇特的存在：原来诗还可以这样写。如此定位，现在看来有些平庸，但在当时，食指的书写确曾达到了一种精神的高度，这也是他何以能影响朦胧诗人的关键。在反叛和屈服中，年轻的食指选择了反叛，他引领了一种方向，由悲观转向乐观，即便有痛苦存在，但沉沦并不是最理想的选择。在与自我进行抗争和搏斗的过程中，食指还是将生活的细节化作了想象的宏大抒情，他的升华可能有些夸张，但确实是反映出了一代理想主义者的心声。他那几首“理想之诗”，唤回了一些人压抑已久的心绪，甚至以他的昂扬美学引人向爱，向善。

——这是食指的文字虽然不乏悲剧性，但仍然有拯救色彩的原因。或许是受时代美学的影响，他的诗没有多少思辨成分，也无多少生存哲学的意义，但是用心打动了人。一个时代的诗歌美学，或许就是由某些深入人心的格言警句构成的，它们是诗人长久酝酿出的生活之意，食指由此开创了那一时代的诗歌风潮。“多希望你是温暖的阳光/能暖化我心中冻结的冰层/冰雪下还掩埋着有希望的小草/寒风曾折断过它修长的细茎//可你只是匆匆的夕阳/只是一片惨淡的血红/雪水中刚刚挺起身的小草/又将饱经冬夜的寒冷//带着夜间痛苦的泪痕/草儿微笑在蓝色的黎明/昨天才被暖化的雪水/而今已结成新的冰凌”(《希望》)。这是食指 1968 年所写诗作中平常的一首，对于诗人来说，可能是他某种情感的释放，而对于时代来说，那是无法公开的自白书。从整体上言，这最符合那个时代的典型美学：典型的句式，典型的抒情，甚至是一些典型的意象，共同构成了食指在悲喜交集的矛盾中写作的心绪。诗中有青春期的迷惘，也有着承受痛苦的代价，但又不乏人生看到希望的亮色。这些个体的青春之痛和时代的凌厉之意交织的冲突，正是食指写作的动力，也是其诗歌的风格和基点。

1968 年对于食指来说，正值其 20 岁的青春年华，诗情涌动，精神勃发，容易对一切周遭之事产生书写的冲动。也正是在这一年，诗人写出了他一生中非常重要的作品，除了《相信未来》《这是四点零八分的北京》《希望》之外，还有《寒风》《胜利者的诗章》《我这样说》《还是干脆忘掉她吧》《难道爱神是……》《黄昏》《在你出发的时候》《灵魂之一》《你们相爱》《送北大荒的战友》《冬夜月台送别》等一大批诗作，仅从数量上来说，这些诗就足以让食指在“文革”地下文学领域中获得一席之地。而从诗歌所表现出的情感和趣味来看，也真正道出了一个时代思考者不屈的精神品质。在“文革”初期那样一个时代，食指的诗歌就是年轻人的心声，那种以“我”来替大多数人说话的方式，同时也能在大多数人那里获得回应。他们表象上是在参与社会革命，其实内心里也在进行自我的革命，食指的这些诗，其实就是某种内心革命的结果，尖锐、急迫、工整，有着平实的真性情。就因为这种真性情，食指的诗很多时候是只可意会，适合诵读，而没有更多阐释的空间。这也是他这一阶段的诗有着透明格调的主因，紧凑而不乏意蕴，厚重又显得深沉。如果说食指的诗歌偏轻的话，那么很可能就没有他后来的那些遭遇，可以说，他一直是用心在写诗，用命在运笔，他的写作沉重、扎实，很大程度上是用力过重而伤到了自己，但他并未因此放弃，而是义无反顾地切进了更深的现实。这也是后来很多读者能从他的诗中获得真挚之情和诚恳之意的根据，对现实生活的有感而发，让食指从一开始就走向了成熟，他拥抱了一个时代的诗意，而时代却指给了他另一条“疯狂”的路。

1968年对于食指来说是丰收的一年，其实也是他自觉转型的一年，这种转型貌似不明显，但从其后来的诗歌历程和写作风格中，我们仍然能够发现他开始从个人的“地下”言说，加入了时代的大合唱，过去那种主流政治抒情诗的趣味，开始进入到了食指笔下，且获得了一种整体上的呼应。“让我们在金色的田园重逢/让我们在光荣的时刻重逢/让我们固执而耐心地等待着/那迎来辉煌胜利的重逢”（《等待重逢》）；“我知道你喜欢我的歌/所以我送你一面铜锣//至于热血沸腾的心窝/和那突突跃动的脉搏/不属于你，也不属于我/她只属于党和祖国”（《给朋友》）；“用我们全身的筋骨和皮肉/铸造一颗不生锈的螺丝钉/联结起通向胜利的钢轨/让时代的列车一路通行”（《我们这一代》）；“我南京大桥健步如飞/看革命洪流万里奔腾/改天换地的伟大事业/正在艰苦中胜利进行”（《南京长江大桥——写给工人阶级》），这样一些“颂歌”，我相信是食指在特殊时代写下的文字，它契合了那个时代的政治呼声，也透露出了诗人向时代张开双臂的现实诉求。像《农村“十·一”抒情》《杨家川——写给为建设大寨县贡献力量的女青年》《新兵》《架设兵之歌》《红旗渠组歌》等，都是食指在1970年代初期所写的“新时代的赞歌”，这是诗意被时代所征用后的结局，诗人需要在时代的夹缝中求得生存的空间，因此，他才会将自己的笔触投向广阔的社会现实，那样的新鲜和活力，也是他渴望达到的意境。

食指在写这些“时代赞歌”的时候，可能并没有去过多地预言未来的路，他只是在一个特定的时代写下了符合时代要求的作品，这是一个诗人的本分。即便现在看来是荒诞的，但相比于那些“墙头草”一样的诗人，食指是一根可以承受命运捉弄的标杆，他坚守住了某种底线，没有去做“时代的传声筒”和扭曲的歌者。“以某种意义上说，他是真正、也是唯一带着作品从60年代进入70年代的诗人，他在中国新诗中的地位相当于惠特曼在美国诗歌中的地位。”①

“文革”结束前后，诗人写了几首与周恩来总理逝世有关的诗，悼挽诗风是出自内心真切的悲痛，悼念同样也是在明晓真相后的真情流露。从这方面来看，食指在诗歌中的有感而发和直白其心，都与他的个人性情有关，也和他作为诗人的责任相联。尤其是他在1978年之后写的诗作，重新开始从对时代的迎合与拥抱中走出来，清醒地认知社会和历史的存在，这是诗人在时代赞歌之后重返过去时，所写下的历史挽歌。

受够了无情的戏弄之后，/我不再把自己当成人看，/仿佛我成了一条疯狗，/漫无目的地游荡人间。//我还不是一条疯狗，/不必为饥寒去冒风险，/为此我希望成条疯狗，/更深刻地体验生存的艰难。//我还不如一条疯狗！/狗急它能跳出墙院，/而我只能默默地忍受，/我比疯狗有更多的辛酸。//假如我真的成条疯狗/就能挣脱这无情的锁链，/那么我将毫不迟疑地，/放弃所谓神圣的人权。

这首题为《疯狗》的诗，还有一个副题，名为“致奢谈人权的人们”，食指重新开始了一段对时代和历史的认知之路。诗人将自己喻为疯狗，这首诗可谓他在面向历史罪恶时的一声仰天长吠，他明白过来，过去的一切都不过是假象，自己受到了时代和历史的戏弄，这是一种何等惨烈的心境。连一条疯狗都不如的人，其内心是多么绝望，往事不堪回首，但他还是直面事实，再现历史的现场：他被利用了，更

① 参见《平民诗人郭路生》，廖亦武主编《沉沦的圣殿——20世纪70年代中国地下诗歌遗照》，新疆青少年出版社1999年版，第53页。

重要的是，他付出了自己的青春，这种对过去和历史的回望，在身心遭遇了时代的无情伤害后，一个“假如”恰恰呈现出了精神的悖论。这是亲历者的惨痛记忆所带来的精神疲惫，诗人只是如实地言说了真相，而非违心地遮掩和粉饰。良知写作让食指成为了一个时代精神脉搏的一部分，尤其是他在短暂归顺之后所表现出的清醒姿态，更让人看出诗人没有像大多数人那样经受“文革”的折磨后，最终失掉自我，成为了时代的弃儿。

所以，“文革”结束前后，一种新的美学转折在诗人身上又发生了，从普遍的赞颂回到个体的批判，那种“我控诉”的愤怒和愤慨，瞬间跃然纸上。此时，诗人变得异常清醒，对社会和时代的一切用真实去衡量，然而，人一旦在精神上清醒之后，痛苦也就随之而至。就像诗人所言，“痛苦对于诗人是一种财富。而诗歌是释放和治疗。我内心的痛苦变为诗了，我就特别的高兴，特别的满足。”①在诗中，他似乎很“享受”这种痛苦。当那个时代理想的庄严和现实的残酷对接之后，一种深深的孤独感包围着诗人，让他在遭遇曲折的人生之路后，面临彻底崩溃的险境。他是用血泪在写诗，更是用生命在理解诗意。这些带着强烈反思意味的写作，是诗人自我内省的见证，当他在笔端形成分行文字时，他没有选择遗忘，而是去与刚刚过去的那段历史作短兵相接的碰撞，这显然是一种冒险，不惜以疯掉为代价去恪守自己的人生原则，去完成自己的求真意志，这才是“刀锋”所能承担的重负与使命。食指迎接了时代对他的粗暴相待，但他没有以牙还牙地去对时代作粗暴的书写，虽然他的诗歌有着呐喊的意志，但其直指人心仍然是我们今天不可多得的精神营养。

### 三、命运感的自然流露

现在看来，食指并不是一个诗歌的先锋者，他在诗歌的形式与语言上没有多么大的创造，而有的只是一个诗人内心最为真实的感受，他言说了文学的某种伦理。“有人评论郭路生为‘文革诗歌第一人’，应该说这是一个恰当的评价。是他使诗歌开始了一个回归：一个以阶段性、党性为主体的诗歌开始转变为一个以个体性为主体的诗歌，

① 杨子：《食指：将痛苦变成诗篇》，载《南方周末》2001年5月25日。

恢复了个体的人的尊严，恢复了诗的尊严。”①相对于政治抒情诗的集体主义的声音，食指是从相反的方向为自己划定了一条界限。他需要的是一种自由，自由的立场，自由的心境，所以，他打破了时代主流对他的束缚和规训，想重新接续上五四时期诗人们的自由奔放，这是他自然流露出的理想，而并非刻意的张扬。

我的愤怒不再是泪雨滂沱，
也不是压抑不住的满腔怒火，
更不指望别人来帮我复仇，
尽管曾经有过这样的时刻。

我的愤怒不再是忿忿不平，
也不是无休无止的评理述说，
更不会为此大声地疾呼呐喊，
尽管曾经有过这样的时刻。

虽然我的脸上还带着孩子气，
尽管我还说不上是一个强者，
但是在我未完全成熟的心中，
愤怒已化为一片可怕的沉寂。

食指的这首《愤怒》，使用的还是一种“虽然……但是……”的条件语气转折句式，诗人在此明确地反抗一种固定的模式，有着北岛“我不相信”般的冲天斗志。一个人面对现实的困境，并没有退缩，而是有着强烈的自我期待：由感情的呐喊，变为理性的诉说，以笔为旗。“我把自己定位为疯子。我戴着一顶疯子的帽子，在思想上和精神上可以天马行空独来独往，爱怎么想怎么想，因为我是疯子。当今这个

① 宋海泉：《白洋淀琐忆》，廖亦武主编《沉沦的圣殿——20 世纪 70 年代中国地下诗歌遗照》，新疆青少年出版社 1999 年版，第 237 页。

社会，诗歌已经太苍白了。”①如今的食指这样定位自己，并对诗歌保持了一种必要的“失败主义”指证，他对历史的创伤记忆犹新，而对现实的世界，想必也是无能为力。我们说他回归了吗？开始从反叛与愤怒转向平和与温润了吗？这对于已过花甲之年的食指来说，有一种退守之后的谦逊，但他当年那诗歌君子的品性犹在。

或许正是身上所残存的那股“失败主义”情绪，让食指对自己认识得更为清晰，更加透彻，而诗人心性中的敏感，又为其诗意言说营造了特殊的氛围，因此，这才有了他在1980年代之后的多元化写作。他的《在自由市场里》一诗，有着诗人之前绝少运用的叙事成分，即便是叙事，字里行间也渗透着诗人对自我的反思，他可能不再像过去那么昂扬了，但情绪仍然饱满，悲凉的抒情后面隐藏着的，是诗人排解不了的内心痛苦。“也许你只是我的启明星/只把我从睡梦中唤醒/让我在黑暗中苦苦思索/而你却悄悄地躲进了黎明//也许你根本就不属于我/这也在我的意料当中/像石块被随意扔进湖水/无意间你打破了我的平静”(《也许》)。这种人生的假设里，其实暗含着诗人对人世的一种无力感，他无法在现实中屈辱地去承受，只有在诗行里将其和盘托出。“丝丝败迹像挡不住的寒风/吹透了你那单薄的肌肤/一扫你心中希望的余热/直吹进你颤抖的内心深处//稍稍一大意便葬送了前途/从未像今天这般凄苦——/勇敢些不过是再次领略了/命运的捉弄，人世的残酷”。这首《致失败者》与其说是写给他人的，不如说是食指写给自己的勉励书。能领悟到人生的失败，并不是坏事，这可能恰恰是一种前行的动力，诗人这样的追问才真正显示出了力量和切实的命运感。

在一个可以公开言说的时代，诗人不再掩饰自己的痛苦，他需要通过释放来反抗心灵的奴役，这种抗争在他人看来可能是一场徒劳，但在食指本人看来，就是一种自我拯救的途径。“时光白白流逝的惶恐/时时惊吓着我的魂灵/我心中还有希望的花朵/可无聊像条蛇缠绕着枝藤//我的心灵已无法挣脱/能向谁发出求救的呼声/我只有白

① 杨子：《食指：将痛苦变成诗篇》，载《南方周末》2001年5月25日。

天廉价的欢乐/可廉价的欢乐是苦闷的象征//不得已，我敞开自己的心胸/让你们看看这受伤的心灵——/上面到处是磕开的酒瓶盖/和戳灭烟头时留下的疤痕”(《受伤的心灵》)。诗人作了一次深入的自我剖析，他将自己撕开了给我们看，这种坦荡和率真，只有食指能以他的真诚向外发出宣言般的告白。诗人由此找到了一种内心的平衡，否则，他在疯狂中可能会走得更远，而无法再接近人生的真实状态。

虽然食指心存对生命的敬畏，对未来的憧憬，但他后来还是因受到一段特殊历史的伤害，先住进了精神病院，后又转到了福利院，这一住，就是近二十年。这二十年里，食指依然坚持写诗，以此度过那些漫长而无聊的日子。人生已是如此失败，再也没有什么能够让他陷入更加万劫不复的境地，因此，他直接写出了自己在精神病院的遭遇和心境：“为写诗我情愿搜尽枯肠/可喧闹的病房怎苦思冥想/开粗俗的玩笑，妙语连珠/提起笔竟写不出一句诗行//有时止不住想发泄愤怒/可那后果却不堪设想/天呵！为何一年又一年地/让我在疯人院消磨时光//……当惊涛骇浪从心头退去/心底只剩下空旷与凄凉……/怕别人看见噙泪的双眼/我低头踱步，无事一样”(《在精神病院》)。这是一幅人生细节的素描，逼真、丰富，且无限切近诗人内心的焦虑和平静融合的常态。除此之外，他还倾听“落叶与大地的对话”，写自己“向青春告别”的感慨，抒发他的人生困惑：“人们会问你到底是什么/是什么都行但不是诗人/只是那些不公正的年代里/一个无足轻重的牺牲品”(《诗人的桂冠》)，写他苦命的诗人：“孤独地跋涉人生旅途/看透红尘才略有所悟/诗人命苦，当夜深人静/地下天上才辟条大路//一阵恍惚如青云平步/有流星划过似走笔不俗/不虚度此生，有白纸黑字——/惊人之作，我一笔呼出！”(《诗人命苦》)。这些智慧的言说，注定了他只能以诗人的身份与世界对话，那样才显得真实、干净和明晰。就像他后来在《人生舞台》中说：“好心的朋友用纸牌为我占卜/命运是一生穷酸，终生潦倒”，这正是诗人的人生写照。2002年，食指结束了在福利院的单身生活，回到了位于北京百万庄的一间小屋，过起了规律的家居生活：锻炼身体，买菜做饭，用大量时间看书和修改过去的诗稿，偶尔也写文章，参与诗歌活动，做文学演讲。诗歌，已成为他生命的精神支柱。

进入新世纪之交，食指仍然笔耕不辍，这时，他似乎不再有多少愤怒的情绪需要发泄了，而是将眼光和视野投向了更远之处，开始关注自己之外的其他诗人，并对这样一个群体作了自己的观察："生就了一副建安风骨/是吃得了苦的灵气书生/脚踏黄土，学贯中西/几千年血缘浑然天成//年轻时曾付出十分惨痛的代价/到中年作出难以想象的牺牲/谁知又遇上一场前所未有的/利己与私欲大作的暴雨狂风//那就让该熄灭的成为灰烬/该吹散的就不留她的踪影/而我却在苦寒之中/精心守护着艺术的火种//添加些我们无用的尸骨做干柴/经寒冬的狂风一吹便大火熊熊/在物欲漫天的冬夜，火焰被吹得/像民族精神的旗帜迎风抖动//化苦难的生活为艺术的神奇/净化被金钱异化了的灵魂/如此我便没有虚度/自幼追求艺术的一生"（《世纪末的中国诗人》）。这样独特的观察和表达，带着质疑和批判的意味，似乎又应和了他之前那些集体主义的诗性言说，这不仅是一幅改革开放新时期的自画像，而且还带上了那个时代诗歌风格的烙印。不知道这是不是诗人刻意为之，至少在我看来，这好像是一种写作精神的轮回。

食指是顽强的，他经历了太多，也遭遇了太多，但他坚持下来了，并且守住了某种人生的常道。他从福利院出来后，重新回归到了一个公民的生活中，去体验和接受日常生活的馈赠，这也恰恰应和了他在1979年写下的那首《热爱生命》："也许我瘦弱的身躯像攀附的葛藤/把握不住自己命运的前程，/那请在凄风苦雨中听我的声音，/仍在反复地低语：热爱生命。//也许经过人生激烈的搏斗后，/我死得比那湖水还要平静。/那请去墓地寻找我的碑文，/上面仍会刻着：热爱生命。//我下决心：用痛苦来做砝码，/我有信心：以人生作为天平，/我要称出一个人生命的价值，/要后代以我为榜样：热爱生命……"这才是诗人对人生持宽广理解和同情态度的体现，他从一切苦难和艰辛中走出来，通过对人生的反思和对生命本身的抚摸，从而还给自己一片真诚的天空。诚如诗人所言，珍惜当为一个人活下去的理由与动力，所以，他才会在那些并没有继承西方与古典的写作中，同样写出了自我的命运感，以及一代人的人性和情怀。

当我们重新返观诗人的成名作《相信未来》，可能会发现，它不仅影响了千千万万的普通读者，更重要的是，在那个特殊时代，它曾让很多知识分子震惊：我们由此可以找到自己的人生方向与命运坐标，它就在未来的不远处。比如朦胧诗人北岛，他在读到食指的这首诗后，决定走上诗歌创作道路。北岛从食指的作品中获得的，不仅有人生方向上的力量，更有他不同于当时政治抒情诗人的现代意识。无论是他所运用的意象，还是所热衷的句式，都令当时受“文革”文风影响的一代读者感觉耳目一新：原来诗还可以这样写。就是这份意外，让食指在朦胧诗人及更多后来者中间树立起了他先驱的地位。当然，食指凭借他扎实的书写，用技艺和思想交融的话语方式，承担起了为一代人立言的使命，在此意义上，他不仅是一个依靠手艺立足的诗人，更是一位有着大情怀的思想者。

## 第二节　北岛：为当代诗歌建立启蒙的传统

当许多年过半百的同时代诗人以发福的身体站在归顺主流的道上，越发像极了一个个诗坛泰斗时，漂泊欧美最后落脚香港的北岛，却越发瘦削，有如那尖锐的批判者，以人生的日渐丰盈对抗腐朽的历史。北岛是一个诗歌英雄，一个站在历史的尘埃中竭力想探出头来拥抱新时代的英雄。这样的言辞，想必很多对朦胧诗一代有着特殊情感的人，都会有共鸣。他们信任北岛，信任他的诗歌与他所主导的那场“今天派”诗歌运动。北岛带有青春期冲动的举措，却在一个特殊的时代无意中引领了文学的时尚潮流。这是一种命运的安排，这个时候，我们更相信此点。后来去国离乡的北岛，给我们又带来了什么样的惊喜？似乎很多人答不上来，因为他在国内“销声匿迹”了，只是每年到诺贝尔文学奖颁布之前，他的名字会短暂地进入中国作家和读者的视野，但自从莫言获奖，北岛的呼声越来越小。除此之外，因为那首大家耳熟能详的《回答》，他部分地进入了当代文学史，但有人仍有所顾忌，有所保留，这都与北岛的身份有关。我们现在该如何评价北岛？作为当年引领时代诗歌风潮的诗人，北岛虽然成为一个诗歌的“邻居”，但他的作品仍然在影响着我们，他仍然在为文学提供新的力量，尤其是在这样一个缺乏诗意的时代。

## 一、激昂的“回答”时代

要谈论北岛，我们还是不可避免地会想到他那首曾引起广泛影响，且至今让很多人在朗诵会上读起来激情澎湃的《回答》，他写出了一代人的心声，这也是北岛式的呐喊在当下继续有效的原因。毕竟，他以此诗唤醒了一代人沉睡的良知，同时，也对其作了思想的启蒙，诗人从更高的角度审视了一个时代给国人带来的压抑、困惑和痛苦。

> 卑鄙是卑鄙者的通行证，/高尚是高尚者的墓志铭，/看吧，在那镀金的天空中，/飘满了死者弯曲的倒影。//冰川纪过去了，/为什么到处都是冰凌？/好望角发现了，为什么死海里千帆相竞？//我来到这个世界上，/只带着纸、绳索和身影，/为了在审判之前，/宣读那些被判决的声音。/告诉你吧，世界/我——不——相——信！/纵使你脚下有一千名挑战者，/那就把我算作第一千零一名。//我不相信天是蓝的，/我不相信雷的回声，/我不相信梦是假的，/我不相信死无报应。//如果海洋注定要决堤，/就让所有的苦水都注入我心中，/如果陆地注定要上升，/就让人类重新选择生存的峰顶。//新的转机和闪闪星斗，/正缀满没有遮拦的天空。/那是五千年的象形文字，/那是未来人们凝视的眼睛。

《回答》曾让上个世纪七八十年代的中国知识分子热血沸腾，这是一首开创之诗，也是一首启蒙之诗。它开创了中国现代诗在“文革”之后的一个新起点，同时，它启蒙了一代知识人的精神追求和思想格局，让他们在各个方面有了一种自觉，包括对历史的反思，对当下的认知，对未来的憧憬。

此诗的前两句，被引用最多，也流传甚广，只要对当代诗稍有了解者，都能背出这两句——“卑鄙是卑鄙者的通行证，高尚是高尚者的墓志铭”。对仗，工整，如同格言警句，其意思也确实值得琢磨，它表现出了一种我们虽经历但并未总结的人性：尽管它被扭曲，被异化，但仍然存在。在一个特殊的时代，当那些奇特的遭遇伴随着我们的日常生活，而普世价值有时就显得多余。世界在前行，而我们何以还在原地踏步？诗人一连串的追问和质疑，也支撑着他作为个体的出场。当他用批判的眼光回望历史，审视当下，发现顺从只是一场宿命，于是有了“我不相信”的尖利呐喊。只有对既存事实有了怀疑的目光，对世界格局有了改造的愿望，对自我有了革新的理想，那样才会有改变，有希望。一切畏缩、胆怯与恐惧，都不可能让我们从困境中走出，于是，诗人从假设中建立了自信，一种横贯历史、跨越时代的使命感进驻笔端，大气和豪迈由此呈现。

在谈到成名作《回答》时，北岛既没有过于自卑，也没有过分狂妄，他认为《回答》“有一定问题”，是一种时代的局限所致，和此前盛行的“革命写作”有很大的关系。“我们这代人其实和革命写作一直有一个情结，就是我们既来自那里，但又对它进行反抗。《回答》正好处于这个过渡阶段。它一方面是对革命文学的反抗一方面又是它的延伸，从它的用词到朗诵效果。”①北岛经历过“革命时代”，他不可能完全摆脱那个时代的限制而走出一条全新之路，当年他能从中走出来，开辟一条小道，已殊为难得，那不仅是终结了一个旧的文学格局，而且是开创了一个新的文学时代。

我们可以设想，在“文革”刚刚结束的年代，长期受约束和管制的中国人读到这样的诗作，其内心的共鸣和认同感可想而知。诗人在反思中控诉，在质疑中渴望一代人的新生，这里，北岛用了他的良心、道义和担当精神。北岛回忆说：“在意识形态的时代诗歌处于地下状态，至少它对我们每个人来说都是非常有意义的，甚至对潜在的读者

① 丁个：《诗歌的身份——北岛访谈》，载《文景》2012年5月号。

也起到了巨大的精神鼓舞作用。”①在人云亦云的时代，这是一首独立之诗，而在没有反抗的社会里，这又是一首叛逆之诗。字里行间渗透着感性与理性交织的思绪，也融合着艺术和思想达至平衡的写作追求。虽然北岛后来对这首代表作评价不高，但它真正让一代人从中找到了自己的位置，领略了文字的力量。

作为朦胧诗派的首席诗人，北岛有着浓郁的领袖气质：思维敏捷，理路清晰，方向明确。“文革”期间，他从朋友口中听到食指的《相信未来》，自此获得了全新的诗歌启蒙。1979年，他与友人共同创办了《今天》杂志，推出了一批在当时富于理想主义精神的诗人、作家和评论家，让这本民刊成为了新时期以来中国当代文学的一个启蒙传统。“在血泊中升起黎明的今天，我们需要的是五彩缤纷的花朵，需要的是真正属于大自然的花朵，需要的是真正开放在人们内心的花朵。”②这是北岛以“《今天》编辑部”的名义所发的时代之声，他觉得自己应该承担起“反映新时代精神的艰巨任务”，由此，他从地下走到了地上。《今天》杂志在短短一年多时间里，相继出版九期，北岛曾不无自豪地回忆起当年之事：“《今天》的重要成员同乎都是青年工人。而知识分子作为一个群体，当时在精神上已被打垮，无力载道，致使文化传统承接的链条断裂。而无知者无畏，正是这一批没受过多少正规教育的青年人敢领风气之先，在历史的转折时刻闯出一条新路。”③一个特殊的时代，造就了一批特殊的诗人。北岛确实引领了“文革”之后诗歌创作的潮流，这不仅体现在他创办《今天》杂志上，更重要的还体现在其文学写作中。诗歌，是他与时代交流的中介，这一文学体裁成全了他，也帮他完成了人生的几次转型。

在“文革”期间就开始诗歌创作的北岛，写出《回答》，并非偶然，他早期就流露出了与当时的政治抒情诗人不一样的气质：独立、反叛，不盲从，不顺服，带着一种大胆洞察世界的眼光，以一种英雄般的

---

① 丁个：《诗歌的身份——北岛访谈》，载《文景》2012年5月号。

② 《今天》编辑部：《致读者》，载《今天》第1期(创刊号)，1978年12月。

③ 北岛：《诗歌，带着历史的愁容》，载《南方周末》2009年2月26日，第25版“写作”。

斗志，介入到了身处的时代现场，勤于思考，将所见所闻所思所想都诉诸笔端，展示了多元的写作姿态。他说："春天是没有国籍的，/白云是世界的公民。"(《真的》)；他给生活下了形象的定义："网"(《太阳城札记》)；他还欢快地唱出了《候鸟之歌》，打量那平凡又普通的《日子》，在心中升起《冷酷的希望》。这些早期的孤独吟唱，已经为北岛日后更为尖利和猛烈的呐喊奠定了基础，也给他的诗作添加了非同一般的独立色彩。尤其是他那首《宣告》，题献给"为自由言说而付出生命代价"的遇罗克，庄严、深沉，又显出无尽的力量："也许最后的时刻到了/我没有留下遗嘱/只留下笔，给我的母亲/我并不是英雄/在没有英雄的年代里，/我只想做一个人。//宁静的地平线/分开了生者和死者的行列/我只能选择天空/决不跪在地上/以显出刽子手们的高大/好阻挡自由的风//从星星的弹孔里/将流出血红的黎明"。这是一场控诉式的宣告，有着对受迫害的反抗，也带着沉重的人生思索。"在没有英雄的年代里，/我只想做一个人。"当做人的自由都被剥夺时，诗人内心的苦痛和悲愤是何等深切。他有勇气道出这些难言之隐，也显示了一个诗人为寻求尊严所作出的努力，他不能用身体去抵挡压制，但他可以用文字来言说真相，启蒙大众。"从根本上说，'朦胧诗'是一种介入和承担的诗歌，很多作品在对于'个体'经验的抒发中，渗透着强烈的民族、现实忧患感和参与意识……"①在北岛这一代诗人来看，那种对时代与政治的内化，就是一种自觉。不是说要刻意去表演什么，因为诗人所处的时代语境，已经决定了其写作姿态不可能是平和的，在青春个性的激励下，参与和介入当是一种必然。而思想性的凸显，也就相应地获得了确立。

北岛认为他们那一代诗人有两个直接的传统资源，一是革命主义诗歌，二是毛泽东的古体诗词，后来西方文学传入，这些因素构成了《今天》派诗人们反传统的靶子。"《今天》的创造力来自它与中国文化传统的重大偏离，而'文化革命'构成推进这一偏离的动力。'今天派'诗歌靠造反起家，它造了老祖宗的反，造了革命诗歌的反，等于

---

① 张桃洲：《论20世纪中国新诗的政治维度》，载《华中师范大学学报》(人文社会科学版)2012年第1期。

也造了自己的反。”①北岛当年是反抗平庸的，一如他现在骨子里也是反抗平庸的那样，平庸就是他的敌人，但“今天派”诗人的造反，并不一定就是造平庸的反，而是迫不得已去反抗时代与意识形态的束缚，因此成就了他们当年的壮举。就像北岛在诗歌《进程》中所写：“日复一日，苦难/正如伟大的事业般衰败/像一个小官僚/我坐在我的命运中/点亮孤独的国家”，他以这种反差对比的方式，对抗了平庸的现实，探寻更具诗意的可能。当年的《今天》带着诗歌与政治双重立场切入时代现实，而如今的北岛少有“激昂”了，他立志在词语中寻求力量。

当然，如今再回首，1980 年代还有一些经典之作，也是北岛诗歌创作整体里的重要部分，沉于思考的《一切》，带着思想隐喻的《触电》，还有富于智慧的《送报》，都打上了北岛式烙印。尤其是当他以调侃的语调写下反思历史的《履历》，形象，鲜活，且带着叙事的幽默。但在这样的形式背后，我们却看到了时代对人的规训，诗人那渴望自由、拒绝合唱的主体精神，对于在“文革”后找不到方向感和坐标系的一代人，有着指引和救赎的力量。而像后来的《回声》《另一种传说》《在黎明的铜镜中》等诗，都是他这种独立写作精神的延续和拓展，它们是一个时代留给我们的诗歌记忆，严肃、沧桑，却又不乏远大的抱负。

**二、失败主义的诗歌理想**

在理想主义盛行的年代，除了激昂的《回答》，北岛还写出了一字诗《生活》：“网”，写出了更多让人耳熟能详、至今记忆犹新的分行文字，它们曾让人疯狂，尖叫，直至泪流满面。那时候的北岛，的确堪称英雄，一个众人眼中的诗歌英雄，一个特殊时代的文化英雄。“北岛在历史上成功了，面向未来的时候却牺牲了。他是一个毫无侥幸可言的悲剧人物。”②“第三代”诗人韩东早在 1988 年就如是说，他看到

① 北岛：《诗歌，带着历史的愁容》，载《南方周末》2009 年 2 月 26 日，第 25 版“写作”。

② 韩东：《三个世俗角色之后》，吴思敬编选《磁场与魔方》，北京师范大学出版社 1993 年版，第 204 页。

了北岛当时的处境，也预见了多年后北岛所遭遇的历史困惑。困惑对于北岛来说，就是其写作的精神支撑，如果没有困惑，他可能很难从1980年代那样一种激昂的状态中走出来，转而寻求更加纯粹的写作。“自青少年时代起，我就生活在迷失中：信仰的迷失，个人感情的迷失，语言的迷失，等等。我是通过写作寻找方向，这可能正是我写作的动力之一。可我不相信一次性的解决。在这个意义上，‘方向’只能是借来的，它是临时的和假定的，随时可能调整或放弃；而意识形态则是一种明确不变的方向，让我反感。”①然而，北岛没有放弃，转型之后，他选择了一条苦吟之路。而这样的转型，对于一个创作型的诗人来说，是应该的，即便是一条弯路，至少他选择了继续突围。

北岛早期那些呐喊和宣言式的诗歌，具有特定的时代性，而是否具有永恒的经典性？他后来的写作少了代言者的激愤，多了个人的生命体验和文学直觉：“音乐冷酷无比/而婚姻错落有致/一个厌世者/走向确切的地址/如烟消散”（《出场》）。我觉得余世存对北岛后来诗歌的评价，准确而中肯：“随着年龄的增长他走进了中年，他的诗里也出现了中年之音。那种明确的、肯定的、宣告预言的话没有了，他的诗里多是描述的，是思绪迷离的，是抑制的。那种既包容人的个人经验又包容人的超验的诗不见了，那种代言一个时代一个民族的诗不见了。他的诗里多是个人经验的极端的表达……”②从北岛新世纪之后所写的诗歌中，我们即可看出：北岛已不是当年的那个北岛，而现在也已不是当年那个时代了。北岛也有他的温情，当一个诗人不再激愤，不再成为向外冲撞的斗士时，他便会向内寻求精神的释放，获取生活的安慰。

在二月寒冷的早晨/橡树终有悲哀的尺寸/父亲，在你照片前/八面风保持圆桌的平静//我从童年的方向/看到的永远是你

---

① 唐晓渡：《“我一直在写作中寻找方向”——北岛访谈录》，《与沉默对刺——当代诗歌对话访谈录》，北京大学出版社2012年版，第143页。

② 余世存：《先行者的天空和大地》，《我看见了野菊花》，新世界出版社2001年版，第82页。

的背影/沿着通向君主的道路/你放牧乌云和羊群//雄辩的风带来洪水/胡同的逻辑深入人心/你召唤我成为儿子/我追随你成为父亲//掌中奔流的命运/带动日月星辰运转/在男性的孤灯下/万物阴影成双//时针兄弟的斗争构成/锐角,合二为一/病雷滚进夜的医院/砸响了你的门//黎明如丑角登场/火焰为你更换床单/钟表停止之处/时间的飞镖呼啸而过//快追上那辆死亡马车吧/一条春天窃贼的小路/查访群山的财富/河流环绕歌的忧伤//标语隐藏在墙上/这世界并没多少改变:/女人转身融入夜晚/从早晨走出男人

这是北岛的《给父亲》,是诗人与父亲对话的作品,父子情通过诗的形式表现出来,往往给人一种亲切感,如果写得好,让人有共鸣,读后还会有一种深层次的代入感。读北岛的这首写给父亲的诗,就是这样。它会让人瞬间想到另一首写父亲的诗——韩东的《爸爸在天上看我》,和亡灵对话,就如同隔空寻找与精神契合的味道。在这样的及物之诗里,仍然有着北岛式风格:激昂的、变形的罗列,通过意象的循环来构成诗意的创造。他可以将生活的小事象也写成一种无限的大,但这大并不是空洞,而是大气。诗人在驾驭这种技艺时有一种特殊的能力,这也是北岛能保持诗歌写作持续性精进的缘由。他在学习和思考,而不是一味的荒废和疏离。

这个时代没有为北岛的回归预留位置,他只能与更为年轻的诗人和作家去竞争,去争夺读者,去获得老朋友们的共鸣与欢心。北岛觉得自己还有这样的魅力,他自信那个时代的诗歌风光还没有完全离他而去。如今越来越多的人开始回忆1980年代,北岛又重新被当作了一个英雄。诗歌边缘化了,北岛却成了主流,他和《今天》杂志及其他朦胧诗人一同被谈论,被重塑。

当诗歌退居边缘,北岛一度写起了散文,但是他的诗歌情结并未因此消泯,只是不再那么激进,而守于一种平和了。因受瑞典诗人特朗斯特罗姆影响,他对意象的偏爱,对表达的凝炼,有着前所未有的重视。他的诗歌对时代和政治的"介入"发生了变化。他原来的写作

是一种时代的自觉，现在也并没有放弃，只是作了诗意的转化，不那么自然表露，直白其心了，带着另一种隐喻的色彩。这种与国际接轨的诗歌之路，属于写作上的“普世价值”，但这样的转型并没有给国内读者带来以往的兴奋，他们还是希望能读到北岛那些近乎宣言式的句子，这已经成为贴在他身上的标签。然而，北岛并没有继续去迎合读者的这种“现实感”而进行及物写作，他走了一条与很多诗人相反的路，这种与时代的疏离，不一定是自觉的，一方面和他所处的异域环境有关，另一方面，也与他想走出自己新的写作之路有关，他不希望自己的写作被政治完全绑架，只有生活的真实，才是写作的精神源泉。

——其实，这也是北岛此前说他反感意识形态写作的原因。在政治选择上，他可能仍然决绝，而在诗歌艺术上，他的保守非但没能成就他，反而使他处于内外夹攻的困境中。欧阳江河说：“对于一个像北岛这样的中国诗人来说，政治是想回避都回避不了的事情，它是整整一代人的记忆、良心、号召、经验、词和梦想的一种含混而扰人的综合，是诗歌写作中的个人语境必然面对的公共语境。”[①]1980 年代的北岛在写作时，所持有的不是小文人心态，而是一种英雄式的“仗义执言”，否则，他也不会写出那些让人感觉耳目一新的诗歌。从这一点来看，北岛是一个有整体感的诗人，政治是一个潜在的背景，他并没有刻意去追求政治化书写的审美，尤其是去国之后，他更注重诗艺本身。在很多人看来，这就是一种后退——从时代的残酷退回到技艺的锤炼，即使这对于北岛来说是一条正路，但对太过于熟悉他的读者来说已经不习惯了。北岛这种“后退”式的转向，到底是不是一种失败？或许他本人认可这种“失败”，并承担了“失败”所带来的命运。

失败对于北岛来说并非坏事，他甚至利用失败重铸了写作的信念。诗人的作品也大量出现“失败”一词，这并非表达上的偶然，而是一种精神上的常态。“如果死是爱的理由/我们爱不贞之情/爱失败

---

① 欧阳江河：《北岛诗的三种读法》，《站在虚构这边》，生活·读书·新知三联书店 2001 年版，第 191 页。

的人/那察看时间的眼睛”(《关于永恒》);“时间撼动了某些字/起飞,又落下/没透露任何消息/一连串的失败是捷径/穿过大雪中寂静的看台/通向老年的大钟”(《背景》);“失败的谣言啊/就像早上的太阳”(《晴空》)。在经历了太多的身体与精神磨难后,失败成为了一种自觉,它甚至是个体行动的参照:我们的人生在何种程度上属于成功的一部分?这成功又是相对什么标准而言?失败这时很可能就是自我救赎的手段。北岛的诗大量涉及到“失败”命题,又何尝不是诗人内心的困惑在文字中的投射?“风暴转向北方的未来/病人们的根在地下怒吼/太阳的螺旋桨/驱赶蜜蜂变成光芒/链条上的使者们/在那些招风耳里播种//被记住的河流/不再终结/被偷去了的声音/已成为边境//边境上没有希望/一本书/吞下一个翅膀/还有语言的坚冰中/赎罪的兄弟/你为此而斗争”。这首《边境》可以看作是北岛对“大失败”整体思考的结果,诗人借“边境”之意,言说了现实中的无奈,他对于失败的抵抗,最终只能以语言的方式来完成。当然,北岛所言的失败大都是建基于诗艺本身,通过语言的变形来达至精神“失败”后向下的境界,他那些奇崛的意象群罗列就是明证。其实越到后来,北岛对诗艺的专注越深,现在的文学回归,相对于过去依靠政治呐喊式的写作所获得的成功,似乎就是彻底的失败。然而,在当下,这种失败从另一个非功利的角度看就是一种光荣。“如果一个诗人不是被悲哀打倒的人,他能写些什么呢?”①只有意识到悲哀和失败,方可找到清醒之路。

流亡的现实直指某种失败,虽然事实已无可更改,但诗人的心态可能显得更为悲壮。身体流亡了,相应地,“词的流亡开始了”(《无题》),所以,北岛后来的写作中,大词减少了,取而代之的则是那些更显命运感的中性词,不再激烈,也不再昂扬,直指诗歌和人生交融的那部分意识。失败是流亡途中的必经之路,但诗人也要获得安慰,以求再生。“必须修改背景/你才能够重返故乡”(《背景》),这是一条出路,北岛找到了,但他在动荡生活中修改背景了吗?我们不得而知,

① 唐晓渡:《“我一直在写作中寻找方向”——北岛访谈录》,《与沉默对刺——当代诗歌对话访谈录》,北京大学出版社2012年版,第149页。

至少他在另一处风景中寻找到了人生的归宿。失败主义并非内心脆弱的象征,它也可以是人生与生活和解后的一个侧面。北岛后来在诗中走得更深了,这对于诗人来说是意志力和兴趣作用的结果,否则,诗人的持续性写作与思考会变得难以为继。就像诗评家陈超在论述北岛时所言:“如果一个诗人把自己的忧伤和痛苦仅仅变成一场非诗的反攻,他就得准备承受注定失败于艺术的后果,即使历史或命运的翻转也救不了他的‘命’,因为,无论是光芒还是阴影,都不等于诗本身。个人或整体命运在任何性质上的‘成功’,都不会自动带来艺术本身的‘胜利’,艺术只能自己拯救自己。”①这正符合北岛前后期写作变化的现实,因此,他在世俗意义上的失败,对应的可能正是精神内涵与诗歌艺术本身的某种成功。

散文集《失败之书》简体字版出版后,北岛在接受采访时说:“失败,在我看来是个伟大的主题,它代表了人类的精神高度、漂泊的家园、悲哀的能量、无权的权力。”从这个意义上来理解北岛的“失败”,是诗人站在一个视野开阔者的精神制高点上来谈这个问题的,这是他对人生世界的领悟。“我所谓的失败者是没有真正归属的人,他们可能是伟大的作家,也可能是小人物,他们与民族国家拉开距离,对所有话语系统保持警惕。失败其实是一种宿命,是沉沦到底并自愿穿越黑暗的人。”②这种失败主义或许正是诗歌之门开启的钥匙,所以,北岛并没有过多地陶醉于以往的成就,而是继续在诗艺和精神上作新的开拓。

### 三、转型后的写作境界

1990年代,去国离乡后的北岛,密集的散文写作并未打断他的诗歌梦,在分行文字的写作上,他一直笔耕不辍,只不过,相比于上个世纪七八十年代,他走得更远,也更深了。新世纪之交以来,北岛的诗歌创作更注重对诗艺的探求,呐喊的成分少了,但思想的力量并未

---

① 陈超:《让诗与真互赠沉重的尊严——北岛诗歌论》,《中国先锋诗歌论》,人民文学出版社2007年版,第183页。

② 王寅:《北岛:失败者是没有真正归属的人》,载《第一财经日报》2004年11月26日。

减弱，这可能与他的异域生活有关，也和他长期关注并翻译国外经典诗歌相联。

经历了多年国外的漂泊生活，北岛也已过花甲之年，当年的激进与反叛，我们依稀还能从他的文字和语气中感觉出来，但却收敛与平和了许多。他的漂泊，不仅仅是一种身体的漂泊，更有一种精神的漂泊，那种没有归宿感的灵魂悬置，总是在内心折磨着他，所以他有"危机"，也有"愁容"，他曾感慨："写作与生命，于我，有一种平行交错的关系。当我的个人生活处于危机中，往往是诗歌离我最近，有时带着历史的愁容，听我倾诉，帮我渡过一个个难关，让我在艰难的时刻感到温暖。"①经过了历史的审判与裁定，几十年后的北岛，对诗歌存有的那份感恩，并没有随着岁月的流逝而淡漠，相反却变得更为浓郁了。他深知诗歌于他的重要性，也明白离开了诗歌，北岛也就不再是北岛了，而只是一个文学时代的匆匆过客，历史将不会为他留下应有的位置。北岛意识到了这一危机的存在，他在海外漂泊的漫长岁月，也时时让诗歌回到自己的生活中，回到自己的精神领地上，他需要通过诗歌来使自己安静，也用诗歌来疗伤。

北岛后期的诗作，题目大多为两个字，或实或虚，基本上是在书写自我的状态。从这些"二字"诗来看，和以前聚焦于介入现实的写作不同的是，他后期的诗作更讲究诗艺，因此，他似乎走了一条与其他的诗人相反的路：别人是从技术写作走向灵魂写作，而他从灵魂写作回到了技术写作。当然，也不能说北岛早期诗作没有技术的含量，但相对来说，其诗歌技术性的因素在那个时代早已被激情的宣言和口号式的呼喊所遮蔽与消解了。所以，很少有人会特别关注北岛早期诗作的诗艺问题。只是待北岛到了国外，其诗作越发显得纯粹（几乎要进入到纯诗写作的境界了），大量意象的罗列和变形的书写，确实给我们一种回归诗艺的印象。北岛的这种转型，一方面与他离开母语语境有关系，另一方面，也与他随着年龄增长、阅历丰富之后对诗歌新的理解有关。

① 北岛：《诗歌，带着历史的愁容》，载《南方周末》2009年2月26日，第25版"写作"。

北岛说:“对于一个在他乡用汉语写作的人来说,母语是唯一的现实。”①所以,他曾经写下这样的诗句:“我在语言中漂流/死亡的乐器充满了冰。”诗人用意象完成了他在特殊时代的转型。无论这种转型是否成功,北岛仍然没有放弃他的抗争,这种抗争到后来成为一种思想嫁接的现实。“我背对窗外田野/保持着生活的重心/而五月的疑问/如暴力影片的观众/被烈酒照亮//除了五点钟的蜜/早上的情人正老去/他们合为一体/哦乡愁大海上的/指南针//写作与桌子/有敌意的对角线/星期五在冒烟/有人沿着梯子爬出/观众的视野”。这是北岛的《变形》,是视觉变形和内心变形的结合,这种变形是主观的,符合印象主义的内心真实。北岛仍然在意象的罗列中寻求诗意的呈现,这是很多人所诟病之处:北岛的诗歌远不如早期作品那么有力量。但我们可以肯定,北岛早期诗作是带有那个时代特殊的印记的,它们是公共化情绪的产物,并不代表北岛个人的全部诗歌技艺。他似乎是替一代人在言说,一旦时过境迁,一种认识同样会变化。这就是北岛的策略,他开始回归到真正的诗,简约但不简单,寻求更深层次的“变形”。

岁月沧桑之后的感慨,似乎成为每一个中国诗人的宿命。北岛说:“我相信宿命,而不太相信必然性;宿命像诗歌本身,是一种天与人的互动与契合,必然性会让人想到所谓客观的历史。”②不管北岛曾经或正在引起什么样的争议,他仍然是一个时代的标高。如今,文化英雄的时代已远去,他回到诗歌的现实,其实,就是回归了诗歌艺术的本质,或对生活的有感而发,或对技艺的重新强调。“故国残月/沉入深潭中/重如那些石头/你把词语垒进历史/让河道转弯//花开几度/催动朝代盛衰/乌鸦即鼓声/帝王们如蚕吐丝/为你织成长卷//美女如云/护送内心航程/青灯掀开梦的一角/你顺手挽住火焰/化作漫天大雪”,这是北岛的《青灯》,副题是“给魏斐德(Fred Wake-

① 唐晓渡:《“我一直在写作中寻找方向”——北岛访谈录》,《与沉默对刺——当代诗歌对话访谈录》,北京大学出版社 2012 年版,第 142 页。

② 唐晓渡:《“我一直在写作中寻找方向”——北岛访谈录》,《与沉默对刺——当代诗歌对话访谈录》,北京大学出版社 2012 年版,第 142 页。

man)”——一位美国汉学家。北岛在诗中大量运用了古典修辞和传统意象，如故国残月、把酒临风等，最后直指青灯黄卷的古意，这对他来说是少有的，但这并非是退守，很可能是一种内心的感发。北岛一直以来都是西方现代性的传承者，他的师承系统是西方，而非传统，当他回到传统时，其写作的另一种美已经产生。

在海外的这些年，北岛认为他对传统有了新的认识和领悟，“传统就像血缘的召唤一样，是你在人生某一刻才会突然领悟到的。传统的博大精深与个人的势单力薄，就像大风与孤帆一样，只有懂得风向的帆才能远行。中国古典诗歌对意象的重视，最终成为我们继承的财富。”①这也是北岛对意象有着一以贯之的钟情的原因，他早期通过意象的连接通向了诗歌的殿堂，而在后期，他仍然要求自己在意象的变形中达至另一种诗意的境界。

在很多人看来，北岛早期的诗作是通过精彩意象的组合而为大家所熟知的，中间有着他反抗的身影，这赋予了其诗歌一种时代的力量，这既不是刻意的迎合，也非诗人的独创，而是在那个特殊的时代写出了一代人的集体主义合唱。新世纪之后，北岛的诗歌仍然从属于意象群，这对于诗歌品味早已提升的读者来说，大诗人的诗歌写作有些落后了，没有赶上时代的步伐。这也是北岛的后期诗歌颇遭诟病的原因。时代变化了，可是北岛仍然停留在过去的位置上，即便不是原地踏步，至少他在远离汉语的环境中再也无法那么精准地把握自己，由此，他才沉迷于意象中不可自拔，这不是重塑了自己，而是在恒定中拒绝超越。

2008 年，北岛结束了近二十年在欧美飘泊的生活，定居香港，并任教于香港中文大学，讲授诗歌。一个富有批判精神的诗人，去国愈久，愈见出了生命的真。他如何保持这种批判的精神，的确是艰难的。当然，北岛无法再通过诗歌来批判了，他晚近的作品，已然没有了当年那种直白的呐喊，虽不失锐气与尖利，但更多则是平和的思索，甚至中间还夹杂一种追求语言技艺和表达的精致，因此，在艺术

① 唐晓渡：《“我一直在写作中寻找方向”——北岛访谈录》，《与沉默对刺——当代诗歌对话访谈录》，北京大学出版社 2012 年版，第 146 页。

上显得更为纯粹。“醒来:北方的松林——/大地紧迫的鼓声/树干中阳光的烈酒/激荡黑暗之冰/而心与狼群对喊//风偷走的是风/冬天因大雪的债务/大于它的隐喻/乡愁如亡国之君/寻找的是永远的迷失//大海为生者悲亡/星星轮流照亮爱情——/谁是全景证人/引领号角的河流/果园的暴动//听见了吗?我的爱人/让我们手挽手老去/和词语一起冬眠/重织的时光留下死结/或未完成的诗”(《过冬》)。现实的经验与困惑已经内化于精致意象的逻辑叠加,修辞的技艺和思想的力量之间,创造仍在隐秘进行。北岛并不过分钟情于话语暴力,由过去的向外转为后来的向内,再到如今的内外融合,他不是在消解政治,而是在建构精神,诗歌精神的建构中不失内在的批判。当然,他的批判,更多的还是表现在行动与精神上,这是一种人格与整体精神的张扬。他已经成为了诗人们作精神反抗的典范性标本,其诗歌作品和独立思想影响了很多后来者,而他的“流放者”姿态,同样也在一些年轻的、有思想的诗人身上获得了传承。除了诗歌文本之外,这是北岛为我们留下的另一份厚重的精神遗产,不可忽视,也无法规避。

到香港后,环境变了,心态也变了,但北岛对诗歌的追求之旅未变,他一如既往地读诗、写诗和推广诗。在其操持的“香港国际诗歌之夜”活动中,他召集海内外知名诗人聚在一起朗诵、交流,为喧嚣的时代提供了一处宁静的港湾,这是他作为诗人的责任使然。在一次演讲中,他借用里尔克在《安魂曲》中的一句诗——“因为生活与伟大的作品之间/总存在古老的敌意”,来探讨如何处理作家和他所处时代的紧张关系,如何面对作家和母语之间的紧张关系,如何解决作家与自身的紧张关系。“作家不仅要跟世界过不去,跟母语过不去,还得跟自己过不去。在我看来,一个严肃的作家,必须对自己的写作保持高度的警惕。”因此,北岛提倡诗人们应介入时代,警惕自我,创新母语。他早年的那份真诚、孤傲和清醒,又出现在了其言谈中,“其实可怕的不是苦难与失败,而是我们对自己的处境浑然不知。如果在大国崛起的广告板后面,是一个民族的精神赤贫,我们有什么可值得骄傲的呢?”①一个诗人以公共知识分子的良知与责任,以信仰的名义对接上了他的善意、爱和人文关怀,这对于花甲之年的北岛来说,确乎难能可贵。

散文作家徐晓说,北岛的诗现在仍然有那么多人喜欢,仍然可以从他的诗中得到力量,这是我们这个时代的不幸。这种说法是基于北岛写诗时所处的社会境况,与那个现实相比,当下时代的内部境况并未有多大改变,因此,读者从北岛的诗中获得共鸣也是必然的。不管北岛身上背负了多少误会和曲解,他仍然是这个时代不可多得的参照,这参照不一定是文学的,它可以是比文学更宽泛、更具永恒性的人格价值。他已经走过了那个辉煌的年代,并且留下了他曾经历过的痕迹,这痕迹影响了同时代人与后来者,我想,这对于一个诗人来说,也就足够了。

## 第三节　多多:手艺人的悲剧意识和尊严写作

多多不是一个简单的认同主义者,而是典型的怀疑主义者。但凡在写作上追求深度的,大都不可能轻易认同某种事物,当他以一个怀疑主义者的态度对待词语和世界时,各种追问和反思必然产生,甚至不乏对时代与社会的恐惧,当然,这种恐惧是来自内心的。多多也是一个兼有天才气质的诗人,学徒期很短,但一出手就相对成熟。这样的诗人不是没有,但一直坚持下来,且不断变化,给人新的惊喜的,又确实不多。多多虽然保持着一个本色诗人的姿态,但越来越趋于内敛,那是他体内的一种力,时时发作,或引而不发,总有一种蛮力在身体和词句间翻转腾挪,然后化成那些节制的文字,写出那些富有尊严的诗歌。

① 北岛:《古老的敌意》,《古老的敌意》,牛津大学出版社 2012 年版,第 153～154 页。

## 一、手艺人的张力和创造性

多多说:“诗,以其无用而自足,并以此蔑视权力。”[1]这无用之事,他坚持至今,而且会继续下去,我们每年都会看到他的新作,依旧先锋、精彩,在气质上毫不妥协。是什么让多多如此钟情于这“无用”之事?创造的快感,语言的乐趣,思想的挑战,抑或一种词语表达的责任?又或许是这些个体因素的综合。他将诗歌写到了一定高度,这不是看懂与否的问题了,而是一种清脆明晰的写作美学引领他向那深邃的方向走,这与时代和社会无关,只涉及严肃的手艺本身。多多所推崇的诗歌要求,就是张力,“没有张力的诗歌,或者说不紧张的诗歌我是不读的,没有意思。”[2]这话很直白、坦率,甚至有些决绝。张力在多多笔下就是硬性的标准,它让诗人不至于去重复自己,“无用”的写作,同样应该面对创造发言。

这些年来,多多以他独特的个性体现了什么叫倔犟,他没有像其他朦胧诗人那样唱出时代的赞歌或挽歌,也没有一窝蜂似地去写知识分子的玄学之诗,或者扎根于民间立场的口语之诗,更没有在新世纪投入到“介入”的召唤中去,也没有屈服于词语的变形,没有倒在消费与市场的诱惑之下,他一直在缓慢地向上走。不论是在国内时,还是去国离家客居异乡时,他都是在追寻一个高度,让自己不断地跨越。有一段时间,他甚至还写起了小说,这样一种练笔的转换,没有让多多丧失诗歌创作上的锐利之气,相反,还从另一个侧面与角度激发了他后来回国之后的再一次诗歌爆发。

他的辛辣、尖锐和犀利,可能并不是一种与当时的国家主流意识对抗的自觉,那或许完全出于诗人冥冥中的天赋,以及天生就有的高贵与雅致。这从他诗歌的用词、气息和质感上都可获知,因此,他一出手就达到了一个高度,此后就再也下不来了。多多作为一个时代的诗歌“刀锋”,更多的还在于他创作上的自信与不妥协性,因为书写的透彻,他一开始就表现出与北岛、顾城、舒婷他们不一样的生动,相

---

① 多多:《边缘,靠近家园——2010年纽斯塔特文学奖受奖辞》,载《名作欣赏》(上旬刊)2011年5月号。

② 凌越:《我的大学就是田野——多多访谈录》,载《书城》2004年第4期。

对来说，他的诗歌显出了一种难度和力量，这在于他不是满足于词语的表演，也并非是思想的闯关，而是要竭力解开现代诗歌的语言之谜，这是拦在多多面前一道无形的障碍，他需要写出一种重量，去对质那些轻飘的观念，于是，他将笔触对准了语言和思想融合的层面。“绿色的田野像刚刚松弛下来的思想/建设，就像一个无休无止的黄昏/当未来像队伍那样开来/你，就被推上陌生的乡路/在走向成长的那条僻巷中/万家灯火一片孤寂/牧羊人，紧握一支红色鞭杆/他守卫黑夜，守卫黑暗——”写于 1972 年的这首《告别》，“思想”一词早已出现在了诗里，开门见山，直抵本质。在那样一个自由言说能危及生命的时代，诗人已如此用力，可见他不想过于压抑自己，他需要一种全面的释放，词语的纵横驰骋在他的纸上是一道风景，而那些句子中透出的思想则是他与时代战斗的武器。诗人想告别什么？无非是告别过去的自己，或许是懦弱的自己，也可能是温润的自己，而在大时代中，他要在孤独中重生。多多曾经提出的“借诗还魂”，其实早已在他的话语中作了有效的实践，他不是在作悠闲的陶醉，也不是那种凌厉的抗争，而是将自己的一切都抵押给了诗歌，毫无保留。

就因为一种义无反顾和那种毫无保留的姿态，多多才从那些追随意识形态而行的队伍中走出来，回到自我，回到内心，他宁愿在孤独中接受诗神的眷顾，也不愿去媚俗地高喊政治的口号。“诗是心路历程，甚至要付出生命。”诗人以这样决绝的理想来写诗，当是倾注了全力的，所以，他才会在极致的发挥中不断地超越自我，自始如此。他有一首诗，名为《当人民从干酪上站起》，这首诗是多多在“文革”期间所写，也被很多评论家与研究者称为多多“地下”文学写作时期的典范。“歌声，省略了革命和血腥/八月像一张残忍的弓/恶毒的儿子走出农舍/携带着烟草和干燥的喉咙/牲口被蒙上了野蛮的眼罩/屁股上挂着发黑的尸体像肿大的鼓/直到篱笆后面的牺牲也渐渐模糊/远远地，又开来冒烟的队伍……”当一连串并不美好的意象相继出现时，我们能够想象到年轻的多多当时的心态，甚至一种阴郁的气氛开始弥漫，他情不自禁地要打破当时那种政治抒情诗一统文坛的局面，即便是处于“地下”状态，写着“无名”的诗歌，但内心仍然渴望“共名”。当然，多年之后，我们再来读这样的诗，只要对那段历史有所了解，确实能获得深深的共鸣感，这或许就是诗歌的力量。

多多所追求的，不是单纯的语言之美，也非纯粹的思想之力，而是美与力的结合，这才是真正的诗歌所要体现出的复杂性和力度感。因此，读多多这些年的诗，一个很深的印象，即是他对语言的挑剔甚至苛刻。没有张力和弹性的语言，很难在他的诗里获得位置，当然，他的语言又不是凭空想象，闭门造车，而是与现实息息相关的，他既没有沉于对历史的造访，又没有完全迷恋对当下的书写，就是在一些细小的人生与时代主题上作文章，所以他的语言是有着时代根基和社会气息的。也就是说，一种经验的力量和求真意志让他不可能太偏离于真实，语言的那种精准在他的诗歌衡量中是无法越过的重要标准。它是感性与理性的结合，也是情感与智慧的通融。“当社会难产的时候/那黑瘦的寡妇，曾把咒符绑到竹竿上/向着月亮升起的方向招摇/一条浸血的飘带散发不穷的腥气/吸引四面八方的恶狗狂吠通宵//从那个迷信的时辰起/祖国，就被另一个父亲领走/在伦敦的公园和密支安的街头流浪/用孤儿的眼神注视来往匆匆的脚步/还口吃地重复着先前的侮辱和期望”(《祝福》)。祝福应该是一种希望，但多多笔下的祝福并不美好，相反还显得异常黯淡，过度阴郁，这似乎是多多一贯的风格。所谓的美好和诗意，在此已经变形，诗人越过了那些绵软、温情和无病呻吟的唠叨，直接揭示出人生的痛苦本质。我们在他的诗歌中看到了一种悲观、漠视和冷冰冰，这是他独特的艺术，诗人或许就是需要这样的效果。就像他在《致情敌》一诗中所写：“在自由的十字架上射死父亲/你怯弱的手第一次写下：叛逆/当你又从末日向春天走来/复活的路上横着你用旧的尸体//怀着血不会在荣誉上凝固的激动/我伏在巨人的铜像上昏昏睡去/梦见在真正的冬天：有我，默默赶开墓地上空的乌鸦……”给情敌的诗，是一份挑战书，本就不会是欢快的，诗人以明快之力将自己装点成了一个战士，他的挑战到头来或许还是一场虚无。但是在诗中，多多出示的是他思想斗争的场面，它来源于想象和现实的短兵相接，内心的那根弦一直绷得很紧，几无松开的迹象。因此，他一直是严肃的，其诗歌既没有玩笑幽默的成分，也找不到任何插科打诨的段子式笑话，他的庄严中透出的，就是对语言的无限敏感，对时代的正直书写。而我们能感受到的，是隐藏在他那富有张力的语言背后所呈现出的一种精神承担，以及更多更丰富的诗意可能。

述及此，并非说多多在写作中没有困惑和难题，或许他的困惑和难题要比其他诗人更多，否则，他要是写得太容易和简单，也不会有后来更显深度与广度的作品。“大自然已没有另外的水墨，危险已被找到，诗歌已沦为边缘，而边缘靠近家园。诗歌享用这边缘，并继续为生病的河流提供仪式，为心灵提供可阅读的风景。”①他就是迎难而上，将对时代、社会和自我人生的敏感对接于最鲜活的词语，这样所产生的诗意，就是他的感受和汉语言之间博弈后的结果。因此，多多的语言创造是在细节中完成的，并非受时代的宏大抒情影响而书写昂扬与激情，他总是在逼着自己向内心索取精神的资源，乃至于每一首诗都要写到一种极致。这是创造力的体现，而我们在感佩绝妙与震憾的同时，诗人却早已留下他解决过的难题，去追寻另一层语言的高度了。

一个阶级的血流尽了
一个阶级的箭手仍在发射
那空漠的没有灵感的天空
那阴魂萦绕的古旧的中国的梦
当那枚灰色的变质的月亮
从荒漠的历史边际中升起
在这座漆黑的空空的城市中
又传来红色恐怖急促的敲击声……

——《无题》(1974)

对于诗意的形态有多种，有的诗人热衷于清晰的抒书，他认为用

① 多多：《边缘，靠近家园——2010年纽斯塔特文学奖受奖辞》，载《名作欣赏》(上旬刊)2011年5月号。

清晰的素描式的手法也可以写出富有诗意的诗歌来。而大多数诗人都是借助更多的诗歌意象来营构诗意的，有的诗人用对词语的非正常使用来营构诗意，还有的诗人则是用一些冷峻的笔调制造模糊与暧昧的意境来营构诗意，多多就属于这种。

即使是这样的国家主题，多多也没有像一些朦胧诗人那样去找一个抒情的靶子，尽力朝上射击意识形态的子弹，有时一种稚嫩的反抗也会显得空洞、无力，多多要寻找的，是那些更具体的东西。这些带着体温的词语才构成了他紧凑的诗意，他在其中注入了思考、洞察和自我超越感。“诗歌写作是很神秘的。诗人不是记者，记者是向外找消息和信息，诗人是向内的。创作是灵感的触发，再加上消化、循环和整理的过程。”①多多在一次获奖之后接受记者采访时如是说。这种说法恰好应证了多多从自身内部寻求写作资源的方式，他可能显得孤独，有时甚至在世俗生活中会流露出无助之感，但他在面对诗歌时的强大内心，却是少有人能够达到的，这是一种自我要求，更是他对自己的一份期待。诗人的魅力呈现，其实更多的时候还是在于语言的创造，如果语言匮乏了新鲜感和活力性，是很难在读者那里获得接受、认可与共鸣的，多多将诗歌当成了他终生的信仰，这对于他来说，不是完全背负的重力，而是在敬畏中对诗歌天启的一份领受，这种领受让他在诗歌中呼吸、发声，乃至激活潜在的语言创造力量。

## 二、在否定中靠近和领受诗意

对于自信的多多来说，他很少谈到自己的师承，只是在那篇曾引起反响和争议的雄文《被埋藏的中国诗人（1972～1978）》中，诗人承认他曾受过食指的影响：“初次读到郭路生诗时我的感情是冷漠的。像任何一位中学生一样我不喜爱诗歌。直到自己成为创作者后，才开始对郭路生的诗有了认识，并伴随着岁月的流逝和众多青年诗人的出现而增加新的意义。”②从多多的言辞中，我们可能发现，食指对

---

① 参见陈亚冰：《多多的声音：那就是诗歌的声音》，载《海南日报》2010 年 11 月 15 日“海南周刊”。

② 多多：《被埋藏的中国诗人（1972～1978）》，廖亦武主编《沉沦的圣殿》，新疆青少年出版社 1999 年版，第 195 页。

他来说或许还谈不上影响，只是一个写作的参照罢了。多多很大程度上是在寻求自我处理的方式，如同一个未曾解谜的传说。在这篇文章中，多多谈到了在他前后或与他一同出道的不少诗人，这些诗人在多多心目中是有分量的，正是他们构成了一个时代的辉煌。多多这篇文章出来后，一直为很多人所激赏，这也是诗人为数不多的创作谈之一，他极少站出来对同代人发言，但只要言说，必定会有他独到的见解。诗人马佳说："多多非常有勇气，真正揭示了这个群体生存和发展的历程，实际上也匡正了这些诗人沉寂之后，为媒体所变形的一种对历史的评说。"①师承对于多多来说似乎是个谜，他给我们的感觉更像是自学成才，他在书写中推着自己朝前走，其动力永远是下一首诗最好。这些年，多多没有走回头路，他没有求助于传统，也未过多地迷恋西方，他在自我摸索中形成了自己多元的风格。

多多在 2011 年写的一首诗，标题是《读伟大诗篇》，写这首诗时，诗人已是花甲之年。相比于他的代表作《阿姆斯特丹的河流》《从死亡的方向看》《读伟大诗篇》一点都不逊色，我们读之，仍能从中见出诗人不凡的诗歌天资，以及这些年来他笔耕不辍的自我修炼。

这童话与神话间的对峙
悲凉，总比照耀先到
顶点总会完美塌陷
墓石望得最远

所有的低处，都曾是顶点

从能够听懂的深渊
传回的，只是他者的沉默
高处仍在低处
爱，在最低处

① 廖亦武，陈勇：《马佳访谈录》，廖亦武主编《沉沦的圣殿》，新疆青少年出版社 1999 年版，第 216 页。

让沉思与沉默间的对话继续

在此诗中，那种深层次的冥想，带着深深的神秘感，它源自诗人内心追求的高度，以及他持久保持的审美趣味。这样的诗作，除了语言的高超技艺之外，还有就是形象的哲思，那是生活经验所溢出的部分，在沉重和孤独的意味中显出了诗人的个性。所以，这首不俗之作虽然我们也能看懂，但很清楚：它是拒绝阐释的。没有格言警句式的字眼，也无纯粹俗世的口语化言说，虽然诗人也在与我们进行人生的对话，但他对话的基点不是日常，而是献给无限少数人的灵魂之语，有其耐人寻味之处，注重的不是单一的意象，而是整体的境界。

伟大诗篇给诗人多多带来的，就是一种神灵的启示，对虚构之物的感喟，对爱的特殊表达。诗的最后一句——“让沉思与沉默间的对话继续”，就是爱之延伸的体现。经典诗人为我们提供的启蒙，很多时候就像这样，会超越实感和经验层面的说教，而达至抽象观念与终极追问的建构，这是对我们心灵作存在主义审视的重塑。多多擅长这样的难度写作和自我挑战，这也是他为何花甲之年仍在一种复杂和简洁间较量的原因，他只要还在写，就会选择难度，写到极致乃至极限。有评论者在论到多多早期诗歌时，曾作过如此评价：“向一种语言的极限挑战，无疑是诗人的定命。每一个使用这种语言的人，都应该感谢这样的诗人。”①这样的评价，既是针对多多的，其实也是针对所有有志于优秀诗歌创作的诗人。你在面对诗歌时，必须要培养自己挑战一切语言极限的能力，这是我们能写下去并保持持续性的理由。

多多作为一个值得借鉴和学习的典型个案，其实也是很多年轻诗人的表率，他几乎经历过朦胧诗以来所有的先锋诗歌运动，但他并没有融入到哪门哪派中去，而是走自己的路，从而创造出独特的风格。他至今的写作仍然富有活力，能给人创新之感，既不坐享其成，也不人云亦云；既没有像很多“老诗人”那样，先锋的路走不下去了，

① 庄周：《齐人物论》，上海文艺出版社 2001 年版，第 111 页。

就自然地转向古典，向传统文化寻求资源，也没有像很多人一样自觉地后退，退守到一种中庸和保守当中去，最后不可避免地走向平庸。这样一些面对创作枯竭的做法，在多多这里是不允许的。他写作中的现代性，与其早期出道时的成熟一脉相承，且丝毫也不逊色于当年的出手不凡。这些迹象表明：心态和自我要求的程度，与主流文学圈保持怎样的距离，直接决定了一个诗人能有多久的持续性创造力。

生命能量的强大与否，与一个作家和诗人的创造力是成正比的。诗人心态的年轻，与其对时代的认知，对自我觉醒的体验，对社会时事的敏锐，都息息相关，总之，你必须在该混沌时不去过于计较，而在该清醒时又不得装糊涂，这样的分寸必须拿捏到位，而且还需把握好中间那个度，这是很多希望能达到多多那种境界和高度的诗人所必须遵循的原则，所应该有的自我诉求。此外，多多还有他的理想：语言创造的理想和思想探寻的理想，这两种理想的结合，让他不管身在国内，还是"流亡"海外，都对自己的母语不离不弃，在汉语语境里思考，是他写作的源泉。而且，他还时常带着一种被侵略的危机感，所以他保持了高度的警惕，对自我的约束和洗礼，对异域文化批判性的接受和理解。这是多多的写作在当下不失尊严的见证，因为他一直在记录人生的变化，对于过往的记忆，对于现实的秩序，对于未来的遭遇，他都在作着自己的预见和解析，不让诗歌陷于世俗的泥淖，不让敏锐的意识变成知识谱系的附庸，也不让对爱的承担变成了琐碎的经验、被奴役的直觉以及为喧嚣所淹没的力量。这些都是多多在这个人才辈出的互联网时代仍能立于不败之地的缘由，他首先就解决了自己的眼光问题，把握住了诗歌的核心价值，且一直在朝着那个方向坚定地努力。

新世纪初，多多在离开中国文坛多年后，仍然准确地把握住了文学的命运："文学，已在卓越的论述中走远了/就像参加一场没有死人的葬礼/或穿行一段没有人生的句法/毕竟快，让可做的不多了/而停，也就是羞辱它"（《在一场只留给我们的雾里》）这样的预言，既是一场审判，又带着诊疗的善意，这个时代让文学走向了末路，但是作为一个诗人，他又不能参与到文学的葬礼中。快节奏的写作与阅读，几近于让文学没有了前行的空间，而停下来不走了，这对于写诗的人来说，就是一种“羞辱”，因此，诗人在自我鞭策中依然选择认真地写作，且越发坚定和自信。在新世纪的诗歌氛围中，一个有追求的诗人处于何种状态是很重要的，它直接关系到你建立怎样的写作空间，或者能够为自己创造一种什么样的精神美学，它是这个时代诗人作为语言理想主义主体的动力之一。你需要打破一切不必要的束缚，抵制住一切利益的诱惑——自我的和他者的，同时还要不屈服于权力的压迫，不参与整齐划一的集体主义的合唱，从而挽回自由创造的尊严，让诗歌真正成为这个浮躁时代的净化剂和传递爱的力量。

这些年来，多多一直保持着旺盛的创造力，且诗歌技艺和观念一点都不腐朽，不像很多过了四十岁的诗人，下笔就自觉地带上了一股腐朽之气。多多对自己是有要求的，不是能写就行，或者保持写的状态就行，而是在下笔时需要达到一个技艺与精神融合的高度，不苟且，不随意，不哗众取宠，这对于一个写了几十年且有很高声誉的诗人来说，是很难得的。在《我读着》这首诗里，当时40岁的多多，以生命的激情和理性完成了对父亲的解读，对于这一很多男性诗人无法驾驭并处理好的“父亲题材”，多多为后来者树立了榜样，写出了一首经典之作。十年之后，50岁的多多，又写出了《我梦着》，同样是写给父亲的诗，相比于《我读着》更显深沉与大气，那是知天命的男人对父亲的认识，虽然是梦境的记录，却渗透着诗人对自我的承担、反省和审视精神，同时也坚韧地守护着汉语的尊严，那尊严来自表达的严谨、思想的理性和全部词语的力量。由父亲之诗，我想到了多多的一段言说：“在词的热度之内，年代被搅拌，而每一行，都要求知道它们来自哪一个父亲。歌声成了问题，思越过最弱的一拍——大疑变为琐碎的追问。”[①]这是多多在诗与思之间找到的一条隐秘通道，它可能不明晰，但直指问题的核心——我们写作主题的原点在哪里，因无法清楚地道出，只能以“追问”的方式来道出疑惑，带着问题去思索，这是惯常的写作之道。它不是宿命，也不是悲观的格调，而是必然的

---

① 多多：《诗歌的创造力》，《诺言——多多集1972～2012》，作家出版社2013年版，第286～287页。

选择。

作为一个诗人，当你的文学观不能和更多人联于同一个层面的文学世界时，就需要反思，自己的写作到底在什么地方出现瓶颈，包括对困惑与迷惘的洞察，对一种新文学秩序的重估，都是诗人们必须面对的问题。如今的多多，正在面临着新一轮转型，这不仅是诗人的收获，也是汉语诗歌的光荣。与很多老诗人不一样的是，多多至今仍然在否定中写作，这是他一以贯之的精神，似乎只有在否定中才可靠近问题的本质。

> 没有表情，所以支配，从/再也没有来由的方向，没有的/秩序，就是吸走，逻辑/没有止境/没有的，/就在增加，有船，但是空着/但是还在渡，就得有人伏于河底/挺住石头，供一条大河/遇到高处时向上，再流进/那留不住的，河，就会有金属的/平面，冰的透明，再不掺血/会老化，不会腐化，基石会/怀疑者的头会，理由/会，疼不会，在它的沸点，爱会/挺住会，等待不会，挺住/就是在等待没有/拿走与它相等的那一份/之间，让挺住的人/免于只是人口，马力指的/就还是里程，沙子还会到达/它们所是的地点，没有周围/没有期限，没有锈，没有……
>
> ——《没有》

没有，是一个否定。多多的诗歌，很多时候的确是在否定，否定是有力的，直接的，率真的，不心虚，不卑微，否定的是那么自信，那么富有力度。这是多多诗歌的力量所在，他在否定中创造一种肯定，在否定中把握节奏感，在否定中理解一切不可能的事。多多诗歌的诗意总是来得那么突然，却又恰到好处，出其不意的句子像是从半路杀出，想象跳跃，既像画面，又似声音的自然流露，可是他怎么写，都不毁坏诗歌自身的逻辑，依然那么连贯，顺畅，像是从来没有发生过一桩超出我们想象的事情。多多是一个相对严谨之人，当年他一出手就成熟，就能震撼先锋诗坛，靠的是天赋，性情，以及他这么多年对诗歌的执著，那是他的信仰，他的宗教，而不仅仅是日常表达和情感发泄，他寄托于诗，不需要像一些悲壮的人那样，硬撑着却还抱怨不已。对于诗歌本身，多多好像没有什么抱怨，虽然我们在他的诗中多看到否定之语，其实，那只是他写作人生的一个面向，当更多元的生活来袭时，一切又变得那么自然，不留多少做作的痕迹。多多还有一首同题诗《没有》，他又在否定中出示了肯定之意，而肯定不过是一场语言和哲学之思，最终通向真理的澄明之境。多多就是在那缠绕的神秘中，甚至在一种带有哲思意味的矛盾和冲突里找到了悖论之美。语言是他诗歌的中心，由中心向外辐射的，是更多元、更丰富的意义可能。

**三、爱的视野与悲剧性书写**

诗人太过于沉重了，很可能就会中断写作。他无法从人生的悲剧性与自己创造的那种诗意悲剧中挣脱出来，长久地沉浸其中，而无法自拔，这是很多艺术痛感太强、使命感与文学责任感太强的诗人一生很难保持持续性写作的主要原因。一方面，他们在自己的诗歌写作过程中逐渐看透了人世与人生，认为再无必要继续写作；另一方面，他们在悲伤的氛围中沉迷于语言的自我纠缠，很难清晰地摆脱那样一种沉重。所以，诗人三四十岁时都有一个明确的分界线，在此之前的青春期创作是出于一种冲动和欲望，而之后的诗歌则是出于一种写作惯性、人格的持守与“历史意识”（艾略特语）。诗评家徐敬亚说过：“老写手有套路，那是多少年一首诗一首诗地踩出来的胡志明小道。但是他可能会更加痛苦。因为是套路，所以不刺激，旧的东西总是不能唤醒新的满意。这对诗人来说是致命的！”[①]的确如此，老诗人对自己的要求更高，这样的写作，局限一多，束缚也就多了。所以老诗人要想写好诗歌，写出来的作品要让自己和他人满意，并非一件容易的事情。

多多提倡诗歌是一门手艺，这种观点，更年轻的诗人朵渔也提出过，并与多多的“手艺说”有着异曲同工之妙，他在诗歌的手艺之路上行走得游刃有余。徐敬亚也结合着年龄与诗歌技艺的关系，曾提出

---

① 徐敬亚：《男人类的英雄诗气——与诗人天界的一次单向对话》，载朵渔主编《诗歌现场》，总第3期。

了“活到份儿”与“手艺活儿”这种更带有普适性的词语标准。词语是手艺的构成因素，多多说，“在我们陈述时，最富诗意的东西已经逃逸，剩下的是词语。”①这是诗歌的幸还是不幸，似乎说不清楚，但有一点是我们无法规避的：词语是诗歌的源泉，而又逃脱不了被安放的结局，词的悲剧性产生，诗意也就随之降临。多多只关注他的手艺如何显现出独特的诗意，而并不去刻意追求某种系统或概念化的命题，口号和命名对他来说是无效的，他拒绝发言，因此，他最后只剩下了诗，面对文本说话，是他敢于直言的根本。

墨西哥诗人帕斯精辟地论述过诗在人的生与死之间所扮演的重要角色：“诗为人在生和死之间提供了一种可能，这种可能不是宗教上永恒的生，也不是哲学上永恒的死，而是一种意味和包含了死的生，是一种既此又彼的存在。诗的逻辑，诗的意象，并未否认人的本质：他发现这一本质，呼唤人去充分实现这一本质。实现自我的可能对每个人都是平等的，诗创作就是这种可能性的表现方式之一。”②诗揭示人的本质恰恰是诗人的创作过程与结果的显现，诗人也在这一过程中不断地进行诗与自我的完善，并进行生与死的体验，感觉、矛盾、神话与上帝的形象都在生活中得到再现，这些不可理解的物象在诗人笔下成为融合了爱的统一体。诗歌成为了普遍的实现人的本质的语言形式。

爱与死亡这两个主题，在多多的诗歌中很普遍，它们直接呈现出一种悲剧精神。哲人乔治·卢卡契说：“人们对生活的热爱，在于生活的朦胧不清，变幻不定，它就像钟摆一样不停地摆来摆去——然而，它的摆动决不会超出正常的限度。生活的变幻使人们热爱生活，这种变幻就像单调催眠的习习和风。但是，奇迹却是某种起确定作用并亦被确定无情地将生活转变为一种鲜明清晰的数学方程式，然

① 多多：《诗歌的创造力》，《诺言——多多集 1972～2012》，作家出版社 2013 年版，第 285 页。

② 奥克塔维奥·帕斯：《诗的揭示》，崔萍译，奥克塔维奥·帕期斯：《帕斯选集》（上卷），作家出版社 2006 年版，第 362 页。

后再将它解开。人们憎恨、害怕这种鲜明清晰。"[①]即使是抒写父亲这样带有温情的形象，诗人仍然以他冷静的审视笔调追忆了过去"读着父亲"的经验。"十一月的麦地里我读着我父亲/我读着他的头发/他领带的颜色，他的裤线/还有他的蹄子，被鞋带绊着/一边溜着冰，一边拉着小提琴/阴囊紧缩，颈子因过度的理解伸向天空/我读到我父亲是一匹眼睛大大的马//我读到我父亲曾经短暂地离开过马群/一棵小树上挂着他的外衣/还有他的袜子，还有隐现的马群中/那些苍白的屁股，像剥去肉的/牡蛎壳内盛放的女人洗身的肥皂/我读到我父亲头油的气味/他身上的烟草味/还有他的结核，照亮了一匹马的左肺"(《我读着》)。诗中一些男性器官与特征的展示，尤其是诗人将父亲"读"成了一匹马，这恰恰表现父亲作为雄性力量的象征，而这种象征不是高大、威严的传统父亲形象，而是一种历史性幻化的陈述，粗粝却又不失高贵。"我读到一张张被时间带走的脸/我读到我父亲的历史在地下静静腐烂/我父亲身上的蝗虫，正独自存在下去"，诗人所读到的外在东西开始消失，因为回忆的目光抵达了当下，诸多虚化的存在都无法挽救，只能任由它们随时间流逝而远去。整首抒写父亲的诗，于悲剧叙事中无不透出一股野性的力量，它消解了我们心目中既定的父亲形象，还原了"父亲"作为普通人的一切生命内涵。在众多讴歌与怀念父亲的诗歌中，多多的《我读着》反拨了抒情主体滥俗的升华之欲，在那些极富原始气息的意象拼贴里，我们能够领略到一种生命"求真"哲学的内在思想。

多多的《我读着》，对传统的父亲神秘形象进行了消解，带着一种悲剧色彩，他的另一首《我梦着》，同样是写父亲，却另有一番滋味："梦到我父亲，一片左手写字的云/有药店玻璃的厚度/他穿着一件蓝色的雨衣/从一张老唱片的钢针转过的那条街上/经过洗染店，棺材店/距离我走向成长的那条街不远/他蓝色的骨骼还在召唤一辆有轨电车//我梦到每一个街口，都有一个父亲/投入父亲堆中扭打的背影/每一条街都在抵抗，每一个拐角/都在作证：就在街心/某一个父

---

① 乔治·卢卡契：《悲剧的形而上学》，傅正明译，《悲剧：秋天的神话》，中国戏剧出版社1992年版，第39页。

亲的舌头被拽出来/像拽出一条自行车胎那样……//我父亲死后的全部时间正全速经过那里/我希望有谁终止这个梦/希望有谁唤醒我/但是没有,我继续梦着/就像在一场死人做过的梦里/梦着他们的人生……”那些通过梦境被唤醒的记忆,让变形的父亲形象在诗人笔下有了多重意义,因为它越过了表层的浅薄,而切入到了深层的意义的世界。正是梦境中那些丑的意象叠加,现实的父亲游离于虚构的父亲之外,我们才会从出乎意料的表达中获知一种意味深长的期待,连期待本身也耐人寻味。

从死亡的方向看,诗人到底看到了什么?在我看来,还是一种孤独和爱。我们虽然从多多的诗歌中看到的大都是悲剧,然而,这悲剧所体现出来的,还是诗人更多的爱,而且随着岁月的流逝,这种爱与善的情感愈发强烈,除语言的创造之外,它们构成了诗人全部写作的价值。他写他的感谢之意:“在归还它的时候借它/感谢空地,实在就是大地了//向着下工时分的煤区扩散它的地理/感谢它的过去,已显得尤其宽广了//在祖先的骨骸拒绝变为石像的那条线上/感谢树木的伫立,就是亲人的伫立了……//向着有赐予继续发生的地点鞠躬/感谢土地深层的意思已传至膝头”(《感谢》)。每一次感谢都事先毫无征兆,但又实实在在地发生了。这种感谢里暗含着诗人的飘忽、游离和专注、集中所形成的反差。矛盾的出现,于是有了那些交叉的思考维度。而他在写爱时,同样也不按常理出牌,总给我们出其不意的生动与明快:“我爱动情的房屋邀我们躺下做它的顶/我爱侧卧,为一条直线留下投影/为一个丰满的身体留下一串小村庄/我要让离你的唇最近的那颗痣/知道,这就是我的诺言//我爱我梦中的智力是个满怀野心的新郎/我爱吃生肉,直视地狱/但我还是爱在你怀里偷偷拉动小提琴/我爱早早熄灭灯,等待/你的身体再次照亮着房间……”(《承诺》)多多的爱,不是世俗之爱,而是一种语言发现中的思想之爱。当好些我们不曾想到的意象和词语组合叠加在一起时,一种意外的诗性出现了,那是完全不同于朴素的心灵之歌的奇特面貌,离我们很远,却又让人欲罢不能。这种感谢、爱和承诺,因诗人精彩的演绎,我们牢牢记住,词语被束缚,但诗意获得了解放。

在世纪之交，孤独依然伴随着诗人，一时之间似乎难以消除。但从某种程度上，孤独能够拯救诗歌。当消费社会的经验被泛滥成灾地使用时，孤独能从另一方面让诗歌变得干净和纯粹。多多诗歌的数量虽不算多，但他投入在诗歌写作上的时间与精力，却不比其他多产的诗人要少，他是将诗歌当作了自己的事业乃至信仰，所以，精神的力量促使他不断地去完成一种诗思哲学的改造，从而确立自我的书写价值。他很清楚文学和诗歌在当下的处境，但他并没有放弃，那是他的信仰乃至生命。“文学，已在卓越的论述中走远了/就像参加一场没有死人的葬礼/或穿行一段没有人生的句法/毕竟快，让可做的不多了/而停，也就是羞辱它”（《在一场只留给我们的雾里》）。为了让文学不再被羞辱，多多认为自己应该有使命去保护它，坚守它，这才是自我作为一个完整的文学人生的终结。语言和思想的魔法让他无法停下来，他还要继续往前去追寻，这或许就不是一种承担了，而是人活着的本体自觉。精神之事从乐趣而成为一份事业，它的魅力就在于其创造过程中那迷人的风景，我们偶尔停下来观望，或许会有一段意想不到的收获。从多多的诗歌里，可能就会得到如此的自我观照，它是超现实的呓语，但生活有时就带着这无用的必要。

作为一个纯粹的诗人，多多比更多人明白历史理性与个人感性之间的那种微妙结合是非常重要的，这对于一个不断在改变自己而不重复的诗人来说并非易事，许多悬而未决的事情仍然让人无法深知，而一些已有定论的事情却在诗中无法成为可资表达的素材，它们显得陈旧与乏力，去蔽的事情落在诗人头上时，唯有爱能解决这一问题本身。

## 第四节　王小妮：为日常体验和真挚抒写作证

1980年代以来的诗歌运动，让很多诗人陆续陷入迷茫与尴尬的境地，尤其是随着消费社会的来临，诗歌被小说、散文的读者抛弃，同时又被电视和网络冲击，受众锐减，诗歌的光环消失，一些诗人的自尊心因此受到伤害，所以，很多选择逃离生活压力的诗人，难以抗拒内心对世俗诱惑的认同与向往。这些年来，能够真正不为潮流所动，恪守诗歌的坚定立场，不断地完成转向与突围，最终走到现在的诗人并不多，而王小妮就是其中一个。王小妮和很多朦胧诗人是同龄人，她也正好赶上了朦胧诗运动的“尾巴”，但是她后来并没有加入任何诗歌团体或流派，而一直遵循自己对于诗歌的独特理解来写作。“不为了什么/只是活着。/像随手打一缕自来水。/米饭的香气走在家里/只有我试到了/那香里面的险峻不定。/有哪一把刀/正划开这世界的表层//一呼一吸地活着/在我的纸里/永远包藏着我的火。”（《白纸的内部》）脆弱的身躯内有一颗激情之心，这可能就是诗人的写照。她要撕开包裹着人生疑惑和困境的那一层层纸，探寻里面险峻的风景，而这也就是诗人的使命。王小妮看似平静的写作中，其实暗含着巨大的能量，那是一种力，既在毁灭，也在新生。

**一、低调而独特的“个人化写作”**

王小妮的诗歌状态一直让很多人羡慕和敬佩，这种敬佩不是带着激情的非理性，而是一种发自内心的信服。甚至可以说，相比于那些曾经大红大紫的朦胧诗人来说，王小妮有些“背时”，她既没有像同龄的朦胧诗人那样，在诗歌辉煌的年代获得自己的名声与地位，也没有像后来居上的“第三代”女诗人那样依靠出位的性别书写，而被贴上“女性写作”的标签，顺利地进入文学史。王小妮从一开始就没走“投机”之路，她选择了低调，坚持，将诗歌当作了一生的信仰。当那些在她前后出道的诗人们都进入了主流时，王小妮甘守边缘，因为她相信，真正的诗意和真正能追求到诗意的人必然边缘。[①] 她一出手，就与他者有别，她捕捉生活中那些细微的感觉，它们虽转瞬即逝，但真实、可靠，是我们能够真切感受到的东西。

沿着长长的走廊/我，走下去……//——呵，迎面是刺眼的窗子，/两边是反光的墙壁。/阳光，我，/我和阳光站在一

① 王小妮：《今天的诗意》，载《当代作家评论》2008 年第 5 期。

起。//——呵,阳光原来这样强烈!/暖得人凝住了脚步,/亮得人憋住了呼吸。/全宇宙的光都在这里集聚。//——我不知道还有什么存在。/只有我,靠着阳光,/站了十秒钟。/十秒,有时会长于/一个世纪的四分之一!//终于,我冲下楼梯,/推开门,/奔走在春天的阳光里……

这首《我感到了阳光》是朦胧诗时代王小妮的作品,也是我能找到的诗人最早的诗作,写于 1980 年 4 月,此时的王小妮还在吉林大学读书。但与当时盛行的集体主义合唱和"我不相信"的朦胧诗不一样的是,王小妮的这首诗有着独特的个人气质。这是一首瞬间之诗,也是一首"印象"之诗。阳光是可见的,而诗人却是用直觉去感受,她以细微的视觉触摸到了春日阳光的暖意,用内心之光和宇宙之光的对比,呈现出了别样的诗意。这首带着极强的个人感官色彩的诗,在那个时代显得有些异类,当他人还在写"大我"时,王小妮已经写起了"小我",这种写作方式从一开始就与众不同。也可以说,诗人是有前瞻意识的,她有自己恒定的美学趣味,而不是追在时代风潮后面人云亦云,因此,将王小妮划归到任何时代的任何诗歌流派,都会显得不合时宜。

王小妮的朦胧,既不是用意象叠加营造的模糊与晦涩,也非那种完全靠想象力变换词语组合的炫技,而是靠感受日常细节而凝炼出的含蓄和蕴藉,所以,她的诗中没有过多的时代印痕和才女之气,更无多少花哨的雕饰和冒险,它就是纯朴的,明心见性的。"王小妮最初的诗,自然地带着一种平视生活的眼光,一种普遍的真诚,并无那种极易引来关注和评论的贵族式优雅。她类似一个天资聪颖的中学生,以深陷自我细节的笨拙的课堂作文方式,出现在诗界。"①诗评家徐敬亚如是说。很多刚出道的诗人,都是迫不及待地在写作上做加法,什么好词都往诗里放,什么好句子都需要朝里堆,似乎只有这样才会显出一个诗人的才华和灵气,也只有这样才会让一个初学者获

---

① 徐敬亚:《一个人怎样飞起来》,《我的纸里包着我的火》,春风文艺出版社 1997 年版,第 6 页。

得自信，尽管这种自信有可能是虚幻的，不切实际的。但是王小妮表现得很冷静，她需要打破那些负重的遮蔽，还原诗歌的真实，所以，她一直在做减法，这种减法不是从她过去的文字中删除掉那些累词赘语，而是从一开始就自觉地发出了干净和纯粹的美学之声。

有人可能会产生这样的疑问：王小妮是否只偶尔有作品与其他朦胧诗人们步调不一致呢？她还会有一些作品是在书写激昂和宏大，作排比式抒情，或扩张英雄主义的神话吗？在读了王小妮的早期诗歌后，或许会得出这样的印象：她没有刻意去贴近大时代的风起云涌，也没有将自己埋首于历史的故纸堆中，她从现实生活里获取点滴素材，去观察，去聆听，去触摸，去感受。“我在路边的草丛里蹚过，/任凭露水打湿裤腿。/弯曲的小路上，/颤微微地/背粪筐的是谁？/——他，身子像棵病松，/人说他年轻时/走路如飞……//我在突来的冲动里奔跑，/心好像被记忆捣碎。/当初，他教我铲地，/也是这样深深地躬着背。/——他，还没添件褂子吗？/他只进过一次城，/却舍不得买碗水。//我逆着老人的身影跑，/眼睛被整个天空灌醉。/眼前，只有/刚刚跳出地面的太阳，/又大又红又黑……”（《早晨，一位老人》）诗人就是以素描般的笔触绘出了一幅老人在早晨的画像，虽然字里行间不乏同情和怜惜的感慨，但在整体上诗人倾向于如实的日常性写作。就是这样一贯的写实风格，让王小妮的诗歌在很长时间里没有冒出来，她更多的时候是忠实于内心，而非被时代和潮流所挟持。这才有了她那些在当时根本不会引起反响，现在看起来仍然显得“不过时”的诗作，《地头，有一双鞋》《假日·湖畔·随想》《送甜菜的马车》《一个年轻的工人》等，都是对日常状态的一种采撷，或者是对生活细节的截取，但它们都需要诗人去直面自己的选择和取舍。王小妮选择了日常生活中不为人所注意的那一面，它们可能无法吸引更多人的眼球，也不会在瞬间熠熠生辉，而是要求诗人去作有效的诗意转化。

其实，王小妮在写作中的转化之功已下得足够深，她有能力去将日常经验作诗意的处理，但是她没有去卖弄和炫耀，也没有高喊自己的创造，这是她几乎从无争议的缘由。不走极端，不事夸张，拒绝空洞的抒情，让所写之物事能够落实在地上，这是王小妮诗歌写作的核心价值。不管时代如此变幻，社会怎样粗鄙，她总是在坚定地描绘内心的真实。她写孩子："你的小脚趾头儿/是一串透明的小樱桃/喝醉了奶/你坦然地/在小床上睡着，睡着/胳膊像伸展的枝条/头发是细嫩的叶子/在阳光里慢慢地飘"(《你是我的小樱桃》)；她写爱情："你的手/不能浸在冷水里/你的外衣/要夜夜由我来熨/我织也织不成的/那一件白又厚的毛衣/奇迹般地赶出来/到了非它不穿的时刻！"(《爱情》)她写家："因为有一扇门/可以紧闭/因为那盏灯总不愿熄灭/因为你与我/都深知/一公里外/恶谜般的林子/因为/我，有时/要哭个痛快/并且讨厌人劝阻/因为/你有时也变得柔弱/需要我的手/支撑//我知道/宁静/不一定太长久/哪怕有一分钟/你和我/也要结成一个家庭"(《家》)。她的这些作品，大都立足于真实场景与切身感受，而无多少虚构的成分，这种与自我的对话，就是具体而微的生活现场，诗人用文字将细节记录下来，作为日常的诗意见证，正好贯穿了她写作的始终。

王小妮在一篇散文中曾道出了这样的观点："诗人们只歌唱麦子，显然太唯美，太着重它美丽的颜色，它在短暂中覆盖了大地的金黄。而真正值得我们歌唱的，必是实实在在的好东西，比如土豆。"① 所以，我们在她的诗中，同样很少看到那些虚幻的美好，她的书写诚恳、扎实，直抵人心。无论是叙事，还是抒情，都不会太偏离普世的价值。尽管王小妮相信真正的诗意是那种"飞起来"的感觉，但是它们终究脱离不了身体的重负，必须落实到对人的情感和思想的探索中。因此，她的诗写一直排斥虚妄，不受功利之心的奴役，这是在完成了自己的日常生活之后所拥有的最为真实的写作心态。

在对写作的认知与实践中，王小妮的出招确实与他人不同，她没有拿出奇制胜的怪招，也不出讨巧投机的花招，更无心剑走偏锋的冒险，她虽然追求的是在边缘的诗写状态，但她的文字一直很沉着、瓷实，甚至看起来有些"拙"。但正是这种"拙"，让王小妮的书写显得厚重、坚实，富有力量感。王小妮说："诗人和诗必须心甘情愿地呆在边

① 王小妮：《巫峡的背后》，《安放》，山东文艺出版社 2007 年版，第 74 页。

缘,这是必须的,你如果是主流,你就不是诗。因为只有边缘,才是稀有的、独立的,没有被另外的东西干扰影响,你的脑子始终保持着的是新鲜感,……也是悲惨的。而悲惨是一种美,在有的时候。”①甘于边缘的心态,让她始终低调,的确,写诗不是喧嚣的事业,它就是一种内在的精神追索和美学诉求,对修辞和表达如此,对思想与境界同样有这样的标高。在边缘或许让诗人更清醒,日常的诗意其实是她在明晰状态下对生活最真诚的回应,体验,捕捉,挖掘,最后让世俗文字在转换中脱胎换骨。

她基本不玩大动作,也不玩惊险动作,因为那样只可能引来一时的目光,而无法持久下去。哗众取宠永远是不入流的花招,王小妮拒绝平庸的做法,就是老老实实地写,将形式的创新内化在了文字的翻转与变化中,那才是内力的体现。所谓有内功的诗人,就是在表象上看不出多少大起大落,大开大阖,但是内里却有货真价实的细节,情感的,人性的,记录生活的,体验时代的,总之,就是让文字在及物和趣味之间驻留,不凌空蹈虚,也不空言喋喋。每一个词都能够找到它最恰当的位置和归宿,让它在精准、理性和美学中获得诗意,这当是王小妮这些年“秉笔直书”的大道。这条道并没有多么高不可攀和玄奥神秘,很多诗人都可以做到,但他们没有那个毅力和耐性去做到,于是,在更多诗人越发走向平庸的时候,王小妮找到了她一步一步持续书写和前行的方式,那是源于某种爱与信任。

王小妮的诗是以她的敏感和细腻赢得了读者的尊重,这种作诗之法不再停留于物的表面书写,而是固守于自然与天地之灵的个人感悟。这种感悟使她试图以大的气势延展,从小的角度切入,来解释我们所处的这个世界。

**二、从写诗中找到活着的理由**

王小妮善于从更为日常的角度来走近她笔下的现实与人情。在一篇纪念父亲的散文中,王小妮谈到了写诗的心绪:“写诗的感觉,就是飞的感觉。诗能帮助人离开地面,到另外的一层空间去。”我信任诗人所面临的感觉,诗是可以让人心自由地“飞”起来的。她的诗没

① 王小妮:《今天的诗意》,载《当代作家评论》2008 年第 5 期。

有关于人生的大起大落，而有的只是对生活断面的切片式洞察，有的只是对生活常识的心灵感应，有的只是对被遮蔽的世界真相的探察，所以，她用自己的文字接通了消费社会里所仅存的生命图像。

因此，她的诗歌更多关注的，是日常生活与自然世界里的瞬间片断，这是其文字最具体可感的伦理维度。她的诗接通的是心灵图像与自然之事之间的精神血脉，所以，我们从她的很多诗中都能觉察到直面灵魂的力量，这里面既有诗人的敏感，又有常人的世俗，但有一点可以肯定的是，绝对不庸俗。在散文集《安放》中，我们见到了一个总是“在路上”的王小妮，《安放》的副题是“关于我们生存背景的札记”，诗人在前面写了一首诗：“安放那些孩子/安放那些老人/安放那些女人/安放那些流人/安放那些灵魂”，这是一种悲悯情怀的再现，在这样一个现代社会里，它们常常被我们忽略，而王小妮用“一颗肉的心”去理解与感受这些地球的生命。一方面她关注着现场感与真实状态，另一方面她通过记忆完成的书写具有一种自由的节奏感。她时刻注视着自然的返朴归真，虽然有流水账般的平实，但透露出来的却是一种亲切的情绪。在喧嚣和热闹的社会中，王小妮为自己保留了一份清静与优雅，这种古典情怀可能与时代趣味相悖，但恰恰是这种坚守，让她在现实中穿行时，不至于滑入虚无的境地。

王小妮在她的写作中注入了存在主义的精神维度，所以，她总是在描写人所具有的一种历史感，尤其是当她以审视的态度去生活与写作时，她希望自己能融入到这个社会的变迁中，来参与这个国家历史的进程。这样一种情怀正是反抗遗忘最好的方式，就像王小妮在《安放》的最后所言：“我说的这些都是亲眼看见了的，没有演绎。它没有改变我什么，悲观与怀疑没有再增强，庆幸和满足也没有再加深，都正常，都不惊奇，都可想象。但是，总要有谁为爱惜所有的这些生命来承担责任，让每一个存在过的生命回顾起他这一世，还称得上是一个人。”[1]这不仅是对《安放》这篇散文的总结，也是对她几乎所有文字最好的诠释，而我们只需要去阅读她那带着自己体温的写作，

---

① 王小妮：《安放——关于我们生存背景的杞记》，《安放》，山东文艺出版社 2007 年版，第 228～229 页。

去聆听她那融入自己全部力量的声音。

她有一首作品，标题就为《诗人》："上午，我和许多人/一起嘲笑诗，/嘲笑它如同垃圾。//唯有我的嘲笑是真的，/因为我是诗人。//我有积攒一切/白纸的嗜好，/有人说，我一定/蓄谋着什么。/不，不会。/与街上的诗人比/我已完全等同于路人。//深夜，幡然失眠。/找到纸和笔以后，/连一个字也写不出。/一个字也写不出，/我沮丧如同败鼠。/我终于彻底地明白，/我在命中被选定做一个诗人。"这是王小妮为数不多的写到自己诗人身份的作品，这种解嘲式的写作，其实也是在作自我解剖：在一个世俗人和一个诗人之间，王小妮要作怎样的平衡，才能让分裂的自我变得更统一、更清晰？那些悬而未决的疑问，诗人需要将其解决掉，不留下任何遗憾，所以，她选择了相信命运的安排，注定了要做一个诗人。"我是靠着从写诗中找到活着的理由与根据的。"①诗成了存在意义上的动力，但它没有因此被拔高，而仍然是那么日常，因此，写作的常态化对于王小妮来说，就是对生活的精神投入，可以选择大剂量，也可以选择小额度，诗意的创造乃是理想和意志的要求，不需要外在的压力，而是关于词的表达的呼吸。

到底要做一个什么意义上的诗人呢？打破诗人是疯子和神经病的说法，诗人也可以是一个世俗意义上的好人和诗学意义上的能者，王小妮做到了这样的正常。她将一切灵魂的私语都安放在了世俗生活之外，首先做好一个母亲和妻子，然后才是一个诗人，这也是王小妮能把握住现实感，能在诗人和世俗人两个角色之间自由转换的关键。这也是她的标签性并不明显，而诗歌又能抓住人和打动人的原因。她有一组诗，名为《面对它的时候》，仅看诗的标题，就能够得知诗人在写自己的状态，那是由细节和场景构成的氛围，一丝不苟，却又不留痕迹。《守护别人时，疾病对我见异思迁》《面对它的时候，我正作别外的事情》《一瓶雀巢咖啡，使我浪迹暗夜》《在错杂的路口，遇上一个错杂的问路人》《我会晤它，只是为了证实它惯于骗人》《泥泞

① 王小妮：《生活不是诗，我们不能活"反"了——答〈南方都市报〉田志凌问》，《半个我正在疼痛》，华艺出版社 2005 年版，第 219 页。

斑斑，我横贯于闹市观江》等，书写很直白，也直抵生活的本质。这样一种冷暖自知的写作，在任何时代都不会为潮流与风尚所动，因为诗人抓住了诗歌最本质的功能——有感而发，但有感而发不是无病呻吟，或者为赋新辞强说愁，它是需要有心灵力度的。王小妮这种在场的写作，正是存在主义诗学的体现。现场感一直是她保持新鲜和活力的重要书写方式，所以时间是王小妮绕不过去的一道精神之坎，她可能也会追思记忆，回访历史，但终究会回到现实中来，只有现实和当下可以滋养她笔下的那些词语，而那些词语又都返回来重塑一种新的现实影响力。“事实上没有任何一个人刚到这世上就是来写诗的，他要做的事情很多，他要安身立命，在繁杂焦灼的安顿过程中，总有波折发生在心里，只有把它记录下来，有些人才能把心放平了，这成了我们不断写诗的根据。”[①]诗歌来源于生活，这对于王小妮来说，就是写作的真理。确实，它是不需要多少理由的，生活中的那些波折、困惑和难题，有时是需要通过某种途径来发泄的，写诗就是一条解决问题的大道，因此，诗写的过程自然而然，水到渠成。

她没有如实地去复制那些生活的流水账，而是以变形的方式解析出生活的本质，这样就有了超现实的意味。“你站在那个冷地方。/膝盖以下/我摸到了四季的雪。/寒冷把你包藏在其中。/我想那一定/充满了白的严肃。”(《你站在那个冷地方》)雪代表着“白的严肃”，这只有诗人才会想到的意象，真正抓住了寒冷的本质。这种精确的表达，缘于诗人对真实性的要求，当真实性和创造力结合时，一种生命意识自然呈现。她还有一首诗《半个我正在疼痛》，其实也是对生命细节的感喟，诗人是用亦虚亦实的方式来演绎的：“有一只漂亮的小虫/情愿蛀我的牙。//世界/它的右侧骤然动人。/身体原来/只是一栋烂房子。/半个我里蹦跳出黑火。/半个我装满了药水声。//你伸出双手/一只抓到我/另一只抓到不透明的空气。/疼痛也是生命。/我们永远按不住它。//坐着再站着/让风这边那边地吹。/疼痛闪烁的时候/才发现这世界并不平凡。/我们不健康/但

① 参见王小妮华语文学传媒大将诗歌奖获奖演说，载《当代作家评论》2004年第4期。

是/还想走来走去。//用不疼的半边/迷恋你。/用左手替你推动着门。/世界的右部/灿烂明亮。/疼痛的长发/飘散成丛林。/那也是我/那是另外一个好女人。”诗人所写，可能就是一只蛀牙的疼痛之感，富有创意的是，她没有直白地去写身体的疼痛，而是将这种身体的疼痛转化成了一种心事，它既是身体的，又是精神上的。这种疼痛可能短暂，但会间歇性发作，有时意志会因此遭到瓦解，一种深深的无力感也会涌现。但是，诗人在此是警惕的，她不是将疼痛当作敌人，而是让其成为生命的一部分，这样的自我安慰能让身体疼痛获得缓解，这或许就是诗人的生存哲学。

矛盾、困惑和茫然，包括生活的失败感，有时就是诗人写作的源泉，王小妮是立足于此的，她不唱生活的赞歌，也不唱生活的挽歌，只是如实地记录，偶尔也会生发出对人生往事的无限感慨，这当是一个为诗之人的常态。诗意的出现，是缘于生活的平静或不平静，以及现实和内心冲突所带来的阴影，那些被现实所破坏的理想，被苦难所裹挟的救赎，最终所呈现的，就是精神想象的力量。“到今天还不认识的人/就远远地敬着他。/三十年中/我的朋友和敌人都足够了。//行人一缕缕地经过/揣着简单明白的感情。/向东向西/他们都是无辜。/我要留出我的今后。/以我的方式/专心地去爱他们。//谁也不注视我。/行人不会看一眼我的表情/望着四面八方。/他们生来/就不是单独的一个//注定向东向西地走。/一个人掏出自己的心/扔进人群/实在太真实太幼稚。/从今以后/崇高的容器都空着。/比如我/比如我荡来荡去的/后一半生命。”这首《不认识的就不想再认识了》，真切地道出了诗人对人世的认知，内里渗透着她的爱与信念。生活就是这样，不管你接不接受一些原则、道义和理念，该发生的终究要发生，个人难以阻挡，唯有找到理由去体验、认同和承受。这些年来，王小妮对日常之事看得很透彻，因此，她才会将无处可逃的经验诉诸笔端，洞穿了生活的本质。

王小妮以她简洁的笔法来书写生活的寓言，我们看起来觉得她与生活靠得很近，其实，她也并不是完全贴着生活的边缘，而是与其有距离的。只有有了距离，她才能看透生活的庞然大物所透视出的真相，这些真相是诗人书写的对象，但是节制，有时甚至不乏隐忍，绝少那种轰轰烈烈的言辞。这也是王小妮的诗歌没有像很多诗人的作品那样成为一次性消费品的缘由，她找到了切入生活的入口，里面的风景让她豁然开朗，那不是知识所能化解，只有用心去靠近，方可获得纯正的理解。王小妮一直出示着她的善良、真诚与爱，人生的洪水猛兽在此也化为了一抹苍凉的文字景观。而且，随着岁月的流逝，王小妮越发能守住内心一片宁静的空间，她就让那些日常的经验与感慨发酵，继尔流露出一个公民诗人的人文情怀。她很少去写“介入”之诗，也不去追求天赐的神秘，但这并不代表诗人不关注社会之事，不关心人与时代，她强烈的公民意识，也促使她不可能在文字和思考中以“事不关己，高高挂起”的姿态去围观，她有另一支笔，去写那些不公不义之事，去作常识的启蒙。

当大多数与王小妮同龄的诗人都面临着中年困境，要么选择放弃，要么是保守地后退，或者不作任何改变地原地踏步时，她的写作到底又发生了怎样的变化？她也并非没有遭遇中年困境，但是她一直是在依靠经验写作，而不是完全凭借想象力和灵感写作。相对来说，她的过渡期比较平缓，并非像有些诗人那样大开大阖或跌宕起伏。她几个阶段性的写作，用伽达默尔评价莫扎特的话来说，“既是一个完成，同时又是一个过渡”。① 这当是对王小妮几十年诗歌写作最好的诠释：既没有追随朦胧诗人成为时代呐喊的佼佼者，也没有像后来者那样在反叛和颠覆中仓促登场，她只是默默地写着，寻求暗中的诗性之变。

**三、越过困境，走向开阔**

新世纪以来，王小妮的诗歌越发有着成熟和趋于大气势的迹象，此所谓宝刀未老，愈发新亮。其实，这几十年来，对于诗歌，王小妮也是有自己的一番心迹流露的。她从写诗之初就存着良好的心态，不为外在力量所动，让诗歌和生活分开，两者在她身上并行不悖。在写作中，她也竭力排除时代的喧嚣与聒噪，以一种简洁和纯粹的心境融

① ［德］汉斯—格奥尔格·伽达默尔：《美学与诗学：诠释学的实施》，吴建广译，北京大学出版社2013年版，第108页。

入文学的内核，远离浮躁和诗歌兴衰给人带来的心理落差与不平，遵从内心对诗歌的那份精神自觉。这可能才是王小妮有着持久的写作经历且一直没有放弃，诗歌反而越发纯正的重要原因。

2004年年初，王小妮获得了华语文学传媒大奖诗歌奖，这是民间对王小妮几十年来默默写作的一种认可，这对于她来说是一份迟到的荣誉，也或许与她本人的低调有关。关于她的诗歌，当年的授奖词对其的评价恰如其分："王小妮的写作沉着、从容，充满耐力。她是当代中国少数几个越写越好的诗人之一。她的诗歌优雅而锐利，她的语言简单和而精确。她置身于广袤的世界，总是心存谦卑，敬畏生活，热爱着平常而温暖的事物。她迷恋词语的力量，并渴望每一个词语都在她笔下散发出智慧的光泽和悠远的诗意。她的写作充分体现了诗人在建构诗性世界时面临的难度，以及面对难度时诗人所能做的各种努力。她发表于2003年度的《十支水莲》等一系列诗作，深刻地阐明了诗人内心的宽广、澄明、温情和悲悯，也再次见证了她在诗歌语言和诗歌节奏上的不凡禀赋。她良好的诗歌视力，充沛的创造能量，使得身处边缘的她，握住的也一直是存在的中心。她的诗歌是可见的，质地纯粹，因此，也是最可期待的。"①这一评价，道出了王小妮在这几十年来所取得的诗歌成就，于变化中求稳定，于困境中求视野，于难度中求突破，于平衡中求力量，总之，她将语言、日常生活和技艺三者有机地融入到诗意的创造中来，让诗歌得以拨云见日，让自己在生活与写作面前得以坚守，且平衡前行。其实，这里面还是暗藏着隐而不显的心态问题，王小妮对这个分寸一直以来都把握得很到位。

关于诗人写诗的动机是什么，这个问题很长时间以来都是悬而未决的，诗人能否认清自己的位置，以一种平常心态去写诗。"不要以为自己已经是一个诗人了，只要认认真真地在想写的时候，写好每一句诗就已经足够。"②很多人诗还没写好，对"大家"身份的自我认同感已经膨胀，认为少有人能够超越他。一旦这种观念产生，诗人可

① 参见谢有顺：《文学的常道》，作家出版社2009年版，第257页。
② 王小妮：《木匠致铁匠》，《倾听与诉说》，鹭江出版社2006年版，第284页。

能就失去了平常心。有平常心,也是诗人持续性写作的一个重要前提。王小妮曾言,这个世界上只有好诗,而没有诗人。取消诗人的称谓,将诗还给大众,这应该是诗歌回归现实的重要路径。揭开诗人脸上的神秘面纱,将其还原为对生活世界有着切身感受的正常人,这对于王小妮来说不是问题,她早已跨越了那道障碍。

1995 年,王小妮在深圳写下了《重新做一个诗人》(还有一篇同题散文),那种心态是坦诚和真挚的。“每天从早到晚/紧闭家门。把太阳悬在我需要的角度/有人说,这城里/住了一个不工作的人”,“每天只写几个字/像刀/划开橘子细密喷涌的汁水。/让一层层蓝光/进入从未描述的世界。//没有看见我/一缕缕细密如丝的光。/我在这城里/无声地做着一个诗人。”在深圳做一个没有工作的专业诗人,的确稀有,这对于很多人来说也是不现实的。在那样一个生存压力大的城市里,时间就是生活的来源。如果沉于精神的幻想里,沉于语言的魔力中,一个人除非有着超强的定力与心境,才能抗拒时间的压力。正是如此,王小妮获得了抗拒世俗的能力,她能够排除喧嚣,让自己静下来,在像个女人一样生活的同时,再次做一个有着精神追求的诗人。“诗人就是最平常的人,在诗没有降落到心上的时候,他没有受难者的痛苦,也没有受难者的光彩。”①这是诗人在身份认定上所持的价值观,除此之外,其他一切似乎都是奢求。王小妮在她的几组诗歌,如《看望朋友》《会见一个没有了眼睛的歌手》《和爸爸说话》等,以及长诗《我看见大风雪》《在重庆醉酒》中,很自然地将自己的身份与生活本身等量齐观,而不是像有些诗人那样,以救世主的姿态俯视众生,王小妮也由此成为了消费社会真性情诗人的一根标杆。

新世纪以来,王小妮的诗歌写作在用词与表达上愈发淡定,成熟。“所有的海上过客都看见了纯洁/粉刷者还要不断劳动。/终生重复做一件小事情。/在临死前的那一刻/还想让灯塔更白。”(《白色灯塔》),这些简洁的句子看似信手拈来,实则蕴含了缜密的心思和对细节的锤炼。描绘异域风情的组诗《致 6 月的威尔士》,因为想象力的出色发挥,仍然鲜活而富有思想冲击力。端牛奶的孩子、牛的眼

① 王小妮:《木匠致铁匠》,《倾听与诉说》,鹭江出版社 2006 年版,第 284 页。

神、土豆、诗人故居、羊等日常生活细节，经诗人的灵性抚摸后，忽然具有了生动的美学意味。相比于那些天马行空般的想象经营，王小妮这组诗是建立于物质实体之上的书写，生活化但并不世俗，叙述中不失灵动，体现出女性诗歌难得的性情之真。而她的另一组诗《和爸爸说话》，是一曲挽歌，也是一首献诗，诗人以七首诗抒写了父亲从生病住院到离世的全过程，这里面的悲欢离合只有父女俩人能够体会。其实，一个诗人抒写亲人死亡的过程，本来应该是最残忍的，但是王小妮的诗歌却透出一种感伤中的温情，她越过了那些悲伤的情感，让父亲在生命的尽头焕发出了一种灵魂的安详。从“庆贺”到看着女儿高兴，再到拒绝进食，最后离开这个世界，整体上有一种生命痛苦的轨迹，但是诗人在细节上所描述的那种精神上的希望是强大的，极少有焦虑和恐慌的心理出现。“你轻轻地拉着我的头发请求。/你在沉睡了以后/还揉搓着它们。/好像世界上值得信任的/只有这些傻头发。/好像它们恍惚地还可能帮你。”“现在，你离我万里。/我用皮鞭抽打着光芒/也不能追上你。/头发里流着秋天的枯水/我的几何里装满了牛黄。/全中国的牧场们开满了干旱之花/我开始喜欢/这散发苦味的火//爸爸，你不用回来疼爱我。/不要把这火苗从我身上拿走。/我喜欢在火里看书/看见你随手划亮/一根幽默的火柴。/你发出最细小的声音/我都随时会沉下手去倾听。/火在神秘时蔓延。”“我曾经日夜守在你的床边/以为在棉花下面微弱起伏的/才是我的爸爸。/走到大楼外面去伤心/我不愿意看见/你连那一层薄棉花也不能承受。”由一种平静到另一种平静，由一种选择到另一种选择，最后的结局仍然是明晰的，它无法抗拒，就像生命轮回一样，只有承受，才可能在另一层面上获得内在的永生。王小妮对父亲由生到死的过程进行了诗意化的处理，各种意象的叠加运用，心灵感受的生活性，都让诗歌沉于悲剧氛围中。但是我们从这样的抒写里又不会完全感到疲惫，她给我们提供的是一种深入生活内核的思索。

对于一个写作时间长达三十年的女诗人来说，王小妮为何没有被划进女性主义写作？很多人都对此有疑问。现在有些女作家和女诗人，只要被阐释，似乎都可以套上女性主义理论，这种万金油式的批评方法屡试不爽,也极为普遍。只是这一状况还能持续多久?这样的批评与研究方法对于女诗人和女作家的创作是否一直有效?这样的女性主义批评方法是否还能够对女性文学创作产生正面影响?对这些问题的回答并不简单,因为女性主义文学创作乃至女性主义文学批评似乎都陷入了一个误区,导致很多人丧失了判断力和辨别力。

但是在我看来,并非所有女诗人的写作都属于女性主义的范畴,一旦形成那种模式,女性诗歌与非女性诗歌的界限就无法明了,两者的互渗和深入也无法展开。王小妮的诗歌写作,也是到了一定程度之后才转向了更为旷达和深邃的境界。当然,在写作过程中她也有转变,这样的转型暗含着诗人对修辞、文学乃至时代、世界所持观念的变化,经历丰富了,视野开阔了,笔调也会随之变得更成熟。王小妮并没有参与到什么女性诗歌主义写作中来,她只是以女性的细腻和诗人的敏感,在诗歌中寻找更接近诗性人生的定位。"诗意甚至不属于文学范畴,我想,它更接近人类的感知本能,它不是技艺能达到的。"她更在意"一个诗人的大的气息",[①]这是她能够持续不断地写作而时有创新的原因所在,同时也让自己的诗与思获得了创造性的对接。

几十年的诗歌成就,足以让王小妮在诗坛树立起标杆,因为在朦胧诗时代,她就已经写出了重要作品。然而,对于一个拥有持久旺盛创造力的女诗人来说,她经历了诗歌由盛至衰、由万众瞩目到逐渐边缘化的历程,其对诗歌的前景已了然于胸;而她面对诗歌的当下困境,仍然有着坚定的信心,这种心态唯一的见证,就是她对诗歌还有来自生命的爱。只有坚守,才有信仰最后的归宿。

---

① 王小妮:《阅读写作思索》,载《世界文学》2007年第5期。

# 第二章　激情与灿烂共生的汉语之魅

1980 年代是一个诗歌的时代，这一说法并非虚言，我相信，这不是那个时代必然会有的结果，而是因为之前经受了太久的各种压抑，一代人需要释放，需要反叛，甚至需要颠覆，因为他们有自己的"不相信"……当他们将所有的不相信都归结起来时，发现这自由的质疑和公正的批判久违了。像过去一样，一切从"打倒"和"PASS"开始，年轻诗人们粉墨登场，虽然也赶上了集体主义的尾巴，但他们更愿意服从自己，那种个性的张扬和"我"的出场，正好契合了开放时代的诗意和精神，思想的、历史的、当下的、世俗的、炫技的写作，应运而生，这种多元局面的形成，其实隐含着每一个诗人所渴求的与众不同。

在我看来，1980 年代很大程度上其实是一个依靠才华和灵气写作的时代，稍有文采者都会投入到那场诗歌的大合唱中去，即便自己没有多少天赋和发自内心的爱好，也可能会被众人裹挟着带入其中，后来的坚守或放弃，全凭兴趣、境遇和持守与否的价值观。那个时候，诗歌就是一种符号，诗人也是一种身份的象征，它不仅仅是自我认同的问题，更重要的荣誉源于他者的接受和认可。诗人们都渴望非同凡响，这才有了 1980 年代末现代诗大展时的泥沙俱下、鱼龙混杂，但经过时间的淘洗，仍有不少经典诗作留下来成为了后来者的参照，而那些诗人们如今也都在诗歌史上占有了一席之地，继续通过回访记忆和关注当下来领悟持续性写作的魅力与价值。

## 第一节 于坚:拙朴而大气的诗意建构

作为1980年代"第三代"诗群的标志性诗人,于坚的写作一直以来都处于中国当代先锋诗潮的风口浪尖上,他经历了"文革"末期的朦胧诗运动,参与了1980年代初中期的"第三代"诗歌运动;在1990年代诗人们大都下海经商时,他选择了诗歌,仍然执着地坚持写作,并恪守自己的民间立场;在后来的几次论争中,于坚一直是诗坛的焦点,其民间立场的言论与姿态曾受到质疑,但同时也得到了一些人的认可,且影响了诸多后来者。这些都只是于坚作为诗人的经历,它们成为其日常生活的一部分,有些被遗忘,有些仍让人不时地忆起,甚至被当作一种谈资和批判的靶子。其实,对于坚来说,最重要的还是诗歌写作本身,这是一个诗人安身立命的根本。脱离作品来谈诗人,也就无法深入其内心,探寻他在创作上的心路历程。所以,我们有必要结合于坚的整体创作经历,对其作一次全面解读,以期还原一个优秀诗人真实的面目。

### 一、民间立场下的常识书写

先锋精神,一直以来就是于坚突破各种诗歌潮流,并拓展自己视野的重要支撑。可以说,先锋贯穿了其整个诗歌写作的历程。从1970年代开始创作时,他的诗就与当时政治意识形态浓郁的朦胧诗有所区别,他那平和的抒写中带着个人的忧伤情绪,并有意消解了朦胧诗完全依赖意象的抒写模式,而更直接地表达自我的日常处境。

与那些花哨的语言实验者相比,于坚是在用一种朴实的语言表现自己的先锋精神,他的语言甚至是"退化"的,退到一种最具常识的形态上:从基本的人之理念出发来写诗,这是他的独到之处。而相比于那些利用"知识"来炫耀才华的诗人,于坚的先锋策略更显决绝。他的诗歌精神在细节明晰和整体混沌间越发显得大气,多建基于常识之上,而又回归于现实之中。所以,我们惯常的先锋,并不就是那些打着实验的幌子而胡乱涂鸦的形式主义者，先锋应该还包含有更理性、更深邃的日常生活哲学。秉持这种先锋精神的诗人，皆是用最简洁的词语写出了优秀之作，它们可能令人拍案叫绝，或许也会让人匪夷所思，总之会有一种读来不知所措后的意味深长。这种先锋精神，又何尝不是于坚所恪守的大道呢？

后来，于坚打破神秘，拒绝隐喻，仍是他先锋姿态的延续，也可以说是更深层次的创新。“对隐喻的拒绝意味着使诗重新具有命名的功能。这种命名和最初的命名不同，它是对已有的名进行去蔽的过程。在这一过程中，诗显现。”①在于坚看来，拒绝隐喻的过程，其实就是使语言“去蔽”的过程，让语言更为明晰，也更纯粹。它不需要承担我们强加于它的诸多文化和社会意义，如同传统的“文以载道”那样，于坚为诗歌卸下重负，就是让其不致于为“道”所奴役，而是返身回来给诗歌以自由，还原语言的自然之态。但拒绝隐喻，并不代表于坚不用意象，而恰恰是一些重要的意象成为了他写作的基础。

比如，在他的很多诗歌中，我们都会看到乌鸦的意象，就像在同为“第三代”诗人周伦佑的诗歌中，我们会看见大鸟的意象，它们都代表着诗人所钟情的书写形象。在于坚看来，乌鸦有一种“对自己天生的黑暗的安全感”。可现在已不是于坚写《对一只乌鸦的命名》的时代了，“一只乌鸦对自己的天然之黑的不安全，总是担心着这黑暗说不定什么时候会被光明的世界洗去”。② 这是乌鸦的恐惧，其实也影射了我们自身的恐惧。“乌鸦　在往昔是一种鸟肉　一堆毛和肠子/现在　是叙述的愿望　说的冲动”(《对一只乌鸦的命名》)。如果我们回到于坚对一只乌鸦命名的时代，会发现他的命名不仅仅是一只被人所注意的动物的生命体验，而是对这个世界现存之物的重新理解和阐释。通过乌鸦来解释世界，的确别出心裁，而当我们真正明晓了于坚何以使用这一意象后，会发现其中所暗藏的深邃意蕴。

从于坚的“拒绝隐喻”中，我们可能会觉得诗人是反意象的，事实

---

① 于坚：《棕皮手记·拒绝隐喻——一种作为方法的诗歌》，《拒绝隐喻》，云南人民出版社 2004 年版，第 73 页。

② 于坚：《棕皮手记》(续篇)，载《海燕》2009 年第 11 期。

并非如此。于坚非常善于运用意象，但这并不代表他认可了隐喻的功能，他有自己特别的路径。当朦胧诗人大肆运用各式隐喻架构自己的诗歌殿堂时，于坚却反其道而行之，大胆抛弃集体主义的话语方式，重新以尊重常识的眼光，返观我们的历史和当下，写出现实的真相。这种特立独行的求真意志，是于坚在延续自身的先锋精神之外，又创造性地重建了诗歌的审美价值体系，这一体系联结了诗人的内心与为历史存真的精神维度。从某种程度上来说，这其实就是后来不少论者所推崇的民间立场。

我在此重申民间立场，是相对于整个中国当代文学而言。现在，小说界与诗歌界的情况恰恰相反，小说是越主流越好，因为先锋派的时代已经过去，而回归现实是小说家们已经达成的共识。但诗歌界的情况并非如此，因为主流的诗歌已让越来越多的人意识到，它是一种于诗歌创新无益的障碍，甚至可以说，它的腐朽与泛化也已成诗歌的大敌。很多诗人意识到了民间的重要性，并有意识地向民间靠拢。有人说，好诗在民间。这种言论并非毫无道理，其实民间隐含了更多先锋诗歌潜在的活力和价值。在此背景下，于坚从一开始就流露出了对民间的认同感，从现今能读到的于坚写于 1975 年的诗中可以看到，虽然也不乏宏大抒情，以及青春期那种虚幻的理想主义，但我们仍能洞察到他自觉疏离于集体主义和意识形态的个性与立场。当读者习惯了那些空洞的口号诗时，于坚让自己的生活经验出场，这种逆主流而动的探索，其所具有的诗学意义在当下不显自明。诗人不仅反对那些空洞的意识形态写作，反对泛滥的“小型抒情诗”，而且他最终所排斥的，就是那种漂浮的、无根的写作。

曾有一段时间，“诗歌在世界中”这一常识，几乎成了稀有之物，很多诗人所追求的，不是日常生活的真实，而是日常之外的命题——远方、天空、黑夜、乌托邦，以及一切与“生活在别处”有关的虚幻之物。然而，“诗歌歌咏的不是兰波们所谓的‘生活在别处’，而是大地上诗人们置身其中的生活世界。”①“生活世界”成为于坚创作最富现实感的来源，他将早期的个人宏大感怀转向了对当下生活经验的记

---



① 于坚：《关于诗人及其命运》，《拒绝隐喻》，云南人民出版社 2004 年版，第 185 页。

录，即尊重常识的写作。为此，于坚写下了《罗家生》《我的女人是沉默的女人》《送朱小羊赴新疆》《在漫长的旅途中》，以及后来的《三个房间》《在荷兰看海》《一枚穿过天空的钉子》等一大批优秀之作。很多人可能觉得诗歌与常识并无多大关系，这其实是一种误区。真正的诗歌写作，一定是在尊重常识基础之上的表达。于坚说："我表达的是基本的东西，而很多人写的东西都是突发奇想，都是脱离日常经验的东西。我的经验是普遍性的，我写的是盐巴。"由个人经验出发，最后抵达的是自由之美。这其实才是我们要求诗人在常识基础上写作的根本目的。

**二、还原语言之后入心的表达**

既然于坚从一开始就提倡尊重常识的写作，与此相应的是，他不会像那时的朦胧诗人一样，用一种具有表演性的语言来写那些"英雄主义"的诗歌，他所希望达到的，就是用最简洁的语言，来表现非同于朦胧诗的日常诗意。

尊重常识与清晰的表达，在于坚的诗歌创作道路上是一以贯之的。早在 1988 年，诗人对此就曾有其精准的看法："研究一个时代的诗歌，应当分析它的语言。只有如此，我们才能客观、公正地把握住时代诗歌的精神。"而在他所处的那个时代，正是"第三代"诗歌与朦胧诗交替之时。简洁的口语，成为年轻诗人们所普遍运用的语言形式。针对朦胧诗的崇高性与神圣化理念，于坚提出了要重建诗歌精神，即一种"开放的，实在的、坦率真诚、客观冷静、亲切朴素、心平气和，通晓大度与人的生命，人的内心历程，人的生存壮志息息相通的精神"。① 这种诗歌精神的主旨，就是要让"第三代"诗歌从朦胧诗的"意象艺术"与神圣感、崇高性中解脱出来，让被遮蔽的汉语新鲜感再次凸显，让其活力重新呈现。而遮蔽与呈现之间的矛盾较量，正是当时朦胧诗与"第三代"诗歌之间的差异和分歧所在。于坚由尊重常识的写作，到提倡原创性、本土性和口语化，正是出于解放汉语受意识形态束缚的考虑，从而还原语言本身所具有的质感。

---

① 于坚：《诗歌精神的重建——一份提纲》，《拒绝隐喻》，云南人民出版社 2004 年版，第 101 至 104 页。

为什么于坚要还原语言在诗歌中的本质功能？他要为朦胧诗时代臃肿的汉语“瘦身”与祛蔽。由此，他提出了“拒绝隐喻”的观点：“拒绝隐喻是使语言回到有感觉的那个层面上来，回到身体，回到最基本的命名上来。”[1]拒绝隐喻，正是于坚还原语感的核心。他的“拒绝”策略，是对朦胧诗夸张的语言表达最有力的反叛。而其反叛的结果，就是以“他们”和“非非”为代表的“第三代”诗人群，在“重建诗歌精神”的时代，成为了汉语活力保卫战的捍卫者与急先锋。于坚就是急先锋中的佼佼者。从《尚义街六号》《罗家生》，到近些年的《网》《邂逅》等，于坚一如既往地注重现场感，力求还原语感。虽然在新世纪之交的写作中，他向传统致敬，以便从古典诗人那里学习和借鉴诗歌之道，这不是对观念的修正，而是一种内省和反思。没有反省意识的诗人，是很难让人产生信任感的。而于坚就是在不断的自我反省中进行一次次写作转型，唯其最初的“拒绝隐喻”，至今仍在坚守。他的转型是自觉的渐进，而非突然的“拐大弯”。于坚对这样的流转，包括钟情于生活的细节，同样持肯定态度。然而，他的一些手记，有人认为是自相矛盾的，觉得其主张与实践有冲突：他是民间立场写作的倡导者，而写作却带着知识分子气息；他的写作是先锋的，而他的姿态好像又在退守。我觉得这才是真正的于坚，无所谓民间立场或知识分子，只要关乎诗歌本身，皆可“为我所用”，因为某种后退也可能是先锋。只要不是对主流的迎合，困惑与明晰交织，当更能显现一种特殊的力量感。以前他总是强调语言，反对诗歌承载更多的道义，与韩东的“诗到语言为止”形成了某种特殊的呼应，而现在，他在强调语言表达的同时，也开始注重心灵在诗歌中的作用。这些正是于坚的复杂性所在，简化或直抵本质，仍然不可省略中间环节，就像事实和隐喻之间还有想象的中介。

关于诗歌的事实与隐喻之关系，于坚说过：“在虚无的幻想、怪力乱神、超验、形而上的思维普遍存在的社会里面，描述一个基本的事实就是最好的想象、最杰出的想象，只要能够把事实说出来，就是最

---

① 参见《于坚谢有顺对话录》，苏州大学出版社2003年版，第219页。

完美的隐喻、鲜活的隐喻。"①于坚这一带有理性色彩的定义，是其诗歌创作的心得，给人清淡平和之感。其实，尊重常识，拒绝隐喻，还原语感，以及后来的"中国经验"，这些都是一脉相承的，它们属于诗人所提倡的"重建诗歌精神"的范畴，也是他不断反思写作时所获得的新鲜发现。"喜欢读于坚，不仅在于他说出了存在的真实，为长期幽灵般浮荡的现代汉诗，找回了一个可信任可亲近的肉身，更在于他说出真实的同时，那种完全个在而又富有亲和性的、原生态的说法。"②诗评家沈奇道出了于坚诗写之道的根本：呈现事实本身，比所谓的虚构要更自然，更妥贴。因此，拒绝虚假，也成为了于坚理解诗歌的标准和尺度。

要打破纯粹西化的诗坛格局，于坚所努力探索的，就是凸显"汉语诗歌的中国经验"，即"如何使诗与普通人的日常生活发生密切联系，同时注重汉语的人间气味、人性化，使汉语的表达力被广阔地激活"。③ 这同样是对他在 1980 年代观点的再次重申与强调，只不过于坚更为深入地挖掘了汉语和诗人之灵魂关系的启蒙价值，这种启蒙意识就是在日常生活中发现新鲜感。或者说，在常人认为最无诗意的地方，发现与创造一种独特的美感。由此可见，于坚反对虚构，其意是希望呈现事实本身，进而切入到生命写作的范畴里。他说："诗歌要兑现的是生命的力量"，而不是"制造文化垃圾"。④ 这一方面是对日渐虚化的诗歌格局的反思，另一方面也是对"知识分子"写作的某种反拨和矫正。在诗歌上，于坚拥护执著的真诚，而他最反对小聪明的表达，并时刻对此保持警惕。这不断的反思与省察，是于坚具有旺盛创造力的直接动因。他在文字行走中的变化源于自信，从抵抗到守成，从拒绝隐喻到日常经验，从言说上的拒绝雅驯，到自觉的精神修行，这些转变还是在于其"大道"的诗歌理念，即"无用"通向

① 参见《于坚谢有顺对话录》，苏州大学出版社 2003 年版，第 239 页。

② 沈奇：《隆起的南高原——于坚论》，《沈奇诗学论集 Ⅱ》，中国社会科学出版社 2013 年重印版，第 23 页。

③ 于坚：《抱着一块石头沉到底——答陶乃侃问》，《拒绝隐喻》，云南人民出版社 2004 年版，第 216 页。

④ 参见《于坚谢有顺对话录》，苏州大学出版社 2003 年版，第 217 页。

尊严。

对于诗歌现状的认知，于坚的“立心”之论让人深有感触。他说：“诗要到心。到语言是不够的，诗本来就是从语言开始的，只是说话是不够的，要立心。”①于坚对韩东当年提出的“诗到语言为止”的观点作了修正，这种修正也可以说是延伸式的拓展，即强调诗歌创作的灵魂性。比如他在新世纪初写《女诗人》时，一种想象跃然纸上，带着激烈的调侃与反讽意味。而同样是写诗人，他在 2005 年写诗人食指(郭路生)时，却又表现出另一种悲悯的气质：“郭路生是一位先知/鸷鸟之不群兮　自前世而固然/他的诗于七十年代抄在牛皮纸上/肮脏　破烂　无数人的汗/在祖国的黑夜里秘密流传/传到锻工房后面的柏树下/我正年轻　青年铆工/穿着翻毛皮鞋/光芒穿过时代的铁/停在我的榔头上//广场上亿万只臂正向着一只巨手欢呼/一根食指在疾风中　与芦苇们一起/自然地弯下来　那就是未来//三十年后我在北京遇见这个仙人/面貌慈祥　个子高大　激情没有凝固/左边是汽车奔驰　右边是/正在弹冠相庆的知识分子/穷人食指　目不斜视　两袖风清/丹青不知老将至　富贵于我如浮云/穿过印刷学院去朗诵他的新诗/时代在窃窃私语/谣传着他是一个疯子”(《诗人郭路生》)对于自己的同行，于坚与食指之间的这种内心交流，是超越诗歌本身，而进入到灵魂层面的对话。

于坚对人生困境与存在之惑的探讨，正是他要求诗歌不能只到语言，而要入心的真正原因。只有以推崇常识、尊重事实的态度进入其所构建的诗歌世界时，诗人的“立心”之论，才会成为其大气而知性的思想境界里不会破碎的真实。就像他在《南方周末》评论专栏“固执于见”里的那些文章所表达的，从常识出发看事、发问和写作，皆是诗人之道。从受朦胧诗影响，到反叛朦胧诗的意识形态化与宏大英雄主题，再到对古典诗歌自觉的审美与传承，于坚的写作经历了几次重要的转变，不论是语言修辞，还是精神气势，最后都可能会落脚到“大气”二字上。因此，我一直相信，于坚作为一个诗人，是有吨位的，很拙重，很瓷实，泥沙俱下，却总有那诗意的灵光在闪现。

---

① 于坚：《棕皮手记》(续篇)，载《海燕》2009 年第 11 期。

## 三、叙事策略与“反诗意”

从1984年开始，于坚的诗歌写作似乎正在发生一个重要的转变，即对形式的尊重。一方面是他开始有意识地自我训练，长句子，去标点，这些具有后现代碎片特点的形式书写，是于坚将叙事纳入到诗歌的开始。

对于自己的创作历程，新世纪的于坚也曾有着自己清晰的回顾和认识：“早期的写作与云南的人文地理关系较大。写过很多有关云南人和自然的诗，更早一些的诗是抒发个人感情的。到了八十年代中期，写人生经验的比较多。一直到那时，我的写作主要是靠我的冲动和才气，一气呵成的较多。1989年以后，更加重视语言，更重视语言本身的还原，使一个词能在它本来的意义上使用。对这点考虑较多，我提出了拒绝隐喻。较传统的诗歌都倾向什么象征，我喜欢更直接的写作。……所以我想让语言退回到它原本的状态。用这种方式来写作，解构性的写作，有意识的解构汉语的意义系统的方式来写作。另外一方面是对日常生活经验进行深入的描述，如我的‘事件’系列。”①这不仅仅反映出于坚这几十年诗歌创作的历程，它更是诗人思想与艺术观念变迁的重要见证。在此，于坚提出了自己诗歌创作的原则——“更直接的写作”与“对日常生活经验进行深入的描述”，这两点紧密相联。这也是诗人“拒绝隐喻”之观念的真实延伸。生活现场成为于坚创作的地基：或以说明文的方式直接描写事物本身，或以叙述的方式直接呈现事件的本原，或以二者相结合的方式重建自己的诗歌美学。“我的诗歌本身非常注意戏剧和散文的因素，这是我的诗歌的一个特点。”②其实，这正是叙事因素在于坚诗歌中所拥有的位置，它让其诗歌在几近冗长的篇幅里仍能吸引人读下去，这就是依靠叙事的连贯性所获得的力量。

关于戏剧和叙事性因素的渗透，于坚早已有所尝试，最典型的莫

① 于坚：《抱着一块石头沉到底——答陶乃侃问》，《拒绝隐喻》，云南人民出版社2004年版，第220～221页。

② 于坚：《答西班牙诗人 Emilio Araûxo 九问》，《拒绝隐喻》，云南人民出版社2004年版，第196页。

过于诗剧《关于〈彼岸〉的一回汉语词性讨论》，他融入了戏剧性想象，并与高行健的《彼岸》形成了一种互动。像后来的“事件”系列，是于坚在叙事入诗上的典范，一切都进行得非常自然，他的思维顺着那种散文般的滑动力进去，我们所能感受到的，不仅有一种小说冲突的张力，更能从中发现诗意的元素。像写于 1990 年代的《事件：寻找荒原》《事件：停电》《事件：谈话》《事件：写作》，以及写于新世纪初的《事件：探望患者》《事件·体检》等，这些“事件”都是日常生活最为普通的呈现，而不是像一些诗人那样，将日常生活也神话了，显得虚假而做作。他所要做的，就是对“事实”最基本的还原，因为事实当是创作的前提和保证。

再比如像诗人对一些西方作家和哲学家的素描，就是他“对日常生活经验进行深入描述”的实践，颇具特点。如素描西方大师们的《伊曼努尔·康德》《弗兰茨·卡夫卡》《文森特·凡·高》等，一方面是对大师们的缅怀和追忆，另一方面也是他作为诗人与他们进行对话的契机。而从长诗《0 档案》开始，于坚就不断强调诗人与日常生活关系的重要性，针对有人认为他的诗歌是解构主义的观点，诗人说：“我的写作首先是我对我的人生经验，对我的存在状况的一种感受。我是直接感受到生活，与生活的关系是第一手的。”①从《0 档案》本身所表现的意义来看，也的确呈现出了于坚描述的他那一代人的人生以及集体主义经验的全部，是“存在，是生活经验激发的”。正是被很多人称为“反诗”的《0 档案》，恰恰就是于坚所要追求的“反诗意”效果。

这种“反诗意”在《0 档案》里，就是对历史的直接呈现，即以事实说话的方式逼近历史的真相，探查尖锐的存在。“《0 档案》不是语言实验活动，我重建了历史，保持了记忆，表达了存在，我为读者重建了一个可以体验的语言之场，阅读令你重温噩梦。”②他不是通过抒发

---

① 于坚：《抱着一块石头沉到底——答陶乃侃问》，《拒绝隐喻》，云南人民出版社 2004 年版，第 223 页。

② 于坚：《我是一个故乡诗人——答北京〈中国经济观察报〉问》，《只有大海沧茫如幕》，长征出版社 2006 年版，第 200 页。

强烈情感来引起我们对一个时代悲剧的共鸣，而是以“反诗意”的描述性策略，将历史直接罗列出来，从而暗示一致的智慧和高度。于坚认为，“反诗意”才是汉语诗歌具有创造力的根本，而像海子、顾城以及一些读者所追求的“诗意”，可能与诗歌的创造精神正好背道而驰。一些人喜欢诗歌，是因为“诗意”，而他们抛弃诗歌，也是因为泛滥的“诗意”。[①] 与其让“诗意”作为一柄双刃剑，在两方面对诗本身构成挤压，还不如彻底放弃“诗意”。就是在这一过程中，于坚乐于将那些看起来微不足道的东西，纳入到他的写作中，像《对一只乌鸦的命名》《在诗人的范围以外对一个雨点一生的观察》《塑料袋》《匿名的河流》等，这些作品就是诗人通过对一个个普通物象的观察，在对生活细节的转换处理中获得永久的诗意。他是用“看”而非用“听”的方式写作，这和于坚独特的生理特点有关(因小时链霉素注射过量而患上了耳疾)。所以，在诗人眼中，事实比虚构要重要得多。

当这种词语或现象罗列，被人称为“反诗”时，于坚对这样的观点持认同态度。从《0 档案》开始，他写出了一批这种“反诗”性质的诗作，如《兵马俑博物馆》，“鱼贯而入的有：/刘强　赵兵兵　唐喜梅　张东旭/里根　李小明　赵丽　媛媛　于坚/路宽　吴文健　唐欣　佐佐木久春……”在罗列了一大串或著名或无名者后，诗人以十四行“沉默者　沉默着沉默着　沉默着”的重复，来表现兵马俑博物馆里的宁静与肃穆，将古典的庄严作了彻底的解构，还原了其本身所具有的真实。像“美国诗抄”这组诗，就是对汉密尔顿、纽约、波士顿等美国几个著名城市作了全面审视。这种以美国城市见闻录的方式写下的作品，带有鲜明的“反诗意”特点，他是以说明的精妙与叙事的生动，来平衡“零度抒情”所造成的诗性匮乏。这种融合了多种书写形式的策略，正是于坚区别于其他诗人的“反诗意”之处，也是其诗歌的先锋性能自成一格的独特所在。

如果说于坚的反诗意，与他选择的意象本身就没有诗意关联的话，那么，即使一些本就有诗性的意象，在于坚笔下，也有着相同的反诗意性。比如说大海，它很大程度上象征着宽广，多有文人对其描述

---

① 于坚：《答谢有顺问》，《拒绝隐喻》，云南人民出版社 2004 年版，第 204 页。

与解读，且大都以抒情的方式来彰显其辽阔，有隐蔽型的，有激情型的，也有升华型的，总之，在不同的创作主体眼中，就会有不同的大海。而于坚笔下的大海，拒绝虚构的夸张，而是以叙事的方式切入："春天中我们在渤海上/说着诗　往事和其中的含意/云向北去　船往南开/有一条出现于落日的左侧/谁指了一下/转身去看时/只有大海满面黄昏/苍茫如幕"(《只有大海苍茫如幕》)。然而，在诗的最后，诗人却以"蓦然回首"的转折，书写了身后大海"苍茫如幕"的景观，这是一种视觉的投影，也是诗人内心的直观感受，这种感受是敞开的，通透的，接上了诗人心灵的整体性话语演绎，因此显得深沉、空灵，又不乏历史感和命运感。于坚近年来的《海上 13 章》系列组诗，都是诗人在海上航行与观光过程中对见闻的感触，呈现了一种大气磅礴的古意，看似"反诗意"，实则为"言有尽而意无穷"之现代写照。

**四、古典传统、西方精神与批判意识**

既然于坚已是有自己独特风格和广泛影响力的诗人，很多人所关心的一个问题，就是他的师承。在上大学之前，于坚就已经创作现代诗六七年了。而在更早时，由于受传统文化影响，他还写过古体诗赋，这种经历对诗人的影响不容忽视。上了大学之后，除了参加当时"大学生诗派"和阅读《今天》杂志上的诗歌之外，对西方现代主义文学的接受，同样影响了于坚日后的写作。尤其是对国外现代派诗人的阅读，是其诗歌真正具有现代性与先锋意识的重要基点。所以说，于坚的师承，是中国古典传统文化与西方现代派文学共同作用的结果。

不管是他从小受古典诗词的熏陶和影响，还是后来对西方诗歌传统的方式借鉴，其实，这都与于坚对于当下"中国经验"的认识是一脉相承的。他的《成都行》《长安行》等，虽然是事后对事情的回忆，但那种融入古典意象的创造，其实融入了诗人对一个时代之诗人的怀想和追忆。这或许正是于坚从小就受古典诗词的影响，而钟情于自己所喜爱的大诗人李白和杜甫的诗作所致。在此之前强调"中国经验"，于坚其实是有着自己独特的思考与看法的："中国经验"里，不仅有对当下日常生活的认同与融入，而且还有对中国古代社会传统文化的吸收与陈述，而这种古典文化在现代诗中的渗透，或许更能体现“中国经验”的价值。像大多数“第三代”诗人一样，作为“喝狼奶长大”的一代人，他们无法回避自己曾经的师承。对此，于坚从不避讳此事，他很坦率地承认自己过去曾受过谁的影响，这些被很多人遮掩的事情，于坚认为毫无必要。



不像很多“第三代”诗人那样受欧美文学影响很深，于坚对西方的借鉴有自己的判断：“西方对我主要是方法上的影响，提供一种理性的思维，一种看待世界的方式、形式，不是像中国文化和语言对我产生潜移默化的影响。”①对于中国传统文化与西方文化的影响，于坚是区别看待的。西方文化对他是方法和技术上的影响，而中国传统文化对他则是意识和精神上的熏陶，这种东西文化融合的给养，让于坚的诗歌视野更开阔，趣味更纯粹；同时，也让其写作更讲究语言艺术的精练、质感，注重突显历史意识、先锋精神和批判力量。

“我害怕汽车/我恨透了汽车/它强迫我闻　强迫我听/它强迫我给它让路/……/这是来自我身体的反感/一个热爱步行的人的反感/从呼吸道肺叶和耳膜产生的仇恨/从被铁和玻璃刺伤的眼睛/产生的仇恨　与思想和主义无关/我不能用语言来表达我的愤怒/我不能告诉这个满怀憧憬的城市/我是一个仇恨汽车的诗人！/我不想成为人民公敌/我只有憋住呼吸/继续步行”（第149首）

反现代性和回归自然对于热爱大地的诗人来说是同构的，这也是诗人大都在诗歌中热衷于此一主题的原因。他之所以还在持续不断地写，因为他拥有自己心目中的大地与自然，还能够在这广袤的土地上自由地行走。除了《便条集》中相当一部分作品富有现代批判精神之外，而像《参观故宫》是对历史和现实交织的审视，《酒吧里的圣诞节》则是对西方社会本质的某种质疑。对于《尊重》这样的诗作，即

① 于坚：《抱着一块石头沉到底——答陶乃侃问》，《拒绝隐喻》，云南人民出版社2004年版，第220页。

是内心真实与表象真实之间的较量，具有鲜明的批判效应。

在长诗《哀滇池》中，于坚敏锐地揭示了生态环境与污染问题，"在这个时代　日常的生活几乎就等于罪行/谁会对一个菜市场的下水道提出指控?"这与他后来散文写作里的批判意识如出一辙，作为一个诗人，于坚同样具有公共知识分子的良知和责任感。如果说于坚在大量重构当下生活的诗作中所持的批判态度，是针对现实的，那么，在那些具有强烈反讽色彩的往事书写中，他通过罗列的方式呈现了历史的罪责。这样的批判，诗人并没有通过激烈的情感介入来完成，而是在不动声色的叙事中，让事实得以理性呈现，让诗性获得自然流露。

在《0 档案》中，于坚虽然是以罗列的方式，呈现了关于过去年代个人的全部记忆，但诗中的批判气息无处不在，而在《飞行》中，针对那样一个抹杀个性的时代对个人的规训和异化，他作了有力的批判。如果说《0 档案》是纯粹实验性与符号性作品的话，是历史给人带来了悲观体验的话，那么另一部长诗《飞行》，可以说是集合了诗人在短诗中优秀语言与叙事的精华，它是对当代人被权力所异化与扭曲的讽刺，而且也最符合长诗诗性实践的文学图景。《飞行》是于坚难得的一次释放与能力展示，所以在其诗歌写作历程中都有着重要意义。"重建日常生活的尊严，就是重建大地的尊严，让被遮蔽的大地重新具象、露面。这是诗人的工作。这是诗人这一古老行当之所以有存在之必要的根本。"①从天空回到大地，这是一种真正彻底的下降，但这种下降却是另一种形式的升华，似乎所有的思考最终都要回到大地，与自然和人心对接。在《飞行》中，于坚恰恰思考的就是大地、自然与人心之事，而并不满足于形而上哲学概念的语言游戏，这是于坚写诗之初就意识到的问题："过去是死亡　苦难　战争与革命　流血和饥饿/现在是经济起飞　面包会议　汽车与电视　和平鸽与炼油厂/将来是污染和性解放　后现代和爱滋病/将来是厌弃汽车　保持环境　重返大自然　提倡步行/预料中的线路　我们只是按图索骥的电工"。正是这"重建日常生活的尊严"的书写，让诗有了批判精神

① 于坚:《关于诗人及其命运》,《拒绝隐喻》,云南人民出版社 2004 年版,第 190 页。

和思想深度，有了一种锋芒毕露的忧患意识。这种对社会与世界的审视，是诗人后来愈发关切的主题。所以，在于坚的诗歌中，我们所看到的质疑与批判是普遍的。就像他关注日常生活在诗中的位置一样，他对现代化与全球化给人类带来的伤害也不可能视若无睹，他将其通过诗歌的方式表达出来，是对人类的尊重，也是对自己良知的交待。

于坚的那种大气与拙朴，在《飞行》中得到了深度呈现，其一体现在语言策略上，其二体现在深度叙事上，其叙事与抒情宏大而又不空洞，那种大开大阖的起承转合，于坚能够驾驭得很到位。唯有大气与敏感，才能将这种关于时间和空间的形而上概念演化为切实的事件性叙事，以及形而下的生活化场景，我们能从中领略到人心世界与时空世界对接的那种自由理想的流露，读来颇觉意味深长。最重要的是，其诗性的尖锐，还体现在语言强烈的讽刺意味上。在《迷信》一诗中，他批判了人对周遭世界过于迷信的态度，即随着世界对人的异化，我们都失去了质疑和反思的能力，同时也失去了信任和肯定的力量。虽然仅是些只言片语式的展现，但诗里所透出的批判之力，却不容轻视。而写于 2003 年的《舅舅》，是一首叙事性长诗，更是突显了于坚对于“文革”记忆的敏感。于坚能从身边之人和事，解析出他所需要的资源，比如人性善恶之源，社会美丑之意，生命与欲望的景观，都成为他随手拈来的书写对象，当然，也能成为他解剖自我与他者的直接参照。

**五、持续性写作的意义**

对于诗歌到底有什么用，到底能为我们带来什么，写了几十年诗歌的于坚非常清楚，这其中的价值和立场，是诗人得以不断写作的根本动力。对此，他很明确地说过：“诗歌是无用的，但它却影响着民族生活的精神质量。”[①]就在这样一种坚定的信念支撑下，三十多年来，于坚从未间断过自己的诗歌创作。不管是力求思想精品，还是直面文字垃圾，他都一如继往地坚守着诗歌的阵地。

就像小说界里的莫言，作为一位高产作家，其作品也是良莠不

---

① 于坚：《〈于坚的诗〉后记》，《拒绝隐喻》，云南人民出版社 2004 年版，第 161 页。

齐，泥沙俱下，但这样的创作现实，丝毫没有影响和动摇莫言作为优秀作家的地位。因为他有着其他作家所没有的勇气和努力，他敢写，并乐于创造，虽然有些努力并不成功，但他正是在不断的探索中获得了自己的精神标高。一个作家，如果不敢触及生活的内核，那么他永远只能在原地徘徊。于坚的情况同样如此：相对其他诗人而言，他算是高产，其诗歌中也有平庸之作，但这并不妨碍他作为一位优秀诗人的地位和价值。“我不思考和写作就无法生活。”①从《作品 XX 号》到《便条集》，于坚在持续性书写中，可谓找到了一种与日常对接的有效方式。

当很多诗人将视角逐渐转向宗教信仰上时，诗歌所面临的抉择再一次摆在这个时代面前。先锋诗歌是很难成为一种精神信仰的，尤其对于步入成熟期的诗人来说，更无此可能。年轻的诗人易变，无论是心智趣味，还是美学倾向，都很难在一种定型的风格上持续一生，连语言都会随着时间与年龄的推移而改变。“当青春一经与诗语合拍，几乎全部诗歌写作就是语言的欲望。”②语言在此作为一种体系性存在，无法全部融入年轻诗人的理性思维空间，只能部分地契合他们当时富有激情意志的诗歌尝试，而需要进一步地深入实践下去的话，就得有另一番对语言的清醒认识。在这一点上，于坚既用了蛮力，也使了巧劲，且二者合力得当。

这几十年来，其实困扰于坚写作的仍然是语言问题，这是一种常态，如果没有语言困惑，诗歌很难获得力度和美感。于坚一开始就从身边的世界撷取语言素材，而不是从那些宏大的神秘中去探寻诗意的存在，这一问题的解决让于坚笔下有着多元的艺术可能。从《你的心》《云南汉子》到《横渡怒江》《尚义街六号》，从《一枚穿过天空的钉子》《对一只乌鸦的命名》到《成都行》《声音》，从《纯棉的母亲》《长安行》到《只有大海苍茫如暮》，从《飞碟》到《0 档案》，从《哀滇池》到《飞行》，在近三十年的写作中，于坚经历了当代诗歌的演变与转型过程。

---

① 于坚：《我是一个故乡诗人——答北京〈中国经济观察报〉问》，《只有大海沧茫如暮》，长征出版社 2006 年版，第 195 页。

② 余世存：《诗和橡子、雷格》，《黄昏的缤纷》，上海三联书店 1999 年版，第 280 页。

要在平稳中深藏微妙的变化，对于很多人来说难以做到。有些诗人凭激情写作，成名作之后，可能很长时间没有新作，即便有，似乎也难以超越自己。这种中断曾经损毁了很多有才情的诗人，让他们无法接续上充沛的诗歌传统，最后局限于自设的语言迷宫而无法找到自由进出的通道。而于坚以踏实的心态驾驭住了这个疯狂时代的诗歌之舟，并将其引领到自己为它设定的轨道上来，此后从容地前行。

作为早期“他们”诗人，于坚成为“第三代”诗歌运动的中坚。1990 年代之后，当一些“第三代”诗人消失或转向时，唯有于坚保持了良好的心态，一直坚定地走到了现在。他说：“我不为少数写作，我也不为大众写作，我是为那些能够读懂我的诗，热爱我的诗的人写作。”[①]这其实是一种很高境界的自信，诗人需要这样的自信，不卑不亢，游刃有余。2002 年 8 月，于坚写了《宿命》一诗，将自己与另外俩人作了比较，三位诗人虽然诗学观念相似，但又都走着不同的路。于坚开始就明确交待了“我们是如此不同的诗人”，虽然表象上有一些区别，但是通过后来的叙述，我们发现诗人们在精神上是有着相通之处的。“我耳朵笨　酷爱着游泳　我们是如此不同/与那个诗坛　也划清了界限　不学理论/不参加朗诵　不使用形容词　不抒情/不参加评奖　谈吐和举止都习惯在地下……”(《宿命》)。诗人道出了人在生活面前的宿命：一旦选定了人生之路，就得义无反顾地走下去，否则就是背叛。为了遵从内心生活，免于自我变节，诗人宁愿永远处于“在地下”的状态，因为“在地下”同样也是一种活法和方式，与主流保持必要的疏离，也能实现自己的理想和愿望。似乎只有保持“地下”状态，才能对诗歌艺术有一个相对清晰的把握与认知，才能于灵魂深处获得独立的审美风范，才能在感性与理性的双重见证下对诗歌人生有遐想、憧憬和期待。进入 1990 年代后期，于坚趋于对古典和传统的借鉴，这种转向并非像有些诗人所说的是一种倒退，是一种向知识分子诗人靠拢的策略，对于坚来说，这就是一种境界的拓展。他向古典诗歌学习，本身就是对传统的一种改造，也是向文化的回

① 于坚：《潜伏在日常生活中的精灵……忽然醒过来，然后又睡去——与青年诗人贺乔一夕谈》，《还乡的可能性》，商务印书馆 2013 年版，第 184 页。

归，这种改造和回归意在更深层次的写作上突破自己。可以这样说，不论是在语言策略，还是思想力度上，于坚一直是秉承着先锋精神的。他将生命与文学作了自己独到的糅合，这是其成熟的表现，也是他持续写作的根本，关于这一点，我们从他的一些诗学文章中可见一斑。

在他的诗歌写作中，于坚曾有过很多包容，也有过更多拒绝，艺术上的包容与非艺术上的拒绝，这是一个有着道义和自由立场的诗人所持守的理性原则。“真正的诗人应当反抗诗人在我们时代的命运。上升使诗人丧失了存在的价值。拒绝上升，诗人应当堕落。堕落，是个需要重量的动词，堕落比上升更困难。诗人应该抛弃‘诗人’这一形象的全部隐喻和特权，让诗歌说话。重建日常生活的尊严，就是重建大地的尊严，让被遮蔽的大地重新具象、露面。这是诗人的工作。这是诗人这一古老行当之所以有存在之必要的根本。诗歌应该对于人生是有用的。无用之用，就是诗歌之用。”①在此，于坚主张放弃“诗人”称谓，让被遮蔽的诗歌重新进入我们的视野。而诗人自觉地退出被神化的格局，远离空洞的说教和讴歌，还原诗的日常状态与审美意境，这或许才是当下乃至今后更多年轻写作者的正道。

## 第二节　王家新:承担意识、批判精神与日常逻辑

王家新的写作有种一以贯之的精神，那就是承担，从时代的承担到个体的承担，因此，他不是那种反差很大的诗人，也没有跟风或随潮流而动，这样一种坚守和持续性，正是王家新作为诗坛常青树的缘由。从大学阶段开始写诗，到经历 1980 年代的诗歌“灿烂”年代，再到 1990 年代的凌厉出手，最后到新世纪的日常回归，王家新走了与很多诗人不一样的写作之路，正是这种不同，造就了他独异的写作风格:以沉重的笔调见证时代的变迁、伤痛乃至荒谬，极富历史感和命

① 于坚:《关于诗人及其命运》，《拒绝隐喻》，云南人民出版社 2004 年版，第 190 页。

运感。这种精神至上的书写，让王家新成为1990年代的诗歌标杆，同时也为他日后的创作和转型提供了另一种艺术的向度。作为影响了一个时代的诗人，王家新诗歌的价值体现在他出示了自我警醒的维度和灵魂超脱的力量。

### 一、灵魂的审判

王家新的《在山的那边》曾入选人教版七年级《语文》上册第一课，这对于王家新来说是不是一种幸运？想必他不会因此而太得意，因为他对自己在大学期间写的这首诗并不满意。可能诗人认为这样的诗过时了，不太符合自己后来更具现代感的创作风格。虽然他没有悔其少作的意思，但王家新很少再提及这首诗。我们知道王家新，大都因为他那首流传甚广的《帕斯捷尔纳克》，这样的诗最能佐证王家新作为一个厚重诗人的分量。虽然此前王家新已写诗十年，且有了广泛影响力。如他所言："我现在写诗/而我早年的乐趣是滚铁环"（《简单的自传》），滚铁环的乐趣肯定和写诗不一样，但它总归是一种诗意的铺垫，也就是说，他在1980年代的沉淀就是"诗心"的积累，在1990年代的大爆发，为其带来了另一场语言的战争。

王家新在1990年代初的用力，很大程度上是对精神的抗争，甚至有一种深重的使命感。"在时代的喧嚣和骚动中，似乎只有那些'来自过去而又始终就在眼前'的精神亡灵，才对我的写作产生一种激励，才使我感到自己又和千百年来人类运转不息的精神结合在一起。"①那些"精神亡灵"和诗人的现实命运联系在一起，就成了他写作的牵引力，让他去洞察命运背后的真相。"越是有命运的挤迫，他生命中便越能焕发出耀眼的光芒，他的诗，也越能趋向于一种沉实和厚重。"②凸显命运感是王家新诗歌的精神底色，他不是刻意为之，而是水到渠成的书写，这种自然更趋近于内心的隐秘，性情决定了他不可能太过张扬，太锋芒毕露，于是他向内进发，将生命的救赎写实了。

1980年代对于很多人来说是一个收获期，因为幸运的诗人们赶

① 王家新：《"理想主义"与知识分子精神》，《坐矮板凳的天使》，中国工人出版社2003年版，第96至97页。

② 程光炜：《王家新论》，《程光炜诗歌时评》，河南大学出版社2002年版，第171页。

上了诗歌的黄金时代，他们在那个辉煌的年代以荷尔蒙写作完成了对青春的祭奠，也以反抗的方式结束了“灿烂”的诗歌精神。王家新没有去追赶青春书写的时代，不知是他有意错过，还是他真正在作自己的积累，我相信，正是 1980 年代那“蓬勃的诗歌精神和诗歌想象力”①为其带来了命运的启迪，这样才有他在上个世纪八九十年代之交他人都放弃或转向时那奋力的一跃，一首《瓦雷金诺叙事曲》和另一首《帕斯捷尔纳克》，为他带来了声誉，何以如此？因为一种诗歌精神。这种诗歌精神，在王家新看来是“知识分子诗歌精神”，他还对此作过阐释：“知识分子写作，不是人们想象中的那种故作斯文的写作；在我看来，这不仅体现为在任何环境压力下对人类精神命脉的坚守和维系，还体现为一种把自己严格限制在自身工作范围之内的文本意识，体现为对自身的不断反省与对各种蛊惑的抵制……”②当这种精神支撑着诗人坚守于诗歌现场时，1980 年代的那些冲动写作可能就会显得幼稚了。对于诗人来说，这种诗歌精神显然和一些名字联系在一起，像叶芝、里尔克、帕斯捷尔纳克等，正是他们的诗作让一个汉语诗人获得了营养。他的风格代表了当时写作的一个方向：沉重，忧郁，带着某种承担的责任意识。

其实，作为一个南方诗人，王家新应该是灵动的，有着才子气，但我们在他的诗歌中很难读到这样的作品，他要抵达的是一种厚重，就像他所欣赏的欧洲诗人那样，在瓷实中出示厚重的美学。不知是性格使然，还是他有意为之，王家新的诗在由内向外敞开一个情感的世界。然而，这种地域划分可能并不科学，王家新本人也有过解释，从南方移居到北京后，“我开始希望我的诗歌语言中透出一种能和北方的严酷、广阔、寒冷相呼应的明亮。”③因此，我们在读王家新的作品时，也会发现他的诗不少都是取景于北京的冬天，那种寒冷逼示出了

---

① 王家新：《我的八十年代》，《塔可夫斯基的树：王家新集 1990～2013》，作家出版社 2013 年版，第 248 页。

② 王家新：《“理想主义”与知识分子精神》，《坐矮板凳的天使》，中国工人出版社 2003 年版，第 97 页。

③ 王家新：《取道斯德哥尔摩》，《取道斯德哥尔摩》，山东文艺出版社 2007 年版，第 4 页。

诗人内心的困惑、疑难，他的语言释放也因此来得更真切、有力。“即使在冬天里写作你也要记住：这只能是从你的诗中开始的雪。”①当那些冬天的意象构成了其诗歌的厚重质地时，我们能感觉到他书写时代挽歌的力量，他郁积在内心的那些情绪，需要找到合适的方式倾泄出来。

“世界存在，或不存在/这就是一切，绝壁耸起，峡谷/内溯，一个退守到这里的人/不能不被阴沉的精神点燃/所有的道路都已走过，所有的日子/倾斜向这个夜晚/生，还是死，这就是一切/冬日里只剩下几点不化的积雪/坚硬、灿烂，这黑暗意志中/最冰冷的/在死亡的闪耀中，这是最后的/蔑视。高贵。尊严/星光升起，峡谷回溯，一个穿过了/所有港口、迷失和时间打击的人/最终来到这里/此时、此地。一，或众多/在词语间抵达、安顿，可以活/可以吃石头/而一生沧桑，远在另一个世界的亲人/及高高掠过这石头王国的鹰/是他承受孤独的保证/没有别的，这是最后的营地，无以安慰/亦无需安慰/那些在一生中时隐时现的，错动石头/将形成为一首诗/或是彰显出更大的神秘/现在，当群山如潮涌来，他可以燃起/这最高的烛火了/或是吹灭它，放弃一切/沉默即是最终的完成”。这首《最后的营地》，属于典型的王家新风格，即便是冰冷的景观，最后也要抵达对人世的理解，这里有沉重的困惑、无奈的想象和绝望的叹息。诗人理解世界的方式就是这样，他的严肃和庄重，对应的正是诗歌中黯淡的人生感受。

王家新虽然经历了1980年代嘻笑怒骂皆成诗的时代，很多诗人都在幽默中唤起了一种才子般灵动的感觉，但是王家新没有。他不是像欧阳江河那样靠智性来写作，也非如其他后朦胧诗人那样在语言的变换与创造中寻求新鲜感，他就是在自己沉重的精神领地里消化那些欧洲诗人和作家所带来的营养，并对接自己的精神遭遇，由此留存了1990年代初那段令很多人感觉苦涩的记忆。王家新在这一时期写的那些带有挽歌色彩的诗作，现在看来就是灵魂的审判，一方面是对自我的内省，另一方面，则是对时代的反思。但他没有以“介

① 王家新：《谁在我们中间》，《取道斯德哥尔摩》，山东文艺出版社2007年版，第65页。

人”的方式来作公共性审视，而是以个体的悲愤化解了宏大事件中的难题，带有宗教般的神圣性与力量感。他在否定和质疑中试图接近内心的真相，这种真相如同精神流亡后的无处归依，也就是说，当诗人找不到人生的方向时，他将现实的遭遇化作了精神书写的一部分，所以他才会去写承受的重量。诗人要承受的不仅是外在的压力，而更多的还是自我内心的那份不解，即对存在感的追寻，或对荒诞现实的反讽。

这个时期的诗，对于王家新来说是有难度的，他挑战了 1980 年代的那种诗歌氛围和文化气场，让它们在自己的写作面前变得轻飘起来，尤其是他那些隐秘的内心感受通过沉重的文字得以展现时，有一种深深的苦难感。这种苦难不是他对过往记忆的回顾所致，而是诗人带着一种悲剧书写的自觉，他的领悟是伦理反思所激起的创伤感，历史和现实的灾难投射到诗人的内心时，他需要将其转换为一种诗意的可能，而且还要以自己独特的方式来建构精神的原点。

在很多诗人经历中年困境时，王家新却从中年开始了他另一条诗歌之路，这是其与众不同之处。当那些早夭的才子、过气的词语爱好者在读者中形成小规模影响时，王家新以他的厚重抵抗了那些表象的占领。他的写作方式追求真挚，拒绝表演，有时甚至是笨拙的，“我的‘笨拙’，也并不是一种风格，而是一种试图使一个人的写作更具难度、更具有艺术整合性和内在力量的努力，否则它只是笨拙而已。”[①]难度写作，对于王家新来说，不仅是语言和技艺上的难度，更是精神和思想上的难度。那些潜在的生活之困让他不可能随意下笔，触及灵魂的书写，是在承担的前提下的自我对决。他的坚守不是抽象的乌托邦，而是要为汉语诗歌提供一种价值观和衡量标准，也就是说，王家新的诗歌美学更多时候趋于高端，那种向上走的倾向有别于 1980 年代热闹的江湖气，“承担”二字让他保持了严肃的格调，因此在他的诗中才会有那么多追问、质疑和考量。

---

① 王家新:《站在父亲一边》,《取道斯德哥尔摩》,山东文艺出版社 2007 年版,第 76 页。

## 二、对话思想性

我想，正是一种不安定和不满足，会让一个诗人在语言创新和思想创造的路上踽踽独行，且孤寂地坚守那个理想中的高度。王家新一直有他自己的高度，他不轻易去降低，因此他的孤傲给其诗人形象带来了一些误解。比如他对西方诗歌大师的学习和借鉴，给人的印象就是他唯西方是从，这种印象让很多人对他“敬而远之”或完全“不屑一顾”，因此，他在外部所引起的争议与他的诗歌心理有关，包括在写作中所设定的高度和透出的“开放”策略，都让他成为了很多人批判的靶子。而他的书写离他自己定的高度有多大距离，或者他的文本实践是否达到了自己所设定的高度，这个疑问我们无法解决，只有诗人自己在这个高度之上的思索能化解这一命题。其实，诗人为自己所定的高度，只是一个方向，即便没有达到，能够无限趋近，也就是对一种“承担”的完成。因为他在这高度中找到了自我的空间，不管外面有着怎样的翻转腾挪，他能持守住内心的现实，这样也就保证他不会太远离本心，从而达到一个开阔的境界。

当“命运”这个词进入到诗人的视野时，他的书写就不会太轻浮。他将人生的命运感置于具体的历史时空中，其所获得的就是经验转化的力量。当生死、高贵、尊严和灵魂、意志、召唤这样的时代大词出现时，阶段性的历史沉重就构成了写作的现实语境。个人淹没在现实的庞大集体里，只会显得渺小且微不足道，而一旦个人对接了时代的悲剧，体现在诗人笔下的风度，或者说在他身上所投射的气质，就是为了尊严写作而拥有的准则。作为一个时代精神的记录者，他的诗歌不是以华彩的辞章取胜，而是在于他强劲的思想性，这种思想性契合了一个特殊时代的美学选择。王家新的诗歌，大都以对话的方式写出，他需要找到倾诉的切入口，这样才能找到灵魂的原点。“在我这里一直有个对话者，但是当我写作时，他消失了。于是我不得不把他重新追溯出来，从一种更深入的黑暗中。”①诗人一方面是与自己的心灵对话，另一方面是和他者对话。与自我心灵的对话，很大程

① 王家新：《谁在我们中间》，《取道斯德哥尔摩》，山东文艺出版社 2007 年版，第 63 页。

度上就是对自我的调整和审判，“如果我的写作，能把我引向一种雨中的孤独的死亡，我就是幸福的。我已不能要求更多。”(《词语》)这就是一个诗人的内心独白，他的满足与不满足，都取决于能在诗中表达一种怎样的情感，孤独的或喜悦的，无助的或分裂的。孤独给诗人带来的并不是灾难，而是一种秘密的精神抵达，而且他还从中找到了自尊，这就是自我和时代之关系在写作上的见证。“而无论生活怎样变化，我仍要求我的诗中有某种明亮：这即是我的时代，我忠实于它。”(《词语》)诗人忽视时代的罪责，可能都会流于某种阴暗，但当我们习惯了书写黑暗和孤独的悲剧时，明亮与光荣反倒成了异数。诗人与自己的对话，就是要以真诚的明亮来应证他所处时代的境遇，这才是一种存在感的呈现，他不可能太偏离幸运或者不幸，因为他有精神的底气。

除了与自我对话外，王家新诗歌的思想性更多时候还体现在和他者的对话上，当两颗高贵的灵魂相遇时，不管是人生之忧，还是存在之难，都因此而获得了交流的契机。思想的对话不是攀附、顺从，而是平等的沟通，包括诗人所渴求的高远，都是基于一种自觉赋予其启蒙意识的立场。他的诗学一方面是忏悔，另一方面就是反抗——对既定原则的某种打破。“诗人不安起来。欢快的语言/收缩着它的节奏。/但是，他怎忍心在这首诗中/混入狼群的粗重鼻息？/他怎能让死亡/冒犯这晶莹发蓝的一切？/笔在抵抗，/而诗人是对的。/我们为什么不能在这严酷的年代/享有一个美好的夜晚？/为什么不能变得安然一点，/以我们的写作，把这逼近的死/再一次地推迟下去?”在献给帕斯捷尔纳克的《瓦雷金诺叙事曲》里，诗人用一连串追问与这位俄罗斯白银时代的诗人进行对话，传达了对诗人的痛惜之情，而这又何尝不是在勉励与安慰自己呢？这种追忆式的呐喊，与其说表达了对一位异域诗人的信任，不如说他是在寻找自我抗争的理由。这首诗的重量就来自于双方对话的层面和路径，它不是靠天马行空的想象就能完成的使命，而是需要恢复体验和共鸣的感觉力，让经验的对接不被虚幻的控诉所遮蔽。这是两个气质相仿的诗人所达成的灵魂交流的格局，在1980年代末期写出，确实有震憾人心之感。而稍后的《帕斯捷尔纳克》，是王家新再一次向诗人致敬的作品。这一次，他没有过分专注于两个诗人之间的对话，而是以自己的遭遇来印证时代的残酷，以及这样的时代给个体所带来的恐惧、不安与焦虑。"终于能按照自己的内心写作了/却不能按一个人的内心生活/这是我们共同的悲剧/你的嘴角更加缄默，那是//命运的秘密，你不能说出/只是承受、承受，让笔下的刻痕加深/为了获得，而放弃/为了生，你要求自己去死，彻底地死//这就是你，从一次次劫难里你找到我/检验我，使我的生命骤然疼痛/从雪到雪，我在北京的轰响泥泞的/公共汽车上读你的诗，我在心中//呼喊那些高贵的名字/那些放逐、牺牲、见证，那些/在弥撒曲的震颤中相逢的灵魂/那些死亡中的闪耀，和我的//自己的土地！那北方牲畜眼中的泪光/在风中燃烧的枫叶/人民胃中的黑暗、饥饿，我怎能/撇开这一切来谈论我自己?"诗人就是要寻求超越现实的精神维度，包括他的自我鼓舞和终极关怀，都不可能脱离自身的现实境遇来作凌空蹈虚的表演。

真正的思想性写作是不需要过多修饰和定语的，它就是诗人最朴白的表达，一针见血，直抵本质。王家新所书写的，是内心之诗，也是道义之诗。这里的道义不是道德规约，而是一种责任意识和承担精神。就因为有担当意识，他才会与自己对抗，和体制周旋，反映在笔下很大程度上就是痛感，是个体之痛，也是时代之痛。时代的过错和历史的罪责，给诗人带来的不仅是肉体上的疼痛，更是心灵上的创伤，这种心灵创伤就是个体遭遇的现实难题，诗人的回应通达的是抒发个人意志的书写之门。不管他是访问记忆，还是搜索现实，最终还是要在个人觉悟的基础上去领悟写作的力量。"我要求在我的诗中能够出现一种广阔的视野，同时又带有一种我个人的、或者说这一代人的那些最噬心的伤疼……换言之，我在试图形成一种能与历史的要求相称的个人诗学。"[①]那个时代王家新没有一头扎进"日常生活"之中作世俗的表演，而是带着超脱之意来书写生活带来的疼痛。虽然他脱离不了时代性，但他所追求的精神有着普适的尖锐，往往能刺

---

① 王家新:《〈游动悬崖〉自序》,《没有英雄的诗》,中国社会科学出版社 2002 年版,第 15～16 页。

痛我们的神经。“又是独自上路：带上你自己/对自己的祝福，为了一次乌云中的出走。”（《纪念》）没有他人祝福的上路，确实显得寂寞、孤单，而这又何尝不是诗人的自我砥砺？他真的甘愿如此？任何的孤寂都可能转化为诗意的言说，但也有可能会因此而流于绝望。“在你上路的时候没有任何祝愿，这就是流亡！”（《词语》）这一主题是王家新接触最多的，那么多流亡诗人在内心的纠结与煎熬中或失意，或无奈，或绝望，而惺惺相惜成为了他们相互取暖和欣赏的唯一方式。这就是诗歌的思想所具有的力量，他所书写和尊敬的那些流亡诗人，都是曾经给他带来安慰和共鸣者，他在这些诗人身上和作品中找到了存在的意义与写作的理由。

在思想性写作并未盛行的1990年代，王家新却在实践中准确地定位了自己思想写作的方向，这种逆向的书写决定了他不可能放弃诗歌的边界，而去作精神上的随波逐流。所以，他的诗在表象上拒绝了技艺、结构乃至形式的表达，而偏向于精神剖析和思想困境的展示。“正是在对时代生活的所谓‘介入’中，我一再感到了个人在历史中的无力，或者说，一种荒谬感的加剧。这也促使我愈来愈了解到我们这些人写作的性质。”①他的这种承担或“介入”，跟朦胧诗人不一样，不是要为一代人代言，而是要以自我的方式来勘探时代的深渊。

王家新没有像很多1990年代诗人那样去追求后现代的解构性和碎片化，而是保持了严肃的格调，这可能与他的思想体系有关。当他勇于暴露内心的不安，然后去面对现实的喧嚣与浮躁，而瞬间的对立又在他内心竖起了那道精神的屏障，他需要再一次重整，再一次启程。

**三、从一种日常到另一种日常**

1990年代初，王家新以一种悲壮的姿态书写了那个时代的严酷，所以，他一直被称为是中国当代诗歌的良心。然而，时过境迁，二十年之后，他回归对日常生活的书写，那不是一种倒退，而是一种坚守。“无论世道多乱，我相信只要人心不死，诗歌就不死，只要我们伟

---

① 王家新：《〈游动悬崖〉自序》，《没有英雄的诗》，中国社会科学出版社2002年版，第17页。

大的语言不死，它就不死。所以我不会再持那种姿态。”[1]这是先锋诗人的保守姿态吗？从王家新的写作历程来看，结论没这么简单。他曾经站立过的历史现场，如今也已成为了记忆。一代人的集体沉默，终究抵不过时代的碾压，精神上看似高涨了，实际上，很多诗人匍匐着写作已经多年。王家新似乎从来就未动摇过，他写作的起点就已是很多人到达的终点，这注定了他对诗歌的坚守是一场持久的语言和思想战争。

在这种坚守里，王家新很少去写那种模糊或暧昧之诗，他需要做的就是让词语都落实在每一个句子中，让每一个句子都能在字里行间准确地找到自己的位置。一旦在寻找过程中遇到障碍，就可能影响诗人的下一步抉择。“我承认我正经历困惑。”[2]困惑让王家新改变了策略和方向，这是一个有追求和方向感的诗人在漫长的写作生涯里必定会有的选择，他在现实中有自己的真切人生，而在写作中也会有他的精神生活，当二者有了交叉、融合时，很可能会引起诗人的转型。因此，除了那些有着大词的承担感，王家新也开始书写日常经验，他可能不会有那么直白的描摹，而是注入自己的沉思、感伤和悲愤的情绪。

> 我在昨晚写下了“雪”，今天，它就在城市的上空下下来了。这不是奇迹，相反，这是对一个诗人惩罚和提醒。你还能写什么？什么才是你内心生活的标志？看看这辽阔、伟大、愈来愈急的飞雪吧，只一瞬，室内就彻底暗下来了……
>
> ——《诗》（节选自《反向》）

诗人就是在写日常，这里虽然只写了雪，其内心景观和自然景观对接时，一种冰冷的情绪仍然让我们感到现实的无力。这是诗人对现实经验最真切的描绘，你被它感染也好，或为它动摇也罢，这样的

① 王家新：《诗歌与消费社会》，载《扬子江评论》2013年第1期。

② 王家新：《在一部电影结束的雨声中》，《没有英雄的诗》，中国社会科学出版社2002年版，第63页。

书写就是一种调节性的转向。像这样的诗，我们能在诗人的作品里找到不少，它们都是他在某种心境或状态下的精神投射，能在不经意处触动我们敏感的神经。比如，他写冥冥中的魔力："我在深夜里写作，一个在沉默中逼近的人，为我打开了门。"(《词语》)比如，他写一种忍受的心理状态："在我的身上我忍受着不是我自己的死亡，直到它在化雪的一瞬彻底攫住我：土地变黑了。"(《另一种风景》)比如，他写雪和写作的关系："一个在深夜写作的人，/他必须在大雪充满世界之前/找到他的词根；/他还必须在词中跋涉，以靠近/那扇唯一的永不封冰的窗户，/然后是雪，雪，雪。"(《尤金，雪》)比如，他写在一个人在孤独中的心灵漂泊："七年了，我的窗户一再蒙上白霜，/我们的炉火也换成了暖气——为了/不在怀念中生活？而我一如既往，/上班、写作、与朋友聚会……/只是孤身一人时我总有些害怕；/我怕一个我不再认识的人突然敲门。"(《旅行者》)在这样一些关于日常的书写里，诗人始终站在一个精神的高处，他似乎还没有走下来，或者说没有彻底"放下身段"，我们还无法更放松地去亲近这种带着启蒙色彩的言说。在高处的姿态是对思想和尊严书写的某种回应，它承续的是诗人多年严肃写作的脉络。而当他彻底交出自己时，赤裸的经验书写就成为另一种表达的可能。"我的诗大都出自我对人生的体验，如果说那里面有一种'空旷的悲凉'，这也是我们自己难以抑制的。"①这或许和诗人的人生经历有关，他的敏感不可能让他去写那些粗鄙之诗，他只能背负着更沉重的精神包袱前行，因为前方有他需要跨越的障碍。转变由此开始，只要他继续顺着生活的道路行进，另一种日常就在不远处等待。

从精神反思的日常到世俗生活的日常，王家新确实是有过一个重要的转变，这与年龄有关，也和写作的心境有关。他或许不愿再去书写那些虚妄的精神苦难，他要回到人世中来，面对最为日常的景观，这样，方可真正看透自己，参透人生。就从诗人这些年与儿子的交流，也可看出他在转变中的心境。他的书写，既记录了儿子的成长

---

① 王家新：《站在父亲一边》，《取道斯德哥尔摩》，山东文艺出版社 2007 年版，第 78 页。

史，也呈现了父子从交流到反叛，再到认同的精神轨迹。这期间有痛苦，也有安慰，有对生活的无奈，也有对命运的认同。如同诗人在一首诗中所言："不是病疼，而是某种书写最终在他身上化为一阵抽搐。"(《冬天的诗》)事实就是这样，最后的结果可能并不是一场预订的悲剧，但那个过程却显得艰难，且障碍重重。

1996年，在送儿子到美国时，诗人写下了他的思考和感慨："从中国东海岸，到美国西海岸，/中间隔着一片梦幻的海洋；/是什么在揪着我的心？儿子/直到飞机的轮子/轻巧地落在旧金山海湾机场。……/让我在每一首诗中为你祝福；从此/从你到我隔开一片痛苦的海洋。"(《送儿子到美国》)这是父子之间的情感倾诉，诗人写下了自己的感受，这是最为个人化的表达，似乎只有相同经历的人才会从中获得亲近和共鸣。此后，诗人还写了《带着儿子来到大洋边上》，心境也在发生微妙的变化："带着儿子来到太平洋边上/当大洋从一眼望不到尽头的天边滚滚而来/我以前的那些妄想，还有那些焦虑/一瞬都失去了意义……"过去的担忧、困扰和不安，在面对广阔的太平洋时，诗人发现这一切都微不足道，尤其是当他看到儿子的成长，可以将一切不快与仇恨都化作云烟，它们的飘散不是结束，而是亲情的另一种变化。这接下来的感慨，就是一种成长中的反复，诗人却仍要去承受。"隔洋打来的电话：儿子。他的声音/仍是那么孩子气，但他已学会了某种迟疑。/他和他的父亲，已有了一种用太平洋/不能丈量的距离。而我该怎样表达我的爱？/孩子们在长大，他们完全不想理解父辈的/痛苦，犹如完全不能理解一件蠢行。/孩子们在长大，时间已使你的爱/变为一种徒劳——那么荒谬，那么致命。"(《一九九八年春节》)儿子成长过程中所遇到的问题，成了诗人的心病，他的苦恼是在一种抗争中解决，还是在一种宿命的认定中得以埋藏？这种日常生活的烦闷不是短暂的，而是长期的领受，他只有在真实的书写中才能获得暂时的释放。

而十多年后，诗人又写下了他与儿子的另一首日常之诗："一个年过五十的人还有什么雄心壮志/他的梦想不过是和久别的/已长大的儿子坐在一起喝上一杯/两只杯子碰在一起/这就是他们拥抱的方式/也是他们和解的方式/然后,什么也不说/当儿子起身去要另一杯/父亲,则呆呆地看着杯沿的泡沫/流下杯底。”(《和儿子一起喝酒》)这首诗就是上一首的延续,不同的只是时间的变迁所带来的心境变化:诗人的心态发生了变化,其实对应的就是儿子的成长,或者反之亦然。

王家新的经验书写是很纯粹,也很彻底的,他将自己的日常生活对接早已存在的精神向度,可能会发现过去的激进都变成了偏见,而唯有现在的平和,才是离诗歌和内心最近的诉说。他不用再一次启程了,因为他已将所有的辉煌留在了过去,而一种退守也未尝不是在经历了生活的千锤百炼后所要进入的宁静和安稳。

**四、内在的诗性选择**

为了“不使自己的心灵荒凉”,新世纪以来,王家新写了大量诗论,但他并未放弃缪斯,依然在写着诗。在经历了从青年到中年的人生转变后,王家新最后还是选择高校作为自己的归宿,这符合他的知识分子气质,也让他在精神追求上转换了方式。以前那种带着悲剧意味的写作,越来越聚合于一种放松、自由的境界,这可能是尊严写作的另一个向度。

诗人的最高境界,或许就是写出“人与世界的相遇”,这不仅是通过感受来创造,也是通过理解来完成。“在一个人的死亡中,远山开始发蓝/带着持久不化的雪冠;/阳光强烈,孩子们登上上学的巴士……/但是,在你睁眼看见这一切之前/你还必须忍受住/一阵词的黑暗。”(《布罗茨基之死》)这仍然是诗人关于生死的对话,沉郁、肃穆而庄重,给人印象深刻,同时也有信任感。这样的写作源于诗人一直以来的大“承担”,这种承担体现在他所推崇的流亡诗人身上,就是与专制抗争的正义气质。“在一个依然是集体主义的时代,希望仅在于个人不计代价的历险,在于一种彻底的偏离:在那些小小的流派之外,是伟大的游离者。”①而王家新对这些诗人的理解,有一种心灵上的相通。确实,1990 年代初中期,他在欧洲期间的诗作带着浓郁的

① 王家新:《谁在我们中间》,《取道斯德哥尔摩》,山东文艺出版社 2007 年版,第 65 页。

“流亡的气息”,“流亡的人把祖国带在身上/没有祖国,只有一个/从大地的伤口迸发出的黄昏/只有世纪与世纪淤积的血/超越人的一生”(《布拉格》)。身在异域之人,往往会有这样的切身感受,王家新也不例外。虽然他并没有经历那些诗人的残酷遭遇,但他感同身受地理解了他们的现实处境和精神创伤,当这些在诗人身上发酵时,一种共鸣感油然而生。这是他在命运书写上的内在选择,仍然基于一种承担的指向。

而从王家新新世纪以来的写作看,有人发现他好像有些远离过去曾提到过的“承担”,至少是从他的诗歌中难以看出。虽然他这些年投入在具有承担意识的诗人保罗·策兰上的时间和精力很多,对他的译介、评论和研究,在国内可称得上专业精深。然而,他内心的那个高度依然没有下降,他深知当下诗歌的优劣。而对于承担,他在新世纪初有过阐释。“在我看来,承担首先是‘向内的’,是对个人命运的承担,是对困扰着个人的那些人生和精神问题的承担。……承担,首先是承担生命之重。除此之外,一个诗人当然还应有一种更大的关怀,因为‘人生的’也就是‘历史的’,‘语言的’也必然会是‘文化的’。在此意义上,一个诗人不想承担也得承担。当然,是以诗的方式承担。”[①]以诗的方式承担,这不是随便的言说,而是为诗赋予了某种责任和使命,它的领受者不仅是诗人,还是他所处时代的一种语言体现。

诗人选择承担有他内在的精神动力,可能是苦难和悲剧,也可能是一场人生的变故所致。诗人在海外期间写过一首长诗《回答》,那种深沉的语调既像是忏悔录,又如同与生活和解的宣言,还夹杂着对人生理解的宽恕和最大限度的容忍。那种告别一个时代的声音,当能在严肃的阅读中打动我们,这时它就是一部诗人在命运无常的变化中的个体承担史。“人人都在‘真实’的名义下为那荒谬的一切/而战。我不再辩白,我也几乎不再关心/自己是谁,而只是想说:这就是我们的时代,/你的痛苦,你的生活,你的可怜的真实/只是这部伟大

---

① 王家新:《回答普美子的二十三个问题》,《为凤凰寻找栖所——现代诗歌论集》,北京大学出版社 2008 年版,第 289~290 页。

传奇中的一个细节。”这种言说如此决绝而痛快，诗人在尖锐的语言利刃下写出了一种语言文明的力度。“是到了再见的时候了——平静下来，你仍是我亲爱的人，/平静下来，愤怒会化为怜悯，而挽歌/也应作为赞美出现。/我们有过那么多患难相助的时刻，相亲/相依的时刻……”这是一种自我拯救的途径，他放下了，认同了，化解了，一切都会在承担中重新获得意义和价值。人生的那些刻度会记录下我们所经历的一切，疯狂和愤怒，悲伤与怜悯，大都以诗的形式得到了最终定格。

王家新那些带着重量感的写作，确实是凭借内部的情绪来打动人，但他仍然渴望以更真实的书写来面对生活的丰富变化。没有细节的插入和支撑，一首诗很难获得结实的躯壳。那些激昂的言说，更多时候显得空洞、乏力，既缺乏生动感，又无欢乐性。王家新也并不是完全以“知识”的方式发言，他之前指涉的是精神的重量；新世纪以来，他回归到了一种“实”，现实或历史的语境都化为了具体的细节，个人的承担突出的是一种自我的在场。“在我家附近的水库里，一到冬天/就可以看到一些垂钓者，/一个人穿着旧军大衣蹲在那里，/远远看去，他们就像是雪地里敞开的鸦群。”（《冰钓者》）这样的“写实”对于王家新来说，是一个大的转变，并不像有些人说他的写作“无变化”，我觉得这种变化不仅是语言上的，更是心境上的：他不再把诗歌局限于一种情绪流的滑动，而它也可以是对生活的记录。这样的认知，是一位诗人持续性写作的保证，否则，他的路可能会越走越窄。激愤者不可能永远保持昂扬，但他需要变化，这变化不是推翻自己，与自我决裂，而是微妙的转型。由此，我理解诗人这样的辩解：“不错，我的一生都在唱同一支歌，/这支歌我已唱了很久很久了，/这支歌尚未抵达到/我的喉咙”（《新年第一首，兼给一位批评我的诗“无变化”的人士》）。这种隐喻性言说，只有诗人自己能明白，他的清醒就在于坚持，以及在这坚持中的学习、理解和变化。

王家新没有像很多诗人那样将“语言的炼金术”表象化，他只是将其内敛地转化到了节制的修辞中，很多人觉得看不出“创造”的痕迹，没有多少语言的新鲜感，这种认识是不是一种误读？他其实很明白诗人对待语言的态度，这是写作最首要的，也是最基本的立场。“无论如何，诗人，仍是那种要努力在语言中标出灵魂的‘吃水线’的人(《船上的故事》)——在具体与抽象之间，在声音和意义之间，在诗的张力和它的精确之间。如果说近些年我在诗艺上有所‘进展’，这些就是。反讽的技艺、抽象的能力、语言的炼金术，‘微妙过度的音调’，等等。”①诗艺的贯注就是依靠这些内在的历练，以及敏感的心智。“我希望自己的语言是一种出自生命体验而又富有质感的语言，或者说，是一种能与我们的生活经验——它当然也包括了身体经验——发生一种深刻‘磨擦’的语言。这样的语言不仅要有效地作用于人们的感官，更要抵及到人们的内心。”②另外，王家新的诗歌一直以来都走的是散文化路径，他并非那种靠语言的变幻去抓住读者的诗人，而是凭借内心微妙变化所激起的诗意。当然，这并不是说他不注重语言的锤炼，其实，他只是将其内化成了一种精神或气质。他的这种变化，其实是更为内在的选择。

我仍然相信，无论王家新在语言上作出怎样的选择，他仍然是一位在精神上有追求的诗人，他绝对不会满足于语言的冒险，他还要寻求思想的突围。虽然布罗茨基说，“在诗歌中，如同在任何地方，精神上的优越总要在肉体的层次上遭遇抵抗。”③但精神的理想主义前行势不可挡，即便有难度和困惑，那也是他必须的选择。“诗，仍存在于它自身的艰难之中。他的深度与高度、伟大和光荣，也只存在于这种艰难之中。”④艰难是一种障碍，但也是动力，诗人就是凭借着克服艰难的冲动，才会一直往前走。就像他在诗中所言：“活到今天，要去信仰是困难的，而不去信仰是可怕的。”(《变暗的镜子》)重建当下诗歌写作中个体承担的精神，可能就是他的信仰。虽然这条信仰之路困

① 王家新：《“你的笔要仅仅追随口授者”》，载《诗建设》总第 9 期，作家出版社 2013 年版，第 26 页。

② 王家新：《回答普美子的二十三个问题》，《为凤凰寻找栖所——现代诗歌论集》，北京大学出版社 2008 年版，第 292 页。

③ [美]布罗茨基：《文明的孩子》，《文明的孩子》，刘文飞译，中央编译出版社 1999 年版，第 104 页。

④ 王家新：《“你的笔要仅仅追随口授者”》，载《诗建设》总第 9 期，作家出版社 2013 年版，第 26 页。

难重重，但是诗人克服的过程，就是写作精神的重构。

从其近年言论来看，王家新是愈发明晓自己的“局限性”，因此，他才会去平视生活，将所有的真相还给生活本身，而不是高高在上，睥睨一切。然而，平视生活并不是一种屈服，不是对承担的放弃，而是对生活的另一种延伸和拓展，对写作的命运感和历史感的重新持守。王家新作为当代诗坛“刀锋”的力量，就在于他的坚持，比他者更为内在的思想守护。

## 第三节　翟永明：从女性写作走出的诗之大道

从1980年代至今，诗人翟永明一直被当作女性主义诗歌乃至文学的标志性人物，其风格是否已经定型？其创作还有没有另一种转变和突破的可能？这些疑问都是关注翟永明的读者同样会追问的。综观翟永明近十年来的诗歌创作历程，我们不难发现，翟永明从事诗歌写作以来，她的作品始终被贴着女性主义文学的标签，长时间难以改变。1990年代中期，翟永明自己似乎也觉察到了这个问题，开始有意识地转型，让诗歌创作全面或部分地还原到语感、语义的层面。所以，翟永明近十几年的诗歌中，虽然还有着独特的细腻与敏感，但女性意识已经明显淡化，更多了一些对现实生活和社会事务的关注。其实，真正富有生命力的诗歌，应该是语言和想象力造就的生命感悟。离开了这一感悟，诗歌写作只是一味局限在女性主义命题里，一方面会影响诗歌的精神气质，另一方面也可能会降低写作的难度，从而无法在更为开阔的视野里继续前行。

### 一、修辞的减法：从繁复到简洁

1980年代的翟永明，让“女性”这个词获得了前所未有的关注，那种才华横溢的写作，确实能触及一个时代的神经。在那个汉语言的压抑开始得以释放的时代，翟永明更像是一个“用身体完成作品”（朵渔评杜拉斯语）的诗人，但完全不同于后来“下半身”写作中的一类恣肆放纵，她的创造力直抵我们所期待的那个高度：现代汉语的重组与创造，也可以有如此诗性的转换。

翟永明的早期创作，经历了“对女性经验的综合展现阶段”①，在幽闭与敞开的边界上靠近自我对话的维度。在一次诗歌课堂上，我给学生们讲翟永明的《女人》组诗，那些天才般的句子确实让之前只接触过徐志摩、郭沫若的大学生感觉耳目一新：原来汉语还可以如此精彩。比如，“穿黑裙的女人夤夜而来/她秘密的一瞥使我精疲力竭”(《预感》)；“今晚所有的光只为你照亮/今晚你是一小块殖民地/久久停留，忧郁从你身体内/渗出，带着细腻的水滴”(《渴望》)；“我是最温柔最懂事的女人/看穿一切却愿分担一切/渴望一个冬天，一个巨大的黑夜/以心为界，我想握住你的手/但在你的面前我的姿态就是一种惨败”(《独白》)。在一个文学几近成为中心的时代，有人依赖这样的句子，并为之疯狂。当创造的兴奋渐趋平复，诗人回到了现实，我们从梦想跌落进残酷的生活。经历了那一次又一次语言的飞翔，灵感的再次降临变得缓慢，一种笨拙的美开始进入内心，另一种带着伤痛的诗意重新成为我们的诉求。

当过去的灵动虚幻转化为现在的务实，其实我们下笔就变得迟钝了，虽然我并不提倡追随才子式的写作，但在一个越来越没有诗性的时代，诗歌的存在其实也是个悖论。一方面，我们知道自身所处的现实境况太过于功利了，精神难以提振，需要诗歌这种务虚之物来平衡；另一方面，诗歌的“无用”又让诗人们既没有自我认同感，也无法获得他者的接受，这是一个双重的精神难题。对于持守的诗人来说，要有足够的胃口来消化这个时代强大的欲望，它在整体上的侵袭显得更残忍，也更凶猛。这足以让诗人们清醒，与其谄媚犬儒地迎合，不如彻底退守到原点，以不变应万变。翟永明就是如此，她这几十年一直坚守在诗歌的阵地上，虽然也有过停滞，产生过困惑，无力再写下去，但是她挺住了，这意味着自我从破坏完成了到建构的转移，待诗人再写作时，在主题和技艺上就相应地变得更内在了，不再漂浮、虚幻，而是往下沉，向内转。

---

① 刘波：《“第三代”诗歌研究》，河北大学出版社2012年版，第179页。

向内转是一种策略，更是一种境界，翟永明将对语言的挖掘由早期的紧张，转向了现在的松弛，张力并未因此减少。语言缺少了张力，诗可能变得乏味，但翟永明一直保持着创造的活力，端赖于她真正懂得诗与其他一切因素的关系，不管延伸出去多远，最终还是要将撒出去的网收回来，归到命定的诗意之中。“我总是在感情冲动之际动手写作，但最终是在冷静理性状况下完成它。”①这对于习惯用感性写作的女性诗人来说，是一种有高度的挑战。翟永明能够持续写作至今，她从感性到理性的思维转换至关重要。从情感进入，以智慧出来，当为诗写之高境界。而由女性主义写作初期诗歌语言的繁复与狂欢化，趋向于一种平实和冷静的格调，这是翟永明“以少胜多”策略的体现。

世纪之交的中国诗坛，诗歌口语化倾向越来越突出，“盘峰论争”前后，民间诗人大都以口语抒写日常和当下，这里面甚至包括一些复出的“第三代”诗人。后来一批在网络上崛起的年轻诗人，大都承袭了民间诗人的口语化风格。而一些知识分子诗人也开始在叙事性的写作中进行口语尝试，他们的转向虽然隐而不显，但其诗作已流露出这种变化。就在这一背景下，翟永明似乎也在寻求改变，尤其是对诗歌语言的驾驭要求一种简洁化的先锋精神。“一句顶一万句”的简洁，这并非敬惜字纸之举，而是审美姿态发生了变化，简洁通向诗歌的根本，它是我们在写作中能达到的一种文字高度和精神境界。“诗歌里的少，犹如中国绘画的留白；也犹如诗印在纸上，行与行之间的空白。这样的少，如雪泥鸿爪，空谷足音，传递出嘈杂生活之上的澄明和诗意。”②以少胜多，是翟永明后来选择的策略。比如像《周末与几位忙人共饮》（组诗）、《如此坐于井底》（短诗十五首）、《去面对一个电话》《我梦很美的梦》等诗歌，都是其语言风格转变的重要见证。“中央电视台　正在/联播　各地的/回音　联合收割机/翻腾出黄色谷粒/或纺织机　或建筑物/最后是火势蔓延/房屋倒塌　质量问题/

① 翟永明、木朵：《翟永明访谈：在克制中得寸进尺》，载《诗江南》2012年第3期。

② 翟永明：《诗是我们反抗一种无所不在的束缚的语言——中坤国际诗歌奖获奖感言》，载《名作欣赏》（上旬刊）2011年2月号。

它们都发生在各地各市//一男一女　通常/发型严谨　衣襟坚定/他们此时插播/一个公主的死讯”(《插播》)。这样的诗歌,大都是短句子,富有节奏感,以一种口语化的表达还原了语感;另一方面,诗歌中暗含着叙事的因子,但又不失激情。诗人通过简洁的语言,直接刻画出了央视新闻画面的呆板格局,具有强烈的反讽意味。

在翟永明最近六七年的诗歌中,我们基本上很难再见到繁复的词语叠加;诗人在口语化的表述中,敏锐地洞察到了我们的生活在新世纪的变化,同时也捕捉到了个人在社会转型中所遭遇的心智启蒙。“我的灵魂比我的舌头/跑得快　我的手/比我的心　敏感善变//就让我们来演奏/四重唱吧//又来了一个人校音//好端端的一整天/你谋杀了我的嗓子/从温柔的资讯　到沙哑的排练/你终于使我周转不灵//现在轮到我来演奏!/我和我心爱的旋律/滔滔不绝　我们要/拷贝一片黄金//我要修理我的灵魂/让它更骨感/我要抓住我的呼吸跑动/离开和回来/我要追赶你的吐字均匀/还要你相信我的发音/和对恋人的第六感应//你终于使我周转不灵”。写于1999年的这首《终于使我周转不灵》,对翟永明来说至关重要,因为这首诗里的自白和倾诉意识开始弱化,它更多指向的是诗人对当下经验的筛选,并由此获得自由创造的空间,向一种更为本体性的立场回归。本体性立场的回归,从某种程度上来说就是语感意识的回归,诗人的语言在一些朴实的词语组合里达到了独特的知性意味。所以,从这方面来看,语言的回归对于近十年翟永明的诗歌创作来说,其实就是语感的还原。

从1998至2010年,这十余年间,翟永明诗歌写作的变化是在语感,包括修辞、力量、历史意识等各个方面都不同程度地发生了改变。由复杂象征到简单意象,由激烈张扬到理性明晰,这些转变都体现在了其诗歌创作中。诗人曾在她2002年出版的诗集《终于使我周转不灵》自序中谈到了这种诗风转变的过程:“1998年起我的写作也有很大变化,我更趋向于在语言和表达上以少胜多。建筑师密斯·范德罗的一句话‘少就是多’是我那一时期写作上的金科玉律。”[①]“以少胜多”是诗人近十年写作的一个诗学指导，在这一指导下，翟永明的写作获得了足够的发挥空间，有了一种更加自觉的语言意识，即简洁、有力。而另一位女诗人周瓒对翟永明诗风转变的评价也算中肯：“像叶芝一样，翟永明也是一个不断能够自我更新，不断能够在写作的不同阶段寻求到自我变化的诗人。”[②]关于这一点，我赞同周瓒的看法，阶段性转变对于翟永明来说至关重要，尤其是对于一位贴有标签的女诗人来说更是一种考验，如何不在自我重复的泥淖里陷入创作的困境，如何在转换中超越自己，这些都是翟永明在写作二十年后所面临的问题。

**二、介入现实是诗人的另一种责任**

翟永明对时代与社会的关注，肯定不是突然的。她早期写作女性主题的作品，其实也是对时代的一种介入，只不过她进行了转化，更多体现在语言创造上，而不是直言利弊，坦露其心。在新世纪之交，诗人在国外生活，写作有过一个阶段的停滞，当她后来继续写作时，某种对时代的感触自然在她笔下获得了响应，加之诸多社会问题突显，矛盾、冲突、沦丧皆以悲剧的形式真实地呈现在我们的视野中，诗人也没有理由对此视而不见。由对自我内心的关注，转向对时代的介入，一度成为了翟永明诗歌写作的常态。她以诗的方式对社会和时代发言，同样可以成为一种抵抗的声音，一种反叛的景观。翟永明由以前对女性个人经验的展示，转向对社会公共事件和价值的关注，这表明诗人对于世界的认识正在加深，体现了一个先锋诗人的责任感与良知。

由对个人内心私密经验的抒写，到对社会大事件的关注，是许多大诗人都曾有过的经历。因为一个诗人的写作要想突破自己，最终还是得从个人的小我经验中走出来，去关注社会与时代的发展，去抒

① 翟永明：《〈终于使我周转不灵〉自序》，《终于使我周转不灵》，河北教育出版社2002年版，第8页。

② 周瓒：《女性诗歌："误解小词典"》，《透过诗歌写作的潜望镜》，社会科学文献出版社2007年版，第126页。

写大众的日常生活；不管这种生活是物质的还是精神的，也不管这种生活是美好的还是丑恶的，在诗人眼里，它们都应该是真实的。“轻伤的人过来了/他们的白色纱布像他们的脸/他们的伤痕比战争缝合得好/轻伤的人过来了/担着心爱的东西/没有断气的部分/脱掉军服 洗尽全身/使用支票和信用卡//一个重伤的城市血气翻涌/脉搏和体温在起落/比战争快/比恐惧慢/重伤的城市/扔掉了假腿和绷带/现在它已流出绿色分泌物/它已提供石材的万能之能/一个轻伤的人 仰头/看那些美学上的建筑/六千颗炸弹砸下来/留下一个燃烧的军械所/六千颗弹着点/像六千只重伤之眼/匆忙地映照出/那几千个有夫之妇/有妇之夫 和未婚男女的脸庞/他们的身上全是硫磺，或者沥青/他们的脚下是拆掉的钢架//轻伤的人 从此/拿着一本重伤的地图/他们分头去寻找那些/新的器皿大楼/薄形，轻形和尖形/这个城市的脑袋/如今尖锐锋利地伸出去/既容易被砍掉/也吓退了好些伤口。”我之所以全文引述这首《轻伤的人，重伤的城市》，是因实在无法将其拆散，它们有内在联系，每一句都直指人心，直指这个世界的伤痕与痛处。这是诗人对世界最直接的描写，也是她的内心开始向现实靠拢的见证。关注惨案的发生，从某种程度上来说也是对遭遇不幸之人的同情与怜悯。所以，一个诗人如果没有勇气去写苦难，那么他的诗歌写作也将不完整。我不赞成诗人做唯道德或泛道德主义者，但是当诗人面对灾难而无动于衷时，他的失语和冷漠就是残忍的。哪怕只是有感而发，也能在良知的层面上体现出一个诗人敢于面对不幸的担当。作为一位先锋诗人，翟永明以如此篇幅大面积抒写一座城市所遭遇的灾难，足以见出她的胆识和魄力，这种魄力对于一位曾经有着“黑夜意识”的女诗人来说，是难得的。

多年国外生活的经历与感受，让翟永明的视野全面拓展，同时也让她的诗歌获得了一种全新的内涵和历史感。2000 年 11 月，翟永明刚到柏林，当她看到威廉大教堂时心中感慨万千。“作为柏林最大，最古老，最有代表性的教堂，在二战中险些成为一片废墟，如今它像一个饱受折磨的美妇人站立在柏林最繁华的一条街上，伤痕累累，风采依稀可见，让人看了心酸。在它身旁新修的现代建筑是一个有象征意义的新教堂，简洁的造型蕴藏了好些原教堂的隐含元素，摩登而又朝气蓬勃，反倒衬托得威廉教堂更加凄美，更加让人心动……现实中的柏林，连这些伤口也成为了旅游的一部分。”[①]翟永明本人对《轻伤的人，重伤的城市》这首诗的创作过程作了回忆，并对其中的一部分诗节进行了解释，这些正吻合了她当时创作这首诗的心境。这样的写作与回忆不仅仅是诗人一种自发的人道主义的延伸，更重要的是诗人对社会现实的主动体验，体现了一个有着公共良知的诗人那种宽广的、胸怀世界的意识。翟永明说这首诗是她写二战对城市的摧毁性轰炸的“记忆”。她希望我们不要忘了这种伤痛，否则就是背叛历史。这样的诗歌在翟永明近十年的创作中虽然不是特别多，但是她这种关注社会的意识觉醒是值得我们去研究的。

除了《轻伤的人，重伤的城市》之外，在《拿什么来关爱婴儿？》《烟花的寂寞》《儿童的点滴之歌》《关于广渠门的一首诗》等诗歌中，翟永明都有意识地倾注了她对现实的一份担当。诗人将一些处于弱势的群体，如婴儿、小动物等，当作可观照的对象来尊重和抒写，这样，她的同情与怜悯意识顿时凸显出来，并且变得界限分明，从而纠偏了以前创作中对世事那种刻意的模糊性与幻灭感。对时代的关注，对社会事件的介入，不仅能克服一种虚无感，而且也是一种自我救赎。“我相信，只要我在写，我的写作就与时代有关。我不会刻意去营造所谓的现实使命感，而只会在创造性的自由前提下去关注和考虑更大、更有力的现实。”[②]这是清醒的写作意识。自然地面对时代和社会，至少让诗人不会太过虚妄，其所向往的“生活在别处”，于残酷的现实不过是另一层面的诗意，它究竟是否适合诗人，则在于其持有何种美学立场。翟永明的介入写作是自然的，出于知识分子的一种本心，而非刻意的表演。当一个时代在诗人身上打下烙印时，他的书写会理所当然地记录下所见所闻和所思所想，这是良知诗人所坚守的写作伦理。

在诗歌的道义和美学之间，并不是二者必须有冲突，诗意才可以

① 翟永明：《轻伤的人，重伤的城市》，载《人民文学》2006年第6期。

② 翟永明：《诗人离现实有多远？》，载《当代作家评论》2010年第6期。

成立,它们同样能够有效地融合在一个诗人身上。翟永明是在道义和美学之间找到了一个适度的切入点,她的书写契合了时代对诗歌的道义诉求,而又不失诗之为诗的美学。她写的《关于雏妓的一次报道》,题材源于新闻,但促使她去写这首“社会之诗”的原因,则是夹杂着同情、悲悯和愤怒的情绪,但她仍然以理性的笔触抵达这时代的创伤。诗人一边将新闻报道转化成了描述,一边则在反思:“不能为这个写诗/不能把诗变成这样/不能把诗嚼得嘎嘣直响/不能把词敲成牙齿　去反复啃咬/那些病　那些手术　那些与十二岁加在一起的统计数字”。我们可能当作一般社会新闻的事件,在诗人这里得以发酵,那种个人伤痛变成了普遍的悲悯,是升华,也是抵达。诗人要抵达的是自我内心的那个精神维度,而不是对他者的过分看重,现场感,当下性,在目击成诗的传统里找到对现实的回应。

如此看来,翟永明一直在当下书写,她并未远离现实。她的日常经验、生活姿态、精神视野都在一种个人情怀的参与下通向了最终的现实,就像她写《老家》《儿童的点滴之歌》这样的诗,那种隐秘的伤痛,不是体现在某一个人或某一种细节、场景中,而是整体的疼痛感,她将其处理得恰如其分,既不是愤怒的呐喊,也没有歇斯底里的悲伤,那内敛的揭露里,暗藏着诗人更贴近内心的倾诉,这比外在的喧哗更富有力量感,也更具诗的真实。

**三、从独白到对话:一道敞开自我的写作之门**

对于翟永明的诗歌创作,已经有太多的评论家和诗歌研究者作过论述了,且大都得出了一致的结论:她是中国女性主义诗歌写作的一面旗帜,一根标杆,至今似乎无人超越。但事实上,翟永明的写作一直在变化,尤其是新世纪以来,其诗歌较之以前有了明显的变化。她自己在访谈中也道出了这一事实:“我的写作一直延续到现在,是因为我对自己的创作始终有一种新的期待,换句话说,也许我对自己的作品并未真正的满意过。我也不喜欢一种重复的写作,因此我才始终饶有兴趣地在这个写作领域里寻找变化。”[①]从女性主义向更高远的境界延伸,是翟永明诗歌写作的重要方向。我们也能逐渐洞察

① 翟永明访谈《我的写作顺其自然》,载《文学界》2007年第1期。

到她创作的潜在路径：女性意识明显趋于淡化，这是一位“女性主义诗人”向“诗人”转变的佐证。

对于翟永明的转型，读者和评论家们也是见仁见智，有人认为她的转型是必要的，成功的，而有的人则认为，她转型之后的写作远不如之前女性书写的灵动，虽然她也表达了时代的美学，介入了社会的现实。当然，这是因不同的审美而导致的相异评价，它们对于翟永明的写作或许没有多大影响。她遵从自我内心和个性的书写原则，一直是她持续性写作的动力。她在敞开自己，而不是封闭；她是在从独白走向对话，而非自我的呓语。诗人打开了心扉，拓展了视野，将紧贴在身的女性写作标签也撕下来，真正进入到开阔的诗写之境里。“凭借一个诗人的直觉敏锐地发现仅仅与自己交流做内心独白的危险性，于是有意识地淡化、扼制从性别立场出发的自我情绪表演，而注意将触角伸向丰富博大的外在世界，进行更为宏阔的诗意言说。”①从这个意义上看，翟永明近十年的诗歌创作，其实也是一次在诗歌理念上做减法的过程，即祛除那些附加于其诗歌上的标签和符号，向真正的诗歌艺术感觉还原。

2013 年 4 月，翟永明获得了华语文学传媒大奖之“年度作家奖”，这是对其写作最高的肯定，给她的授奖辞如此写道：“翟永明的诗歌是一部女性之书，也是命运之书。那种纤细、尖锐的痛感与激情，智性而又不失轻逸的语言，令人心碎的美，开创了当代女性诗歌新的书写谱系。她于二〇一二年度出版的《翟永明的诗》，语言上如同一个幽昧的黑夜文本，内心却不断地走向澄明。她以隐忍的陈述置换激越的独白，以戏剧性的结构减缓抒情的疼痛，以精警的表达质询现代的迷思，在历史与当下、古典与现代之间，不断地调校自己与世界的距离，既悠游于词语的丛林，亦内敛地发声，并忠直地指认存在的现状。翟永明以自己富有耐力、独步当代的写作，深刻诠释了何为真正的现代诗人。”②这一评价，的确从整体上将翟永明的写作进行了准

---

① 罗振亚：《黑色的精灵在歌唱：翟永明诗歌论》，载《当代作家评论》2006 年第 3 期。

② 谢有顺：《华语文学传媒大奖二〇一二年度作家翟永明授奖辞》，载《南方都市报》2013 年 4 月 28 日“华语文学传媒大奖 · 颁奖特刊”。

确定位，也对其诗歌成就作了恰当的总结。

在“获奖感言”中，翟永明并未从诗歌本体的角度来言说自己这些年的诗思历程，她只是从诗歌的历史和现状、诗歌与全球化和自媒体的关系，乐观地谈到了诗歌相比于其他文体的优势和处境。这种外围的感言确实有些外在，但有一句话指出了我们当下诗歌的困境：“真正的写作就像潜水艇一样下潜到内心最深处。”或许这是翟永明的内心思索，但到底能触动多少诗人的灵魂，则另当别论。当你说一个诗人没有发自内心写诗时，他是会非常委屈的，因为他既然写作，就是发自内心深处的，那么这个内心深处与翟永明所提到的“内心最深处”一样吗？可能不在一个层次，也不在一个境界。翟永明发自内心深处的思索和书写，由女性意识到介入时代，再到返归历史，这中间经历了几次转型，她开始由早期的繁复变得简洁，由对自我的反抗变为对时代和历史的对抗，书写的精致性也日趋自觉。“无论这个世界的外观怎样流动，怎样不被控制；诗歌、诗意、诗人在每一个时代都能找到新的座标。借助诗歌的想象力、洞察力和创造力，诗人的视野也由此变得既纵横千里，也广阔无垠。只有诗人自身产生出强大的能量，才能应对一个整体忽略诗歌的时代，并从中产生出杰出的作品。”①此言正是翟永明自觉写作的一个总结和验证，作为当事人，她必定知道怎样去实施这个定力，靠近这个目标。在这样的转型过程中，翟永明看似是一帆风顺的，其实也遭遇过瓶颈，引起过争议。有人认为她虽然从不及物写作转向了及物写作，关注了时代，介入了社会，深入了历史，但她的诗歌没有了当年的灵动、才气和冲击力，越来越缺乏诗意和韵味。从翟永明实际创作，也确实能够看出她走向了一个更具知识分子气质的层面，然而，她在诗歌审美上的个性和特质在逐渐丧失。但是，翟永明有自己的思路，她并不为哪一类读者而写，在现实中，她冲向的是自我的终点。

翟永明曾将兰波的“她被重新发现了”这句诗置换成了她对诗歌的认识，这个认识同样涉及这棘手的现实。她认为兰波的“她”有着

① 翟永明：《华语文学传媒大奖二〇一二年度作家获奖感言》，载《南方都市报》2013年4月28日“华语文学传媒大奖·颁奖特刊”。

多重所指，“既是文字，也是社会；既是经验，也是生活”，而落脚点则在“重新发现”，对什么东西的重新发现？诗意，价值和某种特殊的经验？“‘重新发现’就意味着一种特殊的对待世界和对待事物的方式，意味着对人类普遍生存境况的更深的洞察，意味着一种诗性的参与，一种自由思索的方式的参与，它是与时代和生存境况有关的，虽然它不是最直接地反映现实，但却是以一种不同于人们普遍认同的方式在回应生活和时代。”诗歌里的现实，毕竟有别于我们所经历的生活现实，它是审美的，超越性的。“诗歌的现实，是一种经过语言和记忆双重整合过的现实。”①现实在诗人这里，可能已不再是问题，她跨越了这一层面，而迈向更高远的境界。诗歌中的现实如何进入我们的内心？如何让笔下的文字都成为诗？这些才是问题的关键。“诗人正是要在一个追求物质化、娱乐化的大环境里，分享和创造一种精神自由、思维独立的语言艺术……”②她深知自己的使命在何处，不管怎样去处理现实与情感，诗歌作为语言艺术的本质不会因此改变，诗人的写作只能在表达与修辞基础上的创造方可成立。她最终敞开自己，其实还是对语言的一种自信，这种自信带着敬畏的成分，她希望重塑自己的语言艺术。

近几年，翟永明的写作朝向开阔和大气，甚至看不出她的女性身份了，这种自我超越正是放弃“主题写作”的结果，她走向了一条自我砥砺的通道。“在更高的高处/一场华丽的雪厚葬了薄情/也厚葬了更薄的人心/干净的更干净　黑暗的更黑暗/枯了的就要变质　碎了的高温成形/一切都飘得无比远/就像你历历在目　却从未靠近过他们/霜花寂寥时　月下传觞风中独行”（《和雪乱成——观 2009 年 11 月第二场雪，为歌手陈琳而作》）。这虽是一首悼亡诗，但那种外在情感早已内化成了诗人对人世和景观的深度感悟，古意浩荡，雅致深沉。诗人所要释放的那股情绪，也已通过一种生动之气带出来了，而不再是幽暗的，独语的，那种潜在的对话色彩当已渗透其中，干净而

---

① 翟永明：《诗人离现实有多远？》，载《当代作家评论》2010 年第 6 期。

② 翟永明：《诗是我们反抗一种无所不在的束缚的语言——中坤国际诗歌奖获奖感言》，载《名作欣赏》（上旬刊）2011 年 2 月号。

纯粹。

早期的“爆发性”写作和现在的“从容性”写作相比，翟永明的诗歌更显得内敛了，她在《女人》组诗里的那种张扬，确实成就了作为女性写作的翟永明，后来，她介入时代并与社会现实对接后，淡化了性别意识，“生活状态”发生了变化，写作状态同样也随之改变，而诗歌的审美在转型之中完全有了深度调整。这种调整对于翟永明来说，是视野和修养释放的一种可能之体现。她对古典物事的兴趣嫁接到诗歌上时，一种传统的诗歌美学同此获得了新颖且富有现代性的版图。

**四、日常、传统、古意之变皆通向诗之“真理”**

由女性主义的细小经验到大气磅礴之诗风的转变，是随着诗人的年龄增长与阅历的丰富而逐渐显现的。在翟永明看来，她的诗风转变是一个极其自然的过程，并没有引起多大震动和更多人的注意。这种转变是非常微妙的，不动声色的，只有翟永明自己最清楚。因为在诗歌创作上，诗人更为服从自己的内心：世俗生活是她所爱，而一旦到了诗歌那里，她仍然心存敬畏。不像很多诗人与作家那样，能躺在自己功成名就的位置上坐享其成，就不愿再费力创新，而翟永明还需要让自己有一些新的突破，这种转变是在“个人声音杂糅的混合属性”之召唤下展开的。

从内心出发，走向日常与大气，是诗人诗风转变一个重要表现。“思亲问题　友爱问题/一切问题中最动人的/全都是登高的问题/都是会当凌绝顶时/把盏的问题//今朝一人　我与谁长谈？/遥望远处　据称是江北/白练入川是一条，还是两条？/汇向何处　都让我喜欢/……/今朝我一人把盏　江山变色/青色三春消耗了我/九九这个数字　如今又要/轮回我的血脉/远处一俯一仰的山峰/赤裸着跳入我怀中/我将只有毫无用处地/享受艳阳//思伤脾　醉也伤脾/飒飒风声几万？　呼应谁来临？/饮酒入喉　它落到身体最深处/情欲和生死问题/离别和健康问题/也入喉即化　也落到最深处/它们变得敏捷　又绵密/它们醉了　也无处不在”。这首《重阳登高——遍插茱萸少一人》充分证明了翟永明大气写作的可能性，对于登高的怀念由古诗来切入，这一举措让她的作品在开阔的氛围里充满了极富温情的美学和象征意味。在这样的诗歌中，女性主义意识渐次淡化，乃至消失。我们不可忽视这样的转变为翟永明所带来的影响。

对于女性诗歌的未来发展，翟永明也有着自己独到的想法："女性诗歌虽已走出80年代举步维艰的时期，但也面临更新的问题。部分女诗人也正在努力追求一种超性别的写作，在我看来，这种'超性别'是首先意识并认识到性别的差异及其中的不平等，而不是麻木混沌地将'男女都一样'或'男尊女卑'这样的歧视意识混为一谈，在此基础上，超性别的写作才可能争取到更大的自由写作空间。"①这一点非常符合诗人进行风格转型的特殊心境。从《一个词》《理解力》《更衣室》《孤身的逃》，到《时间美人之歌》《你是一个迷途的女人》等，是翟永明写作上细腻之风的文本再现，也是她由细小经验向大气之风转变后继续前行的坐标。她希望自己能够以一个真诗人的姿态出现在新世纪诗坛，而不是以一个已被盖棺定论的女诗人形象继续原地踏步。后来，虽然她也大量书写古代女性，一方面是挖掘，另一方面，其实也是一种惺惺相惜的致敬。而这样的"女性写作"早已超出了"呐喊时代"的表象式倾诉，而节制地发出了内在的理性之音，更内敛，也更日常，其所指却又不断通向某种诗的"真理"。

我们所谓的"真理"性写作，其实并非以纯粹哲学的方式在实施，恰恰相反，它在某种程度上是反哲学的，既需要细节的支撑，又需思想的阐释，其衡量的标准就是真实、真诚与真情。这种针对日常现实的写作，属于抵抗型思索，她的批判不仅指向他者，同时也指向自我。反思的存在，体现了诗人自由表达的权利，在此，诗人的信仰就是人性。她对工业污染给尘肺病人带来灾难而伤痛："我们都生于尘土/他们却死于尘肺"（《大爱清尘》）；一场舞台剧也让诗人看到了历史破坏背后的缘由："因为人类已经疲惫/因为疾病不断衍生/因为地球已然空虚/因为'圣婴'再次出现"（《新桃花扇》）。这是观察、思考和经验书写带来的自我救赎，是对理性抒情的纠偏与修复，当诗人在无限趋近于真实的现实和内心时，她的诗歌就在通往"真理"之境。现代

① 翟永明：《女性诗歌：我们的翅膀》，载《文学界》2007年第1期。

社会确实给我们带来了便利，但同时也带来了伤害，身体的和精神的。翟永明对“现代性”的认知是复杂的，有时不乏纠结，她接受现代化，但她同样反思现代化，知道如何清醒地对待传统和当下——一个时代性的命题，不仅关乎技艺，更涉及对待时代和传统的态度。“每个时代最重要的气质就是这个时代的‘诗意’。”①反对也好，拒绝也好，它的存在已构成“诗意”的部分，如何去把握书写的度，当是关键之点。翟永明写作的难度，也与此相关，她追求简洁干净，但拒绝简单的思考。“我不会简单地去批判，我只是想表现一种困惑……”困惑是诗人在当下最大的命题，也是诗意呈现的“原点”。所以，她才会说要“从最无诗意的现实中寻找诗意”，②这是“真理”写作的根本。日常书写和灵魂叙事的参与，一方面弥补了纯粹抒情所造成的空洞之感，另一方面也从各个不同的角度丰富了诗歌的现代性美学意蕴，这其实也是诗人向现实回归、由神性到人性的写作之体现。

翟永明新世纪以来的写作，有靠近传统的倾向，尤其是其作品中的那种古意和雅致，直指大气和魄力。她还对绘画有着浓厚的兴趣，自身修养的提高与艺术感觉的增强，这或多或少会影响诗人在创作中对于画面感和节奏感的把握。我们可能会觉得，诗人的变化显得突然，其实她早就有了自己的思考。因从小受中国古典文学和戏曲的影响，作品中自然渗透着向古典诗词致敬的意味，在语言上的变化最为明显，她所读所学已潜移默化地转移到了写作中，甚至成为了她的风格。这是翟永明的诗歌书写达到一定境界后的结果，这种境界或许就是诗人所说的“怎样去接续传统诗歌的精髓、又与时代相融合”，③因此，她后来的诗作虽然是以历史的方式进入，但大多都针对或落脚到现实中，也就是说，写历史其实最终也是为了获得现实的经验与美学。

在《新桃花扇》组诗里，她既向历史求证罪责，又在为现实提供参

① 翟永明，木朵：《翟永明访谈：在克制中得寸进尺》，载《诗江南》2012年第3期。

② 何言宏，翟永明：《从最无诗意的现实中寻找诗意》，载《当代作家评论》2010年第6期。

③ 翟永明，木朵：《翟永明访谈：在克制中得寸进尺》，载《诗江南》2012年第3期。

照，这种书写对于诗人来说，确实是一次大挑战，她需要为观戏后的感想作一种理性的定位，将自己从观者的角色中拉出来，进入到历史人物的内心，替他们活，也代他们说。“活在1699年　你就是一介书生/风流倜傥美人缘/活在1969年　你就是一个罪人/披发散衣　掩面低首”，对话的现实是建立在角色的分配上，当角色和演戏者被置于不同的历史时代，命运的残忍就让诗意变得沉痛，此时，感悟也相应地变成了一种姿态。而《随黄公望游富春山》则是翟永明向历史寻求深度的又一次重要尝试，这种尝试没有刻意的成分，而是一种自然的转换。诗人随元朝画家黄公望的名画穿越了时代，“我变成那个小小人儿/栖身山中/随黄公望　拜无用师　访富春山”，由此进入到了现实与历史交错的时空中，沿着古画移步换景，联想这世界的奇妙和精彩。当然，她的历史时空交错书写也是为了对现实有个交待，在现代性中肯定一种命运。“山被推远，慢慢隐入云端/生于南宋，南宋亦被推远/望临安，满城尽为瘦金体/望燕京，燕京尽是蒙古汉/那是我们的历史，政权更迭的历史/不是朝代的问题，那是族群的问题/踩着教科书缓缓行/我想起文天祥、李清照、赵孟頫/不出世的人物，今天再也不出/一切皆为碎片，从人到物/新诗铸就　织成围脖/140个字不能让/我和十二世纪，摩擦生烟/点亮一片密林的颓废”，历史和时代在诗人对一幅画的思考中发生了对接，这种过渡并不显得突兀，它是诗人在写作上的自然变化：不管书写历史走得多么远，最终还是要回到对现实的阐释中，以让诗歌获得沉下去的地气。

翟永明在传统文化的世界里找到了契合自己的一种表达方式，主题的，修辞的，精神的，皆对其诗歌理念的变化有所影响。首先是对女性意识的淡化，其次是对历史感的强调，再次是对精神境界的自我提升，这些变化直接指涉了翟永明的突围，她不再复制自己，而是寻求变化，打破所谓的规律性，让自我的、新鲜的、富于变化的写作成为可能。

## 第四节 西川:诗歌思想者的独白与对话

谈论上个世纪八九十年代的诗歌,绕不过的一个诗人就是西川。从西川参与的诗歌活动和引起的反响来看,他在读者中引发的争议相对来说还算是少的,何以如此?西川一直在前行。尽管他的前行在一些读者看来不是往前走,而是一种倒退,但他毫无愧色,也没有觉得自己的转型对不起读者,他知道自己为谁写作。相比于其他的本土诗人来说,西川诗歌的国际化程度已经比较高了,这与他频繁参加国际诗歌朗诵会与论坛并不是那么富有逻辑关联,而是在于西川内心对诗歌的态度,它不是获取名利的工具,也并非完全发泄私情的平台,它就是一种语言和精神的创造,是一份事业。从此角度来看,西川义无反顾的向前走,就是在突破自我的限制和束缚,完成一种超越,走向一种平衡。

### 一、代表作时代回不去了

作为诗人,西川是一个聪明之人,也是一个清醒之人。自从那首《在哈尔盖仰望星空》成为他的成名作,继而又成为其早期代表作之后,西川的诗人形象已经深入人心。当他和另一位抒情诗人海子一同被后来者所崇敬与记诵时,他的经典地位也就确立起来了。从西川的创作历程来看,他应该不算是一个高产诗人。可能有些与他同时代的诗人和作家,或者比他出道还晚的诗人,都已经"著作等身"了,但西川只是写他自己的,不急不徐,不卑不亢,始终安稳地行走在他的诗歌之路上。

有一种神秘你无法驾驭/你只能充当旁观者的角色/听凭那神秘的力量/从遥远的地方发出信号/射出光来,穿透你的心/像今夜,在哈尔盖/在这个远离城市的荒凉的/地方,在这青藏高原上的/一个蚕豆般大小的火车站旁/我抬起头来眺望星空/这时河汉无声，鸟翼稀薄/青草向着群星疯狂地生长/鸟群忘记了飞翔/风吹着空旷的夜也吹着我/风吹着未来也吹着过去/我成为某个人，某间/点着油灯的陋室/而这陋室冰凉的屋顶/被群星的亿万只脚踩成祭坛/我像一个领取圣餐的孩子/放大了胆子，但屏住呼吸

这首《在哈尔盖仰望星空》是西川的代表作，读来确有一种苍茫的神秘感，空灵、深沉，如果不存敬畏心理，一时还真的“无法驾驭”。此诗需要我们反复阅读，才能领悟蕴藏在字里行间的干净、纯粹，以及那种大气和超验的力量。

1980 年代的诗歌，即便在年轻诗人笔下，也显得开阔、宽广，没有后来者那种小情调的自我幽怨。《在哈尔盖仰望星空》正是一首年轻人的开阔之作，有着那个时代青年人“读万卷书行万里路”的体验和豪情在里面。大学期间，西川和同学去看青海湖，到了一个叫哈尔盖的小地方住下后，诗人从旅馆出来感受到了偏僻之地的夜晚，灿烂星空、辽阔大地和蚕豆般大小的火车站，相比于都市的喧嚣嘈杂，草原上的那种旷野意境，就更显深邃宁静，一种神圣的诗意，自然而然地从那连贯的意象群间释放出来。这是年轻的西川和大自然的对话，但他没有进入玄虚之境，而是从大地和自然回归到了心灵与精神层面上。诗中那虔诚和真挚之情，是诗人在用信仰和想象对接之后的自然流露。他在抒情中的节制和理性，恰恰让诗意变得紧凑，富有宗教的庄严气息。

《在哈尔盖仰望星空》是诗人 1980 年代初涉诗歌的产物，如今在一些场合，对于自己的成名作，西川并不认可，他觉得自己写得不怎么样，“多矫情啊那首诗，但是有时候这种事没办法。”[①]然而，1980 年代的抒情，并不是一件羞耻之事。它至少呈现了一个诗人学徒期和阶段性轨迹，不管西川接受与否，事实就在那里，已经成为了诗人生命的一部分。1990 年代之后，西川进入到了一个新的创作阶段，那

① 西川：《答徐钺问：骆一禾、海子、我自己以及一些更广阔的东西》，《大河拐大弯——一种探求可能性的诗歌思想》，北京大学出版社 2012 年版，第 209 页。

是他自己认为的真正的诗歌写作旅程的开始。从一开始，他就走得比同时代诗人更远。对于西川来说，《在哈尔盖仰望星空》的代表作时代一去不复返了，他本人并不显得沮丧，而且他更愿意从那首标签式的作品中脱身出来，甚至有些迫不及待。那种典型的意境诗，对于追求变化和理想状态的西川来说，他早已经不满足了。处于不断探索中的诗人，很少去回望，他有的只是在放松状态下的自由驰骋，你说他从灵魂私语退到了玩语言游戏，西川肯定不认可，这毫无疑问。

我曾设想过，假如海子不死，他的写作可能会与西川形成一个巨大的反差。虽然西川和海子是亲密的朋友，他们的关系可能超越了诗歌本身，然而，两位有各自特点的诗人，决定了他们在形式上并没有走到一条道上。注重形式和技艺的写作，一贯被认为是知识分子诗人的专利，很多人认为那是只有精英才会玩的玄奥游戏，西川和海子都可以成为这一团体的主力。但西川对此又是否认的，他似乎什么都愿意去尝试，就是不想让自己固定在某种风格上，形成定论，化成标签，这是很多人终生追求的目标，西川轻而易举地将其解构了，留下来的无非是对自我的挑战。海子和西川最后都走得比较远，这一点有目共睹。海子的远，是真正的远方，就是想象的“生活在别处”，而不是当下、现实和今天，他可以“从明天起”，他可以想念远方的姐妹和情人，但拒绝世俗的近距离触摸。海子的死，意味着一个诗歌时代的终结。中国诗歌需要翻过这一页，进入到新的版图中。而西川的远，又表现在何处呢？1992 年的长诗《致敬》就是典型的例证。一方面，《致敬》在形式上已经超越了诗歌分行的惯例，这一原则被打破，曾引起过很大争议；另一方面，由于他向传统和现代致敬的书写，带上了叙事的格调，那些怪异的意象拼接，有了神秘化的倾向。

苦闷。悬挂的锣鼓。地下室中昏睡的豹子。旋转的楼梯。夜间的火把。城门。古老星座下触及草根的寒冷。封闭的肉体。无法饮用的水。似大船般漂移的冰块。作为乘客的鸟。阻断的河道。未诞生的儿女。未成形的泪水。未开始的惩罚。混乱。平衡。上升。空白……怎样谈论苦闷才不算过错？面对岔道上遗落的花冠，请考虑铤而走险的代价！

痛苦：一片搬不动的大海。

在苦难的第七页书写着文明。

……

记忆：我的课本。

爱情：一件未了的心事。

一个走进深山的人奇迹般地活着。他在冬天储存白菜，他在夏天制造冰。他说："无从感受的人是不真实的，连同他的祖籍和起居。"因此我们凑近桃花以磨炼嗅觉。面对桃花以及其他美丽的事物，不懂得脱帽致敬的人不是我们的同志。

在《致敬》中，大都是这样的句子和段落，它没有了我们惯常理解的诗歌的分行形式，它注重意象，但打破了意象的叠加；它讲究节奏，但没有了分行的视觉享受；它有着陌生化的新鲜语言，但读起来那种快感已经变了。除了形式之外，所有的诗歌元素，《致敬》都不缺少，它突破传统的诗歌分行，进行一种跨界的写作，这种写作就是将空间的排列作为一个语言的战场，这对于诗人来说，也可能是有预谋的野心体现。传统的分行形式已经不能满足于他的表达需要了，而他所剩下的，就只有变换，脱胎换骨，重新开始。这样的蜕变，西川愿意去承受，即便带着命中注定的压力，他也一直没有放弃。西川对自己的这种大跨度转型有自我认同感，否则，他也不会那么义无反顾地走下去了。但这种自我认同里，并不是自由随意的，完全轻松的，而是保留着一个内心筛选的高度，所以，从他的诗歌中也能看出困惑、疑难和挣扎。尤其是那些带着幽默色彩的书写，貌似是对事物的反讽和调侃，实则暗含了诗人所出示的严肃的价值观。从其后来的跨界实验写作，同样能看出诗人努力的方向：对生活和诗歌多元的理解。包容不是写作最后的策略了，那是一种基本的价值观，在诗歌有限的表达空间里，可以有意义和思想无限翻转的可能。当然，这也包括语言和形式本身。

从《在哈尔盖仰望星空》到《致敬》，西川有了一个大的转变，那是他从 1980 年代到 1990 年代写作转型的见证。诗人从表象的情感宣泄，转向了深度的哲学沉思，虽然都是以语言的创造为手段，但毕竟从一种纯粹的个人抒发，走向了真正意义上的文学本体的探索。对于有人说的《致敬》没有遵循诗歌分行的原则，不能算作真正的诗（有人也称之为散文诗），我倒不觉得，因为诗歌写到一定层次和境界，分不分行其实已经不重要了，重要的就是如何呈现最佳的诗意。而对于另一种说法，《致敬》在逻辑上不连贯，极度碎片化，这或许正是诗人“跨界”的独创。当然，那些跳跃的意象，通过诗人想象的方式来组合与拼凑时，就已经在向纯诗的高度攀登了。随后的《景色》《厄运》和《芳名》这几部长诗，都如同呓语，在一种混乱与零碎中闪烁着灵光的诗意，这种梦幻般的表达，又不完全依靠想象力来完成，而是靠打破虚伪的逻辑来建构诗意的可能，这是西川自我更新的心灵发现。而《镜花水月》又以段子式的小故事，来应和叙事艺术在诗歌写作中的作用，这同样不可或缺，它的完成，也促进并加深了冷静叙事在 1990 年代诗歌中的大面积参与和渗透。总之，在很多人看来属于诗歌下脚料的东西，却在西川这里获得了地位的提升，他不惮于以任何事物入诗，就像他在《近景与远景》这部长诗里，以名词解释的方式让那些无意义之物呈现出价值感，这种创造并非人人都可出彩，但西川在此做到了唯一。他将自然科学与人文关怀融合在了一起，共同构成了一种新概念的写作，且重新演绎出了跃然纸上的美学异端。

因为从“北大系”走出，西川一向被认为属于知识分子气质浓郁的诗人，虽然他的装扮更像是一个艺术家（他后来到中央美院任教）。1998 年，“盘峰”诗歌论争时，西川理所当然地成为了知识分子阵营的核心人物，其实，现在回头来看，那样的划分还是有些意气之争。虽然他是一个严肃的思想者，但从某种角度来说，西川并不是那么知识分子化的，他甚至还主动与当时的主流保持了距离。他知道诗人的使命是什么，诗人应该完成和拥有的理想是什么。从其后来的诗作看，我们也可以说他是一个民间诗人。因为他的立场本就是民间的，他既不炫耀，也不端着，他知道一个高高在上的诗人最后给自己带来的不过是姿态罢了，与真正的诗歌可能毫无关系。

1990年代的西川，写作上更为开阔了，他不断地在向前走，实验，冒险，之所以后来被划归到“知识分子诗人”的阵营，那不过是因为他的表达方式看起来有些精神深度罢了。如此为西川下定论，也并非一时一地之言，他仍然还在写作与发言的途中，说什么都为时尚早。而他这二十多年的诗歌历程，才是衡量和评判其写作的根本。

**二、先锋、现代还是传统？**

1990年代对于西川来说，的确是一个重要的转折时代。当然，这不仅对于西川如此，对于很多与其同龄的诗人来说，也是一次分流与汇合的人生行旅。有人坚守阵地，有人选择放弃，有人推后成熟，有人暂离诗坛，有人永别缪斯，不管走哪一条路，外部环境是一重因素，而自己的心态当为根本。与他者的诗歌之路不同的是，西川虽然选择留守，但他没有留在外在的地基上，而是另辟蹊径，开创了1990年代先锋诗歌的另一片天地：当有人反对诗歌散文化时，西川将诗写得越来越像散文，有时甚至就是散文；当有人主张将诗歌写得紧凑和体系化时，西川却热衷于碎片化和不确定性。他喜欢读历史，也爱看小说，这些与文学有关的习惯成为他写诗潜移默化的影响，他在写日常小故事的时候，其实渗透进了他更多关于人性的思考，有时就直接进入到寓言化的层面，且不乏游戏倾向。但这似乎都是表象，其实内里的延伸物更显意味深长，这种意味里就有他在八九十年代之交写作中的那种神秘气质。

神秘叙事进入到西川1990年代后的诗歌写作里，不是他一个人所遵循的规则，神秘感的呈现，诗意随之到来。“诗歌的诗意来自我们对于世界、生活的看法，来自我们对于诗意的发现。诗人发现事物诗意的一刹那，也就是海德格尔所说人与世界相遇的一刹那，而在这相遇的一刹那，灵感降临的一刹那，人和世界都会有所改变，生活因此变得迷人，有光彩，神秘，不可思议。”①那是源于他多年的广泛阅读，除了文史哲之外，艺术和宗教都成为了他涉猎的领域。这样一种多元文化气质杂糅的学习，也为其写作带来了多元的趣味，因此，当很多诗人越写越简单时，西川义无反顾地回去寻求诗歌的难度。对于没有挑战性的写作，西川很难认同，那不仅仅是意义和价值的问题，而是源于一个诗人如何对待过往的人生，以及这一人生途中那些生活的片断与经验。我相信，是阅读改变了西川的诗歌写作方向。长期的阅读体验，给诗人带来的正是他丰富的文学经验，从中国传统文学到西方现代派文学，然后再从西方回到中国传统，这样一个过程，足以让一个诗人完成他的写作转换。正像西川对传统的认识，或许要比其他一些诗人更为宽泛和多元，“对诗人来说，传统不仅仅是唐诗宋词，正史、野史、书札、笑话、诸子百家，全是传统，全都必须面对。”西川自己就做到了对传统的全方位继承，这一继承体现在他的诗歌中，正是那些古典的寓言。《传统在此时此刻》一文中，西川主张传统要能对接于当下，否则，传统可能就是一堆僵死的知识。“中国古诗对大多数人来讲，是他们教养的一部分，但对我来说，更重要的是，应该重新激活蕴含在其中的创造力。”②诗人这些年来所努力的，就是如何激活传统中那些富有活力的部分，这是他写作回归的一个方向。至于这个向内转的方向，后来是否得到了更多人的认同，确实成了一个难题，让人困惑，更让人感觉无解。

西川对传统的态度是明晰的，不是无条件地继承传统，而是怎样化用传统中的精华，最后“为我所用”，这才是诗人对待传统的态度。也即是，传统必须与诗人所在的当下对接，方可显出传统的伟大与不朽，否则，传统只是静态的历史，一堆故纸罢了。这也是西川后来写《鉴史三十章》，没有完全沉到历史的现场里，而不时地将自己的思绪拉回到当下的原因，它要在这样的书写中置放个人的经验和看法，包

① 西川：《诗学中的九个问题之我见》，《大河拐大弯——一种探求可能性的诗歌思想》，北京大学出版社2012年版，第170页。

② 西川：《答马铃薯兄弟问：学会欣赏思想之美》，《大河拐大弯——一种探求可能性的诗歌思想》，北京大学出版社2012年版，第231页。

括一些先锋的形式,因此,传统与现代在西川这里并不矛盾,他知道怎样利用传统为先锋诗歌创造更新奇的表达和思想。如此看来,讨论西川诗歌是古典还是现代,是传统还是先锋,似乎都没有意义。这种二元对立在西川的写作中不太成立,他将二者的融合并非一种刻意,而是一种自觉。这种自觉还体现在他的形式变化上。他不仅追求诗歌的精神气象和思想力度,而且还注重涵纳这种气象和力度的外在形式,他拒绝四平八稳,也反对固步自封,于是,一种在西川身上发生的奇怪现象出现了:他的诗开始向散文的形式靠近。当那些片断式的文字进入我们的视野时,不古不今,不中不洋,还有些油腔滑调的贫嘴之风。而从另一个角度来看,这种打破一定之规的写作,又显得活力四射,没有多少年轻人敢于模仿。他们认为好,或认为不好,但大都说不出个所以然来,西川因此有了他的自我阐释。

当一个诗人的转型既没有获得喝彩,也无人喝倒彩时,一种孤独感可能会油然而生。在面对更多人的困惑与不解时,西川不得不自己站出来作解释,他称自己趋向散文化的写作为"变体诗歌书写",这种变体在形式上不求传统或先锋,只是出于内心表达的需要,即要分行时就分行,不需分行时不可勉强,这种自由并非谁都能做到。很多人习惯了一种定规:分行的是诗,不分行的就不是诗。西川又不太认可自己的作品为散文诗的说法,这样的矛盾,只能由他自己来界定和阐释。而在精神的渗透上,西川也不是像后来者所认定的那样属于知识分子的贵族意识或带有精英色彩,他一段时间沉于小型史诗的写作,但从结果和影响上看,并没有超出诗的范畴,只是诗人以一种体系将其归入到同一主题之下了。这样看来,西川是不是放弃追求了呢?其实,他追求的是"小诗大境界",他愿意去尝试,乐于去革新,似乎只有这样带着与过去断裂的写作,才是他重新出发的目标。然而,他的这种重新出发也并不轻松,相反,"我觉得我现在的写作比以前困难多了。这是因为首先,这个世界对我已经不像对一个青年人那么新鲜了,而我又不甘于简单怀旧;其次,我感到前面的榜样越来越少,我依附在别人(特别是那些现代主义大师们)身上偷懒的可能性越来越小。从前我们习惯于向西方、东欧、俄罗斯、拉美既有的文学主义、文学流派、文学意识形态学习，而现在，我明白了真正的创造思想其实应该来自我们的现实感。能够将一种现实感转化、提炼为一种语言、一种文学，这才是真正的创造。我要么写出自己的东西，要么搁笔——因为勉强写诗也没什么大意思。”①诗人要写出“自己的东西”，这种东西不同于他人，也有别于过去的自己，而是一种全新的创造，它可能无关先锋和保守，也不牵涉古典和现代，就是要用精确的语言表达出自己想要的诗意，如此而已。

这样，二元对立的美学在西川这里不成立了。他一方面恪守了诗歌寻求语言之美和思想之力的常道，另一方面，他又竭力探索能带给读者新奇之感，能带给自己写作刺激和动力的变道，这样才有他在想象力参与下的个人经验的重塑，如同一场白日梦的幻想体验。这也是我们在西川的诗歌中能感受到多元趣味的原因，所谓嘻笑怒骂皆成文章，西川培养了自己能处理现实问题的本领，他将日常的瞬间化为顷刻的诗意，那种转换不仅是天才所为，也需要后天之功，它源于阅读、体验、感知和冒险。对于感性的直觉和理性的分析，西川能协调与平衡二者在写作中的力量，这不是一种情感表达的巧合，而是一种书写能力的精湛体现。

或许就是那种怀疑精神和难度写作，让西川保持了不可懈怠的心态，那是追求深度的诗歌使命使然。他既没有强迫自己向上，也没有刻意保持向下，而就是在向生活本身寻求智慧和诗意，这是一种诗歌思想的体现。为此，他在不断地挖掘，寻找那纸里包着火的秘密。“我渐渐发现，也许有一种思想叫做诗歌思想。它不同于掩藏起个人面孔的、以逻辑为工具的、以现成概念为依靠的思想；诗歌思想建立在观察、体验和想象之上，它包容矛盾、悖论、裂罅、冲突、纠缠与妥协。矛盾修辞，既是我们的现实，也是我们的语言，也是使我们的思想不得不独特的因素。”②其实，西川所言的诗歌思想，还是建立在语

① 西川：《答马铃薯兄弟问：保持一个艺术家的吸血鬼般的开放性》，《大河拐大弯——一种探求可能性的诗歌思想》，北京大学出版社2012年版，第261至262页。

② 西川：《大河拐大弯——一种探求可能性的诗歌思想》序，北京大学出版社2012年版，第3页。

言创造的基础之上，那是一种连带效应的写作，由语言到创造，由创造及思想，中间有一个循序渐进的过程，新颖性凸显，力量感呈现，它们恰好应和于诗人对诗意的一种动态性理解。一成不变的写作，西川无法接受，他不允许自己原地踏步，哪怕是一种游荡或自我放逐，也比那些四平八稳的、富有安全感的写作，要更显生动和丰富。

西川后来的写作，如同他的一本新书名一样贴切——大河拐大弯。这种拐弯，曾被很多人认为不伦不类，是一种炫耀或显摆，要么是江郎才尽后的自我挣扎，要么就是故弄玄虚，这遭人诟病的写作，对于西川来说，到底意味着什么？他的同时代人和后来者可能认为他找不到方向了，其实他是在往纵深处行进，尝试综合写作，而不仅仅是针对语言或思想，这样以“反诗”的形式来呈现就不足为怪了。“也许我正在写一种既不是诗歌也不是散文的东西：这介乎诗歌与散文之间、文学和历史之间、历史和思想之间。我内心需要这样一种东西，能在智力上觉得过瘾。在这一过程中，我想我彻底告别了学徒期。”[①]西川承认自己有一个学徒期的过程，而他学徒期的作品被认为是经典，而越过学徒期之后的写作，西川自认为是智力上过瘾的作品，却又被很多人认为是诗歌的天方夜谭。但在我看来，他的努力还是有其可取之处，他拓展视野，挑战自我，既拒绝空洞的抒情，也排斥走向高高在上的玄学之境，而是立足于创造，把每一个字都写得扎实，将每一个意象运用到位。

因此，他在1990年代中后期的诗作，给人的印象，不是那种词语的迷津，也非毫无思想的技巧实验，而是带着历史感和命运感地沉下去。在诗歌上，他有足够的警惕，也就表现得格外清醒。“我们的诗歌里面包括很多东西，也包括幽默，但是的确在中国当代诗歌里我没有看到一种广阔的关怀。20世纪的诗歌里面要么具有广阔性，要么具有硬度；有广阔性你可能牺牲你的硬度，要强调硬度你可能没有广阔性。但是我宁可不做一个诗人，我宁可不做一个好诗人，但是我要处理这些关系到我的灵魂的问题，要处理我的存在的问题，所以我宁

① 西川：《答马铃薯兄弟问：保持一个艺术家的吸血鬼般的开放性》，《大河拐大弯——一种探求可能性的诗歌思想》，北京大学出版社2012年版，第261页。

肯写那些乱七八糟的东西，我不写那些分行、押韵的很‘机灵’的小诗什么的。”[①]写“小诗”，对于西川来说，现在不是技艺问题，而是一种审美上的困境。很多诗人不用跨越这一障碍，而是直接就迎合甚至拥抱了“小诗”趣味。但是对于西川来说，他已经站在了一个高度上，下不来了，如果要坚持，只能继续往前走。

### 三、什么样的诗意属于西川？

你的深仁大爱容纳下了/那么多的太阳和雨水；那么多的悲苦/被你最终转化为歌吟/无数个秋天指向今夜/我终于爱上了眼光褪色的/街道和松林//在两条大河之间，在你曾经歇息的/乡村客栈，我终于听到了/一种声音：磅礴，结实又沉稳/有如茁壮的牡丹迟开于长安/在一个晦暗的时代/你是唯一的灵魂//美丽的山河必须信赖/你的清瘦，这易于毁灭的文明/必须经过你的触摸然后得以保存/你有近乎愚蠢的勇气/倾听内心倾斜的烛火/你甚至从未听说过济慈和叶芝//秋风，吹亮了山巅的明月/乌鸦，撞开你的门扉/皇帝的车马隆隆驰过/继之而来的是饥饿和土匪/但伟大的艺术不是刀枪/它出于善，趋向于纯粹

西川的这首《杜甫》，后来经常被人提及，作为向“诗圣”致敬的作品，字里行间的确透出一种与古圣贤隔空对话的美意，平和，深沉，富有历史感和力量感。这样的对话不是靠激情能够完成的交流，而是一种阅读之后灵魂的共鸣。这里没有古今对比，也无高下之别，有的只是惺惺相惜的信仰之意。西川笔下的杜甫，不仅仅是一个诗人，更是一个心怀天下苍生的知识分子，这才是他的身份之所在。尤其是最后一节，西川确从内心对杜甫作了一番升华，且与自己的命运联系在了一起，让两个诗人的现实获得了诗意的高度重合。

千万间广厦遮住了地平线

① 西川：《答徐钺问：骆一禾、海子、我自己以及一些更广阔的东西》，《大河拐大弯——一种探求可能性的诗歌思想》，北京大学出版社2012年版，第220页。

是你建造了它们，以便怀念那些
流浪中途的妇女和男人
而拯救是徒劳，你比我们更清楚
所谓未来，不过是往昔
所谓希望，不过是命运

这样的诗作正从现实层面显出了西川良知书写和思想担当的精神。现在看来，这种诗对于西川来说，抒情似乎过于简单，但我相信有一点是真实的，那就是他在写这首诗时对杜甫所投入的情感，那不是仰望和崇拜，而是一种敬意和悲悯，甚至不乏穿越时空的同情。西川定有过这样一个阶段：宏大的感觉与细小的经验碰撞，产生了一种历史意识，加上历史人物的佐证，会给人开阔之感。这不是在靠想象写作，而是完全依赖人生的感受，它主宰了由人文情怀所带来的诗意，古典、庞杂，但又不乏一条浪漫的通道。因为它最后总是上升的，不是下降到一个素朴的层面，接受来自最平淡而凡俗的词语的检验。

对于一个喜欢挑战自我的诗人来说，变化即创造。西川的实验在于他崇尚自由，这是诗人的心性使然，这让他的自由相较于他人，又显得格外特别：他人排斥的东西，西川可能觉得正适合自己，他希望自己的写作能容纳更多的变化。因此，什么样的诗歌属于西川？或者什么样的写作适合于西川？在此没有定论，也无标准答案。“从90年代以后，我的写作方向跟80年代写作不太一样的区别就是，80年代写作是减法的，90年代全变成加法。就是写作当中必须容纳垃圾，必须容纳废话，必须容纳那些反诗歌的东西。”①或许就是那些“反诗歌”的东西，让西川从此找到了自己的路径，这样一种方式，可能会让很多人的诗歌写作之路越走越窄，但是对于西川来说，他没有将这条反诗之路走进死胡同，而是要在行进中将其走活，且越发显得开阔，他从中把握住了很多诗人迷失于此的方向，坚定地将一条道走到黑，走向极致，也未尝不是最后的光明之路。诗歌在黎明前的那场

① 陈书娣：《理解了我们自己，就理解了海子——西川访谈录》，凤凰网读书频道2010年6月10日。

黑暗，西川似乎在冥冥中已预见到，或者已感受到，他需要提前跨越过去，而不是等到那时再迈开步伐，因为那可能为时已晚。形式感的束缚被打破了之后，一个创作者也可能获得更大的自由，他甚至不用再顾及诗意必须通过分行来解决的教条了，也不用再过于看重抒情或叙事被纠缠于形式中的尴尬与难堪，他只需要守住自己给自己定下的格局，这诗歌的大厦才不会因为各种非议和误解而坍塌，也不会因为遭遇时代的挤压而瞬间瓦解。

不管来自外界的质疑和非议多么强烈，西川自有他的一套行文为诗的方式，相对来说，他应该还是坦率的，不能通过诗歌表达出来的感受和想法，也会在其他文章或访谈中道出，这种坦率让西川的知行合一获得了有效的释放。他可以不用遮遮掩掩了，直接说出来就是，只要自认为行得通。“80 年代你理解的诗歌是优美的，到 90 年代也许诗歌是非常残酷的。”①有多少人能够理解西川这样的观点？他在 1980 年代的确写过很多堪称“优美”的诗歌，那种诗意也曾让不少人为之兴奋、感伤和共鸣，而到了 1990 年代，汪国真一度非常流行的时候，西川突然转向了，这在很多人看来措手不及的转变，想必西川已有了自己的深思熟虑。1990 年代诗歌不也同样优美吗？我们当有此一问，可是，环境变了，再优美的诗歌也遇不到它合适的读者了，诗歌从公众视野的逐渐退场，已预示了其边缘化的定局。从这方面来说，诗歌是残酷的这一说法，当有道理。西川看得很清醒，也很透彻，所以，他没有公开抱怨，也没有继续写那些“优美”之诗，而是开始写“残酷”之歌，于是，“反诗”成为一种必然的潮流。这种潮流也并非西川所独创，与他同时代的不少诗人都意识到了此点，包括于坚在内的“第三代”诗人，早在 1980 年代中后期就开始了他们的“反诗”实践。只不过，西川在 1990 年代后期走得更为彻底，他不仅在内容上走向了反诗，而且在形式上也扯起了反诗的大旗。

现在，我们并不奇怪西川这二十多年在诗坛上所走的一条不归路，他坚持一条道走到黑，就是为了一种理想而固守自己开创的传

① 陈书娣：《理解了我们自己，就理解了海子——西川访谈录》，凤凰网读书频道 2010 年 6 月 10 日。

统，而且这种自我的小传统是明晰的，有力的。在西川这里，诗歌的障碍是什么？还是他自己。能走出自我的束缚和圈套，一片开阔的天地就在诗人眼前，虽然中间会经历一些被认为离经叛道的非议和指责，但这都不是诗歌创新的本质问题。你如何在容纳更多元更庞杂的经验时，仍然不乏诗意的创造，无论是在写作形式，还是在诗歌精神上，都是一次命中注定的变革，这才是西川逐渐从非议之境走向澄明和大气象的关键。就是那种深深的“不满足”，让我们时常看到他的变化，西川巨大的诗歌胃口也足以让很多诗人瞠目，当然，他不是大小各项通吃，而是追寻那个既定的目标：“好诗必须使我们有再生之感。”①此外，其他的小花招和小伎俩，在西川那儿根本不是问题，他经历了大转变，最后需要依靠真正的智慧来将这一转变后的格局建构起来，否则，他就只能在二流诗人的小道上满足于“大师”的虚幻荣誉感。

新世纪以来，西川也曾多次表达过对诗歌的看法，他已经有这样的资本和自信了。“当我们走出学徒期，终于领悟到我们必须从我们自己的语言中寻找可能性的时候，我们的写作才真正开始。”②而他的言说总是比他的诗作更显出常识的力量，这虽然是两套话语系统，但如何把握好中间那个度，正是诗人言说能力的体现。当然，他一边面对时代发言，一边又沉于自己的语言实践，一种新的诗歌思想从他的文字浮出水面，并成为诗坛一道亮丽的景观。“够荒凉，不可能更荒凉了。荒凉穷尽了‘荒凉’这个词。/在荒凉之中，我被推倒在地。举目四野无人，只有群山、/群山上的冰雪。寂静也是一种暴力。”(《南疆笔记》)如果说这样的书写，还带着西川作为诗人的一种正常的语言创造的话，那么，他那些带有调侃、嘲讽和批判色彩的诗作，则是其真正走向自我独立的开始。他的写作有着理性的审视与反思色彩，那不是靠哲学深思所获得的诗意，而是关于日常生活“胡思乱想”(西川语)的结果。

---

① 西川:《诗歌炼金术》,《水渍》,百花文艺出版社 2001 年版,第 228 页。

② 西川:《语言·时代·创造力》,《大河拐大弯——一种探求可能性的诗歌思想》,北京大学出版社 2012 年版,第 157 页。

内急使我急不择路，内急释放使我舒畅。哆嗦了一下，我才看见——在没有隔断的公共厕所——怎么回事？——左右两个女孩，也站在撒尿。那场景令我惊讶：那两个女孩竟敢激进反抗她们撒尿的传统。我正想夸她们勇敢，她们迅速摆出良家妇女的做派。她们从隔壁招呼来男人把我扭送派出所。我作为流氓轰轰烈烈地穿过大街。我问警察是我误进女厕所的罪过大，还是女人站着撒尿的罪过大。警察答不上这个智力难题，就把我放了。

这是组诗“出行日记”中的一首《罪过和罪过》，就是这样一段界于现实和超现实之间的场景，构成了西川所要表达的全部，它可能令你感觉无趣，也可能引人深思，还可能让我觉得无聊：这样的东西也能叫诗？作为诗人的西川究竟想表达什么？如此追问，看似是有道理的。而西川也早就说过他的写作属于跨界，不一定会在形式上遵循某种旧有的规则，他同样在语言的创造和思想的洞察上努力践行自己的美学。只不过他的方式更显独特、不羁和自由，更显出了诗人出其不意的创造性魅力。新诗集《够一梦》出版后，当有记者问西川什么样的诗不造作时，他回答说：“不造作的诗歌语言的丰富性不该亚于时代生活的丰富性，所表达的情感和思想不该比时代生活更浅薄，个人想象力应该有助于时代的想象力，诗歌的强度、硬度、厚度，应该至少不会被时代生活所嘲笑，诗歌描述的准确性应该让时代吃惊。”①有了西川这样的解释，我们再来理解他在出版《深浅》这本诗文集 7 年之后，如此总结自己这些年的实验写作之路，是有他的道理的。形式在西川这里已经不是障碍，他所要守护的，还是要和现实生活进行对接，而不能打空拳或作不及物写作。在这样一种背景下，像《垃圾吟》《轶事（一）》《轶事（二）》《三次走在通向卡德波罗海湾的同一条路上》等诗作，都是诗人写出与自己日常生活紧密相关之事的见

① 孟迷：《诗人西川在深谈诗歌写作——诗歌描述的准确性应该让时代吃惊》，载《深圳特区报》2012 年 11 月 15 日 B1 版。

证，他的所见所闻所思所想，都在其诗中获得了相应的位置和待遇。他通过细节描绘，动态展示，幽默笔法和反讽修辞，让那些语言显出了活力，而不是那种人云亦云的陈词滥调。他用一种“实写”带出了古典诗歌的言志传统和批判秩序，而不至于让文字陷入虚无主义的混乱。

此外，西川近几年的一些诗作，像《俗气及其它》《我思想的群星来到芝加哥上空》《麻烦》《红月亮来了》等，都是在继续完成他关于世界荒谬感的书写，那是诗人另一种对抗现实世界的“文学抱负”。而对于《垃圾吟》《八段诗》《不要剥夺我的复杂性》等作品，是诗人片断思索的结晶，貌似诗歌写作的边角料，但仍然从语言之镜里透出哲思的光芒。由此看来，先锋意味在西川这里是一种永恒，而不是像很多人所认为的那样，他的写作是对先锋的一种反叛或终结。在西川的诗歌世界里，现实与虚构，现代意识与古典情怀，始终是夹杂在一个复杂的格局里，在此，诗人不仅是在挑战自己的思维极限，同时也是在考验我们的想象能力。他的诗歌写作旅程，在这近三十余年的中国诗坛上留下了一条长长的轨迹，既没有重复，也没有变得更轻，就像他自己所言，“我要求自己不一定比别人写得更好，但要与别人不同。”①事实上，真正的创造皆由此产生。

## 第五节　李亚伟：想象力冒险的诗歌传奇

有人曾作过追问式设想：如果在当下这样一个功利化的时代，李亚伟会不会成为一个诗人？这言下之意，其实是为了指明这样一个事实：李亚伟和1980年代那样一个辉煌的诗歌时代是紧密联系在一起的。这个诗人是不是仅仅只属于过去某个特殊阶段的“灿烂”？难道与这个时代真的格格不入吗？这样的话题现在看来似乎再无多少

① 西川：《答谭克修问：在黑与白之间存在着广大的灰色地带》，《大河拐大弯——一种探求可能性的诗歌思想》，北京大学出版社2012年版，第187页。

探讨的价值。如果说 1980 年代造就了反叛的“第三代”诗人，那么，1990 年代就是他们的沉淀期，而新世纪之后的归来之举，才是验证其持续性写作是否有新变的关键。不管他经历了怎样的时代和人生，不管他遵循了何种精彩的行动诗学原则，只有作品才是衡量一个诗人成就的重要标准。李亚伟将自己的人生转化成了诗，用语言完成了对世界的审美，尤其是将盛唐豪放之风的传统作了现代性重构，一种新的“莽汉”诗歌精神得以再现。从 1980 年代到新世纪，李亚伟并没有完全离开诗坛，即便中间他没有写诗，他也是以诗意的方式在生活，在思考，在行动。他给我们带来的，始终是一个“莽汉”诗人所体现出的大气象，读其诗作，观其人生，皆有生动的旨趣和品味。

### 一、烈酒与行走的青春反叛

在 1980 年代那样一个“连空气和阳光都分行”的时代，作为“第三代”诗歌运动的倡导者和领头人，李亚伟和他的诗歌朋友们一起，用行走和游历的方式，完成了当代中国转型时期先锋诗歌疯狂的语言之旅。当行走从那个年代的激进与反叛变成如今的边缘行为时，李亚伟的诗歌也从当年的激进中悄然退出，而进入到另一种舒缓的氛围，这种回归并非逃避，而是它完成了过去身体上的行走使命，开始了另一种精神上的征程。

行走与反叛给李亚伟带来的，不仅是一种年轻的活力，也有他对现代性的迎合。他以自己的放纵，重塑了当代先锋诗歌的征程，灵与肉的敞开，生与死的消解，都在其诗歌中被轻逸地抒写，生命之重化为一次次巧妙而又温和的较量，并与人生命运进行了对接。这种对接，是诗性之人的归宿，也是李亚伟在拒绝沉入俗世的挣扎中所探寻的真相。“我心比天高，文章比表妹漂亮，曾经在漫长的时光中写作和狂想，试图用诗中的眼睛看穿命的本质。除了喝酒、读书、听音乐是为了享乐，其余时光我的命常常被我心目中天上的诗歌之眼看穿，且勾去了那些光阴中的魂魄。那时我毫无知觉，自大而又疯狂，以为自己是一个玩命徒。”①于此，我们听到诗人真诚的告白，我们也看到诗人曾经历过的那些疯狂岁月，我们还能感触到诗人在生命本能驱

① 李亚伟：《天上，人间》，《豪猪的诗篇》，花城出版社 2006 年版，第 231 页。

使下的率性所为，这些都是在时代的行走中，所完成的个人诗歌史。

从李亚伟早期的“莽汉”诗歌中，我们多少能够看出他冒险的姿态，和在其中所渗透的一脸坏笑。他以性情中人的率真，写出了一代“莽汉”们深藏在骨子里那种“无礼”的“恶”。李亚伟曾经说过：“‘莽汉主义’重要的一面就在于此，它就是中国的流浪汉诗歌、现代汉语的行吟诗歌。行为和语言占有同样重要的成分，只要马松还在打架和四处投宿，只要马松还在追逐良家女子以及不停地发疯，只要马松还在流浪，莽汉主义诗歌就在不断问世。”[①]“莽汉”诗人们以流浪的方式，在过去的时代抒写着行为的张扬与精神的批判，很多虚伪的文化在他们的诗歌中瞬间瓦解，很多先前的规则在他们的诗歌中坍塌。至少，在朦胧诗之后，李亚伟的创作以青春的体验，适时地铺就了先锋诗歌的前行之路。

> “我的历史是一些美丽的流浪岁月/我活着，是为了忘掉我/我也许将成为一个真正的什么/或不成为真正的什么//我活着，只能算是另一个我/浓茶烈酒女朋友/我成为一个向前冲去又被退回来的斗士/我也许是另外的我、很多的我、半个我/我是未来的历史，车站另一头的路/我是很多的诗人和臭诗人//我是文学青年/我是假冒的大尾巴驴/我有无数万恶的嘴脸/我绝不是被编辑用钳子夹出来的臭诗人……”
>
> ——《我是中国》

这似乎是诗人在颠狂状态下完成的诗作，它带着委屈、不满、质疑和絮叨，以及那种歇斯底里的焦灼、自我纠缠的脆弱。一个诗人在流浪之路上冲撞，逃离，这是1980年代的独特景观，他充满矛盾，勇往直前，毫无目的，竭力寻找“在路上”的感觉。如果说这种“跨掉派”的作风构成了李亚伟的书写方式，那么他对抗现实的真相，就是在焦躁与无聊中超越颓废，在不甘与狂妄中与生活周旋，直到最后无法认

---

① 李亚伟：《流浪途中的“莽汉主义”》，《豪猪的诗篇》，花城出版社2006年版，第218页。

清自我。诗人在自嘲的同时，也嘲讽着他人，他需要这种癫狂来为灵魂争取一个安宁的所在，也需要在不断的冒险中，重构另一个想象化的自我。

2006 年 4 月，历经商海十多年的李亚伟从北京来到广州，在第四届“华语文学传媒大奖”之“年度诗人”获奖演说中，他平静地道出了自己心之所想：“我刚刚开始写诗的时候，就有一个信念，我认为诗人没必要写一万首诗，但必须行万里路，要去会见最强硬的男人，也要去会见最软弱的女人，要把他的诗歌献给有头脑的敌人和没头没脑的爱人。也就是诗人应该和生活发生不可分割的关系，这样才有希望写出更加宽远的生命感觉。”①我们可从中获知，行走和书写是李亚伟生命的主题，它支撑着诗人在凡俗的生活里能感知诗歌的美妙，而在世界越来越物质化的背景下，又能获得精神境界的提升。这或许才是李亚伟一直钟情于诗歌，而又不断地四处行走的动力。就像他在写于 1986 年“醉酒的诗”系列中所表现的那样，女人、烈酒与诗歌的中心，有效地对应着行走、打架和狂欢的场面，那是一种真正投入了生命激情的写作，感性却不乏力量，真实却带着尖锐。

“饮酒狂欢，浪迹天涯”是李亚伟“莽汉”诗人本色的真实再现，同时也是他作为一个语言狂热主义者，在膨胀的分行文字中所倾注的全部情感。在酒色中，为诗歌寻找现实的精神空间；在行走中，为自己的灵魂抒写捍卫理想；在反叛中，为先锋诗歌的现代性启蒙注入一份鲜活的力量。这一切，虽然都是历史和现实的景观，但它们都在李亚伟对语言和想象力的全面建构中获得了定位，这也是他于商海十多年，而后在新世纪的复出所作的准备与积淀。

**二、天才与个性化的语言冒险**

如果说青春期的行走、酒色与反叛是诗歌行为方式的一些重要内容，那么语言作为这些内容的载体，在李亚伟的诗歌中所扮演的角色，则不容忽视，它在某种程度上甚至超过了内容本身，而跃居其诗歌的制高点。在那些狂放恣肆的词语拼接中，我们看到李亚伟将汉语言经营得异常精彩，那些冒险的语汇转换，新奇而富有超现实的意

---

① 李亚伟：《没有生命元素就没有诗》，载《当代作家评论》2006 年第 3 期。

味。尤其是在那些流畅的诗句中，彰显出诗人极具个性化的艺术智性，其诗歌字里行间所流露出的色彩，时而温情，时而强悍，时而超然，时而深邃，隐秘而繁复的诗意，随处可见。

戏剧性的语言，是一种优秀先锋诗歌本质的体现，它在强调精确的同时，也容纳暧昧，李亚伟在其诗歌中对此兼收并蓄。现实的荒诞恰恰造就了诗歌语言极端的超现实，这是他洞开诗歌经验的一柄诡秘之剑。墨西哥诗人帕斯曾说过："诗歌创造是以对语言施加暴力为开端的。"①而对于"莽汉主义"诗歌的语言策略，李亚伟则又有一番激情而又不乏形象的言说："莽汉诗歌最明显的倾向就是粗暴语言，其诱惑力一边来自撒旦，一边来自上帝，它既是美神又是魔鬼，而且更多的时候是和魔鬼乱来，因为美神已在酒馆、树下被彻底地亲够了，因为莽汉主义并不主动扎根于某一特定的人文景观，它扎根于青春、热血、疾病以及厚脸皮中，莽汉主义的最大愿望就是要翻山越岭，用汉字拆掉汉字，要大口大口吃掉喜马拉雅山。"②可以说，拆解与拼接是李亚伟诗歌语言最基本的方式。在即将失控的时候，诗人总能在语言滑向极致的边缘处力挽狂澜，有惊无险地将词语过渡到新奇与安稳之中，从而把戏剧性的一幕幕留给我们。

比如，"不要用手摸，因为我不能伸出手来/我的手在知识界已经弄断了/我会向你递出细微的呻吟"（《给女朋友的一封信》）；"时间还早得像荷马时代/他理了理旧得发光的外套/一只不知什么时候跟着他的狗失望地看他一眼/朝小巷走去，摇晃着空虚的身子"（《高尔基经过吉依别克镇》）；"一个抒情诗人怕风，讨厌现实/在生与死的本质上和病终生周旋"（《妖花》）。这些诗句都充满了诗人看似随意，实则周密的语言策略，他沉迷于语言的拆解和拼接中乐此不疲，极少落入平庸的俗套。甚至可以说，李亚伟在 1980 年代的诗歌，绝大部分诗中都有精彩的句子出现，张扬而荒诞的声音不绝于耳，其鲜活的语言

① 奥克塔维奥·帕斯：《诗歌》，《帕斯选集》（上卷），赵德明译，作家出版社 2006 年版，第 275 页。

② 李亚伟：《流浪途中的"莽汉主义"》，《豪猪的诗篇》，花城出版社 2006 年版，第 219 页。

创新，让人既感意外，又觉合理，总之，他所力图达到的，就是“语不惊人死不休”的境界。

有学者曾经指出：“诗的语言不是把人们感觉到的东西表达出来，而是通过语言的魔阵把不可感觉的真实虚构出来。”①像《伫望者》这样切入现实的诗歌，正应合了“语言魔阵”对“不可感觉的真实”的虚构，完全是对诗人与语言之关系的一种辩证抒写，我们从中可以领略到诗人对语言直觉的敏感：在我们看来错位的词语，李亚伟总能将其对接得出其不意，而又恰到好处，让人读后只能感佩诗人的天才与汉语言的神奇。

如果说李亚伟抒写现实情状的诗歌，是以一种粗野的语言方式还原初始的力量，那么他对古代历史和人物的戏仿，或许会有所收敛，而趋于一种优雅。然而，事实并非如此，他同样以风趣的夸张手法，对历史与古人进行了解构，与他那些抒写现实的诗歌相比，语言上更加神采飞扬，而反讽的效果也相应地愈加突出。在《苏东坡和他的朋友们》《司马迁轶事》《狂朋》《战争》等诗歌中，李亚伟并没有使用那种文雅和知性的语言，而是以现代口语切入历史场景，进行一次又一次的戏仿、颠覆与嘲讽。对于这些所谓的“混蛋”诗歌，李亚伟说：“那是一种形式上几乎全用口语，内容大都带有故事性，色彩上极富挑衅、反讽的全新的作品。”②的确，很多时候，李亚伟似乎就是在以他“全新的作品”，挑战我们的阅读，而且这种挑战从 1980 年代的自发状态，逐渐走向了后来的自觉：生命本色皆呈现于语言之中，那种清晰的个人风格，那种魅惑的语言气质，那种时时蛊惑着平常人心的“快活”，在任何时候都显得出类拔萃，意味深长。

李亚伟的诗歌一直在味道上延伸，语言虽飘渺无际，却又不失入木三分的透彻与坚决，有一种浑然天成的破坏性力量。所以，李亚伟不求在崇高的精神追求中寻找心灵的慰藉，而只求在“白日放歌须纵酒”的语言狂欢中，把握这个时代精神的困惑和丰盈。

---

① 耿占春：《最后一个祭司》，《改变世界与改变语言》，社会科学文献出版社 2000 年版，第 110 页。

② 李亚伟：《英雄与泼皮》，《豪猪的诗篇》，花城出版社 2006 年版，第 222 页。

## 三、在想象中重铸极致的诗意

语言之于李亚伟的诗歌，就是其存在的地基，而想象力的极致发挥，则是与语言同构在一起的，共同支撑着诗人在技术之外所恪守的一种反讽力量。当年的“莽汉”诗人在“第三代”诗歌运动中属于特立独行的一群，每个人都与众不同，但又在创造精神上趋于一致。“‘莽汉’诗人一个最重要的特点，就是极端的想象与语言的精彩运用，似乎都像是梦中呓语，也像是醉酒后的狂语，那种天马行空、气贯如虹般的想象，如同抒情者在云端的‘涉笔成趣’。”①这是“莽汉”诗派的群体特征，他们自成一格，也相互影响。李亚伟的诗歌之所以是飘逸而灵动的，还是因为他以魔鬼般的想象力，激发出了潜藏在心头的那种豪放与坏笑，从而让我们能真正领略到现代诗歌的逍遥境界。

1980年代的疯狂和叛逆，在诗人们那里成了表达和发泄最痛快淋漓的方式，他们向朦胧诗与政治抒情诗挑战，让诗歌重新回到旋律和节奏，回到想象的艺术本身，以此激发起人们对转型年代生活的怀念与追忆。如果说李亚伟的想象是一种语言冒险的话，那么另一位“莽汉”诗人二毛的理论，则是一份公开的宣言，他的表达显得更为直接：“诗歌就是不要脸的夸张，天才的鬼想象。”②李亚伟三首较长的诗歌《岛》《陆地》和《天》，就是在一种“天才的鬼想象”下完成的抒写，里面充斥着欢乐、痛苦、悲愤，以及天马行空的幻想，我们甚至可以说，这就是三首自然之物的狂想曲。它们的格调绵密、悠长，有如直面久已远去的阔大景观。

> “在蓝色的湖中失眠，梦境很远/千里之外的女子使你的心思透明/你如同在眼睛中养鱼//看见红色的衣服被风吹翻在草丛中/一群女人挂着往事的蓝眼皮从岛上下来洗藕/风和声音把她们撒在水边//她们的肌肤使你活在乱梦的雪中/看见白色藕节被红丝绸胡乱分割/你心一跳，远方的栅栏就再也关不住羊……”
>
> ——《深杯》

---

① 刘波：《“第三代”诗歌研究》，河北大学出版社2012年版，第166页。

② 杨黎：《灿烂》，青海人民出版社2004年版，第185页。

通过水杯这样的静物所产生的浮想联翩，是诗人在探寻血性的过程中，所力图复原的生活真相。这样的表达，一方面能呈现出诗歌在经验和想象双重规约下的艺术张力，另一方面也能让人觉察到个人反抗命运既定安排的自我折射。除了这种整首诗都在极致的想象中完成的抒写之外，李亚伟还有很多作品，都或多或少地呈现出想象的独特意蕴和风采。看这样一些句子："我的青春来自愚蠢，如同我的马蹄来自书中/我的内心的野马曾踏上牧业和军事的两条路而到了智慧的深处"（《寺庙与青春》）；"清晨，阳光之手将我从床上提起/穿衣镜死板的平面似乎/残留着老婆眼光射击的弹洞/扫帚正在门外庭院的地面上急促呼吸"（《星期天》）；"中午对我来说/是一杆启动把手，我把老掉牙的星期六摇得直抖/星期天因为有星期一而让人绝望，我们要冲过去"（《开车》）。这些在想象中灵感一现的表达，其实暗含着诗人决绝的非理性化哲学，以及打破常规逻辑的果敢。在这些细腻温情与粗俗暴力交织的诗歌中，我们能够充分地捕捉到令人匪夷所思的想象组合。尤其是在诗人后来创作的"航海志"与"革命之诗"系列里，想象的成分更多，更新，每首诗都在抒情化的戏剧性氛围中，让智性和诗意得以淋漓尽致的展现。

诗人于坚一直强调想象力在诗歌创作中的重要作用，他曾表达过这样的观点："诗歌的价值在于，它总是通过自由的、独立的、天马行空的、自在的、原创性的品质复苏着人们在秩序化的精神生活中日益僵硬的想象力，重新领悟到存在的本真。"①想象力的作用已经被诗人上升到了诗歌价值的高度，这或许正应和了李亚伟的创作风格，大气、开阔而又不乏细腻、灵动。

"夏天你身材零乱/美得武断/在远方不断地花开花谢/潮涨潮落//而后是秋天/鸟儿患精神病/不堪树梢的现实/你肉体的意图遭到误解//此时月亮露出失身的欲念/美得像你熄了灯的

① 于坚：《棕皮手记·1997～1998》，《拒绝隐喻》，云南人民出版社2004年版，第64页。

瞬间/任我放进口中或送至刀下/森林充满失去树木的机会/到了冬天/你已含而不露”

——《你柔情的软刀》

整首诗都是诗人依助想象力在滑行，穿越各种意外，渐次进入自由的境地，直至尘埃落定。这样的诗歌，初读感觉模糊，细读之后会发现里面潜藏着丰富的内蕴和艺术质感，这是李亚伟诗歌几十年来的价值所在，持续不衰，历久弥坚。

在想象力的极致发挥中，那些“肮脏”的意象被李亚伟巧妙地拼接在一起，屡屡让人感觉有意想不到的刺激。尤其是那些约定俗成的词语，很多人无法再穷尽它们的魅力，但在强劲想象力的作用下，诗人于瞬间就激活了它们，一再交叉，组合，并无限拓展，化平淡为神奇，让突破联结创新。可能有些人感觉不到其诗歌强烈的审美震憾力，但我们能从李亚伟极富想象力的文字中，触摸到诡秘的艺术智性，以及那极致的诗意。

**四、回归现实与“寂寞处的响动”**

从1992年到2001年，整整十年时间，李亚伟下海，到北京做起了书商，这期间，他中断了写作，我们可以将这当作他的沉淀期，他正在酝酿庞大的诗歌写作计划。在2001年，李亚伟写出了几首诗，如《我飞得更高》《夏日远海》《新月勾住了寂寞的北窗》《无形光阴的书页上》《新世纪游子》等，这些诗歌似乎暗示了他回归后的一个高调姿态，他要告诉我们，他一直没有放弃心中的诗神。从李亚伟新世纪的创作来看，一方面他仍然承续着1980年代狂放恣肆的话语风格，另一方面他开始回归现实，寻求表现生活细节的美感。

在《我飞得更高》这首诗里，李亚伟通过古人和近人交流，替自己寻找伟大理想的契机。在这儿，李亚伟的理想就是“飞得更高”与“飞得更远”。用语言完成一种伟大的理想，是李亚伟笔耕不辍的重要原因：“我是一个多么成功的人物/我用语言飞越了海峡/我用语言点燃了鸦片/我用语言使娘们怀了孕”(《金色的旅途》)，现在，他用语言使自己飞得更高，飞得更远，与宇宙对话，与神灵交流——“我是神仙，在政治和消费里腾云驾雾，我不是物种！”李亚伟经常借他笔下人物之口，表现自己俯视群雄的冲天豪气，因为他不愿意做一个平庸之人，因为伟大能显出开阔的情怀。

李亚伟当年的豪迈与伟大，是红色年代最为有力的反讽，后来，他的沉寂又成为商业时代最成功的自我回避之举，而新世纪的悄然复出，似乎会促使他在回归后的创作上呈现新的转变。2001年，李亚伟在保持既有的想象之外，开始关注他所处的社会现实。“我想起多年前的地球上，有一个地方叫北京城/我在城北东游西荡像减肥药推销员，我像是东北来的郭哥/我在一群业余政客们中间闻到了楼梯间寂寞的黑眼睛的香气，/我毫不在意社会上偶尔露头的平胸粉黛/我在意的是爱？是钱？是酒？告诉我呵/在人间盖楼的四川亲兄弟民工，人生到底是在哪条路上颠沛流离？”（《新月勾住了寂寞的北窗》）诗歌结尾处一连串的追问，诗人可能无法回答，但通过这些难题，诗人对社会现实也看得更加真切、深刻，更加富有人情味。

2003年，李亚伟曾写下了这样的话：“我喜欢诗歌，仅仅是因为写诗愉快，写诗的过瘾程度，世间少有。我不愿在社会上做一个大诗人，我愿意在心里、在东北、在云南、在陕西的山里做一个小诗人，每当初冬时分，看着漫天雪花纷飞而下，在我推开黑暗中的窗户、眺望他乡和来世时，还能听到人世中最寂寞处的轻轻响动。”①作为一个“莽汉”，有这样细腻的心思和愿望，这是诗人难得的一份感怀。尤其是在北京这样一个诱惑更多、陷阱更大的都市，李亚伟不想再做一个书商，转而回首缪斯，这种纯粹的艺术情怀，并非诗歌复兴前的回光返照，而是诗人内心里仍希望有“寂寞处的响动”。

李亚伟于2003年创作的“东北短歌”系列，是他复出后一次转型的尝试，这些诗在短句子与快节奏里，给我们留下了很多可供回味的韵致。现实中的生意冲突与想象中的词语矛盾纠结在一起，让抒写显得真实：“书商”“客户”“活钱”“资金”“业务”等生意场上的术语，与“人生”“颓废”“性感”“暖风”“宇宙”等形而上语汇，共同构成了生活的地基，张力更加凸显。《国产黛安娜》《关外》《生活》《客户》《公司

① 李亚伟：《天上，人间》，《豪猪的诗篇》，花城出版社2006年版，第233页。

外》等都极富生活气息，与1980年代的那些作品相比，有了更密实的诗性空间。

我和陈哥、郭哥谈完人生/一宿没话/只有老鼠在洞里数钱的声音/一瓶白酒正帮着满天的星星和人类叙旧//另一哥们马辉，作为个体，他/变成好人时腿脚已整残废/天亮前他像蟋蟀在吉林/伸出的黑社会的天线/嘿嘿还有，东三省在抽烟

——《小酒》

在一个诗歌不可或缺的年代，与一个诗歌可有可无的年代，诗人最根本的区别，就在于面对诗歌时是否还有那份冲动的激情。如今的李亚伟，历经商海十几年的打拼，走过很多地方，能够做到随遇而安了，写诗与生活，总是随着岁月在流转。从以前的横刀立马，天下唯我独尊到现在的从容淡定，世界于我何斯的空灵境界，李亚伟的转变是自然的，同时也承载着他内心那份坚定的诗性品格。轻与重，这两种力量在他的诗歌中呈现出了独特的面貌：语言之轻，抒写之轻，那是诗人在自由想象与活力的渗透下，所表现出的艺术之轻；思想之重，自我之重，那不是一份不堪负担的生命之沉重，而是诗人以狂欢化的方式解构的精神之重。在轻与重的冲突里，有着绵密的张力，二者交相辉映，互显生动。

作为"莽汉"诗派的领军人物，虽然李亚伟也曾于2006年获得了第四届"华语文学传媒大奖"之"年度诗人"奖，但他的写作依然是民间的，他仍然沉迷于对词语的实验性探索上，仍然流连于对想象的震憾性发挥中，这也是他诗歌创作一直追求的目标。在这样的目标之外，诗人似乎于这个消费主义盛行的时代，和以前比较显得有些力不从心。而李亚伟的写作，仍然是在保持创造力和想象力的前提下，不失对语言和现实的敏感，不失民间立场的纯粹与清醒，他一直保持着一颗青春的诗心，诗意地持守人生，面对一切。

**五、诗意坚守者的缓慢释放**



相比于1980年代，李亚伟后来确实是写得少了，但他的"莽汉"

气质在其他方面得以传承和坚守，在做文化产业方面，在做餐饮生意方面，那种诗性的格调仍然会不经意间影响他的生活。就像有人曾说，“莽汉”诗歌很大程度上就是一种行动的诗歌，这是有道理的。“莽汉”的诗学如同李亚伟后来所言：“他们不一定写诗，他们的举手投足都让你感受到，生活是一件充满乐趣、生机勃勃、无法无天的事。”①虽然“莽汉”诗人们大都回归了现实，很多也成为了时代的弄潮儿，但“生机勃勃”和“无法无天”在他们身上并没有随之消失，一种不同于这个时代平淡趣味的性情之真，在李亚伟这儿转化成了生动的力量。诗性想象让他在语言的敏感上一如既往地表现得与众不同，因此，持续性写作对于李亚伟来说是生命之诗的自觉，这过程中蕴含着一个诗人的韧性、激情和大气的审美。

近几年，李亚伟一直在打造他用力颇深的《河西走廊抒情》，这一组诗，他写了不短的时间，一如既往地才华横溢。诗里充盈着 1980 年代那种汪洋恣肆的想象力，让你感到出其不意，却又回味无穷，这就是优秀诗人的才能。1990 年代以来，诗歌写作多元化了，但我们确实再难读到让人眼前一亮的句子，不知是看太多了，还是我们根本就找不到那些生动和精彩的段子。李亚伟在新世纪的努力，没有让我们失望，他重新接续上了“第三代”诗人久违的“灿烂”精神，大气磅礴，那不仅仅是恢宏，更多的还有细节的精致铺垫。所以，在李亚伟的诗作里，该放出去的地方，他一定扔得很远，而在该收回来的地方，他丝毫不留情面地一扯即回，不拖泥带水，那种干脆和新鲜，就是让人愿意去读，因为他在诗中所建立的信任感，一直让人期待，很少令人失望，这也是李亚伟近三十年来在诗歌创作上未衰的原因，他懂得诗歌创造的秘密。为什么很多人经过了这些年诗歌美学的调整，仍然那么迷恋李亚伟的诗歌？还是因为他能将宏大和细小处理得恰到好处，这不仅仅是才华使然，更是多年的历练造就了诗人驾驭诗歌的能力，他放得出去，也能收得回来，不需要太多拐弯抹角的过渡。因为那种收放自如的从容和冒险，早已深藏于诗人的手艺中，通过词语的罗列呈现出来，如同他在历史和现实中游走，彻底完成一次意念的

① 欧亚、李亚伟：《李亚伟访谈录》，载《山花》(B 刊)2009 年 4 月号。

转换。《河西走廊抒情》系列组诗一共24首，每一首都有它精彩的变化和独创性所在。这种精致又不乏淋漓的书写，不仅是在考验诗人的想象力，也是在考验读者的想象力，你总能在那些新颖的词语组合中找到亮点，那种自由，放松，以及从容的姿态，在该严肃处紧凑，在该舒缓处松弛，这是李亚伟长期以来守护自己大气美学的结晶。

当然，除了语言创造一如既往的出彩之外，李亚伟在这一组诗中所关注的主题也堪称严肃，不尽是以前靠反讽和夸张来构建其诗歌的及物性，而是在真正的时代介入中寻找思想的力量。比如第十六首，就是在想象力的直觉之外，渗透进了诗人对家国政治的思考，其中有对真相的探寻，也有对严肃事务的解构，使其平民化、常识化。

人类最精彩的玩具是镜子，镜子最精彩的玩具是岁月。
岁月最精彩的玩具是国家，国家最精彩的玩具是政权。

政权最好玩的玩具是人民，人民最好玩的玩具是金钱。
金钱最不好玩的玩具是岁月，岁月最不好玩的玩具是生死。

帮派曾经是政府的童年，学校曾经是国家的青春，
社会也曾经是国家的镜子，但真正的国家
绝对不知道，是谁发明了社会。
如同社会绝对不知道是谁发明了生活，生活
也绝对不知道是谁发明了学校，学校也绝对不知道，
是谁，发明了每一个人的光阴。

如同今天，我从镜子最深处走出来，
根本不知道是谁发明了我。

对于这样的题材，很多诗人要么把握不了，驾驭不住，要么就写成了“反动之诗”，而李亚伟将几个意象串连在一起，道出了一种真实。他从镜子开始，依次排出了岁月、国家、政权、人民、金钱、生死，

这些看似宏大的词语，很少能有效地进入诗歌，但在李亚伟笔下，它们却有了生机。他将一些常识性的意象叠加在一起，没有让诗句枯燥，反而呈现出了一种诗意的精彩。当然，如果仅仅就是那些宏大的意象叠加，未免会显得空洞，诗人逐渐从宏大中走出来，回到了自身，回到了"我"的生活，这才是此诗的落脚之处：国家再大，也终究与每一个人民相关，而"我"就属于这"人民"中的一份子。生活是国家和人民之间的一个中介，人民生活了，才与国家建立关系。在此，诗中的那面镜子，就如同"我"经历的历史，"我"从历史中走出来，回到当下，走向今天，继而思考那宏大政治与"我"的关系，为诗歌赋予了一种历史感和厚重感。

确实，李亚伟的诗歌给人的印象，一直是带着强烈浓郁的反讽色彩，其解构性和反神秘感，让他的作品更有亲近感，而非因晦涩难懂遭致诟病。从早期的《中文系》到现在的《河西走廊抒情》，都莫不如此，但并不是说这中间没有变化。变化恰恰就体现在诗人对历史感的建构，由过去那种表象的、浅层次书写，转向后来对历史、人生的深层次触摸，进而探寻现实和历史交集的秩序，这才是那些尖锐的言辞背后所透出的宽度、广度与深度。对于汉语诗歌的本土化和民族性，李亚伟不仅在实践上遵循自己的"中国风"原则，同时，他也在进行深度反思："西方现代作家的价值观和论调，近 20 年来被我国一些文化盲流用作话语霸权的武器和文化审美的后勤，汉语诗歌中好滋味的部分被大规模地屏蔽和偷换。"①这是全球化带来的殖民结果，文学也不例外，诗歌也难逃如此命运。李亚伟并不反对向西方学习，但他对唯西方是从的绝对化理念有了内省，目的性过强，必然变得盲目，最终会丧失自身优势发挥的空间。李亚伟后来的写作，在注重内在技艺的同时，更注重挖掘潜隐在汉语中未被发现的丰富性和魅力感，为诗歌的大美重新建立一种"莽汉"精神。

"莽汉"的时代虽然结束了，但在这日趋乏味的无聊和功利中，"莽汉"精神依然是我们的重要参照，它会让我们的文字书写不至于太过无趣。李亚伟"从内心回到社会"后，的确"走得更远，更不确定"

① 李亚伟：《东北大山脚下的一个诗人》，载《青年文学》(中旬刊)2011 年 10 月号。

了，在诗歌上，他想“返回到想象中的时间”，而不是某种社会地位或权力意志。“我宁愿籍籍无名，也不愿意用诗歌换取什么。”①诗歌是想象的艺术，同时也是时间的艺术，在李亚伟这里，它就是“想象中的时间”的综合艺术，因此，那种修辞的绵密、传统的精妙和现代的张力在其诗歌中获得了深度杂糅，从而见证了他探求渺远诗意的可能。

李亚伟新世纪以来的诗作，并不显得轻飘虚幻，虽然有“不确定性”，但让人更感亲切。他追求的“名句”境界，与其早先的写作一脉相承，语不惊人死不休，诗歌很多时候是离不开这种永恒标准的。“诗歌没有名句是打不开读者的灵魂的。”这是不是很古典，很传统，很不先锋，很落后？但对于李亚伟来说，在这个时代写诗，先锋不先锋可能已经不重要了，他说：“我身上有很多传统的东西，就是写成一些预言性的东西，并使之成为名句。”②这是当年先锋诗人的真心话，我相信，他不是要打破先锋与传统之间的界限，可能他根本都没有考虑过这些伪问题，他只是在按自己的意愿和想法来写作，来寻求文字的安慰。有了如此开阔的境界，李亚伟的写作仍然值得期待，他或许能在意想不到的时刻，写出一组让我们感觉亲切和舒服的诗，对于他新世纪的“莽汉”精神作一个切实的回应，这也就够了。

---

① 欧亚，李亚伟：《李亚伟访谈录》，载《山花》（B刊）2009年4月号。

② 欧亚，李亚伟：《李亚伟访谈录》，载《山花》（B刊）2009年4月号。

# 第三章 消费主义时代的思想和诗意

1990 年代，很多人可能觉得这是一个诗歌的沉寂期，而从实际的表现来看，似乎也是如此，所以也有人认为诗歌就是从这时开始边缘化的。不管有着怎样的理解，那个时代彻底过去了，它所留下的肯定不是沉寂，而是一种积累。虽然在 1990 年代末发生了几次诗歌论争，这好像是转折点，其实是诗歌真正进入常态的预兆。认定那个时代少有人写诗，还是一种不负责任的说法，诗歌的高潮并没有在 1989 年戛然而止，它的余绪一直持续到此后很长一段时间，否则，也就没有新生代诗人们的出场。当然，1990 年代的诗意与 1980 年代的诗意是不同的，它还有着那么一点激情的味道，但更多的则属于对一个时代的祭奠，因此，挽歌的黯然和悲剧的诗意接踵而至。

其实，1990 年代的诗人们大多是有责任意识的，当激情退场、理性突显时，另一种不同于过去的诗歌之美重又来临，它带上了思想的情怀，因此更富历史感。这种诗是后来者的方向，这些诗人也相应地成为了良知文学的代表。相比于 1980 年代的诗人，他们走得更远了，先锋也可以是后退，而抱怨、批判与愤怒，也未必就是诗人所出示的力量。力量是综合写作的结果，它是全方位的呈现，并不是某种单一元素的直白流露。1990 年代这个复杂的时期造就了很多优秀的诗人，他们至今仍然在写作上挑战自我，不断寻求新的突围。这是他们反思和内省的结果，更是消费时代的理性美学所要求达到的一个精神高地。

## 第一节 臧棣:“新纯诗”精神与敞开的路径

将臧棣划归到“知识分子写作”的阵营,现在看来,有些过于简单了。不管他认同还是反对这一“知识分子诗人”的标签,如今还纠缠于这些问题,早已没有意义了,而我们唯一需要弄清楚的是,臧棣为何这些年对“纯诗”情有独钟?令人感觉吊诡的是,不少诗人都在变化,包括当年那些被称为“知识分子写作”的诗人,像肖开愚、孙文波、王家新等人,或者向现实靠拢,或者向神秘转型,或者投入日常经验,唯有臧棣一如既往地在自己的“协会”和“丛书”中坚持不懈地走到现在,这不是有毅力和耐性可以解释的,它关乎一个诗人的美学趣味,更在于他的持守和自我超越。

### 一、技艺与“新纯诗”立场意味着什么?

臧棣这些年对诗歌的热情,稍对其有了解者,确是有目共睹。我相信,除了教师的身份,诗歌是他日常生活中一个重要的维度。这种对诗歌的投入,明晓当下诗歌处境的人都应该知道,他图的是什么?并非多少名利,我觉得自娱自乐更为合适。既然是自娱自乐,那么诗人对自己的要求会高吗?那种全情的倾注,更多时候是在于一种锤炼。他认为自己的写作往往都有“日常生活的影子”,且“基于真实的生活经历”,但诗人在写作过程中作了转化,因此对我们的阅读构成了挑战,其原因也如诗人自己所言:“更注重视角的变化,更注重从远景出发,更注重体会主观感觉,更偏爱沉思和片断。”①我觉得这是一种向内转的体现,越来越偏于向内的写作,让臧棣的诗歌主题也显得更内敛了,他既对日常作细致的观察,也能彻底回到内心,作深度的冥想。冥想是诗人的生活常态,他敏感于那些触及神经的字句,使后天的勤奋也能变成闪光的才华,这是臧棣这些年凝练自己所思所想

---

① 参见臧棣访谈《现实:句本运动》,载《飞地》总第3期,海天出版社2013年版,第80页。

的能力体现，他的气象不是靠身份，而是一种独特的话语方式。

如果说臧棣有一个北大中文系教师的身份，他理所当然地可以关注并践行他的“纯诗”理想，那么，还有胡续东、姜涛这些北大的年轻诗人，似乎要比臧棣更活跃。而早于臧棣的海子、骆一禾与戈麦，他们一直在向上走，大多遁入了虚空。臧棣既不是过度向上，也非一味地向下，他似乎走的是一条中间道路：在技艺上用力，以词语的变幻营造他的诗意。之所以提及臧棣前后的这批北大诗人，并不是说臧棣走得比他们更远，或者退到了无法再退的地步。他们可能都会迈向玄学，或者一种大诗境界，臧棣并非完全没有这种倾向，只是他收敛了那种绝对化的极致思维，他的冒险是寻求更为内在的真实：语言的真实，句子的真实，结构的真实，以及技艺本身的真实。

技艺是臧棣诗歌的法宝，同时也让他饱受争议，所以技艺对于臧棣来说是一把双刃剑，过去是，现在仍然是。他所拥有的诗歌成就，很大程度上源于他在技艺上的不断推敲。他的技艺直接外化在了创作中，而其之所以遭到诟病和嘲讽，其实也在于他对技艺的迷恋达到了狂热的巅峰。也就是说，臧棣将诗歌技艺的锤炼推向了一种极致，似乎再也没有人比他更注重在技艺场上的自我较量了。不管是写作之初对技艺的感性照搬，还是之后对技艺的理性消化，最终，“技艺是一种让写作获得魅力和力量的方式。”①写什么对于臧棣来说已不是问题，他可以随手拈来，任何事皆能进入其笔端，只是要看这主题他能写成什么样。因此，此前提到的他的写作主题并没有向外扩张，而是在向词语内部挺进。他不在乎很多人看重的意义层面的外延，而是聚焦于语言创造的内部意识，即“语言的欢乐”；同时，他也不再像1980年代的“第三代”诗人那样过于迷恋情感的现场发泄，或者将自己的写作打扮成天才的模样，他更注重意识本身的呈现。他曾经总结说，1990年代诗歌重要的审美转向即是“从情感到意识”②显然，意

---

① 臧棣：《假如我们真的不知道我们在写些什么……——答诗人西渡的书面采访》，载《山花》2001年第8期。

② 臧棣：《90年代诗歌：从情感到意识》，载《郑州大学学报(哲学社会科学版)》1998年第1期。

识书写要高于纯粹的情感层面，它和诗人的自我追求相关，即追求诗歌的本质。对诗歌本体的关注，在1990年代之后的一批诗人那里确实形成了一种自觉，所以，对技艺本身的迷恋，就不可避免。

如果一味追求技艺，一种语言上的走火入魔将在所难免。臧棣是否给自己规定了只能在语言的范畴内闪转腾挪？我们不得而知，但是他确实是在一种维度空间里寻求规则。诗歌的丛林里，到一定层次和境界，不应该是“诗到语言为止”的状态，它必须联于我们的经验和想象。而在经验参与的表达中，诗歌和哲学界限到底在何处？“哲学家的独特仅止于发明词汇。而由于面对世界也就只有那么三四种态度——和差不多一样数量的死亡方式——所以，使它们显得变化多端的那些微妙差异，不过就是些词语的选择，没有什么形而上的意义。”①语言哲学就是这样一种纯粹的语言活动，而诗歌与哲学又在哪一种层面上能获得互动？在语言层面上它们是相通的，而上升到精神的层面后，诗歌仍然首先立足于语言的创造，其后才会有思想的润泽。

臧棣写诗到底是为了什么？如果说他的目的“不过就是些词语的选择”，的确就是单纯的语言能指滑动，与精神无关。但臧棣肯定否认这一点，他的技艺不仅是要展现语言创造的魅力，还会有其他层面的追求。至于是什么，可以说是创造的惯性，也可以认为是经验和现实冲突后个人意志的自然流露。其实，从情感到意识的转化，是诗歌写作上升的过程，作为诗人，你必须要去控制，这控制的范围包括节奏、旋律和矛盾所形成的张力，以及打破无力感的干脆利落。在此，情感与技艺是否相关？而意识和技艺之间有无冲突呢？意识的写作应该更趋理性化，而不是专由情感控制，这样，诗歌会显得节制，深度性和厚重感会自然呈现。过于偏重技艺，的确会给人造成疏离感，但诗歌上的偏执所带来的美学，让诗人和读者之间也有对话的可能，它不是意义观念的产物，也非关意识形态的限制，而是对一种不可言说之物的言说，或者说是探寻语言与生活交融后的可能性，臧棣的写作目的相对来说还算纯粹，他的单向度书写虽不能在诗坛达成

① ［法］萧沆：《解体概要》，宋刚译，浙江大学出版社2010年版，第78页。

全面共识，但喧嚣过后，其写作的价值也能部分得以显现。在诗人西渡看来，臧棣的诗歌技艺是获得了认可的，“这种技艺除了驾轻就熟地使用语言以外，还表现在他成功地使用多种诗体的能力上，以及一首诗的细部处理上，这些都是考验一个诗人才华的关键之处。”①这样的评价是否有些过誉，我们暂且不去讨论，如此定位似乎放在其他诗人身上也合适。臧棣的独特之处更多还在于他的辩证意味，也可以说是诗人王敖所提的“平衡力”，这种平衡是建立在他对自己诗歌写作的自信上。他既不刻意追逐时尚，也不像很多诗人那样沉于古典和传统，而是信赖于当下的现实。

他不为某种早已存在的理念而写作，而是寻求一种现场感，让他的词语活在当下，让那些诗意在瞬间获得深邃的定格。在他看来，他也没有追求某种夸张或极端的写作，一切都是平静从容的，诗意在文字中的渗透和浸润，如同水消失于水中。就像他在诗中所言，“我写的诗，/既朝东也朝西，就好像轻轻一推，/无形中会有几扇窗户吱嘎作响。/亦真亦假，诗，更像是/心灵的窗户。新诗的意思是/也许已经有新的心灵出现。/但是，要朴素于通脱一点，/积极异想，将天开信托给实践，/我就会遭遇周作人不是爱默生。”(《一心丛书》)这是能代表臧棣诗歌写作语言选择的书写，它的形象性令人感觉奇特、吊诡，但不是绝对化的价值判断，而是一种相对的话语实践。

臧棣曾一度迷恋瓦雷里的“纯诗”理论，为此，他也提出了自己的“新纯诗”，所针对的是1980年代中后期兴起的“第三代”诗歌的口语化，臧棣认为他们的口语是没有被提炼的，显得粗糙，他需要的是语言的美感。这样的追求，臧棣至今未变。他说自己是一个“追求精神的敏感性的人”，那种太简单和直白的诗歌，无法对他的美学构成挑战，让语言附加一层繁复和生动，也就成了臧棣诗歌创作的题中应有之义。

他这种写作曾引起了很多人的质疑，尤其是一些口语写作的诗人，他们普遍对臧棣的“新纯诗”写作不感冒，认为他不是在写诗，而是在“装神弄鬼”。对此，臧棣少有回应，他仍然埋头写他的诗，偶尔

① 西渡:《诗歌的校园》,《守望与倾听》,中央编译出版社2000年版,第168～169页。

的回应，也不过是出于阶段性的清算。这就是他的诗歌趣味，不管引起多么大的争议，他仍然坚持自己的标准：意象选择的准确性和语言表达的精准性有机融合在一起。他无论怎样在形式上寻求变化，终究还是要回到寻找语言可能性的本质问题上来。诗歌的本体最后就是通过语言和思想对接的平台来搭建一个切进的入口。臧棣相对来说还是在老实地写作，他没有去要花样，或者去迎合某种理念，他就是保持写的状态，即使有时他也会沉入到对知识的一种膜拜。但他拒绝口号，他甚至只认语言表达的纯粹。

**二、想象力与修辞练习**

臧棣曾有一个说法：诗歌反对常识。这是他针对于坚的诗歌应遵守常识的观点提出来的说法，他认为于坚不应把社会学或与诗歌无关的常识感带入诗歌，这虽然在观点上显得有些新奇，但是与他的“新纯诗”理论是一脉相承的。在他看来，诗歌除了纯粹的语言上的创造之外，硬性加入其他的道义、责任与意义，就失去了诗歌本身所应具有的纯粹性，从而沦为其他的帮衬或附庸。社会的常识是基于逻辑理性，而诗歌同样需要逻辑，那些精确的词语组合，最终还是逻辑支配的结晶，它有实感层面的厚重，也有虚感层面的轻逸，其前提是不能有谎言。这种虚实结合的分寸和尺度，就是诗歌的常识。

诗歌不可说谎，那么，想象能保证诗歌不包容谎言吗？这是诗人良知的体现。因此，诗歌的语言如何在想象和技艺层面唤起我们的信任感，这是我们进入并理解诗歌的前提。臧棣的反对，有其一定道理，但也没有那么绝对，它需要在特定的状态中进行阐释：诗歌不是某种意义或观念的语言投射，而是一种写作理想的满足与慰藉。臧棣勤奋的书写，就会面临着日常性写作问题，他的满足在这方面也是有限度的，他关注当下，又怎么能克服掉诗人们迷恋传统的习性？

诗歌的日常性书写，是需要经验作为铺垫和底色的，但想象的力量也不可忽视，它甚至在某种程度上占据着更重要的位置。“诗歌的根源在于它天然地倾向于维护想象力在我们的生活中的作用。生活的启示源于这种想象力，生命的自我实现也依赖于这种想象力。”①



① 臧棣：《执着于诗是我们的一次传奇》，载《南方都市报》2009 年 4 月 12 日。

在写作中，想象力不是一种习惯，而是一种能力，它的天赋性让诗人的创造带上了神秘的成分，它不依附于某种霸权，而是在于对瞬间灵感的精准捕捉，这里可能有诗歌的天机，当然更多的还是诗人的心智。你只要让自己对语言的不麻木，方可获得一种深层次的品质，这种品质不是由流畅和欢快构成，而可能就是悖论与困惑的产物。想象的修辞是微妙的技艺，一个字或一个意象的不同，皆可带来创造的奇迹。“草原延伸着我们的尽兴——/辽阔在休息。蓝天垂下/它的鞭子，令胡杨长得像柳树。/落叶席卷着云影和苍茫。/面具送客，表情很无礼，/才懒得辨什么主体和客体。/如此，只要角色在，就不分人和神，/像碗里的白酒不分我和你。”(《风马牛协会》)诗人大概在写草原的广阔，但每一句连在一起时，确实没有什么逻辑，就如同题目所言的，风马牛不相及。臧棣似乎非常热衷于这种风马牛不相及的修辞。他的确是靠想象在完成一种仪式，但这种想象的怪异让词语的组合显得并不自然，有时甚至还有些牵强。我相信，臧棣并非没有意识到这一点，他对这种状态的自我认同，已经建基于这样一种游戏美学之上，语言与想象的对接，最终所达到的就是一个场景，幻象的，超现实的。

当诗歌写作依靠本能来作语言能指的滑动时，它所承担的意义和所指功能就会小得多，这样的写作是安全的，不指涉，也不及物。然而，仅仅只是通过想象来完成语言的创造，它不联于我们的情感，诗歌最终落实在什么样的地基上，又是不得不考虑的问题。很多诗人选择逃避，他仅仅通过想象来维系一种单向度的诗歌价值观，最后难免会滑向偏执的审美。臧棣在追寻想象的书写时，所奉行的就是主动出击，他对语言的正面强攻，直接导致了泥沙俱下的局面。新世纪以来，他在协会和丛书上乐此不疲地前行，所依赖的就是一种语言创造的快乐，他确实从想象和修辞里获得了书写的快感，除了那些为写而写的诗作外，他也时常为我们提供一些新奇的语言景观。这个时候，一种真正回到灵魂逻辑的写作才会触及阅读的神经，它可能是痛感，也可能是一种关于创新的共鸣。

在臧棣的想象修辞中，很大一部分源于他考究的比喻。一个优秀的诗人要用好比喻，且精准地在本体和喻体之间达到一种自如的转换，确非易事。臧棣的想象更多时候就是靠这种精准的比喻在创造奇观。“我的猫爬在电视机上，/它在那里学乖，也学会了/如何在有限的角落里/等待一个喜欢嗑瓜子的神。//或坐，或躺，它的命/有时硬得像一道银行里的加法，/有时软得像一顶淋湿的帽子。/它的眼睛明亮得像两个少年犯。”(《很多毛》)我没有去仔细深究臧棣何以能出示这样的比喻，离开了丰富的想象，诗人不可能完成这优雅的一跃。而他对一只猫的观察，早已越过了现实层面，而深入到了幻想的内部，他必须要找到对这只猫进行生动描绘的对应物，因为他不可直接去写，否则，诗意会荡然无存。银行里的加法、一顶淋湿的帽子和两个少年犯，它们如何构成了对一只猫的整体理解，想象的参与是必然。而诗人个人经验的渗透，同样不可忽视。我们不能说臧棣在写这首诗时，是完全脱离了经验的，仅凭想象他难以完成这种纯粹的书写，而且经验的日常性在与观察进行融合时，语言的无规则组合在此创造了奇迹。

臧棣的诗歌写作时刻都在挖掘表达的可能和新颖，就像那些精准的比喻，就是语言创造的产物，它们联于诗人的想象力发挥。这样的诗歌所能提供给我们的，就是在语言上的疆场中纵横驰骋的美学，它能够容纳更多创造的因子，同时也给我们带来新的感受视角。他的比喻，不管是莫明其妙，还是令人叫绝，都体现了他在这一方向上的努力。“这一次，虚无表现良好。/雪，白得像诗中的权力。”(《精神肖像丛书》)“是啊。天气好得就像刚洗过的吊带裙。”(《紧急出口丛书》)“你的极端就像一场姐弟恋：亦真，/亦假，已不足以说服心灵的风暴。”(《自我学丛书》)“你能感到她的速度越来越快，/快得像从现实的死角里拔出的一根刺。”(《向命运致敬丛书》)“几只羊从一块大岩石里走出，/领头的是只黑山羊，/它走路来的样子就像是/已做过七八回母亲了。”(《反诗歌》)这样的书写，是诗人对语言的解放，还是一种重新束缚？他在用想象完成创造的仪式，就像臧棣本人在诗中所说，“诗，有时需要一点鲁莽。”(《理想丛书》)这是一个诗意重塑的过程，它一方面在竭力摆脱诗歌的随意化，另一方面，又在构建一种表达的复杂性，这种做加法的写作，也未尝不是在捍卫想象给诗歌写作带来的权力。

相对来说，我更喜欢他不多的几首在日常性表达上富有整体感的诗，其中的《万古愁丛书》是真正找到了感觉的作品，那种精准、力道以及所造成的陌生化诗意，皆在干脆的文字中获得了张扬。“在那么多死亡中，你只爱必死。/其他的方式都不过是/把生活当成了一杆秤。其实呢，/生活得越多，背叛也就越多。/……你偏爱巧克力和啤酒，/但是，天赋咸一点会更好。/莴笋炒腊肉里有诗的起点。”这样的写法，貌似看着是抖小聪明，而且那些小意象运用得确实到位，它不是让你感觉整体上有新花样，而是在每一句或隔句就有出其不意的效果。诗人的想象力发挥在此是连贯的，不间断、不隔绝，一步一步扎实地朝前在走。“人不能低于沉默，诗不能低于/人中无人。从这里，心针指向现实，/一个圆出现了：凡残酷的，就不是本质。/而一个圆足以解决缥缈。/稍一滚动，丰满就变成了圆满，/晃动的乳房也晃动眼前一亮。/一个圆，照看一张皮。像满月照看/大地和道德。从死亡中掉下的/一张皮，使我再次看清了你。/凡须面对的，不倾心就不可能。/而一旦倾心，万古愁便开始令深渊发痒。”此诗的后半部分也有不少富有创造性的句子，当能使人读后眼前一亮。一种通透的舒适感，让我们可以顺着诗人提供的那条路一直走下去，追随其到终点。各种愁绪纠结一起，仿佛进入了彻底的超现实状态。

正是超现实的美学，让臧棣的诗歌写作一直走得比较顺利。或许从一开始他就给自己作了如此定位，即便他在写作过程中有过转型，但也没有完全反叛超现实的美学。在想象的世界里，语言的维度其实要大于意义的维度，诗歌的价值就在于语言创造的陌生化与新鲜感。就像臧棣在诗中所言：“看不见的战线，诗，延长着/我们的机遇。严格于语言，你才会理解/这机遇意味着什么。全部的真相/安静于你我曾是心灵的战友。”(《心灵的战友丛书》)诗人确实对自己在语言上的要求非常严格，不说是语不惊人死不休，至少也为此付出过更多的心血和努力。他在修辞上的付出，与他对想象力的发挥和控制是相应或对等的，当然，我们也不可能完全去作这样的换算。诗人构建他的诗歌乌托邦，就是要在想象预留的空间里为语言找到最后的归宿。

## 三、在坚持中冒险出击

诗歌到底是需要直白的清晰，还是暧昧和模糊的诗性，这个问题一直是诗人们面临的难题和困境。臧棣的诗歌正是处于这二者之间的一种状态，它的精神向度是明晰，但它的实际表现却是障碍重重。"不必再绕弯子。诗就是湿。/要么潮润，要么澎湃，你要找的形状/来自生命内部的器皿。大多数时候，/它被想象成一只浇花用的水壶。"这是臧棣在《新诗学丛书》中的告白，我们可以将其看作诗人的一份写作宣言，干脆利落，决绝昂扬。他甚至在最后得出结论："大诗即大湿。不出汗，不淋漓，/你怎么会深刻地意识到诗都对你做了些什么？"诗人对自己的要求是，把自己彻底交出去，不留表达的遗憾。但是，因为一种性情，臧棣不可能像一些纯粹的口语诗人那样去暴露，去"我手写我口"，他的冒险中时刻潜藏着更为幽深的存在感。臧棣的缠绕感，并非一以贯之，而是阶段性的，在其早期诗作中，似乎显得明晰，且有一种深沉的神秘性，而在他近期的诗歌中，他开始复归于早期的明晰。而就是在中间阶段，臧棣一度对玄学很感兴趣。所以不少诗给人一种游戏感，这是他的一种趣味生成机制的经验投射。这种趣味是个人化的，带着冒险的成分，所以臧棣从来不投机，他的坚持已成为当下诗坛的一道风景线。

既然是坚持，肯定和趣味、爱好相关，然而，始终保有一种趣味和爱好，是需要毅力和耐性的。我从不否认臧棣在诗歌上的耐心，这一点他甚至有着倔强的偏执，似乎没有什么能阻止他去爱诗，写诗，并思考与诗相关的一切。这种状态有疲惫的时候吗？其实我也对此有过揣测：他如此频繁地推出新作，到底有没有一种硬写的意思？从他这些年的创作历程和作品来看，也不乏"作诗"之嫌，还是显得有些不自然。以此来推断，臧棣的不少诗歌有一种硬写的成分在里面，他可能并不像很多人一样需要等待灵感，他每日在固定的时间开始写诗，这种坚持让他有了写作的习惯。不知道臧棣这种写诗的习惯是否能让他就在那个固定的时候文思泉涌，并形成一种惯性。

写诗真的成了臧棣的日常功课，他每天必须完成作业，否则，那将是一场遗憾。“我喜欢在清晨写诗。曾经有很长一段时间，只要条件允许，我总是选择朝东的房间，我喜欢面对升起的晨曦在白纸上写下一行行诗句。”①这也就有了我们会定期看到臧棣的新作出笼。在有的人看来，写诗是生活与阅读的副产品，而对于臧棣来说，写诗是人生的主业，这种十年如一日的坚持，让臧棣获得了京城诗坛头把交椅的位置，由上至下的辐射，一种全国影响力也逐渐完成。臧棣一直进行做加法的写作，否则，他可能会越写越少。但他并没有因年龄和时代之变而有所停止，甚至像很多诗人那样定期作休整，他没有留给自己多少转换的空间和时间，对于他来说，写就是一种生产力。

臧棣的确是一个勤奋的诗人，这一点毋庸质疑，他时刻专注于一种写的状态，甚至可以说，他的写作已经内化成了他生命中的重要部分。尤其是他对技艺的迷恋，与他每天保持写的状态不无关系，就像桑塔格所言，“学习写作的唯一之路就是写。”②我觉得臧棣就是如此：你只有不断地保持写的状态，才不会让写成为一种苦恼，而是成为一种快乐。他的技艺持续提升，其实就是不断写作的过程所带来的质变，当然，这也是诗人与自我进行抗争的过程。

至于臧棣是否要将写诗通向一种复杂，这是一个创作观念的问题，但他至少希望自己的写作能在趣味的层面获得认可。不管他在写作上添加多少砝码，他并不是要完全用知识来替代情感或语言创造的逻辑，生硬、做作和无来由的创作，强化的是知识在诗歌表面的光芒，而非内里的力量。臧棣的诗歌选择还是倾向个人化的，他不与公共价值体系构成同谋，或某种深度的应和，可他又并不是完全精英化的，而且时刻透着一种不与主流合作的姿态。他的这种姿态相较于一些持有“民间立场”的知识分子来说，其实显得更为决绝和彻底。这种坚持是一种理性的选择，诗歌的诱惑在他身上不是要张扬一种价值观，而是一种职业伦理。

---

① 臧棣：《执着于诗是我们的一次传奇》，载《南方都市报》2009年4月12日。

② [美]戴维·里夫编：《重生——苏珊·桑塔格日记与笔记(1947—1963)》，姚君伟译，上海译文出版社2013年版，第125页。

这些年来，臧棣极少去写那种简单的情感反应，即便他在书写这种情绪时，也有他额外为其附加的技艺之链，并为语言涂上了一层油彩，光鲜，亮丽，有着被修饰物所包裹的富态，这是他坚持的结果。这种坚持就像他时刻以饱满的姿态去面对诗歌一样，从容是一种常态。“他们说诗歌无用，而我并不反驳。/我的耐心就像第一场雨。/他们随后拿出一叠照片，狠狠地摔在地上。”第一句的亮相，当引人入胜，甚至给人以震憾，但接下来，我们看到的是一场混乱的拼接，各种意象相继出来，又迅速收手，最后，诗人以一种对应作结：“诗，并不存在于有用或无用，/诗垂直于这些照片，就好像昨晚的雨垂直于大地。”(《就这么牛丛书》)他既给出了事实，又出示了道理，诗歌的困境被化作了诗人的一种现实遭遇，或者说是一种可疑的情绪。就像他对诗歌的耐心一样，“我为你准备的耐心甚至超过了/我为我的生活准备的耐心”(《绝对审美协会》)，他在诗歌上的全情投入，不是一种勇气问题，而是一种责任，一份承担。为此，我们也要有耐心来阅读臧棣的作品，因为他坚持了一种无用，实则为语言创新提供了想象的空间，同时也聚合了智慧的力量。

臧棣在诗歌上的坚持是一种无用吗？或许他并不会反驳，但他依靠这样的无用让诗歌保持了某种神秘，并且还保存了一个时代的诗性语境。臧棣的诗歌方向并不是在冒险中确立的，而是一种坚守为他赢得了声誉。他对自己认识得很清楚，这是源于常年的自我解读，就像他在不少诗歌的开头所写，那种干脆掷地有声。比如，“为了调整呼吸，你躲进境界——/你说，躲在那里写信，你才会看清自己。/比如说，看不见我，你就看清了你自己。”(《比我更像我自己的人丛书》)比如，“最不可能的事，是你没有读过/一首诗。你的挑衅看上去很认真——/没有人配得上宇宙和诗之间的契约。”(《自我学丛书》)比如，“说来听听，你究竟为我们的命运/做过哪几件实事？”(《脑海学丛书》)比如，“九条狗分别出现在街头和街角，/大街上的政治看上去空荡荡的。冷在练习更冷。”(《真实的瞬间丛书》)不管是对自我的审视，还是对他者的追问，诗人总是在诗歌中重申自己的困惑，这是一种价值观，也是一种诗歌伦理的体现。他通过自我来测试诗歌的温度，也试图从他人那里获得把握诗歌的现实能力，因此，臧棣的诗歌写作有他自己的精神谱系，也即是对诗歌本体意义的精神认同。

如果说1990年代以来诗歌写作走了两个极端的话，那么，臧棣是由中间往上走的，与他一起走这条路的诗人还不少。就像很多人认为诗歌就是语言的白日梦，其实，臧棣的创作就很接近或靠拢这个白日梦的境界。我在此言说这一点，并不是以此贬低臧棣的写作，而是感念于他多年的坚持，其实是在突破一种极限，从玩味到探索，从讨巧到深入，他的姿态虽然显得高昂，但他越来越能掌控自己写作的节奏。他触摸到了诗歌的某根敏感神经，会有一些带着个人趣味的诗意从字里行间流露出来，他不是去承受和迎接，而是仍然在理想主义的世界里漫步与遨游，哪怕歧义不断，争议迭出，他都是在等待着一种词语上的冒犯。

**四、如何处理现实与时代的命题**

很多人读了臧棣的诗歌后，大都认为其诗作现实感不强，这个整体印象让臧棣的写作在某种状态中悬空着，一直无法沉下来。臧棣曾被划归到“知识分子”诗人的阵营，他们的担当精神，也是衡量其身份的重要标准。然而，并不是所有“知识分子”诗人，都必须到时代现场中寻找书写的主题，这关乎性情，也联于诗人的立场。臧棣奉行的是“纯诗”立场，这好像就天然地与政治意识形态写作划清了界限，他更看重诗歌在手艺上的提升，尤其是语言的变化，每一首诗在诗人笔下就是一场词语和想象的狂欢。经过这些年的历练之后，臧棣的想象力发挥如今越发显得纯熟，那种表达的自如，不说是完美，至少也有趋于丰富的可能性。

不止于想象力的发挥，其实，臧棣也在处理他的现实经验，只不过他放弃了直白其心，而是选择以隐晦的方式来言说，包括朦胧诗人所热衷的意象，他也极少去用，他发力更多的地方则在于语言的非常规使用，即便是处理现实题材，他也同样如此。“你不脆弱于我的盲目。/你如花，而当我看清时/你其实更像玉；/你的本色只是不适于辉映。/你是生活的渣子，/害得我寻找了大半生。”(《蝶恋花》)无论怎样的现实，在臧棣这里似乎都可以让他体验出一种奇迹般的意味，当语言成为他的道具，表演就更具生动性。“小城完美于一切都不是免费的。/几座教堂蜿蜒着本地的传统。/钟声和咖啡一起下潜，/是的，我正在用一只锚催眠附件的湖。”(《明斯特》)这是诗人对明斯特这座城市感观印象的书写，他本可以从游记角度来记录，但诗人没有简单地去复制记忆，而是通过直觉的变形，达到了一种想象的超验状态，让诗歌在瞬间有了神秘感。包括他很多直接谈论诗歌的作品，像《新诗的百年孤独》《诗歌动物丛书》《当代诗学丛书》《诗歌知识学丛书》《诗歌政治学丛书》《诗歌社会学丛书》《诗歌植物学丛书》《秘密语言学丛书》等，都无不以拆解变形的方式形象地描绘了诗歌的处境。它是阐释的，也是拒绝阐释的，这种矛盾就寄寓着诗人独到的理想主义精神。就像他在《抵抗诗学丛书》一诗中所写：“这首诗关心如何具体，它抵挡住了十八吨的黑暗。/这黑暗距离你的胸口只剩下/不到一毫米的锋利。”不管诗人具体写了什么，或者说我们到底有没有看懂，臧棣好像并不过多地去关注这些，他只负责按自己的意愿和方向来写，那种曲高和寡的孤独，正是其诗意的关键。

在写作中，他可能“骄傲于他们的全部困惑”(《蝶恋花》)，也可能希望“与迷宫保持距离”(《启蒙诗学丛书》)，他不再纠缠于这样的疑虑，只是寻求更加开放的视野。不仅如此，他还可以从任何角度直接切入现实：“……为什么我喜欢听到/有人要黄金时间里播报说/宇宙是扁的。/妙，还是真的有点妙？/我的预感说不上准确，/但强烈如光的潮汐。/正如短时间内，/我在厨房里看到的和想到的——/案板是扁的，刀是扁的，/不论大小，所有的盖子/都是扁的；图纹并茂，/只有盘子不仅仅是扁的。/面具是扁的，真真假假，/药片也是扁的；甚至/最美的女人躺下时，/神也是扁的。”(《宇宙是扁的》)这是诗人从现实到想象过渡的记录，记录是真实的，但现实是变形的。宇宙是扁的，具有统领的作用，而“我”在厨房里的一切行为和眼中所见都是扁的，则是细节的呈现。诗人的视角已经越过了表象的真实，而达致了内心的真相：人心可以控制宇宙的一切。在此，诗人并没有书写魔幻和玄秘，就是从现实出发所得出的结论，它既不是幻境，也没有陷入完全的自我封闭。相对来说，臧棣的诗歌近年来还是较为开放的，即他向一切现实敞开了门扉，这是一种情怀的体现。就像他认为自己这些年写“协会”和“丛书”诗，给他带来的最大变化就是“对事物和世界的感受方式出现了新的变化”。① 他们的真实融合着一种庞大的现实，这种现实促使我们去关注日常，去艺术化地处理生活的常态。在臧棣这里，其处理带着变形的意味，其方式所带来的也是文化想象的美感与力量。

现实在臧棣笔下已经变形了，他所有的书写，不会是对现实的模拟或照搬，也不是去复述某个场景，或拍摄一段记录，而是作了他自己独特的艺术转换。在他看来，诗歌就是诗歌，不是新闻，也不是纪录片，它首先是语言的艺术，因此，变形就是他诗歌写作的日常功课。“新闻里不会有麻雀。麻雀/更像是小人物。麻雀肉壮阳，/但还要看怎么做；料酒要是没配好，/效果根本出不来。”（《天鹅新闻丛书》）初看这样的诗作，确实有些摸不着头脑，那种深度跳跃早已超出了现实本身，而变形的现实正是诗人要达到的效果。如同印象派艺术的变形，就是一种更为内在的真实，并非表象的明晰。就是因为对现实这种不断的变形，臧棣认为很多人误解了他的写作，“人们曾用语言的高蹈来讥讽我的诗歌，认为我的诗歌远离现实。”这是臧棣觉得最受委屈的地方，他有自己的思忖，“我是当代诗人中对诗歌与现实的关系思考最多的人之一。”②只不过他对现实的思考没有那么直白，在一个严峻的时代，艺术的变形让他遭遇了更大的误解。当然，他的立场选择是自由的，不必受他人左右和支配，只是看他如何来应对各种质疑和批判。

2013 年 4 月 20 日，四川雅安地震后，臧棣写出了一首诗，名为《雅安，一个巨大的倾听》：“第一锹，像我挖你一样，挖我。/第二锹，也是第十万锹，清晰得像/请把我从瓦砾中挖走。/第三锹，请把我从语言中挖走。/再没有比语言更深的坑中/才会有一次最深的飞翔。/第四锹，请把我从新闻中挖走——/我不是你的兄弟，也不是你

① 田志凌：《如果诗歌赢得了大众，它就失去了自我——臧棣访谈》，载《南方都市报》2009 年 4 月 12 日。

② 臧棣：《执着于诗是我们的一次传奇》，载《南方都市报》2009 年 4 月 12 日。

的姐妹，/但是，挖，会改变我们。/第五锹，比第六锹更像一个闷雷，/请把我从真相中挖走。/第七锹，咔嚓，短促而精准，/巨大的悲痛中一个回音的切片。/第八锹，不是很深，却结束了每个人/都曾有过的一个巨大的渺小。/第九锹，事情始于挖，但不会终于挖。/第十锹，请继续挖我身上的你，/直到挖出你身上的我们——/一个巨大的倾听始终会在那里。”不可否认，这是一首介入之诗，诗人针对自己，也针对所有的生者和死者。即便这样，他也没有像很多诗人那样去再现悲剧，而是仍然在立足于诗意的基础上去理解他内心的灾难。他从地震发生后的现场挖掘这一字眼入手，由细节到整体，道出了一种不同于常人的别样感受：靠近更真实的灾难现场，但不是完全持批判态度。“现代以来，诗歌倾向于否定，我则倾向于对世界和生命进行肯定。我着眼于希望诗学。”①而希望诗学是融合着现实感的，因此，他终究摆脱不了现实对其的规训，那是更多诗人的宿命，也是诗歌对接时代的一场巧合。

当技艺内化到一个诗人的写作中，他必须面对的就是如何处理自我经验和现实的冲突。臧棣的写作带给我们的，仍然是他如何将技艺更内化为一种亲切的创造，以让更多的人能够进入，而不是被那些繁复和缠绕阻挡在认知之门外边，这或许是臧棣可以追求的另一个写作的方向。

## 第二节　伊沙：口语、反抒情与冒犯式书写

伊沙是个颇具争议的诗人，从他出道开始，落在他身上的光环和板砖就未停止过，但他有足够强大的承受力，并且在挨骂和更猛烈地骂人之间获得了快感。他以比“第三代”诗人更极端的口语诗登上诗坛，声称要将口语写作进行到底，这是诗歌的幸运还是不幸？他说自

① 田志凌：《如果诗歌赢得了大众，它就失去了自我——臧棣访谈》，载《南方都市报》2009年4月12日。

己是一个诗歌上的严肃主义者，但我们从他的诗中看到的大多是嘲讽、玩笑和恶作剧般的调侃；他说自己对语言很讲究，但很多人说从他的诗里读不到语言创造的新奇；他说他的写作讲究明快、清晰，有人说在他的诗作中寻找不到诗美和诗意。这样一些矛盾与错位，在伊沙和读者之间发生，到底是诗人的技艺问题，还是读者的品味问题？伊沙身上的冲突感，随着他写作的成熟是在减少还是在增加？在这样的疑问中，伊沙作为当代诗坛"刀锋"的存在，就显得更尖锐，也更丰富。

**一、如何处理口语和先锋的关系**

在当下诗坛，谁的写作是口语的，那一定是先锋的，之前的"下半身"，之后的"垃圾派"，皆如此。口语写作几已成为先锋的代名词，与其形成对应的，就是语言在诗歌中的核裂变。只要你用口语写作，就自然地被划归到先锋的行列，这种划分已变得理所当然。相反，你不用口语写作，或者返回古典与传统，你会被认为是保守的。这是一种什么逻辑？口语诗具有先锋的天然优势，而非口语诗好像就是先锋的原罪。伊沙是口语诗的提倡者和实践者，在他的写作生涯中，伊沙＝口语＝先锋——这个等式是成立的。但口语不是伊沙的首创，在他之前的"第三代"诗人群里，韩东、于坚等人的口语实践都要比他早，他只不过是将口语写作作了更为彻底和极端的实践。"从语感到口气。从前口语到后口语。从第三代到我。"[①]这是伊沙给自己的定位，他在前人基础上的超越，是给自己套上了后现代的标签。因此，从这一方面来看，伊沙应是口语诗的极力推动者，也是无法被忽视的诗人。

当然，口语诗也分门别类，它不可能是同一种模式。有诗人认为，现代新诗其实都是用口语写的，这有一定道理。但在诗歌界，此一说法也显得有些绝对。伊沙的口语诗，其实也不同于韩东和于坚的，所以，口语的争论在这一批诗人这里没有任何意义，它只会让事情变得更复杂。

伊沙说他要将口语写作进行到底，这才是真正的先锋。而且在

① 伊沙：《有话要说》，《无知者无耻》，朝华出版社 2005 年版，第 125 页。

很多人眼里，真正的先锋诗歌就是口语诗，所以，伊沙头顶上无论何时都戴着一顶先锋的帽子。这顶帽子从他写作《饿死诗人》《车过黄河》和《结结巴巴》时就已经戴上了，现在看来，这几首诗成就到底在何处？对后来者形成了什么样的影响？需要另当别论，但它们的确代表了1990年代解构主义甚嚣尘上的美学，虽然伊沙早就在对自我的批判中“杀死自己的三个孩子”。① 在年轻人都崇拜汪国真的时代，伊沙却写出了如此“大逆不道”之诗，不仅“格调低下”，而且还带有玩世不恭的嬉皮意味，这与众不同的三道杀手锏，决定了伊沙此后的诗写之路不会太平淡，他一开始就走了一条极端的不归路。现在，先锋诗人是伊沙的标签，在他这里，先锋好像对应的就是口语。他的诗里没有长句子，也无多少修饰，甚至很少出现意象，大都是生活流的一种反讽的变形。“城市的陷阱/仅仅是一些/下水道的井盖/被揭开了 不见了/据说是被偷了去/当作废铁卖掉//城市的陷阱/出了人命/使另一些人/无端负伤/落下残疾//使一个人/在失足跌落/仰卧井底之后/看见了罕有的/城市的天空/他喃喃地说/‘是圆的’//没错/这个人/是位诗人”(《城市的陷阱》)。这就是一场经历加经验的独白，如同生活的流水账，有人说这样的诗，没有难度，读完后没有值得回味的深意。如此期待，对于伊沙来说是不成立的，他要的就是这种效果：简单好读，容易进入，通过语感来呈现诗意之美。

他的诗就是通过口语的表达，为我们提供一种简洁的风格，不容你质疑，也没有给我们留下多少可供回味的诗性空间。也就是说，他所提供的诗意是快速的，甚至转瞬即逝，所以，他需要源源不断地随时寻找主题来写作，以保持他的先锋形象。他可以写宏大的《20世纪的开始》，而诗的内容是这样的：“一只孩子的/冻皴的/小手/将一块/老旧的/金壳怀表/置于当铺的/桌面/在大雪纷飞的/冬天午夜/三秒钟后/它被拿走/被一只/瘦骨嶙峋的/大手//那精确的怀表/指针转眼/跳过的/三秒钟/这个过程/是一个结束/和一个开始”。一个很多人并不知晓的历史场景，成为诗人笔下臆想的画面，我们读完后

---

① 伊沙：《扒了皮你就能认清我——伊沙批判》，《十诗人批判书》，时代文艺出版社2001年版，第270页。

可能不觉得好，但是诗人自得其乐，且乐在其中。他还可以写一种形而上和形而下对决的严肃伦理，开始一本正经，最后却是一场滑稽的闹剧："两个情敌在谈判/因为相隔太远/我听不清楚/他们说些什么//两个情敌在谈判/谈了很长时间/我只知道后来/他们握手言和/成为朋友/还坐在一块喝酒//我只知道/他们最终/达成了一项协议/谁也别碰/那唯一的女人/将其送上山/送到尼姑庵。"这首诗名为《情敌与爱情》，属于典型的伊沙式写作：极度简洁的叙事，最后有一个出其不意的结局。这样的主题好像更适合写小说，但伊沙寥寥几笔，就勾画出了一幅情感对决图。当恶作剧般的解构结局出现时，我们才会发现，先前所写的都不过是铺垫。伊沙的这场解构式写作，持续了二十多年，全赖于他的口语形式和先锋策略，它们在不同事件中能出示相同的可能：口语可以解决更多的语言难题，因此，他始终将自己的方向定位在向下，而不是向上的升华。

正因其诗歌的口语化，伊沙的写作很多时候不是在被分享，而是在被消费。伊沙似乎又很享受这种被消费，这样的形势难免让他的写作成为诗歌的快餐，一次性阅读，快速消费，其结果所带来的影响，就是对后来者诗歌审美的规训和改写。伊沙说他要将口语写作进行到底，这已是既成事实，而且他也没有要转型的迹象（倒是这几年一直致力于小说创作与合作诗歌翻译），由此我们是否可以作一个推测：伊沙的口语写作，其先锋性也就到此为止，因为他在形式上再难有变化，如果不在精神上作更深入的探讨，其止步、停滞甚至倒退就会顺理成章。我知道这样的推测可能会引起伊沙本人的反感，但是，诗歌写作最终还是要靠文本说话，它虽然没有一个固定的标准，但什么样的诗是好诗，而什么样的诗不入流，其实有的读者比诗人更清醒。尤其是在口语诗方面，很容易给人造成模糊的概念：本身是口水，可能在一些诗人那里是好诗，而在读者那里或许毫无诗美可言。伊沙运用口语，但不排斥口水。"口语不是口水，但要伴随口水，让语言保持现场的湿度，让飞沫四溅成为语言状态的一部分。"[1]这是伊沙的口语逻辑，并非每个人都能做到如此，且往往可能适得其反。所

① 伊沙：《有话要说》，《无知者无耻》，朝华出版社2005年版，第125页。

以，才会有人追问：完全的口语不带一点创造的陌生感，诗意何在？口语诗的诗意靠什么来凸显？感觉抑或领悟？有人就是领悟不出口语诗的美感，这是不是一种诗歌欣赏的原罪？其实，伊沙诗歌所带出的疑问，或许比他的诗歌本身更有价值。

口语化让诗歌的边界成为一个问题：什么样的口语可入诗？口语入诗的底线在何处？口语和书面语的距离在什么地方？这些到现在似乎都没有一个标准。那么，在伊沙这里，将口语写作进行到底，是不断地突破口语的边界，还是永远不回到书面语的实践中？这其实是个难解的问题，没有答案。

口语写作就是一柄双刃剑，它在给人带来阅读快感的同时，也从侧面降低了我们理解语言的能力。然而，口语是 1980 年代以来诗歌界一道无法阻挡的洪流，那是开放的标志，是文学大众化进程的必然之路。现在看来，新世纪的诗歌创作潮流，明显倾向于口语，似乎大家都意识到了书面语的局限，它没有口语那么新鲜、有活力，或者说那么“简单”，容易进入。其实，书面语创作是需要功底和根基的，从这一角度看，口语写作当是进入诗歌的一道方便之门，因此，才会有那么多年轻人跨进来。到底是口语的容易才让他们将其作为首选，还是有伊沙这样的诗人在前方铺出的先锋之路让口语美学成为了时尚？如果说口语天然地就代表先锋的话，那么形式永远会有它的独特优势，在诗歌这里，语言往前走一步，就是深渊，这深渊是精神和思想的产生地。韩东说，诗到语言为止，那是一个时代的特殊理念，这话置于当下，缺少了向下或向上的背景资源，就可能是一句牢骚。口语诗与先锋的关系，在伊沙诗中所体现的，肯定不是一劳永逸的真理，它仍然需要辨别。没有限度的绝对自由，是一种乌托邦，这种限度可以是外部契约的规定，也可以是自我内心的约束，而口语诗一旦缺乏必要的限制，必定导致极端的口水泛滥。伊沙在这方面的表现，还不是最彻底的，以他的理解，口语诗不仅仅是写作的策略，“而是抱负、是精神、是文化、是身体、是灵魂和一条深入逼近人性的宽广之路，是最富隐秘意味和无限生机的语言，是前进中的诗歌本身，是不断挑战自身的创造。”①在伊沙的视野中，口语诗创作是“一条伟大之路”，他为此努力过，这努力中有期待、彷徨和兴奋，且让我们来看看诗人在这些年的口语实践中是如何一步步完成自己的语言狂欢和身份认同的。

## 二、当写诗成为一种日常功课

伊沙是一位高产诗人，这一点想必不会引起过多质疑。他足够勤奋，也足够敬业，在各个方面，诗歌、小说、随笔、时评，他都曾涉足，并希望能在各种体裁之间自由转换，尤其是在用电脑写作之后，他的更新速度就更快了。这都说明一个问题：伊沙精力充沛，除了教书，写作可能是他不可多得的安慰。当这成为一种日常功课后，伊沙是如何对待自己的写作的呢？互联网时代，坚持每个月贴出自己的新作，这是事实，这事实背后所反映出来的写作心态，首先还是以量取胜。“我自知我是这样的写作者，需要一个有形的现场，让表现欲和创造力结为一对孪生兄弟。我需要一个舞台。”②对于伊沙来说，舞台是用来干什么的？表演。只有表演才需要舞台。那么，伊沙的写作都是在表演吗？从其文本来看，确实不排除他有表演成分。从早期的成名作，到新世纪以来的诗歌，都引起很多人的关注。伊沙的功课就是在日复一日的写作练习中将自己推向文学史的位置，他对自己有着足够的自信，“我写的就是最好的”，因此，写诗的信念就成为不竭的动力。

现实中的伊沙到底是什么样的人，我不太清楚。但从他的诗中，能见出一种张扬之意，但那种张扬不是用激烈昂扬的语言来表达的，相反，他还比较节制、干脆。这样，他的外部内敛和内部张扬，恰恰构成了他在写作上的特点：以反叛的形式进入，以妥协的方式出来。就像他在一首名为《原则》的诗中所言：“我身上携带着精神、信仰、灵魂/思想、欲望、怪癖、邪念、狐臭/它们寄生于我身体的家/我必须平等对待我的每一位客人”，此诗就四句，似乎概括了诗人的全部人生。我们甚至可以将此看作伊沙的自画像，这位诗坛好斗争勇之人，其实

① 伊沙：《我做故我说》，《无知者无耻》，朝华出版社 2005 年版，第 224 页。

② 伊沙：《〈我的英雄〉自序》，《我的英雄》，河北教育出版社 2003 年版，第 2 页。

非常清楚自己的脾性，他的张扬影响了他的诗歌，而他的诗歌又促成了他继续在张扬的路上更深地认清自我。

从1980年代到新世纪，伊沙的人生和诗歌经历让其写作获得了发酵，他没有像后来的年轻诗人那样将一切和盘托出，而是有选择地暴露了日常生活的另一面，它们构成了伊沙诗歌写作中的资源。“那一天/我在西安/陕西国力队的主场/作为五万名观众之一/作为一名秘密的/不敢声张的诗人/我怔怔地望着/那一片长方形的绿荫/和站在旁边/一位头发花白/穿吊带裤的巴西教练/傻傻地想/我的成功/肯定没有一名主教练/的成功更大/那么/我的失败/也只能比他的失败更小/呼！想到此/我长出了一口气/然后举起双拳/跟着全场吼起来/吼的是/‘换裁判’！”（《观球记》）对于一名超级球迷来说，伊沙有资本来写自己所认可的主题。他的这种书写就是日常生活的记录，貌似流水账，其实如伊沙在“自画像”中所言，就是情绪的反应，我们需要将它记录下来，以达成一种写作的见证。他从叙事开始，到叙事结束，中间的分行看起来就是语言能指滑动的自然呈现，那种反讽的使用，瞬间增强了诗性效果：前面铺陈了那么多，就是为了最后的“致命一击”。

伊沙的勤奋，为其带来的是大量作品，他似乎天天都在写，难道他有那么多东西可写吗？这是很多人的疑问：每天都写诗的人，除非有超强的想象力，否则，他定会有写不动的时候。当我们往上去追溯伊沙的写作时会发现，他在细节处理上，包括语言创造、修辞运用和意象叠加，都没有多少想象的痕迹。而他的写作主题，基本上都源于其日常生活状态，他的想象力是用在了整体表达上，而非诗歌的细节呈现里。比如说，他的诗都在最后给出一种真相，让人感觉出奇制胜，其实，这种真相早就被诗人预设好了，他的想象力发挥在构思之时，并起到了统领全诗的作用。既然他在语言创造上没有给我们提供多少有创造力的尝试，那么，其诗歌价值到底何在？如果说从他的表现主题上可以获得一些与众不同的美学感受，那么，他最终提供给我们的，其实就是“思维的乐趣”，而不是题材的新颖。他少有去触及历史和想象未来的诗，他书写的大多是当下，是现实。这种单一的题材书写，伊沙这么多年乐此不疲，并获高产，必定有他的道理。比如，我在伊沙的诗歌中看到过很多他写儿子的文字，通过一种或平淡或温馨的场景来表现亲情，有时儿子是点缀或道具，有时又是一个核心，这完全取决于诗人处于一种什么样的心境。比如伊沙有一首影响还算广泛的《告慰田间先生》："哒哒哒的机枪扫射声/从电子游戏机上传来/穿过客厅门廊抵达我的书房/伴随人声　那是我的妻儿/在相携作战/相互掩护着/面对他们共同的敌人/后来枪声减弱至一半/那是我的妻子起身去了厨房/因为到了做晚饭的时间/儿子留在客厅里/守在游戏机前/孤身作战/一人难对四敌/他在请求增援/他的呼唤/穿过客厅门廊抵达我的书房/像是动员：父亲/假使我们不去打仗/敌人用刺刀/杀死了我们/还要用手指着我们骨头说/'看，/这是奴隶！'"在这首诗里，儿子充当了一个什么样的角色？喜欢枪杀游戏的孩子，一个呼喊者，而诗人充当的是观察者和记录者。伊沙开始写的是一出家庭情景剧，但到了后来，他将家庭剧变成了一场政治戏，田间的诗被移接到了他的诗中，在这种转换里，诗歌瞬间有了戏剧性效果。正是戏剧性，让伊沙的诗在相同模式里还能赢得读者，他善于营造戏剧性氛围，由小到大，由浅入深。

如果说《告慰田间先生》是伊沙从生活的日常转移到精神的日常之典范的话，那么，另一首同样写儿子的诗，则又是一番味道："韩东的电话打过来/我儿子正从外面走进来/他手里拿着一袋方便面/和两块找回来的零钱/他问我：爸爸/我可不可以干吃/我回答说：可以/电话里的韩东/听到了这番父子对话/夸我是个好父亲/我说我不是/好父亲哪有让儿子/自买方便面充饥的/韩东坚持说是/韩东说是/那就是呗/虽然他目前还不是一个父亲/但写过《爸爸在天上看我》/那样的诗/就一定有着对父亲/以及如何做父亲的/独到见解"（《我是不是一个好父亲》）。韩东、伊沙和儿子三个角色构成了这首诗的全部，诗人们之间讨论的父子之情，并不显得复杂，一个从世俗的角度来理解，而另一个则从精神的高度来理解，所以他们会得出不同的结论。儿子在此充当的还是一个中间人的道具，他是成人们讨论亲情的起点，而伊沙在诗中提到了韩东的《爸爸在天上看我》，是另一首让人感动的亲情之诗。诗中套诗的互文性，伊沙将其简化了，将诗意还原到了一个世俗的层面上，当然，它也不影响我们去思索这人类的基本情感困惑。

不管诗人们之间是否相互认同，他们就日常生活所得出的观点，仍然适用于诗人。伊沙就是这样将他每天的经历或遭遇表达出来，以日常替代那高高在上的神性，同时，也以一种世俗的真实对抗虚构的感受。他就是直言其事，不加任何修饰，也不去精雕细琢，这种原生态的呈现，或许正是伊沙"祛魅"写作的明证。他的口语化写作引起争议，但都趋于明晰，"拒绝隐喻"，字里行间暗含着一种雄辩的意味。这可能与伊沙本人富有攻击性有关，他几乎能在所有的文字里引入浓烈的火药味，这就是他直白其心所造成的"麻烦"——他的诗有人非常喜欢，有人却极度厌恶。这两种完全相反的读者感受和评价，也足以说明伊沙的优势和问题。不管他怎样认为自己在写作上是个无可挑剔的人，他肯定不是完美的。他有自己的优点，但也是缺点多多，作为中国当代诗坛的"刀锋"，他究竟以什么样的文本和气场为我们提供了他长久立足于诗界的依据？而他所占据的位置，到底是与他的文本相关，还是和他诗歌之外的综合能力有关？

**三、反抒情的立场与干净之诗**

伊沙的诗歌在当年之所以能脱颖而出，和他坚定的口语写作有关，他没有像很多诗人那样将诗歌导向空洞，这是他的优势。同时，他又引起了不少人的反感，认为他写的口语诗很无聊，这可能与口语关系不大，而是和他的反抒情立场有关。运用口语，反抒情，这两点正是中国诗歌书面语和抒情两大特点的反面，也就是说，伊沙面临的可能就是对传统的反叛，这种反叛在那个转型时代确实成就了他，让他有了先锋的面貌。作为 1990 年代诗歌的先驱者，他走在了很多"第三代"诗人前面，从现代直接迈向了后现代。后现代的碎片化和冷抒情，在伊沙这里不是作为理念被接受，而是一种彻底的实践，他早就喊出了"我是个彻底的反抒情诗人"，没有余地。为此，他还给自己制订了原则："我知道诗歌的本质很可能永远都是抒情的，诗的现代化所伴随的智性趋势也不可能从根本上改变这一点。但我仍要高声强调反抒情。因为我知道太正确的理论往往没用，而有用的说法又不那么正确——这也是常识。”[①]这是反其道而行之的做法：当很多人都认为诗歌要抒情时，偏偏有人要以反抒情的方式来写诗。当然，反抒情策略也不是伊沙一个人在践行，但似乎只有他做得最为决绝和彻底。既然反抒情，伊沙在写作上奉行的就是直截了当，有时候是开门见山地进入叙事，将自己所见所闻、所思所想都转化为文字，并让人能看清他文字背后的生活，这是伊沙写诗的初衷。

早在1991年，伊沙写了一首《梅花：一首失败的抒情诗》，可以明显见出他对抒情的反叛，这不是下意识的自觉，而是一种刻意：面对梅花这种最能引人抒情的主题意象，他就是要反抒情。“我也操着娘娘腔/写一首抒情诗啊/就写那冬天不要命的梅花吧//想象力不发达/就得学会观察/裹紧大衣到户外/我发现：梅花开在梅树上/丑陋不堪的老树/没法入诗　那么/诗人的梅/全开在空中/怀着深深的疑虑/闷头朝前走/其实我也是装模作样/此诗已写到该升华的关头/像所有不要脸的诗人那样/我伸出了一只手//梅花　梅花/啐我一脸梅毒”。这是诗人对抒情诗结尾作精神升华的一种反讽，带有自嘲意味。前面的叙事还有一点诗歌的神秘，但到最后，梅花和梅毒相遇，一切诗意全无，诗性也瞬间被消解了。伊沙最热衷于消解诗意，似乎不能容忍情感的升华，因为那样就会显得不真实。而在伊沙眼里，真实的诗意又是怎样的呢？他有一首短诗《诗意的发现》，似乎能点清某些疑惑：“我来到阔别三年的墓园/发现我拜谒的墓碑/已不在老地方　诗意的发现/我是说灵魂在前进/每天每一寸”。这样好像进入了一点诗意之境，一种文字的跳跃感出来了，陌生化的诗意呈现出了新鲜的力量，像是一股微妙的气流贯注在文字中，这才有了诗的流动感。

现在看来，不管伊沙写什么样的题材，他总能将其引向一种调侃、玩笑甚至恶作剧，这是一种能力，也会形成习惯。我们在伊沙的诗歌里看不到多少变化，感觉他所有的诗都是一气呵成，仅是依靠对

① 伊沙：《抒情与反抒情》，《被迫过着花天酒地的生活》，人民文学出版社2004年版，第200页。

瞬间灵感的捕捉。因此，相比于那些油腔滑调的反讽文字，我更愿意去读伊沙严肃的文字，哪怕是一个事实：“一个酒鬼/在呕吐　在城市/傍晚的霞光中呕吐/在护城河的一座桥上/大吐不止　那模样/像是在放声歌唱/他吐出了他吃下的/还吐出了他的胆汁/我在下班回家的路上/驻足　目击了这一幕/忽然非常感动/我想每一个人都有其独特的/对生活的感恩方式”(《感恩的酒鬼》)。这不是单纯的城市景观素描，而是有诗人的内在感受在里面，这不是加减法所能阐释的心灵秘密。此外，他还在生活中领受爱的馈赠，通过回忆去保存一份情感和期待，“你说你真想到/我回母校朗诵的那个晚上去/作为现场聆听的女生重新爱上我/你说不可能是别人了/也不可能有第二个/会爱一个疯子的激情/和一个小丑的美学/你说　我侧过脸去/很多年过去了/我并不悲哀地承认/你说的基本属实”。这是伊沙写于1999年的《爱人》，一首典型的情诗，但没有一般情诗那种浓烈的矫情和酸味，它显得更节制，更符合现代性的洗练与干净。

当然，伊沙的诗是很干净的，他一直在做减法，去掉了很多佐料，拿掉了一些修饰，最后剩下的就是一个简单的陈述，或一场事实的罗列。这种减法的写作还有没有继续深入的可能？如果说它代表一种风格的话，那么这种风格是否已经达到了极致？对日常的书写，伊沙已经将其延伸到了现场，只有现场感，才是其诗歌的活力所在。此外，他还有自己的另一种抱负：回到传统中去寻求资源。他曾说过大意如此的话，中国当代诗人仅仅以西方诗人作为标杆和借鉴对象，是一种对自身传统的不自信。伊沙从这样的自我反思中找到了突围的方式，由对李白、杜甫等唐朝诗人的敬重，他曾以一首长诗《唐》来对自己的写作进行拓展，那是想象与现实的融合，而历史在中间起着纽带的作用。大量唐诗进入到了他的文本中，这是技术上的互文，也是一种大气的盛唐之精神的流露。伊沙由关注具体，到触及一种抽象，这不是后退，倒更像是他敞开自我的尝试。“缅怀盛世的诗人/寻找着昔日的大明宫//我家就住在大明宫的后面/卖着香火的那家小杂货店//几块石板/若隐若现//据说从前/在这石板的上面——//金阙晓钟开万户/玉阶仙仗拥千官//只有经常上这儿来的家伙/方能写出

《阳春白雪》般的曲子//长安不是我的家/我的家乡没有霓虹灯”(《唐》节选)。我相信,这样的诗是伊沙在写作之路上的一次出轨,他的书写和诗意恰好契合了这个时代对传统的召唤,这是一种性情的书写,一时间与口语无关,只符合内心的真相。伊沙说:“《唐》就是利用唐诗的所有精华,应和唐诗的力量。”①所以,我们能从中读到伊沙诗歌少有的大气磅礴和深沉的开阔之意,这是一种气场贯注其中所产生的美感和力量。伊沙也曾谈到过“如何在诗中用力”的问题,它是技艺,也是自我期许:“让力化为气,灌注在你的诗中。反过来,读者会从你的诗中读到一股气,充满着力。”②这不是一般的纸上谈兵,而是有他的实践基础,当他将心思真正用在了写作上,在诚挚中透出瓷实,那样的写作方可获得更多的认同。

伊沙的诗歌之所以在某些方面还有他的读者市场,并不是完全由他的口语写作所带来的长期效应,而是他在反抒情中注重细节的刻画,就像他在写小说时看重故事,在诗歌中,他要用细节来支撑诗意。我觉得,只有细节的呈现,才会显出诗歌的尖锐和力量来,否则,一堆抽象之语的组合,难免走向空洞和虚无。既然伊沙拒绝抒情,那么空洞对于他来说就是写作的大忌,他也试图做到尽量不用大词。但他的诗歌之路如何持续性地走下去,这确实是摆在他面前的问题,他需要的只是继续朝前走,不可三心二意,最终抵达灵魂真实之境。

**四、伊沙式诗歌心理学**

伊沙曾说他是靠意志写作的,而不是虚荣的名利,我相信这一点。从他的勤奋(至今出版的各种文学作品已近50部)就可以看出,意志对他来说是多么重要。强劲意志是他写作的动力,他可能从来没有承认过自己在写作上的失败,因为他始终在诗歌的现场。对于“现场”,伊沙的确堪当其任,自出道以来,他真的没有离开过这个现场。从纸质时代到网络时代,伊沙有一种如鱼得水般的惬意和昂扬。“作为一名写作者,我似乎每天都在感受幸福:网络使你过去的成就变成可现的东西,所谓‘影响’具体为你创造的诗歌方式和语言被更

---

① 向征:《伊沙访谈录》,载《诗参考》2008年11月总第26期,第256页。

② 伊沙:《有话要说》,《无知者无耻》,朝华出版社2005年版,第124页。

多的人越来越普遍地消费着，而你的新成果又再度陷于新一轮的争议之中，最简单的方法是用你的过去作为抨击你现在的标准和理由。”[①]伊沙懂得经营之术，对于自己的诗歌作为商品被消费，那是一种荣幸。他享受的不是艺术之美，而是快感，一种语言和诗境在他笔下自我生成的快感。

伊沙的自我感觉很好，基本上没有谦虚过。“我想真诚地告诉你：我是目前在世的中国当代诗人里头好诗最多资格最老的一位，别说什么‘第三代’、‘《今天》派’，就是‘七月派’、‘九叶派’剩下的个把老爷子、老奶奶也没有我的资格老——我这么说，你肯定会喷着鼻血来骂我，但我说的全是事实——是诗歌内部最大的真实！”[②]即便是在《扒了皮你就认清了我》中有自我批判，但到最后仍陷入了自我辩护：“因为在语言上获得了某种天赋，我对母语是负有天命的……”[③]当然，诗人大都比较自负，有个性，甚至有怪癖，这些都可以理解。然而，有个性完全可以表现在写作中，而非实际生活中。你在写作中再疯狂，再不羁，都是一种创造。在现实中，如果没有一个度，自信可能变成自负，而自负也可能变为狂妄。当狂妄成为一个诗人的常态，他的写作又如何持续精进？就像他的那首无字诗《老狐狸》，除了标题，内容部分是一片空白，只在最下面以括号标注了一段说明：欲读本诗的朋友请备好显影液在以上空白之处涂抹一至两遍，《老狐狸》即可原形毕露。当伊沙得知真有读者这么做了时，我能想象到他那种窃喜的表情。一个玩笑变成了一场恶作剧，这种“意想不到”正是伊沙想要达到的效果，他自称是一场诗歌的行为艺术，而且像这样的行为艺术在他的写作中还不少。他有一首诗为《畅通无阻的秘诀》：“你怎样穿过/拥挤不堪的人群/一声大喝：‘硫酸！’”当他把想象的场景搬到了诗歌中时，诗人所要寻找或得到的，究竟是美感还是快感？我想更多的还是快感，但这样的诗作，形式早已大于了内容。

一直以来，伊沙就有一种强烈的自我认同感，他不仅认为自己各

① 伊沙：《〈我的英雄〉自序》，《我的英雄》，河北教育出版社 2003 年版，第 3 页。
② 伊沙：《不惑之年的自供》，《晨钟暮鼓》，山东文艺出版社 2007 年版，第 9 页。
③ 伊沙：《有话要说》，《无知者无耻》，朝华出版社 2005 年版，第 125 页。

种文体的写作属于上乘，而且也认同自己其他各方面能力，“我之能言善辩在诗界是很有名气的，无耻的是：我深知这能言善辩所以时常有意炫耀之。”①在他看来，这是对综合素质自信的表现，但在他人看来，他这种自信显得盲目，陷入了狂妄的自负。他坚持将口语写作进行到底，最终带来的是口语诗歌的审美疲劳。虽然他一直保持写诗的状态，每年都有不少作品出来，但能让人感觉眼前一亮的，似乎很少。那种泥沙俱下的写作很容易，但对读者来说，披沙拣金的阅读，肯定是一种挑战。尤其是对于惯用口语的诗人来说，如果不能跳出语言的无变化所带来的局限，他的写作到最后很可能就是一场美学的灾难。

在此，我没有为伊沙所引起的争议辩护与翻案的意思，他作为当代诗坛“刀锋”的地位，似已无可动摇，但是，他的争议当引起我们的思考：一个诗人如何在语言创造中把握自己？而把握住了自己以后，他又怎样面对不断重复的写作？这些质问对于伊沙来说，或许本身就构不成问题，他从不掩饰自我标榜。韩东说伊沙是一个“伟大的小丑”，而伊沙在《自画像》中也对自己有个形象的定位：“诗歌的浪氓/生活的恶棍//但请不要说/你很了解我//生活的行僧/诗歌的圣徒//你很了解我/但请不要说”，还是诗人最了解自己，他让别人不要说，但他自己说了出来。他的暴露，有时针对的是他者，其实也是自己。伊沙对自己认识得很清楚：“我的语言飞翔感太差了！”所以，他那些直白的语言，经常会引起争议，有时甚至让人无法作出判断。就因为这样的缺陷，他总觉得自己的写作达不到预定的效果，其实，他也有在写作上沮丧之时。“这可能缘于我思维的跳跃能力天生就差，也可能因为我的写作是更强调方向感的写作（语言过于集中的被推向某个方位）。”伊沙能认识到自己的不足之所在，并力图改正之。“正如才华不是绝对的天生，问题也不是绝对天生的问题，我相信它有终被

---

① 参见伊沙《伊沙诗选》插页中的图片说明，《伊沙诗选》，青海人民出版社 2003 年版。

克服的一日，我相信我作为‘文明之子’的那一重仍会起作用。”[①]这样，他又通过自我安慰回到了一种自信的状态。只有通过不断的写作，他才能保持自信和坚定，这不是伊沙一个人的问题，而是很多遭遇中年写作困境的诗人所面临的难题。如何走出写作的瓶颈期，这在于一种心态，这心态里包含着反思、内省和最大程度的自我调整。“无才不写诗。由于对自身(才华)的确信，而且没有丧失自省的冷静，我就没有去做职业的混子。”[②]从伊沙这些年的自我经营来看，他足够冷静，深谙媒体炒作之道，也懂得如何在收放自如中保护自己。他浸泡在诗中多年，也可能遍阅经典，但他诗歌大面积无厘头的平面化和貌似有趣的小聪明，让他在解构的狂潮中始终缺乏一种沉淀下去的力道。他靠什么立足？以前的名声，骂人的技术，还是在诗坛露脸的次数？这些似乎都不重要，重要的是，他如何在自己的名声之外有一个反叛之后的建构。

写诗在伊沙这里是一种日常的自觉，一方面是语言自觉，更多的还是职业自觉。而如何提升就成了一个问题。我曾经提出过一个诗坛普遍存在的问题：诗人们都要走出成名作或代表作时代，真正进入到不断精进的创造空间里。这一点，有很多诗人正在尝试走出自己，而对另一部分诗人来说，这其实是个难题，如何超越自己，并非容易之事。

伊沙的诗歌写作所形成的效应，一方面是引起了更多人对其的效仿；另一方面，则是他的自我复制。所以，伊沙会每隔几年出一本诗集来总结一个阶段，其实是在通过作品的数量来保持在现场的感觉。诗歌写作上的难度，其实是值得伊沙反思的问题。但这些年，我们少有看到伊沙在公开场合作自我反思的时候，他只是一味在写，“当我写到四十岁的时候，我发现诗的事已经变得如此简单，眼中只剩一个字：写！”[③]不管写什么，不管写得怎么样，只要能保持写的状

---

① 伊沙：《扒了皮你就能认清我——伊沙批判》，《十诗人批判书》，时代文艺出版社2001年版，第284页。

② 伊沙：《扒了皮你就能认清我——伊沙批判》，《十诗人批判书》，时代文艺出版社2001年版，第284页。

③ 伊沙：《不惑之年的自供》，《晨钟暮鼓》，山东文艺出版社2007年版，第9页。

态，就是一种意志的胜利。这是伊沙写作上的法宝。“我不谦虚地讲，我比70后、80后这些年轻人的产量都要大，加上我的经验优势，质也就上去了，只有有量才有丰富性，才有锐气，才有猛劲。”①靠作品数量来判断质量，这似乎成了网络时代的风潮，只要频频出现在读者的视野里，就是一种不错的状态。然而，到底多少的量才能提取那一点优胜的质，这是一个很棘手的问题，因为它没有标准。伊沙短频快的写作节奏，的确是他在这个时代的优势，但又让他很难有更深入的突破。

如果说伊沙的写作也就是到此为止，这无异于否定了他的全部，因为他仍然还有抱负，他已将文学当作了自己的信仰，是个“天注定”的诗人，肩负着母语诗歌的使命感。“现在，口语诗已经达到很提纯的高度，我想让它更丰富，让它更意象化、抒情化，其他对各种元素的吸纳，口语为主，吸收意象诗歌、抒情诗歌的长处，这是我正在走的路。”②伊沙的这一言说包含了某种反思，我更愿意从善意的角度来理解诗人的愿望，他的这种自我期许表明他还是希望深入，因为飘浮着的写作，已难以将他的才华再次激发。当他认为自己的经验很足时，如何将这丰富的经验进行更多元的转化，则是伊沙所面临的抉择。

## 第三节　余怒：当代汉语诗歌的神秘魔方

余怒说：“没有歧义，诗歌就会一览无余；没有快感，诗歌就如同鸡肋。”③就是这样的写作观念和实践，让很多读者不免对他敬而远之，诗人的“孤独”，也就顺理成章地成了题中应有之义。然而，余怒

① 狄蕊红：《伊沙改变了诗歌的言说方式——一个人的诗江湖》，载《华商报》2010年3月29日。

② 狄蕊红：《伊沙改变了诗歌的言说方式——一个人的诗江湖》，载《华商报》2010年3月29日。

③ 沙马，余怒：《问与答》，《余怒诗选集》，华文出版社2004年版，第474页。

并未从中“吸取教训”而“改邪归正”,他依然走着自己的反叛之路,这种“自绝于读者”的写法,虽然在新世纪以来有所改观,但底色未变,气质依旧。余怒这种“刀锋”式的诗人,似乎不可能为绝大多数读者写作,而他更大意义上是一个“诗人中的诗人”,他为很多诗人而写作,他们从其作品中所获得的启示,远远要高于他为普通读者所提供的诗意和美感。

**一、当困惑成为一种诗歌现象**

余怒有他的写作源头,即对现实和语言的困惑。我相信,如果没有困惑,就缺乏想象力,也就没有写作的欲望和冲动。余怒的写作,或许就源于他的困惑,这种困惑甚至成为了“余怒式”的招牌。新世纪以来,但凡提到余怒的,大都觉得此人写诗很古怪:你可能觉得写得不好,读后让人不知所云,也不知所措,那是因为我们平时看到的诗歌是下结论的,是板上钉钉的,余怒这种让人抓不住把手的诗歌,没有几个人能给他作总结。因此,余怒的困惑式写作成为了一个独特的诗歌现象。

余怒有一本诗集,名为《现象研究》,他写的诗大都是针对日常生活中的现象所作的变形,变形为一种你意想不到的生动。他几乎不按既定逻辑出牌,否则,他也不会引起争议,也不会给我们带来对诗歌的新鲜认知。“创新,除了创新,没有什么是重要的,对于我来说。”①在一个先锋诗人看来,创新是写作首要的行动,从语言到语感,从结构到诗意,他总是要带给我们某种出其不意。在他眼里,一切都是变动的,所以追求变化就成了他的法则;而相应地,在他笔下,没有什么是固定的、恒常的,他需要打破的就是那些我们习以为常的超稳定结构。这样的思维方式对接了词语,就是想象在推动每一个意象前行,而我们在读到下一句之前,根本想不到诗人会出什么招数,这是疑惑,也是诗意本身。

余怒的这种写作,用他一首诗来解释可能更为形象。“艺术产生于困惑:一个女人/握着一个球。艺术使我敏感/从属于她/沉默中一顶说话的帽子/她拆字,拆一头动物”(《动物性》)。困惑和拆字联系

① 余怒:《诗观十六条》,《余怒诗选集》,华文出版社2004年版,第473页。

起来了，诗意就在这样的矛盾与解构中获得了回味的力量。其实，余怒的困惑式写作，并不全是他冥想的结果，有一些主题就是我们的日常生活，而且大多源于诗人的生活经验。比如，他眼中所见，耳中所听，鼻中所闻，手中所触……最后都归结到脑中所想。“在视频里我看到桌子、椅子、灯泡、双人床、叠好的/被子、空气，尤其是她。像一个裹挟在嘴里的陈述句。/香水味凝成的空间感，形成一个倒三角。/猫趴在她的胸脯上，她用胸脯同它交谈。”（《从画面中突出出来》）这就是一次看视频的有感而发，这有感而发不是大发感慨，而是对他眼中美学的延伸。罗列了一连串的日常生活用品后，出现了一个“她”，诗人所针对的重点就是“她”，“她”虽是视频画面中的一部分，但跟静物不一样，诗人没有直接去照搬生活的常态，而是拓展了常态，让她的形象变成了突然的抽象物——裹挟在嘴里的陈述句。接下来，虚构、想象和消解意义的感知，都有了各司其职的定位。香水味弥漫在房间里，让封闭的空间有了整体感，这个整体还是一个倒三角，视觉的诗意开始定格：当猫趴在“她”身上，一种慵懒的姿态尽收眼底。最后一句，当是点睛之笔——她用胸脯同它交谈。既是画面形象的展现，又是一种精神交流的转换。余怒的诗歌就是这样，你不可能指望抓到既定的意义。他这种反常规的书写，大概就是“无用”写作的典范。当有人不断质问：你到底要表达什么？其实，这对余怒来说就是废话，属于无效之问。他不想表达什么，却又表达了一切。而困惑，对现实的不信任和对真实的怀疑，是他写作的前提。

很多人认为从余怒的诗中读到的是歧义，而歧义对诗来说并非坏事，或许正是歧义让文字保持了其必要的诗意。余怒自己也认为是这样，他的写作就是要为我们和这个世界“提供尽可能多的歧义”，何以如此？“实用语言总是力图取消歧义，或减少歧义发生的概率，从而使意思变得明确、固定。而歧义正是人对世界的不同理解。”①诗人眼中的世界不应该是铁板一块，它应该是丰富的，带有浓烈的多元色彩。余怒所主张的歧义，其意图就是让语言中的现实变得更复杂，更让人有思考和审美的意境。

① 余怒：《诗观十六条》，《余怒诗选集》，华文出版社 2004 年版，第 472 页。

余怒的诗歌引起争议，跟那些因有着哲学或玄学意味而导致的晦涩不同，也和那些完全靠语言实验来获得陌生化的写作有别，他的意象组合就是要带来新鲜感。我能够从他的文学历程中摸索到一条困惑之路。当诗人无法更明确地道出诗中的真实时，他将现实和经验的世界进行了诗意的转化，它是由想象完成的，带着神经质的意味。“昨晚睡得不好，今天早晨，/感觉身体悬挂在一幅画里。/还好，还算正常，不是太糟糕。//胳膊和手之间，有一个金属棒，/喔，现在仍能活动。/我还能肯定自己。//也不是说无所谓。/瞧瞧，有人对橡皮泥抱有幻想，/有人干脆望着山毛榉不说话。//当人们对我说‘冰块里的水珠’时/我心里一惊。我一直没有怀疑过/存在我这么个人。”(《轻信之年》)这种诗歌写作，很长时间来都没有可复制性，因为它不是单纯的语言表演，又不是某种主题的自由扩张，更不是对思想写作的某种应和，诗人就是在“自说自话”，或者称之为“自我对话”。他看似在倾诉，却又极少投入情感的言说；貌似在独白，其实又没有那样一种态度。正是这种让人捉摸不定的感觉，在那些浮出水面的让人产生惊喜的句子里，我们的阅读与诗歌世界有了紧密的关联。

余怒的诗歌不好把握，但好把握的诗歌，我们又找不到一种阅读的挑战。在此，并不是说余怒拒绝阅读，即便存在这种情况，那也不能证明余怒的诗歌是“无用”的，相反，它们对我们的阅读思维和美学空间的拓展，当是一个不可忽视的对象。虽然余怒看似“不明晰”的诗歌让很多人困惑不已，但他在语言表达的精确上，又非常讲究。他的这种矛盾，也让读者对他的诗歌评价分成了两极，有人认为他的诗有开创精神，甚至是一个源头性的诗人；而有的人则认为他的诗读起来让人不知所云，晦涩难懂。这两种截然不同的评价，正是余怒的奇特之处。“混沌，但不混乱。混沌是世界(存在)的本来面目。诗人的任务就在于使这种混沌呈现出来。而不是枉用模糊混乱的笔法去书写诗歌，诗歌的混沌与笔法的混沌根本上是两回事。”[①]这就是余怒的诗歌让人产生矛盾和困惑的原因，他是希望用清晰的笔法去书写混沌的世界，而很多人无法从他的诗歌中读到清晰，包括笔法。大多

① 余怒：《诗观十六条》，《余怒诗选集》，华文出版社2004年版，第472页。

数人读到的，是自己根本想象不到的一种超现实。超现实有时和诗歌是同构的，它能打开我们想象的空间，激活一些早已封闭的思维范式，让一个人的感受力变得敏锐，同时也让直觉获得更加饱满的诗性色彩。

要追问余怒诗歌的意义和价值，可能只会让我们更加困惑，也更加欲罢不能。诗歌有时是很难去追问的，而其诗意的凸显就在那些我们无法追问到的答案中。叙利亚诗人阿多尼斯说："词语、诗歌只能表达人生一部分意义，如果，一个诗人声称诗歌表达一切，这意味着诗人和诗歌都结束了，因为你都已说完一切。我的困惑是，我想要全知全能的困惑，我只知道一件事情，就是我什么都不知道。"①困惑不是难题，而是不可多得的源泉，对于余怒来说尤其如此。语言在他笔下不是一般的表达工具，恰恰是创造诗意的砝码或载体，包括它的变幻、张扬、不确定和个性化。他将那些具体的事象植入超现实语境中，确实能焕发出新的色调和格局。他所使用的词语和意象，都是我们惯常所见，并不怪异和奇崛，而一旦它们组合在一起，瞬间就具有了独特的诗意。比如他早期所写的想象："风是麻风。舌头一伸，它就流行/装饰算是失败了/只有芳香在用力/孤独的人在一句话里难产而死"（《相思病》）；比如他写一种暗示："封锁来自女性和贝壳/最小的孩子和最大的观念/形象和短语/像在一座低音的监狱里/睡意来自手和一阵风"（《借助于暗示》）；比如他写一种超然的状态："一个名字尚在狱中/身体回到雕刻家那里/风吹着敏感的碎片"（《超然》）。这既不尚古也不欧化的表达，就是出自诗人对世界与众不同的认识。他在诗歌里完成的句法转换，或许也是现实世界在语言世界里的精彩反映。余怒的精彩就是切忌平庸，他不愿意去写那些人云亦云的文字，因为那样的写作缺乏挑战性和难度。他从一开始出示的就是困惑，有时张扬，有时内敛，他的才华在想象力的作用下源源不断地被释放出来。但这种写法，又难免引起另一种困惑：杂乱的写作，有没有一种实现的可能？对此，余怒的解释同样和他的困惑一脉相承。

① 石剑锋：《对话阿多尼斯："我这辈子一直坚持对世界提问"》，载《东方早报》2013年8月5日。

他曾提到过写作上的“语义乱而诗不乱”，是对困惑的一种呼应，或者说一种解释。“一首诗无论怎么充满了歧义，但整体上有一种东西——气息、伪逻辑性或其他什么，将它们聚拢在一起，使之不杂乱无章。”①这样的解释对于澄清诗人的写作策略有一定的引领作用，但我们更多的还是要去弄清余怒是以什么样的思维方式来理解世界，他何以用“乱”的写作来对抗现代诗歌美学的僵化。

当余怒的诗歌写作成为一种现象时，他那种困惑式感悟其实是对我们的提醒：诗歌的难度在于一种适度的复杂性，它是诗人个体与公共话语的某种反差和错位，这样才会出现带着偶然性的诗意。他将词语的有限性作延伸之后，最后通达的其实是一种诗意变动的无限性。这又与他在诗中所出示和常用的那些关键词有关，而陌生化和新鲜感又是其诗意获得的保证。

**二、陌生化的诗意就在那张力呈现之处**

读余怒的有些诗，会让我想起卞之琳的《距离的组织》，那种陌生感不是由陌生的词语和意象带来，而是它们组合之后在诗体结构上的独异所致。“想独上高楼读一遍《罗马衰亡史》，/忽有罗马灭亡星出现在报上。/报纸落。地图开，因想起远人的嘱咐。/寄来的风景也暮色苍茫了。/（‘醒来天欲暮，无聊，一访友人吧。’）/灰色的天。灰色的海。灰色的路。/哪儿了？我又不会向灯下验一把土。/忽听得一千重门外有自己的名字。/好累啊！我的盆舟没有人戏弄吗？/友人带来了雪意和五点钟。”像这样的诗，每一个词，每一个意象，单独列出来，我们可能都懂，但通过诗人的变形组合之后，一时变得难以理解，这是文字的作用，也是诗意在心境变换上的投射。

然而，诗并非是随着诗人写诗的情绪流而波动变化的，它最终还将定格于一种整体的意境，因此，那种完全依靠诗中名言警句而为人所知的诗，在越优秀和经典的诗作中越少有。整体的诗意来自诗人大体量的想象、结构与积累。余怒的诗就是这样。他的诗，每一个用词、细节都是确定的，但整合起来后呈现的又是一种不确定感，恍惚，暧昧，混沌，具有无限的多义性。无论我们从什么角度来看，都可能

① 余怒：《答今天论坛诗友问》，载《现代汉诗·余怒集》2012 年第 3 辑。

得出不同的结论，这种没有固定答案的写作，或许正是现代诗的一个方向。没有确定性的整体感，不是靠拼凑而得。但正是这一点，很多读者在对余怒的质疑中都曾提出过，认为他的诗歌就是靠胡乱拼凑的没有章法的"诗意"。其实事实没这么简单。拼凑完全是机械的词语自动组合，它不需要任何情感和想象力参与其中，但余怒的诗是有其整体逻辑的，并非天马行空的语言漫游。他也有自己的思考，就如同他在《写作者的现实》中所写："仙人掌开花/开出的是骨头。/对于他，房间太大，写作是一件/露骨的事。//水管漏水一星期。/蜘蛛悬浮一夜。/被子单薄，冷得需要/不停地说话。/需要一块口头上的抹布/和一串无所不能的省略号。/接受两个房间/并在一起的现实。"这样的现实，既是诗人在写作过程中的处境，也是他在现实生活中的困境体现。诗人由日常生活的体验和感观来对接一个写作者的内心，他不愿作直白浅显的处理，那样会显得僵硬和贫乏，他只能以富有穿透力的想象来建构他所理解的"现实"，生动，个性，神采飞扬，但又不失真实感。

余怒在1990年代初期的作品，很注重词语间的罗列，虽然有些散乱，那种联结的逻辑性很明晰，比如《守夜人》等。这个时期的作品，还有间离性，让我们阅读之后又能从虚幻状态中走出来，然后再走进去，这样循环往复，周而复始，一种超语意的效果就达到了。真正的诗意或许就是在这种混沌中不断呈现的。这种在时代现实中的不及物，为他汪洋恣肆的语言创造带来了诸多机遇，那些变化的契机总能源源不断地到来，自然而然，顺理成章。有人质疑，有人不懂，有人抱怨，有人认为余怒得罪了他，但诗人就是要这么写，他写出了一种状态，一种风格。"我怀念的生活与你相反/窗外在下雨/一地蜗牛/一根绳子上坐着十二个想自杀的人/一个月一个/我怀念一个哈欠/我从毛孔里爱一个女人/我有一张讨厌的大嘴/我没有进过监狱/我没有见过监狱里的桃花/从前没有痕迹/一下雨我就哭了/我希望每个人都有一间单身卧室/舔一舔那种日子"(《我怀念的生活与你相反》)。别人怀念的生活可能是美好的，能勾起回忆，打动人心，但在余怒笔下，他所怀念的生活就是由细节构成的画面，蜗牛、自杀的人、哈欠、女人等，风马牛不相及，但它们的遇合触及了诗人的灵魂，这是一种反作用力的精神现实，在适度处理后也能影响诗意的营造。余怒这样的诗很大程度上是在解构，他拆解的是一种长久固定的美学，让惯常的因果关系可以倒置，从而为我们提供另一种认知世界的维度。

与那些过于注重技艺的诗人不同，余怒写作时很少将技术性难题摆在台面上，以证明自己驾驭诗歌的能力。这种炫技式写作，从根本上说使用的是很外在的手段，它可在短期内获得一定关注度，但在长时间的审美中很难得到共鸣。余怒也不同于那些依靠知识堆积和演绎的诗人，他虽然使用大量的意象，但他有一条自己的写作常道，即让诗歌读起来是顺畅的，而非诘曲聱牙，这是他的自我律令，也是他区别于很多貌似与其有着相同写作方式的诗人。当那些观念化的写作一统诗坛主流时，余怒开始自觉疏离。他拒绝主流的写作，虽然获得了一些诗人的认同，但并没有多少读者买账，文学史和诗歌史对其的关注也因此大打折扣。他这种没有归属任何流派、团体和组织的个人化写作，恰恰成就了当代诗歌一个小小的传统：对纯粹技术性写作和主流写作的警惕，当为先锋诗歌走得更远的关键。

反对归顺，也拒绝被某个流派招安，这是余怒这些年写作的前提。他一度被称为"诗歌之敌"，主要缘于他反诗意的方式，当他以口语、叙事和近乎荒谬的表达写出了"非诗"时，他可能已经消解了诗与非诗之间的界限。"我愿意在诗和非诗的分界点上写作。"[①]这是很多有追求的先锋诗人所希望达到的境界，但并不是每个人都能做到游刃有余，这其实是一种冒险的高度，它需要诗人勇于尝试，去打破公共化的写作格局。尤其是在语言的创造上需要打破单向度的滑动，而探索多维和多义的创造性使用，这才是诗人个性化写作的边界。个性决定了语言方式的自我生成，而余怒又说他自己是客观的，但我们所看到的客观只是词语，那主观的意义和价值，全部隐含和渗透在字里行间，它需要我们调动所有感官和思维去认知、领悟与接受。这里没有主客体的变化，有的只是写与读的关系，直接，干脆，不

① 余怒：《诗观十六条》，《余怒诗选集》，华文出版社 2004 年版，第 471 页。

拖泥带水。余怒的创造，在于他真正认清了“语言与世界关系的不确定性”，①正是这种不确定性让他可以打开思维去寻求创造的路径，去最大限度地尝试新尺度的写作，尤其是在1990年代的几首长诗，清晰地呈现了他的诗歌美学和理想。

诗人写于1998年的长诗《网》，就是针对世界可能性展示的一种尝试，像北岛有一首诗名为《生活》，内容只有一个字：“网”。网所代表的世界，就是一个具有无限可能性的所在，余怒的诗中也鲜明地呈现了这一点，他在逻辑连贯性和思维跳跃性之间始终把握着一个合适的度，既不让语义滑出去太远，也不让其过于直接而丧失了神秘感。诗人看似在玩语言魔术，实际上，他的那种变化最后仍需回归一种真实，否则，他放出去的语言之网收不回来，其写作就可能因缺乏整体依据而显得虚假。诗人写于此前的长诗《猛兽》，同样因其“极端”而近乎成为了“天书”。余怒认为，《猛兽》是自己“生命挥洒的一个极致”，尤其是长诗的第二章，“那种混沌、浑然、庞杂，似乎使我自己都无法逾越”。② 他尝试每一节都用不同的形式，不断打破诗的界限，将两个在现实中可能毫无关联的事件拼接在一起，让人在瞬间获得阅读的挑战性和快感。“灰蒙蒙的十点钟，人们背着活动木屋出外觅食/鼓起的人声如一张皮/孤独里倒空了，一个人正加速植物化/他脸上不动的指针。一个损坏的/三十度角的插入将他叫醒/昏暗将他吸出内室/他离开墙面喘息，向梦里吐水/吐一只胃。”“在充满新宠物（卷毛虫、双头裸鸟）的暗房里/一个长着象牙的雄性政治家在向儿童授粉”，这样的书写有一种超强度的怪异之美。他在诗中所营造的氛围，虽是想象的、荒诞的，但也暗藏意蕴，有着不可复制的唯一性。

而他2000年之后的作品，不仅注重词与词之间的张力，更在意句和句之间的张力，从而呈现出一种浓郁的超现实意味。像《主与客》，看似有一个世俗的场景，但诗在整体上却带着一种复杂的紧张。“与你谈话，很快活。/你故意用生活是如此糟糕之类的话来引起/我的烦躁。痉挛与和解之类。//新居的空气，在玻璃框里。/没有人觉

---

① 余怒：《答今天论坛诗友问》，载《现代汉诗・余怒集》2012年第3辑。

② 余怒：《08年的写作》，载《诗选刊》（下半月刊）2008年第4期。

得反常，有一天/我请你来做客/谈诗，喝浸了虫子的酒。/不问你是谁，是什么人，有没有/对新鲜事物的适应性。/你没有，我敬你一杯。/你是身体复杂的侏儒，我敬你一杯。/你是一边旋转一边进食的猎奇者，我敬你一杯。//拿起电话时我还在想：新居可以/用来干什么。干什么呢？/会飞的虫子有一颗病人的脑袋，渔夫捕鱼/总要网吧？我们可以例外？最终你只是你就像/我只是我。如果我赶你走，那意思就是/我烦透了，尼安德特人撞见了比利时人。”诗人以主人的口吻在写与客人之间的博弈，这是他们心灵的对话，一方掌握着主动权，以好客的热情招待邀请之人，另一方似乎以守的姿态在与对方周旋，但令人不解的对话错位不可避免地出现了，最终是不欢而散，还是在有节制的愤怒中自我解决？这正是诗歌留给我们的想象空间。余怒这样的作品，有一种长驱直入的攻势，读起来又有一种接连不断的快感，快节奏、新鲜感的陌生化，不仅考验我们的智力，同时也在检验我们对跳跃之美的领悟力。

余怒作品所呈现的诗意，就在那矛盾与张力之间，特别是其长诗的霸气，更是突现了他一直恪守的极致美学。虽然他奉行的是一种极端的写作，但他还是在竭力让自己的诗从那种飘浮感中沉下来，体现个体的生动。他的经验、想象如果不能得到落实，最后很可能指向一堆杂乱语言组合的空洞。我们的处境怎样，对这个时代的思考，是以何种形式反映在写作中，当为诗人内心对话的重要维度。

**三、荒谬的美学和不信任的误读**

用余怒自己的话来说，《守夜人》对于他是个转折，“使我从抒情和自恋里摆脱了出来，寻找到一种冷静、内敛、荒谬的语言方式。”①冷静、内敛是很多诗人匮乏的品质，他们的抒情总是落入夸张的激情，这其实是抒情的低层次状态。相反，节制的抒情是一种“戴着脚镣跳舞”的写作，并非完全依靠热情，而是综合能力的实践。因此，内敛和节制的抒情，是有难度的写作。荒谬的随之呈现，则是要在诗中投入更多想象的元素，这种想象须是原始的、创造性的，否则，带着神秘感的荒谬美学很难通向新的诗意。“将意思打乱，抛弃逻辑和因果



① 沙马，余怒：《问与答》，《余怒诗选集》，华文出版社 2004 年版，第 474 页。

关系，又使之显得有‘整体感’，还要有味道，这就是我的目的。”①对于前者，多数诗写者可做到，但是，要让拼接起来的文字有逻辑“整体感”，并非所有诗人都能达至这一境界，更别说“有味道”的精神高度了。

余怒找到了自己的写作方向，同时也定位了自己的诗歌美学，这是一个相辅相成的过程。随着这两方面的融合，一种审美风格在余怒这里形成了自觉，自觉地拒绝简单，自觉地寻求难度。在阶段性的写作转型中，荒谬感是余怒由刻意到自觉的美学积累。当有人质疑他写的诗何以具有可能性时，诗人的写作目的或许就达到了，读者的质疑也是参与了文本创造的过程。“我所认为的好诗（或者说上乘之作）总是‘不言’之诗，即作者置身作品之外的、靠语言本身言说的诗。它不愿将作者的意图和价值观强加给阅读者，让阅读者独立去完成对作品的‘体会’过程。”②余怒如是说。读者的追问就是对作品的“体会”过程，他们从余怒诗中体验到的荒谬感，不是意象的奇特诡异，而是一种整体氛围，或者说是诗人思维方式所带来的诗学趣味。余怒有一首诗，名为《谬论》：“我伸出十指，长短不一/毫无逻辑//它们不属于我/我也无力概括//我的生活中/长出了灰指甲”。诗作开头部分是诗人描绘的一种现实，当这十指归属到诗人主体时，开始发生了转折，荒谬感渐次呈现，而到最后，他的生活中长出了灰指甲，与前面好像没有什么逻辑关联，荒谬感彻底显露，触手可及。当然，这样的写作也呼应了标题的“谬论”，是诗人诉诸理性的审美。

建立在想象基础上的荒谬感，对诗人来说是有要求的，它并不是那种随意的拼贴、虚构，而是有其内在的哲学。我们对平常物事以荒谬来形容，并非褒义，相反带有嘲讽和讥刺的意味。然而在诗歌中，荒谬是一种重要的美学范式，可遇而不可求。荒谬感的生成，是对日常逻辑的一种反叛，是打乱固定和常态写作的妙悟。对于荒谬，余怒有他自己的界定和理解：“荒谬，在一般意义上，是违反逻辑与知识、非理性的、反常的，并为科学所证伪。然而，在相反的意义上，荒谬构

① 沙马，余怒：《问与答》，《余怒诗选集》，华文出版社2004年版，第476页。

② 余怒：《答木朵问》，《余怒诗选集》，华文出版社2004年版，第482页。

成了对世俗生活和物质世界的疏离与超越，是对世界和经验的重组，在文学中，荒谬是想象的重要基石和源泉之一，其具有的价值应为我们所认识到。”①荒谬感的出现，往往由世界与存在之矛盾的对抗所致，这其实也可归结到我们对世界的困惑性的认知上：当建构与破坏无法对接时，那种错位后的无奈往往就会逐渐趋于荒谬，我们一时无法解决，让这种荒谬继续存在，并得以发酵，最后定格为一种带有存在主义色彩的哲学样态。

与那些持新批评或解构方式的读者不同的是，我并不想在余怒的诗歌中发现什么微言大义，总结出什么客观规律，这样做很可能会被余怒的想象带进更深的缠绕和纠结之中。诗人的写作，其实更多呈现的就是语言的复杂性、生动性，以及我们对世界惯常认识的多义性和丰富性。打破语言和世界存在之间的超稳定性，就是开阔视野、拓展想象的见证，这种书写所带来的荒谬感，就暗含于字里行间，需要我们敞开心扉去感受和领悟。余怒早期一首《诗观》，只有两句："玫瑰瘀了血/不敢开放”。瘀了血的玫瑰开放后，就是世间的大荒谬，这种奇特之想象，正符合余怒的诗观：现实是残酷的，在诗歌中必须写出这种残酷，这样，下笔后的文字，相对于表象的现实，真相只能是荒谬的。所以，很多人去掩盖真相，不让其自主显现，那么，掩盖真相的事实一旦投射到诗歌上，可能又会形成更大程度的荒谬。

荒谬感是怎样在余怒诗歌中得以植入的，确实又需要我们在阅读中寻找这一美学的常态。他的大部分诗作中，都或多或少地释放出了荒谬所主宰的力量。当他解构了我们所认可的那些秩序和法则时，其实是在为诗歌扩充它的精神容量，让其有更多可供我们想象和回味的空间。“我在梦中开黄花/集男女之情和黄花的晦气于一身/远远梦见芒果/梦见青春的蛇皮/泛指的一只手，爬满我的全身/夜深了，该回来的都已回来/寄生有了湿度/我遭到围困/处女遭到比喻”，此为余怒早期诗作《禁区》，同样是在一种荒谬感里书写了自我的存在意识：在现实世界里无法进入的区域，我们可以在梦境中进入，这

① 余怒：《感觉多向性的语义负载》，《余怒诗选集》，华文出版社 2004 年版，第 493 页。

可能就是禁区的一种变形。而在《履历》中，诗人也是以反世俗的姿态书写了富有荒谬感的人生，这近乎是诗人前半生的写照，用诡异的方式呈现出来，确有几分游戏后的沉重。“十一岁离家，跟着风跑，被一根绳子/拖着，看见酒沿着绳子流过来，把那一年的/乳房压到地上/十三岁，吞并了一个儿童/十五岁，偷走了一座花园，乘机吻了/长不大的女园丁，两种罪和一层绿/看不见的丰满鼓励着她/十八岁，用数学演算女友，用化学方法/吸收她，消化她的衣服”，这一连串的夸张之法，让人生带上了滑稽色彩，但并不混乱。如此生动的人生谱系，不是岁月的恩赐，而是那些令人记忆犹新的片断在文字中的诗意变形。就像诗人的《童年旧事》《脱轨》《梯子与溺水》等，同样也是变形所造成的荒谬感。荒谬美学是诗人个人化写作的体现，个人化写作给诗歌带来的是多元和丰富，但对读者可能意味着阅读上的障碍生成。一方面是诗人抛弃了读者，另一方面是读者误读了诗人，这两方面在余怒身上都存在。尤其是后者，正是余怒和其读者之间所要解决的问题。

诗歌就是“逐个征服语词，从而征服偶然”（马拉美语），偶然可能是误读的前提。而对于余怒来说，误读或许是难得的好事。“误读是阅读者参与的乐趣和权利。”①这是余怒对误读的认同，而且，他对读者的误读表示了最大程度的理解乃至纵容：“误读不仅是不可避免的，甚至是必要的。”②我认为，读不读得懂不是我们阅读和欣赏诗歌最重要的目的，而是是否读出了感觉，哪怕这种感觉就是不知所措而又欲罢不能。在读余怒的诗作时，我很多时候并不去细抠某个词语是什么意思，而是从整体上去感受诗人何以这样写，他何以写出了我们意想不到的韵味。这就是诗歌作为语言艺术的力量。

余怒用他“指鹿为马”的方式写作，就是要达到一种荒诞效应，这种荒诞感是需要读者自己去领悟的，因为诗人在诗中不给出具体答案，这也是余怒的诗歌对很多读者形成挑战的原因。“利用歧义，可以使词语本义受到削弱。利用人们的误解、误读，可以使本义受到侵

① 余怒：《答今天论坛诗友问》，载《现代汉诗·余怒集》2012 年第 3 辑。

② 余怒：《答吴投文问》，载《现代汉诗·余怒集》2012 年第 3 辑。

害从而溃散。我把这种因人们的误读而可能生成的语义称为‘误义’。”①“误义”对余怒来说是一种再创造，他的很多诗都可以获得“误义”的“殊荣”，这是很多诗人无法达到的境界。余怒何以如此专注于对荒谬感的追求和对歧义的积极实践？还是因为他拒绝平庸的书写标准。他要让自己的诗歌富有质感，就必须去探索写作的复杂性，去追寻如何超越自己。“不要用平庸的诗句去重复早已用优秀的散文写过的东西。”②这是诗的标准和要求，而余怒早已明了如何去突破，去创造。他将荒谬和误读这两样诗歌的精神与技术积存都化在了具象的文字里，而其他的，他交给了读者和诗人们参与的再创造。

读余怒的诗很累，这是不少人的阅读感受，而这种中规中矩的阅读方式一直以来就没有改变过。既然余怒不是遵从常规的诗人，那我们也完全可以反其道而行之地用反常规的方式来接近他的诗作，领悟他的创造。荒谬感的流露，是诗人解构既定规则的诗学转换，有时也可能是我们误读的结晶，这或许正是余怒这些年坚持自己写作方向的重要目的。

**四、从不及物到及物的悄然转变**

余怒的诗，初看给人稍有喧嚣之感，但细读之后，发现他的写作并没有我们想象的那么简单，其先锋性和前卫性是一以贯之的，并不会因为写作主题和创作心理的变化而打折扣。他的先锋性很大程度上建立在其浓郁的现代意识上，破釜沉舟式的写作让他没有回头路可走，因此，他一直在往前走，不断地寻求“新意”，这种新意不是极端状态下的“新”，而是一种挑战自我创造的“新”。他希望自己的诗歌承载想象的一切可能，这是一种我们可以理解的“野心”。在当下，需要余怒这样的诗人，他会不断地为我们提供独特的创造和与众不同的审美。正如他所言：“一个人人都有自己的规则，趣味不同，诗风相

---

① 余怒：《感觉多向性的语义负载》，《余怒诗选集》，华文出版社 2004 年版，第 496 页。

② ［美］艾兹拉·庞德：《回顾》，郑敏译，潞潞主编《准则与尺度——外国著名诗人文论》，北京出版社 2003 年版，第 198 页。

异的诗歌界，是我乐意看到的。我理想中的诗歌是作者不言而读者看得目瞪口呆，心潮澎湃的作品。”①余怒的部分作品也已达到了他所说的理想境界，只是他还在不断地挑战自己，以期有新的突破。尤其是新世纪以来，他在写作上对自己的要求愈发严格甚至苛刻了，这当是出于对诗歌的虔诚和敬畏。很多人都因遭遇“中年困境”而放弃或停止诗歌创作，余怒却仍然笔耕不辍，且越发显得勇健，敢于尝试新写法，呈现新的美学。

当一个诗人写作多年而又拒绝重复自己时，他所面临的只有两条可选择的路，一条是放弃，一条是继续往前。如果选择后者，那意味着他会走得更远，超越当下和过去的自己，寻找未来的风景。余怒选择了后者，他在不断朝前走，实践着微妙的、循序渐进的变化。我们从文本表面上也许看不出诗人有多大变化，事实上他所完成的是一种内在的转型。2002 年，余怒写过一首《溺水者》，这首诗在很多人看来可能并不起眼，但它隐藏着诗人对主体与内容选择的变化。“我对到处是夜晚/感到厌倦。形式上的安静，在咖啡馆。/我不是喝多了咖啡才这样。//我刚听到一个故事：一辆货车/载着人，在桥上消失了。一群穿浅色/衣服的家伙站在公用电话亭里。//她遇到了一个矮小男人，他把她的衣服/弄湿了。他用各种各样/鸟雀的名称满足她的好奇心。//那爪子伸向在座的每个人；匿名电话里/传来笑声。我要告辞了/不断有人到来，告诉我细枝末节。”这是溺水者的呓语吗？但它又面临着现实的拷问，现实与虚构的碰撞，往往可能带来某种荒诞感。我们说恍然如梦，就是余怒在诗中所营造的这种氛围：真实和幻境交织，呓语和对话同构，它们是一个人在现实中的内心境遇和精神底色。诗人通过溺水者这样一个很少被关注的形象，将现实世界被扭曲和变形的场景作了还原，符合一种心灵的真实。

对于这种心理现实的关注，余怒还有一首诗名为《抑郁》，他没有直接写人的抑郁心情，而是通过形象的画面表述和语言变形，让抑郁之情真切地表现出来：“在静物里慢慢弯曲/在静物里/慢慢弯曲//在/静物里//慢慢，弯曲：汤汁里的火苗/隆冬的猫爪/一张弓在身体

① 余怒：《答杨勇问》，载《现代汉诗·余怒集》2012 年第 3 辑。

里”，在静物里慢慢弯曲，随着画面的深入，节奏越来越慢，最后压到一个爆发的节点上，再无可伸展，抑郁的心绪就呈现为这样一个过程。接着，诗人以“汤汁里的火苗”“隆冬的猫爪”和“一张弓在身体里”来形容抑郁所处的态势，它们是弯曲的，这种弯曲表面看来可能是静态的，但内里却有着极大的张力。诗人在写这样的诗作时，其实不仅考虑了语言，更关注了主题和语言之间的融合度。他写于2007年的一首《返乡经验》，从语言本身来看，已经有了一种真切的连贯性，“某次从外地返乡的经验/多少天后仍无法消除，新鲜如/刚摆脱手套的手触到冰水。见到邻居/他劈头问：你回来啦？/而我感到不好回答。回避他的问题就是回避/那个地方的习俗。让一个城市受到保护。/让它的肢体自由活动。/那些居民的要求、兴趣，孩子的各种束缚。//有这样一艘船或一辆客车，到了/那里又返回，可在我的印象中/不过是穿过了一层纸到了纸背。/什么‘遭遇过一件事’、‘丢失过一件东西’，都无法/一一证实。他没有。谁也不例外。/一天或长或短，无人关心，并对此畏惧。我回来时/注意力已转移，其他的，只能算是/行乞者口腹满足后一路扔弃的鞋子和外套。”他由平静的叙事到荡起微小的涟漪，再到起伏有致的波澜，诗歌一路涌向高潮，这中间的对比是有反差的，反差正符合了诗意呈现时的要求。虽然诗人在主题上有了及物的转向，但其语言创造一如既往的不顺从，不妥协，他坚守有尺度的放纵，以此促使自己不断向前走。“不管诗坛的潮流如何变幻，我们写我们的。”他的不回头可能是习惯与性情使然，但终归在文字的持守里贯穿了一种理想。“我们写我们的，意味着不在意、不接受、不妥协、不屑，意味着我们的方面就是这样了，我们是不会改变的，最终改变的将是你们。我们是熊，‘你们是鹦鹉’，我们‘不使用你们的语言’。”①他的语言狂欢可能意味着对世界的不满足，对语言挖掘深度和广度的不甘心，他愿意再去冒险，这是任何外在因素所无法阻拦的。

不像很多诗人陷在自己的成名作中走不出来，余怒早就走出了他的《守夜人》，且走得更远了。他的视野更开阔，想象力的发酵已成

---

① 余怒：《08年的写作》，载《诗选刊》（下半月刊）2008年第4期。

独家策略。所以，余怒虽然在1990年代成名，但他的写作更属于新世纪。《个人史》的完成，是他诗歌创作历程中的重要收获，他将个人在日常生活中的荒诞遭遇作了深度发掘，这是余怒荒诞书写的集大成之作，但他又在及物层面上作了转向，真正让心参与了对时代的诗意重构。“水池里的水溢出了，鸡在沙地上啄虫子。/树叶越来越响。许多树叶/落在花岗岩上。今天写什么？/今天写绝望。/好的，绝望。”从日常景观过渡到心理情绪，自然利落，这种决绝和干脆，显出的是一种深度的力量。它让我们对当下诗歌的无力感有了新的认识：只要真正用心用力，同样能在这个轻浮的时代写出厚重和瓷实之诗。

对于长诗《饥饿之年》，诗人开始将书写的笔触指向了宏大的历史现场，当然，他没有直接去和历史场景对接，而是以超现实笔法写出了一个时代的荒唐、无奈和绝望。他笔下变幻多端的现实，并非完全来自想象，其中也有他个人经验的转化，不管这经验是直接还是间接的，都经过了诗人的创造性处理，有着令人共鸣的批判力量。他将直觉融入了经验写作的内部，让每一个字都更接近诗歌本身，这样，他逐渐形成了自己的一个传统。现在的写作是对过去风格的某种延续，虽然主题有所变化，但在精神气质上一脉相承。因此，从不及物到及物写作的转变，在余怒身上不是要彻底断裂，而是要从极端变得平实。

近年，一种悄然的变化在余怒身上发生，他开始写起了《诗学》系列，看似没有征兆，其实，内部的变化早已发生，过渡也自然。初看标题，以为是余怒野心的再次爆发，其实，我觉得他是在回归，他要回到最基本的写作态度上去：我们所写的诗歌，应该就是终极诗学的一部分。平实并不代表锐气的丧失，可能是诗人在写作中加入了理性的成分，荒谬感的层次和境界变得更高了。如果说我们以前在余怒的诗中能读到节奏所带来的快感，那么，现在读他的《诗学》系列，可能会被其主题的平实和字面上的清晰所迷惑：他到底想让自己的写作走向哪里？此时的余怒就像一个“改邪归正”的孩子，突然让人不适应他的“一本正经”了，那顽皮、淘气、搞怪的面孔收敛起来了，如同在美丽风景前竖起了一面高墙，我们看到的只是没有边界的一望无际。这样的形容可能不太准确，但余怒的写作思路肯定作了调整，就像他在诗中所写："工作紧张，肝不好，戒了酒。/晚上，妻子说：你实在/忍不住，就写短诗吧。//于是这首诗短得就像掐断了/脑袋的蚱蜢，往前跳跃，/用这颗歪脑袋掌握平衡。//傻瓜都知道，/我不是在描写蚱蜢，/我在蒙着脑袋睡觉。"（《诗学（17）》）他开始书写世俗意义上的日常生活了，感慨，伤感，寻求安慰，这种对人生状态的捕捉，就是有感而发的诗学记录，越来越抵达诗歌的本质。

余怒现在的《诗学》系列，大都是见证某种生活的变化，以及这变化中的困惑和疑难，我想，这些才是他持守诗歌理想的动因。余怒说他的生活简单而平俗，就是在单位和家之间做"两点一线的运动"，他认为这样的生活"挺好"。他希望自己能做一个纯粹的诗人，不沾染任何腐朽的气质，因为它会让一个诗人变得势利，焦躁，不得安宁。同时，他也坦承，"除了诗歌，生活中几乎没有让我着迷的事物。"这样的状态，会让他一直写下去，而不是满足于过去的辉煌。只有余怒这样的诗人，或许才可让我们看到现代汉语诗歌的希望和前景。

## 第四节　陈先发：以传统对接当下的先锋

至今为止，陈先发的诗歌世界仍然不完整，因为他还在走向变化的途中，我相信，这会是一个长期的过程。在变化中挑战自己，超越自己，这是一个有追求的诗人所应遵循的写作法则，它就是理想主义的精神标本，陈先发领受了这种孤独冥想的境界，所以，他还在展开，绽放，至于那最终的定格，一直还在路上。这是我的揣测与推断，依据不是别的，就是诗人这些年来的写作现实，看似平淡，无起伏，其实诗人写作有着内在的波折、跌宕，我们看见他在靠近古典，迎合传统的乌托邦，其实，他的现代意识比很多诗人都要坚决、彻底。他的古意可能令很多人误解和质疑，这是必然的，就像那些之前先锋而后退守的诗人一样，一种扑朔迷离让人看不透，只好去妄加评论，不顾本质了。但陈先发有一点可以肯定，那就是他在变化中的坚守：在形式上变化，而在现代的诗歌精神上，他又坚守了这么多年，且还在寻找新一轮的变化。

**一、复旦校园诗人的前期画像**

很长时间以来，陈先发一直被划归到“复旦诗人”的流派中，这从事实上来说，无可厚非。但他与其他的复旦诗人又不同，他不属于“海上风”，也非纯粹的“江南气质”，才情他有，但要比轻逸的南方诗歌更富力量感。当我们谈到本土性时，总是以一个古典的庞然大物作为参照，雅致，深情款款，而不应是激进、直抵人心。陈先发其实打破了这样一种接续古典的传统，他的骨子里就是一种先锋，不管他人和诗人自己怎样看待，我从其诗作中读出的就是这一印象。

陈先发少有坦露他写作内心的时候，一篇访谈或创作感想，对于他来说也是一种奢侈，所以，我们很少看到他的自我表达，多数时候只有通过其诗歌才可作推断。他的自画像仍然是模糊的，但这并不影响我们来观察、认识和理解陈先发。古典的流变，每次对他来说不是最后的结论，而是一次次新的变化契机，他处于阶段性的未完成时，于是创造总能带给我们不一样的惊喜，这是当下诗歌的福祉与幸运。因为仍然有陈先发这样的诗人在坚持，而且他不是满足于外在的因素变化，而是强化了内在的自我话语修正。陈先发有几首诗已在走向经典的途中，甚至有的被标签化和符号化了，这方面值得警惕。但即便如此，脸谱化也并不妨碍我们去重新解读他的名作，这样可能更有助于进入一个诗人的内部。

> 桤木，白松，榆树和水杉，高于接骨木，紫荆
> 铁皮桂和香樟。湖水被秋天挽着向上，针叶林高于
> 阔叶林，野杜仲高于乱蓬蓬的剑麻。如果
> 湖水暗涨，柞木将高于紫檀。鸟鸣，一声接一声地
> 溶化着。蛇的舌头如受电击，她从锁眼中窥见的桦树
> 高于从旋转着的玻璃中，窥见的桦树。

死人眼中的桦树，高于生者眼中的桦树。

被制成棺木的桦树，高于被制成提琴的桦树。

这是一首题为《丹青见》的诗，如诗如画的目的在此并没有获得响应，因为诗人的本意不是想勾勒一幅画，他所希望达到的意境更为深远，定不是对古典的简单模仿和演绎即可创造出一番新的诗意。如果从字面意思上看，诗人就是写了一堆树木，我们认识的，或不认识的，都出现在他笔下，但这些树木的意象到底代表了什么？诗人想通过对这些树名的罗列达到一种什么目的？当然，最基本的目的就是呈现诗意，这是诗歌写作的前提。陈先发之所以作那样一些树木意象的罗列，肯定不是仅为罗列，而是有他自己的独特意蕴。“这种堆积本身，就是为了展现人的内心的秩序。而且这种秩序在行进过程中是加速的。”[①]诗人曾对自己的这首诗作出过这样的阐释，现在看来，他是在作一种提示：诗歌的意蕴或许并不像我们表面看到的那样简单，它的诗意是多层次的，且逐渐加深的。不管一个诗人有着何种传统或先锋的面貌，他的写作终究要和语言对接，要与内心相关，陈先发也不例外。他承认自己的书写就是要“展现人的内心的秩序”，我们再来理解《丹青见》，可能就会有不一样的收获和心得。他的诗歌美学所透出的价值，不是单纯的视觉和听觉上的，而是一种融合着多种直觉的生动再现，其诗歌的繁复、斑驳、独特美学，正是诗人深度思考和难度写作的体现。

像《丹青见》这样的诗，很多人可能想当然地以为，诗人化用了古典的题词和意象，那就是轻盈的、飘逸的，甚至是浮起来的，尤其是通过对陈先发诗歌的整体感受，总会形成若他趋于古典传统就是轻之美学的印象，实则不然。我们只要越过那些看似古典的诗题，细细品读陈先发的诗作，便会发现，他有着表象的轻，其实是很重的，他有重的词语，重的表达，最后达至的也是重的力量与效果。“过度的匠气与书斋味道，那种一吟双泪流的糟糕的诗人形象，失去了烟火味与血

① 陈先发：《本土文化基因与当代汉语写作》，载《文艺争鸣》2008年第6期。

性的文字雕琢，我个人是很不喜欢的。”[①]有人可能就从陈先发的诗作中读到了诗人自身所厌恶的味道，因此，在很多人眼里，他是一个诗歌上的保守主义者。这与新诗发生以来那些回归古典和传统的保守诗人形象有关，我们总是想当然地认为，返回去的就是守旧的，只有一路不回头的向前冲，才是先锋、前卫的，甚至才是好的。对此，我现在也相信一句话：当绝大部分人都在追逐一路向前的先锋时，有时返身回到古典和传统，也未尝不是一种先锋。只要这种返身是希望能有效利用传统来为先锋服务，用古典的本土精神来对接当下的现实经验，那也可能造就和重塑一种新的现代诗意。用好古典和传统的形式，同样可能写出富有现代性和先锋精神的诗作来。陈先发就是这方面成功实践的一个典范。

在西方现代文学潮流的攻势下，陈先发一直提倡本土性，强调东方式的隐晦与曲折美学，但他又很警惕“对传统的非常浅薄的表层复制”。[②] 而什么是传统？陈先发也有过他自己的解释：“传统，是必须与之对抗才能看得清的东西。”（《黑池坝笔记》）传统看起来很庞大，但在诗人这里，它就是一种“方法论”，一种可利用的资源，且是“某种资源的总和”，[③]我们需要清醒地认识传统，而非将它当作不可靠近的高高在上的精神堡垒。对于传统的理解如果太过狭窄，就可能一味地照搬与复制，而不是沿袭与化用，这样很容易陷入腐朽的写作境地。“在日常写作中，‘传统’于我们，谅是一种信手拈来的方法之库，它是古老的也是新鲜的，它活力四射——重写某些古典意象，绝非文化考古意义上的复制品。往更开处说，写作动力的基本——体验，也无所谓什么时间意义上的传统或现代。”[④]陈先发在这方面有着足够的自觉，他告诫自己要在几个本质的方向上恪守住原则，而不是专注于那些无关痛痒的东西。当很多人不再认为诗歌就是抒情时，他在

① 陈先发：《本土文化基因与当代汉语写作》，载《文艺争鸣》2008 年第 6 期。

② 陈先发：《本土文化基因与当代汉语写作》，载《文艺争鸣》2008 年第 6 期。

③ 陈先发：《当一首诗来临：闲谈〈前世〉》，载《名作欣赏》（上旬刊）2012 年第 12 月号。

④ 陈先发：《当一首诗来临：闲谈〈前世〉》，载《名作欣赏》（上旬刊）2012 年第 12 月号。

竭力呼唤“情感抒写”；当不少人认为诗歌写作不需要介入时代和聚焦社会时，诗人提倡并身体力行他的“关注现实，诗以载道”之理念。这些可能属于一些诗歌常识的想法，如今并不被多少人所接受和践行，尤其是“诗以载道”甚至被认为是过时的糟粕，但陈先发所认同和自创的本土性，就是如何在写作中进行实践。他说自己不仅要做到“诗以载道”，而且还要载更多的道：载批判现实主义的道，也载东方哲学的道；载街头政治的道，也载生存之鸡毛蒜皮的道。① 对于很多诗人的禁区或不屑于书写的主题，陈先发恰恰能从中发现诗意，最终写出属于自己的经典诗作。这些“道”并不是孤立的，而都与诗人的经验、情感和心灵紧密相关，他所能做的，就是在对日常生活的观察、体验、洞悉中提炼出诗意的部分，化为内心的一抹苍凉、凄清与韵味。

而对于本土性的传统，陈先发同样有他特定的认知：“重视形体的，音律的；重视隐喻和寓言的；以意象诠注生存状态的；重视生存状态而轻视生活状态的；重胸怀而轻反省的；个体生命隐性在场的；对自然与人世持适应性立场的；依存闲适性而轻视批判性立场的；重视修辞的。”②这虽是理解传统的前提，但它最后必定归属当代，要“为我所用”，方可获得传承。“我们讲一种语言的当代性，事实上必须设立一个前提，那就是我们真正懂得了它的本土性。”③传统、当代性和本土性，在陈先发这里是很清晰的，并非像一些人所言的那样缠绕，它们的边界不是对概念的明确化，而是体现在更趋真切的书写中，比如他那些富有古典意韵的诗作，就是这种理念的实践。像他的赠诗，惜别意味浓厚，不讲究过多的技艺，也看不出刻意雕琢的痕迹，一切如感同身受，这样就显得自然。这首《落日下，赠朱耷（1626—1705）》，即是典范：

落日照着，多少回的国破家亡。

---

① 陈先发：《当一首诗来临：闲谈〈前世〉》，载《名作欣赏》（上旬刊）2012 年第 12 月号。

② 陈先发：《答杨勇问》，参见陈先发新浪博客 http://blog.sina.com.cn/chenxianfa，2008 年 9 月 28 日。

③ 陈先发：《本土文化基因与当代汉语写作》，载《文艺争鸣》2008 年第 6 期。

我认识的乡亲们，我认识的畜牲们
蹲在白色的炊烟下
蹲在轮回中
看着它。
乡村如此安宁，仿佛有至深的畏惧
却怎么也不能够说出

正是你所描绘的，晚霞很红
坡下的虫子，蛀空松果
野雁伸长了脖子
与另一只，相见于池塘。
世间的良心在穷人身上生长着
他们涌出眼泪
如同古时候的泉水——

诗人将这首画面感很强的诗，赠献给了明代画家朱耷，这是一个现代诗人与一位古代画家隔空的心灵对话，也是诗与画的相遇。意象的叠加，为画面赋予了一种意境，飘逸，不绚丽夺目，也非光彩照人，甚至那种描绘也不是很清晰，但虚实结合，又具轮廓的朦胧之美。这正是诗画融合时的妙处，书写画面时，结合当下的心情，既是在解读画卷，又是在抒发自我的精神期许：世间的良心在穷人身上生长着。诗人参与到了时空变幻中，一种穿越感在诗与思的体验里获得了重建。

体验是诗人一种日常的自觉，它可以是生活经验的长久积累，也可以是对周遭物事的即时感悟，无论是何种方式，把握到位后，都能通达诗的内部。“诗是瞬间的产物。”①陈先发仍然信任对灵感的捕捉，那些转瞬即逝的诗意，需要诗人在尽可能短的时间内来抓住和把握。在发掘诗意的时候，其实早在之前就已埋下了伏笔，那些潜在的

① 陈先发：《当一首诗来临：闲谈〈前世〉》，载《名作欣赏》（上旬刊）2012 年第 12 月号。

酝酿、加工和内心处理，已经做得很到位了，剩下的就是诗人和诗意相遇的那个短暂时刻。

**二、在传统里获得先锋精神**

新世纪以来，陈先发的诗歌创作，越来越趋向于古典氛围的营造，一首演绎“梁祝化蝶”的《前世》，即为诗人创作转型的见证和高峰。与此同时，像《戏论关羽》《陈绘水浒》《虞姬》《鲁智深》等，都属于以古典人物和戏文作为书写对象，将时代的现场彻底拉回到古典的场景中去，而像《与清风书》《刀马旦》《鱼篓令》《青蝙蝠》《秋日会》《游子吟》《仿八大》等集中写于2004年前后的诗作，很自由，也很整齐，值得细品。首先是这富有古典意味的三字标题，就给人清丽风雅之感，而在内容上，则是以古典意象切入心灵的现实，既是古典精神与现代意识的交织，也是一种心境与历史感的融合。这种古典的心境配合于现代的形式，的确有几分先锋和大气，既不突兀，也不陌生，倒是新鲜、明晰，让人回味。

陈先发回归传统的方向，也是很多1960年代出生的诗人所选择的创作道路，当他们在先锋和西方诗歌那里再难寻到楷模与榜样时，或者再也无法复制和照搬时，大都不约而同地转回身来，从自身的传统中寻找创作的资源。只是有的诗人因功力的深浅度不一样，他们转型的效果也就相异了。陈先发是这些回归传统的诗人中比较独特的一位，他懂得如何去调配古典与现代嫁接的形式，以什么样的格调来适应当下读者的阅读需要。

陈先发适合在一种清淡中寻找安慰，他不像那些腰间挂着诗篇的豪猪那样，在词语上运用暴力，制造大起大落、大开大阖的效果，他不是在向外走，而是在往里收，收至一种出神入化的境界，看似无，胜却有，这或许才是诗人所追求的境界。他的诗歌中，那种出其不意的神秘感，道家意识，佛家禅理，都获得了独立的载体。陈先发的《前世》，化用神话——梁祝化蝶，道出了一种古典轮回的诗意，这也是诗人近些年来参佛悟道之功力的体现。古典之美在陈先发的诗歌中，似乎获得了自如的嫁接，尤其是蝴蝶意象的运用，确为诗歌带来了几分神秘的诗意。《前世》抒写了神话人物前世的生活和遭遇，并通过对佛教转世轮回的思索与探寻，描绘出了一幅生动的画面，同时还赋予了各色人物空灵的诗意和美感。

陈先发的诗歌写作，新世纪之后越来越趋于古典，但他并不是沉于古典，而只是从古典和传统里汲取养分，为我所用。这是当下不少诗人所选择的一条通道：从唯西方是从，逐渐转向重新理解和借鉴传统，或者偏向于古典的意境，或者将中西方二者有效融合，最终给人的印象，就是一种回归传统的清新，节制与淡雅。陈先发在新世纪前期的《丹青见》《伤别赋》《东风破》《春秋亭》《扬之水》等诗作，仅从标题上即可看出一种古典的情怀，而且他大多沉于历史，有一种传统的趣味和美学。诗人还有一些标题为三字的诗作，虽是现代之作，但其字里行间所渗透的意象、情绪，以及所烘托出的境界，都无不带着“往事与追忆”般的恬淡和优雅。诗人在《与清风书》一诗中开篇即言：“我想活在一个儒侠并举的中国。”这是最为典型的古典意识，言词间即可洞察到诗人希望回归传统社会的那种渴望，这不仅是脾性使然，更是骨子里悠然从容的生活品质在语言创造中的投射。如另外一首《浮汁链》，开头即可见生动、明快与古典之美：“秋日，难免江水向东，难免刀枪入库/对市习之变，我不知因由，却难免爱上浑圆之物。”诗人以丰富的想象力切入过去的现场，不管是虚拟的，还是现实的，都无不守护着一种宽和、性情与纯粹的古典情怀。《陈绘水浒》则是诗人对水浒这一历史事件的戏拟，带着幽默、诙谐的风格，虽仍以历史作为仿写的底本，但其沉于过去之事的美学抱负，当不失为一种灵动、丰富的创造。

他还有更极致的一种传统书写：“面壁者坐在一把尺子/和一堵墙/之间/他向哪边移动一点，哪边的木头/就会裂开//（假设这尺子是相对的/又掉下来，很难开口）//为了破壁他生得丑/为了破壁他种下了/两畦青菜”。此诗题为《从达摩到慧能的逻辑学研究》，初读时，我有着当年读废名诗歌的感受，那种跳跃感不能很快将我从阅读的沉思中超拔出来。你必须将那种寻找微言大义的心思排除掉，甚至不可过于用力，对它的接受就是在轻逸与厚重之间，它有力，但却是那种“四两拨千斤”的力，所以你去接受时不可用蛮力，有时还需要从过于靠近中退让出来，留给诗本身一些空间，或者与它产生一点距离，这时方可再进入。这样一种禅意颇浓的写作，曾是陈先发某个时期的基本状态，它介于古典与现代之间，也在东方与西方之中，一种让诗人和读者无法把握住的诗意，却在精确的表达中呈现，这才是其诗意的复杂性所在。我有时甚至觉得，陈先发的写作是在借一些意象或某种意境表达自我的心思和意志，虽然有些隔，但毕竟出自灵魂的私语，就是通过那一颤，诗人完成了词语和个性对接的一跃，因为一种意境，我们不可轻易就抓住它，它属于东方之韵。

不可登高
一个人看得远了，无非是自取其辱
不可践踏寺院的门槛
看见满街的人都
活着，而万物依旧葱茏
不可惊讶

——《街边的训诫》

有些人认为，这可能是典型的"江南诗"风格，那种绵软细腻的格调，却又不失几分空灵意境的优雅，与张枣在1980年代的诗，有着异曲同工之妙。陈先发的诗歌，精致、内敛，有时还不乏情感的节制。但他不像很多先锋诗人一样热衷于戏谑，调侃，或钟情于后现代的碎片，或流露出一种自傲的狂态，自我欣赏，怜惜不已。这首诗短小而富哲思，诗中的训诫带有佛教的意味，呈现的是佛家平淡和与世无争的人生境界，万事可做与不可做的选择，在进入了佛的规约下有了一种深层次的改变。既然是街边的，肯定是在日常之中。登高望远，我们总是习惯如此，可望远你又看到了什么？开阔的视野，远大的境界？想想也是一种徒然。大境界，或许就是"满街的人都活着"与"万物依旧葱茏"，而我们还不可惊讶，以一种超然的心态来面对世间万物，才可谈得到境界。街头所想带来的诗意，就是日常的、平淡的，而非玄虚的、夸张的。我们见过太多夸张和玄虚的诗意了，到头来领略的却是一场不折不扣的空洞，陈先发不想这样，他需要在传统中找到一种及物的力量，那才是诗歌在貌似轻逸中获得厚重之力的途径。

陈先发这样一种偏爱古典、回归传统的写作向度，确实为我们过于轻浮、暴躁与口语化的诗歌现场提供了一个反省自我的依据，不是说每一个人都得像陈先发那样写，而是让他的诗成为一些诗人扭转极端或偏激写作的参照。陈先发对东方性的认同，是一以贯之的，持续性的，并非朝三暮四的随性而变。他强调一种“隐忍”状态，就是缘于对东方特性的深层次理解。“一个好的东方诗人，他的诗中永远有两个空间，在他的公共性空间之下潜存着一个非常强烈的个人空间。公共空间被他们用以教化、述史、抒怀，而个人空间才是真正的阅读焦点所在。作者的个人空间隐忍在公共空间之下。”[①]个人的趣味需要联于公共的空间，否则，诗人的写作就可能滑向玄虚；如果只是追求公共表达的欲望，激愤往往压倒审美，成为一种口号或宣泄之辞。因此，一个诗人的个人气息和公共表达的融合，就是让诗如何美与深的策略，既不可大放厥词，也不可讳莫如深，必须找到二者之间的平衡。陈先发之所以有这样的感受，还是在于他多年的探索、实践与深思。

我们提倡多元化的写作，这样既可丰富文学的面貌，也能拓展写作的价值。但一个基本的文学标准应该定下，而不是所有的写作都应该是成立的。虽然读者可能不接受，但一些丧失了底线的写作，影响的是他人的写作，败坏的是读者的胃口，因此，我们不能容忍有些平庸写作或炒作写作的肆意横行，扰乱整个诗坛的良性秩序。陈先发的双重空间说，或许正是对当下那些极端写作的提醒或反拨，他的言说让我们在自己走得很远却找不到回家之路时能获得与世界平等交流的可能，对现实的阅读和理解在此扮演了重要的中介角色，它让诗人的文字拥有了“现实感”和“历史感”的厚重。在这样一种自我追求的动力之下，陈先发的前行之路并不平坦，他越自由，可能越有内心的束缚，这束缚不是他人给的，而是自我的一种精神捆绑。他需要解脱，也需要不断的释放，且多侧面、多角度地对自我进行反思。

---

① 陈先发:《本土文化基因与当代汉语写作》，载《文艺争鸣》2008年第6期。

反思的力度在陈先发这里一直是把握得很到位的，儒道思想的冲撞对于他来说，不啻为一次理智的转换。“写一首诗，临近中年的凶险。/写一本书，要用更强的聚光灯了。又/不愿弃去胸中的铁塔。/不得不强设一些人事。一些场景。”在《你们，街道》一诗中，诗人作了如此深切的反省。首先，他明白自己的处境，这是现实的处境，也是精神的处境，内部潜藏着困惑与无奈，也有着不得不那样走的自我安慰的意思。“我已活到了中年。/在这个单细胞的、当隐喻/成了一个流行病种的，世纪。/经验们正‘砰’、‘砰’地冒着凶险的泡沫。/我有时走在左边，有时又/走在了右边。/不知用哪一具身子，在台阶上出着微汗。”人近中年，已属不惑，但仍时常有困惑，它可能不是现实的，而是大生命的，这面临的是一场精神选择，是向左走，还是向右转，或者左右都不沾，一直向前走才是硬道理。当自我的反思解决不了的时候，诗人有时候也借助于古人。

> “我扶墙而立，体虚得像一座花园”。/而花园，充斥着鸟笼子//涂抹他的不合时宜，/始于对王维的反动。/我特地剃了光头并保持/贪睡的习惯，/以纪念变声期所受的山水与教育——//街上人来人往像每只取悦自我的笼子。/反复地对抗，甚至不惜寄之色性，/获得原本的那一、两点。/仍在自己这张床上醒来。/我起誓像你们一样在笼子里，/笃信泛灵论，爱华尔街乃至成癖——/以一座花园的连续破产来加固另一座的围墙。
>
> ——《中年读王维》

诗人从王维的诗中读出了什么？不是古意，不是雅致，而是一种现实，残酷、冰冷，以及碎片化的“反动”。中年意味着一道人生困境的横加阻隔，我们怎样过去呢？要么绕道而行，要么横冲直撞，要么得过且过，要么破釜沉舟，更多时候其实是在拆东墙补西墙，总之是要将人生过得圆满一些，不至于那么残破不堪，留有那么多遗憾。诗人的选择不是成了两难，相反有了解决的途径，但他是否释然了呢？没有，诗人下到此处，不是要给出答案，而是给出一种人生的启示。

困惑没有获得解决，它在诗歌中永远都存在，这也是存在主义之诗的自我响应。“从未有过对立。/也从未有过和解。”（《口腔医院》）多么合理，你在人生的困境中找不出一丝破绽，一场精神灾难过后，就像什么都没有发生一样，白茫茫大地一片真干净。这种空旷如同山河入梦般的超现实存在，带着迷思的情致，又不乏信仰上的不屈服。诗人在过了中年之困后，越发显得成熟了，他敢于直面现实，同时也可以自如地处理现实经验了。所以，当诗人面对中年困境时，并没有像很多诗人那样如临大敌，这其实是一个必然要到来的阶段，怎样从容面对，在正视中认同和接受，当不失为一条走向纯粹之境的通途。

**三、写好诗就是一种自我折磨**

诗集《写碑之心》出版后，陈先发在博客里“广而告之”，其中一句话“多年深深的自我折磨，尽在这 220 页中”，看似不经意，不起眼，但瞬间触动了我，并引起了我深深的思考：把诗写好，写到极致，对于诗人来说，是不是一种“深深的自我折磨”？“当代诗坛无论从语言学还是从哲学层面，都处在一个浅薄层次上。”[①]正是带着这种忧思和顾虑，陈先发一直在本土化问题上努力，不追随潮流，也不盲目先锋，他就是在自己的独立性上进行单纯的文本验证。

陈先发的作品不多，他一直恪守着一种“慢”。隔很长时间，他才会拿出一首诗，这在互联网时代，确实显得有些另类。但我们回到诗歌本身时会发现，陈先发才是一个真正的诗人，他不以此为职业，但终生不放弃，把它当作一种兴趣、爱好，直至最后成为自己的信仰。陈先发的“慢”，我相信不是因为他故意坚守慢，而是他对自己的要求高。在写一首诗时，他不会轻易示人，而是在琢磨中寻求最精确的表达，为词语找最合适的位置，这样，他也不可能快起来。

养鹤是垂死者才能玩下去的游戏。
同为少数人的宗教，写诗

① 陈先发：《当一首诗来临：闲谈〈前世〉》，载《名作欣赏》（上旬刊）2012 年第 12 月号。

却是另一码事：
这结句里的“鹤”完全可以被代替。
永不要问，代它到这世上一哭的是些什么事物。
当它哭着东，也哭着西。
哭着密室政治，也哭着街头政治。
就像今夜，在浴室排风机的轰鸣里
我久久地坐着
仿佛永不会离开这里一步。
我是个不曾养鹤也不曾杀鹤的俗人。
我知道时代赋予我的痛苦已结束了。
我披着纯白的浴衣，
从一个批判者正大踏步地赶至旁观者的位置上。

《养鹤问题》是陈先发近年来难得的佳作，似一幅苍凉之图，鹤本代表仙风道骨，其被赋予的那种神秘感，令我们长久无法参透，诗人已在诗中流露出了此意。与其说他是在写鹤，不如说是在写自己内心的政治。他没有那些激情和铿锵的语调，也拒绝居高临下或凌空蹈虚，而是留下令人无法割舍的思考。

这样的写作不是表象的词语排列，甚至不是表象的想象力，而是一种带着情感、经验与体验的想象力发挥，有着深邃哲思的意味。当一种人生欲罢不能的命运感就这样顺着诗句呈现出来，这不是你接不接受的问题，而是你无法阻挡它对我们的逼视。从这个角度来看，男诗人的柔性写作，更像是理性的思想博弈，这种写作不是靠纯粹的情绪流滑动来制造诗意，而是一种冷静的灵魂出窍带来的独特价值。一直以来，陈先发都是以深沉的书写见长，既有心灵的优雅，又不乏冷静思考的历史意识，这全在于一个诗人的视野，以及他看待人世与文学的态度。

陈先发很少站出来对自己的作品作阐释，也很少来讲述自己的写作观念，《本土文化基因与当代汉语写作》是少有的一篇谈论自己诗学观念的文章，这些年来，诗人几乎没有改变过自己的想法，他的认同感非常实，因此，他一旦坚定下来，就不会轻易改变，而是尽力朝那个方向去实践。

不像很多诗人在亮出自己的宣言时是一套，而在自己的话语实践中则是另一套，这样的自相矛盾在很多诗人身上都有，他们往往会在今天的言说中打倒昨天的自己，而又在明天的设想中推翻今天的自己。但陈先发的自我坚持一直就在常识的范畴内得以存在，所以他不求分散的零星的闪光话语，而是在长期的阅读与感悟中凝聚起自己的心得，然后让其在实践中获得发酵和应验，最后以理论宣言的形式得以巩固。就像他在二十多年的写作实践中建构起自己的本土化格局一样，他的理论风度同样是在困惑与自信、挣扎与认同的相互冲突和博弈中建立起来的。“先锋不先锋，这个问题先一脚踢开。我未来的写作路径非常单纯：写真情实感的诗，写神圣之意与街头垃圾混存于其间的诗。”[①]所以，陈先发才会去写《自嘲帖》《麻雀金黄》《捂腹奔赴自我的晚餐》，那是离我们很近的诗，也是有距离的诗，这全赖于我们怎样去理解诗人对自我的要求，以及他在要求过程中微妙的变化。

> 让他酷刑中的眼光投向我们。/穿过病房、围墙、铁丝网和/真理被过度消耗的稀薄空气中/仍开得璀璨的白色夹竹桃花。/他不会想到，/有人将以诗歌来残忍地谈论这一切。/我们相隔39年。/他死去，只为了剩下我们//这是一个以充分蹂躏换取/充分怀疑的时代。/就像此刻，我读着文革时期史料/脖子上总有刺刀掠过的沁凉。/屋内一切都如此可疑：/旧台灯里藏着密信？/地上绳子，仿佛随时直立起来/拧成绞索，/将我吊死。/如果我呼救，圆月将从窗口扑进来堵我的嘴//逃到公园/每一角落都有隐形人/冲出来向我问好//要么像老舍那样投身湖下，/头顶几片枯荷下下棋、听听琴？/可刽子手/也喜欢到水下踱步。/制度从不饶恕任何一个激进的地址。//1974 年，这个火热的人死于国家对他的拒绝/或者，正相反——/用细节复述一具肉身

① 陈先发：《固定着自画像的几个钉子》，载《艺术广角》2011 年第 4 期。

的离去已毫无意义。/1975年，当河南板桥水库垮坝/瞬间到来的24万冤魂/愿意举着灯为他的话作出注释。/我常想/最纯粹的镜像仅能在污秽中生成，而/当世只配享有杰克逊那样的病态天才。/忆顾准，/是否意味着我一样的沉疴在身？//但我已学会了从遮蔽中捕获微妙的营养。/说起来这也不算啥稀奇的事儿/我所求不多/只愿一碗稀粥伴我至晚年/粥中漂着的三、两个孤魂也伴我至晚年

这首《忆顾准》，我无法去截取其中的句子，只能整首诗引下来，这才属于一个完整的诗意与良知呈现的过程。这是一首反思之诗，更是一首警醒之诗，反思历史，警醒当下。诗人在提示自我：忆顾准，是否意味着我一样的沉疴在身？这种追问显出了诗歌的力量，因为它不仅是写给读者的，也是诗人写给自己的。面对历史的原罪，他不可能沉默，否则，以前所努力的一切都可能成为泡影。没有长期的聚焦和关注，正义之诗不可能自我生成，有些诗人甚至还可能走向诗性正义的反面，为一场历史之病辩护。最后他剩下了什么呢？笑柄和谈资罢了。

真正的诗歌写作不可能是一劳永逸的行动，在诗人追求顺畅与小灵感时，很可能就会遭遇一场美学灾难。尤其是我们面对被遮蔽、扭曲或篡改的真相时，历史的责任感会以对抗的方式在诗人身上留下烙印。“批判性的匮乏，是本土性中的最大问题。”[①]陈先发意识到这一点，是他从废墟中站起来的佐证，他用话语实践证明了批判性之于力量感的重要，同时，他也用这些年的现实和纸上历练验证了写好诗就是一种自我折磨的规训。针对时代病症和社会顽疾，比如荒谬的教育体制对一代又一代人的戕害，陈先发早在1992年就写出了《教育之愤》一诗：“成长等于刀削。当幼兽的/恋母之火窜上教鞭/教育等于受辱。/象牙权杖打击了/心底双倍的惊恐——/当秘密等于吃苦/灰烬一年长高一寸//还有多少幻想，可化作阴郁屋檐下/穿梭

① 陈先发：《答杨勇问》，参见陈先发新浪博客 http://blog.sina.com.cn/chenxianfa，2008年9月28日。

的雨燕？/当1993等于1984/心灵等于荒草/还有多少戏曲叫人晕眩？//我不再癫狂，/我不再哭泣。/此刻，我就要背诵这些段落：/像雨水飘到废弃的铁丝/像草原涌进荒凉的窗口”。诗人在此书写了当代教育的荒诞，当一成不变的教育体制强加到学生身上时，它的危害必然变本加厉。1992年即是如此，如今二十多年过去了，我们的教育仍然在恶性循环中扼杀孩子们对自然和世界敏感的天性，摧毁着他们本应丰富的想象。教育之愤仍然在继续，可几代人的创造，就在如此的磨砺中走向衰弱。陈先发所能做的，当是拒绝谎言，祛除蒙昧，以言说真相的方式表达出现实世界的残酷，但仍然以诗性的呈现为前提。

他写生命之诗，就在于诗人突出了一种命运感，它不是带着宣讲意味的说教，也非纯粹本能的流露，而是寻求一种内在的心灵秩序，哪怕它们显偏执，有争议，那也是真实的灵魂记录。其实，陈先发清楚浮在诗歌之上的那层显性明晰的道义，但仅仅满足于这些，就太过浅薄了，“诗，一定是某种哲学，是坐着街头垃圾和你的锅碗瓢盆来完成了它的思考的哲学。”[①]这种诗思哲学，就是潜在诗歌平静表面下的那股暗流，它才是汹涌之诗意的来源。不管是从感性到理性，还是从直觉到智慧，诗意在现实与想象间的呈现，就是一个真实不断重临与靠近的过程，个人的诗思对接了哲学的细节，诗意就复苏了，自觉，恒定，且坚实有力。

## 第五节　蓝蓝：在介入中寻求诗的真谛

蓝蓝并没有像一些诗人那样刻意去张扬女性意识，但一种女性气质仍然在她笔下获得了自然的呈现，这应该是超越和境界的象征。作为“中生代”诗人里的一员，蓝蓝是少有的越写越好者，她的清醒唤起了我们的信任，而在诗歌这样最“无用”的文字中，一个人往往可能

① 陈先发：《固定着自画像的几个钉子》，载《艺术广角》2011年第4期。

得到某种“神的启示”,无功利,也拒绝阐释,它就是精神高处的一道风景,愿意去欣赏的人,自然会去。蓝蓝的这道诗歌风景,不在表象上,而是进入到了审美的深层次,从视觉抵达了精神的内部。她的诗歌何以立足?不仅在于其修辞之美,更在于她的文字中透出的力,这一点让蓝蓝有别于其他很多女诗人。就像有诗人所言,蓝蓝正走在完成的途中,她完成的不是书写的宏大使命,而是在语言创造的方向上增加诗的宽度、厚度与深度。

## 一、由体量和气场决定的诗性

蓝蓝的写作是有大体量的,这种体量不是在任何诗人身上都存在,如果你的体内装不下,即便再多再大的气场,也不能随意附身。这可能与一个诗人的天赋有关,但后天的自我修养,也会起到推波助澜的作用。我相信,在蓝蓝身上,天赋只是一种创造的潜在动力,她后来对现实的关注,倒是让她的写作上升了一个更高的层次,尽管与现实短兵相接,却并不影响她的诗意呈现。良知、道义与德性,在一个诗人身上的发酵,如果处理得当,最终会酝酿出一坛好酒来,男性诗人如此,女诗人同样也适用于这样的写作规则。

蓝蓝的大体量和大气场决定了她不会太往虚高处写,也不会低到尘埃里,纠缠些小情调、小情绪,她不求在写作中与生活平起平坐,但她至少在姿态上,摆出了向生活求诗意和真相的架势,这对于那些细腻有余而大气不足的女诗人来说,确实殊为难得。所以,蓝蓝的写作是带着一种气场的,她没有旷野呼告,也没有声嘶力竭的呐喊,她只是从个人经验出发,写出自己的见闻感想,在这样的文字中投射自己的常识。一切变得不一样了,因为她的诗中有抵制与抗拒,对平庸的语言,对恶俗的谎言,对不公的体制,对易变的自我,那种生活的坚定对接了写作的缥缈,个人经历与艺术想象的融合,在蓝蓝笔下获得了狂欢的平台。就像有人从她的诗中读出了“狠劲”,而还有人从中看到了宽容与温润,这样的情感置于一个人身上,并不矛盾,它就是诗人对分裂的自我进行措置的见证。

当他人在柴米油盐中谈论日常生活时,蓝蓝有她自己独特的方式:“无论渺小的私人生活还是/身处的大街人流:/肮脏、贫困和龌龊/它们潜伏在身上如会恶化的癌/但若跟失去了悲号的人比/我已在天堂的门口。那里//地狱的守门人在把守/他熟悉我的面孔。呵/你带来了什么礼物?/向你的良知贿赂——在人类的背景中?//我的手也击打过他们的脸/以优雅的书斋生活的方式:/背影踯躅的老妇,惊恐的孩子的目光/腐烂在旷野的姑娘的乳房/我的手还在掩着自己的面孔/眼睛却瞥见"(《日常生活》)。这样的书写带着深沉悲愤的抒情语调,诗人不是在关注自我,而是在悲悯他人,这种知识分子情怀,让她总是胸怀天下,心系苍生,但这样的书写又并非完全脱离自我,而是以自我的经验碰撞他人的遭遇,这样所处理的诗意,才显得真挚、动人。



让我接受平庸的生活
接受并爱上它肮脏的街道
它每日的平淡和争吵
让我弯腰时撞见
墙根下的几棵青草
让我领略无奈叹息的美妙

生活就是生活
就是甜苹果曾是的黑色肥料
活着,哭泣和爱——
就是这个——
深深弯下的身躯。

这是诗人早期的一首《让我接受平庸的生活》,此为生活之诗,也是感念之诗,它揭开了日常生活的面纱,还原了最真实的场景,可能看起来残酷、无情,但日常生活就是在这样一些细节呈现中获得了诗性观照。诗人以干净之语对生活的"平庸"作了新解,让其有了精神的重量和质感。

诗人开门见山地亮出了观点:接受平庸的生活。何谓"平庸"?

“肮脏的街道”“每日的平淡和争吵”，这些意象的罗列，恰好对应了生活的“平庸”，这种“平庸”其实就是生活的日常性。一个人并不是每天都要过得轰轰烈烈，也并非每件事都要做得惊天动地，更多时候，我们还是在平淡中度过。而平淡是否就没有诗意了呢？其实不然。“让我弯腰时撞见/墙根下的几棵青草/让我领略无奈叹息的美妙”，这就是诗意，需要诗人去寻找和发现。几棵青草带来的诗性，就是对生活自然的感悟，如同“心有猛虎，细嗅蔷薇”那般美妙。诗人对待生活的态度，是要从小中见大，也要从大中见小，细节和整体的对比、融合，共同构成了诗意的源泉。从不完美中看到生活的另一种美，是最真实的状态。“接受并爱上这个不完美的世界，正是因为它的不完美，我们才能够有如此丰富的感受，以及对世界和生活的思考。”①就如同波兰诗人扎加耶夫斯基所写的那样——尝试赞美这残缺的世界，这是理解人生的高度。生活是甜苹果的“黑色肥料”，我们可能从未注意过，但就是它投射到了生活的立体面上。生活是什么？隐藏在这一哲学之问背后的，无非是“活着，哭泣和爱”，既是形而上的思考，又直指形而下的存在，生活并不复杂，一次转身，一次弯腰所带来的诗意，都可能是“平庸”生活的馈赠。

因此，平庸的生活，并非与诗意无缘，而如何从日常中发现诗意，才是一个诗人综合能力的体现。如果只有经验和情感，而没有最终的发酵与酝酿，也不过是现实的罗列罢了；如果仅凭想象力来作词语的拼贴组合，往往会通向玄奥晦涩，无法接地气。蓝蓝一直力避这些，她既运用经验的力量，也调动想象的潜能，既介入时代现实，又追求艺术理想，这种平衡在很多诗人那里难以做到，但在蓝蓝的写作中，它似乎成了一种日常现实。这些因素对于蓝蓝来说，并非平行，而是交叉的，就如她自己所言：“诗，如果是一个点，那么它至少是两条线交叉处的那个点。”②诗的丰富性就在于多种经验、情感与想象的融合，而非孤立、单一的个人感受和表达。像她写于1991年的《野葵花》，以女性的细腻笔触来衡量，应该是比较轻的，但读完后，我们

---

① 蓝蓝：《诗歌是一种向善的生活方式》，载《绿叶》2008年第5期。

② 蓝蓝：《写作手记》，《内心生活》，春风文艺出版社1997年版，第231页。

会发现沉重之意："野葵花到了秋天就要被/砍下头颅。/打她身边走过的人会突然/回来。天色已近黄昏，/她的脸，随夕阳化为/金色的烟尘，/连同整个无边无际的夏天。//穿越谁？穿越荞麦花的天边？/为忧伤所掩盖的旧事，我/替谁又死了一次？//不真实的野葵花。不真实的/歌声。/扎疼我胸膛的秋风的毒刺。"蓝蓝并不是在新世纪之后转向了对现实的书写，其诗歌才富有力量感的，其实她的早期作品中就已透显出了那种"狠"劲。"沙漠造成真理的铅灰色/为了被她最小的勇敢刺破。//退回沉默中的教养。在/旷日持久的干旱和疾风中她有着/对自身不公平命运的无言顺从"。这首《骆驼刺》同样如此，她在理解中体验，在体验中获取存在的价值。她的力量感源于其干脆、尖锐和审慎的表达，而不是绵软的无力和过于温和的象征。

封闭于内部的海岸线上作自我跋涉，是不少女诗人的选择，而解放自己的感觉，让它们在身体和思想的任何一个维度上施展手脚，则又无法把握好真正的尺度，因此，碎片化盛行，解构的无奈竟然也演变成了破坏性的快感，诗歌的简单化由此成为了常态。如蓝蓝所说，"惟有获得宇宙感的诗人，才能拥有对现实更有力的发言和表达……"①这其实是一种复杂性的体现，是难度写作的变体，它要求诗人们在表达和思想上都具有一定的高度。她所说的"宇宙感"，可以是历史意识，可以是现实精神，还可以是理想主义关怀，更大的可能是几者的融合统一。诗人在朝向这一高度，让所有的思考都投射到文字上来。"我已经做好了准备，我已经打算/在写这首诗时接受审判/我放弃为自己的辩护——/但是——我恳请大地的原谅/请我深爱的草木、溪流、故乡的群山/原谅。我恳请我侍奉了半生的诗神/原谅我的无礼和冒犯//原谅我，我钟爱的汉字/这不是我应该站立的位置——/一个起诉人，一个被告席/这就是我今天的双重身份//我并不打算丢掉诉说爱情的美丽衣裙/这是否有些可耻？/也绝不想使一个渺小的人的话成为真理/以坠入更丑陋的罪恶……"(《审判》)这既是自我审判，也是对他者的审判，双重审判源于内心深处的不满、

① 蓝蓝：《"回避"的技术与"介入"的诗歌》，载《文艺争鸣》2008 年第 6 期。

悔悟与清醒的责任。相对来说，诗人是纯洁的，但要对这个世界重新认识，同样需要从审判最纯洁的诗人开始，“在我的诗歌作业中/必须能容纳所有的美和所有的肮脏”，这样才能更彻底地昭示出自我在这个时代的独立性和使命感。蓝蓝的诗性气质，就是在如此明晰的自我审判中自然呈现的，她的批判力量立足于事实和德性，这让她的写作有了令人认同的信任感。像《永远里有……》《真实——献给石漫滩75·8垮坝数十万死难者》《生活判决》《难以入眠》《劳动》等诗，都是诗人尊严写作的佐证：无论是写什么题材，无论面对什么样的现实，她总是在如实地记录，记录客观事实，记录生命感悟，她要给每一个词、每一句话有一个真实的交待。这也是我们看蓝蓝2005年以来的诗作，能在其字里行间找到羞耻感和说服力的原因，她不是要刻意证明自己的知识分子身份，也非要张扬某种单一的道德感，而是表现为自然而然的写作之道。

虽然蓝蓝早期诗作对自然万物抱持了一种审视态度，但其字里行间最终透出的仍然是善的温润，沉郁的格调里，有悲痛，也有对生活隐隐的爱。她由小向大的转型，不仅体现在表达中，更渗透在思想视野里，此点从她后来更趋知性的诗歌可见一斑。诗人的体量和气场决定了其写作的厚度与深度，虽为女性，但她没有囿于自我内部的狭隘与细小，而是将笔触渐渐向外界敞开，既有对时代社会的关注，也有对自然世界的感悟，这让她的诗歌更大气，也更富有力量感。其实，力量感是当下女性诗歌中最为匮乏的品质，从封闭的情绪纠结中走出来，面向更大的人生难题发言，当是一个更开阔的路径。蓝蓝在这方面就是一个探寻复杂世界的典范，她让自己写作和思考的细节通向了存在主义的高度，美感和力量也就自然显现。

## 二、力量源于超验的现实感

蓝蓝诗歌中的力量呈现，不是因为她关注了现实真相，也不是她制造了丰富的词语组合，而在于她“向下看”的眼光，这种“向下看”并非说她只是关注生活中那些鸡毛蒜皮的小事，而是说她知道从日常生活中发现诗意，并将这种诗意嫁接于个人经验的转换，这样才显得生动，富有活力。“作为一种文学表达方式，诗人的想象力在诗歌中与现实发生了联系，从而获得一种崭新的现实感。这种现实感与当下的现实既关系密切又保持距离……”[①]蓝蓝所言的“现实感”，其所表达的意识和所处的位置，正契合了阿甘本所提出的“同时代性”——“既附着于时代，同时又与时代保持距离。”[②]这并非是一个容易把握的方向，如何在中间找到那个适合的度，当是一种挑战。蓝蓝正试图靠近这个方向，从而获得更智慧和理性的思考角度，这就是带有终极追问性质的写作。

蓝蓝说，诗是语言的意外，这种认知是基于对语言创造的敬畏。语言创新就在于出其不意的陌生化，意外的产生触及了我们对世界的常规看法，因此，诗歌力量感的呈现不仅依赖于对现实的介入，同样也有语言自身的力度，而且这一点显得更为本体。“倘若抛弃了诗歌作为一种特殊的语言艺术这一原则，简单地介入社会生活，那么它就会变成别的什么东西而不是诗歌，因为它丧失了自己的独特性，丧失了诗歌所特有与现实发生关系的方式。诗歌也不是简单的政治，把诗歌变成一种政治行为最终就会成为它的对立面，成为它自己所反对的敌人。”[③]在文学的范畴里，诗歌如立足于语言创造的“介入”，则是最有力的方式。蓝蓝并没有刻意走向哪一个极端，她的写作姿态更趋于诗与思的平衡，冷静的、知性的言说，方可获得更见力度的诗之美。

很多诗人为自己的语言增加无节制的修饰，以为那样便能显现出诗意的可能，其实，真正的诗歌创造并不是一些无聊的词语堆砌，而是它们在逻辑关联的前提下作创造性的组合，这组合可以是拼接，也可以是冷静的缝合。“创造出新的词……依我看来，已有的已经足够。每个词，它的音调，模模糊糊的光亮，它耸动的随时准备飞翔的翅膀，都在期待一个恰到好处的位置，在那里，它显示出最和谐的状态。诗人的任务是从一大堆习惯的用法中把它挑选出来，重新组织

① 蓝蓝、木朵：《诗是语言的意外——蓝蓝访谈录》，载《山花》(B 版) 2011 年 11 月号。

② [意]吉奥乔·阿甘本：《何为同时代?》，王立秋译，www://www.douban.com/group/topic/10098992.

③ 蓝蓝：《“回避”的技术与“介入”的诗歌》，载《文艺争鸣》2008 年第 6 期。

成一种秩序。与某种摄影方式相同，选择词的用法，更多的是减法而不是加法。”①这是蓝蓝在写作上的一个明确方向，她知道堆砌不是最终的目的，而只有更客观的敞开，才会有自然的诗意的到来。

没有人读出眼泪。
云低垂，没有人读出哀号。正如那
被称之为生活的词，涌出潮水的诗行
星星的标点，浪花的题注。
你爱他，他有土地般的宁静。
他脸上一丝凄凉的微笑
重过一座汪洋。你爱他
绝望地扑向沙滩。呵，我尝过你的苦涩！
涛声一边赞美，一边洗干净
你眼底的海水。

一首《海之书》，就像是诗人对世界的倾情之诉，貌似歇斯底里的呐喊，其实是内心之爱的流露。生活在诗中就是这个样子，如同一出悲剧，让人尝尽苦涩与艰辛，最终换来的，不过是泪水的伤感。其实，悲剧性正是蓝蓝这些年诗歌写作的关键词，虽然她少有直接提及之时，但其文字中无时不透出悲剧的意味，书写自我是这样，书写他者同样如此。她在见证生活的同时，也在反思生活何以不易，有这样的反思和追问，其写作才显出了内在性和根本性。而她的《沙之书》，虽无《海之书》那种彻骨的冰冷，仍然显出了哲思的困境。沙之书，具有一种不言自明的永恒性，诗人是在想象中打破了常规的伦理，她是想赋予笔下的一切以稳定感和永恒性，但生活本就是变化的，一成不变的只有静止的沙。它们一直在那儿，而我们却在漫长的生活中跋涉，将沙搅动，成为动态的沙之书，这或许就是人生本色。

在蓝蓝笔下，生活的残缺性构成了诗意的精神维度，她在执着坚守中保持了最基本的清醒，所以，诗人拒绝谎言，只追寻真相。即便

---

① 蓝蓝：《写作手记》，《内心生活》，春风文艺出版社 1997 年版，第 231 页。

是无关现实的写作，其想象的空间仍然立足于某种逻辑，因此，她从不天马行空地玄思，而是让自己的笔触对接当下，直面现实。蓝蓝的写作品质就是这样建立起来的，不花哨，不卖俏，更不用女性写作来为自己撑门面，老老实实地写，最终收获的是一份诚挚和理解。在理解的背后，其实是蓝蓝不断接受现实并自我认同的过程，那些在现实中无法得以解决的问题，总是被诗人以诗的形式表现出来，这种体验是她写作的一个方向，蓝蓝也以此彰显了某种大情怀。

唯其有着自己独特的精神追求和对人世的理解，蓝蓝的写作有时才会透出疼痛感，那是诗人带着反思和承担之意进入写作的体现，爱让她不可太随意，责任又让她须直面真相。“没有白天，没有黑夜/没有善。也没有恶。/一群人在受苦。/仅此而已。//没有这样的词。/这些风吹散的薄纸的灰烬。//一群人在受苦。/就是这些。/永不休耕的土地里/只有一个女人挎着光辉的篮子/默默地播撒种籽。”(《现实》)现实就是一群人在受苦，没有具体所指，看起来是一幅悲剧之景，渺远，迷茫，字里行间透出了深深的忧郁。其实，这种个人感怀也能在瞬间刺痛我们，因为一群人在屈辱和顺从中丧失了尊严。

确实，蓝蓝很大程度上就是在为尊严而写作，她介入现实，关注社会，都是为了能在文字世界里找到不屈服的价值观，能让人在时代的挤压下真正立起来。“一切过于耀眼的，都源于黑暗。//井口边你羞涩的笑洁净、克制/你礼貌，手躲开我从都市带来的寒冷。//藏满煤屑的指甲，额头上的灰尘/你的黑减弱了黑的幽暗；//作为剩余，你却发出真正的光芒/在命运升降不停的罐笼和潮湿的掌子面//钢索嗡嗡地绷紧了。我猜测/你匍匐的身体像地下水正流过黑暗的河床……//此时，是我悲哀于从没有进入你的视线/在词语的废墟和熄灭矿灯的纸页间，是我//既没有触碰到麦穗的绿色火焰/也无法把一座矸石山安置在沉沉笔尖。”一首《矿工》道出了多少良知之人的心声！诗人不仅替千万矿工发出了呐喊，其悲悯之情既是内心疼痛的见证，也是警惕不公对底层人的伤害，这皆缘于诗人的爱。“能够抓紧一个人而不至于使他堕入遗忘(那可怕的取水)深渊的不是理念，而是关系：与具体人、与最日常事物的关系，此中包含了爱、责任、感受、想象力和由此而来的自我反省。”①确实，蓝蓝能够接受“平庸”的生活，但不能接受平庸的写作，那些四平八稳的诗，很容易让人进入到阅读的轻浅里，当那阵感动的小情绪一过，也许什么都留不下，一切归于无。这不是蓝蓝所追求的写作理想，她希望在诗中留下一些认识、幻想和期待，那些黑暗背后透出的光明，正是爱之期待的注脚。

当然，在蓝蓝这里，爱不一定就是绝对赞同或宽容，它也可能是对自我和他者的批判，这种相对性的爱，是她观察世界的另一种精神维度。诗人在这种维度里找到了方向：要在文字中为时代作证，探寻历史的真相，立足当下的现实，书写未来的希望。在众声喧哗里，诗人保持了清醒，她拒绝虚假，不为概念、命名和文学史写作，努力在文字里靠近真相，从而让自己的诗歌之路越走越宽。此时，诗人的心不是漂浮着，而是落到了现实的地基上，这也是其写作富有质感的佐证。但这并不代表蓝蓝就没有人生的困惑和疑难，这或许正是她创造的动力。“我知道树叶如何瑟瑟发抖。//知道小麦如何拔节。我知道/种子在泥土下挣破厚壳就像/从女人的双腿间生出。//我看到过炊烟袅袅升起，在二郎庙的山脚/树林和庄稼迅速变换着颜色。/山谷的溪水从石滩上流走/哗哗地，水声比夜更辽远。//这一切把我引向对你的无知的痛苦。/我知道。”(《我知道》)“我知道”的背后，又何尝不是一种人生的无知呢？知道的不彻底可能导致困境，而无知同样可以形成对话的格局，只要我们足够坦率。她的《遗失》《肉体的桥》等诗，都是这种坦率写作的实践，它们也代表了蓝蓝各个阶段的人生思考和审美趣味。

蓝蓝诗歌的力量感，一方面是其在现实介入和语言创造之间找到了适度的平衡，另一方面，更在于她对诗思、诗意和诗美之关系有着整体上的认知，有时她甚至身体力行地去实践她的理想主义。面对社会不公，她敢于去呐喊；针对时代不义，她勇于来揭露。比如，她曾不遗余力地去为中小学生减负而呼吁，不管成效如何，她是在用一颗真心在为孩子们争取权利。这样带着反省与审视的深度实践，同样是对诗歌写作介入现实的某种回应，只有这些能达至一种统一，真

① 蓝蓝：《我与“你”》，《睡梦，睡梦》，河北教育出版社，2003年版，第2页。

正的良知诗人的形象才会得以建立，这也是一个不分裂的诗人有着人文关怀的精神见证。



### 三、不分裂的诗人与不分裂的诗歌

蓝蓝在一篇文章中说过，“做一个不分裂的诗人，写出不分裂的诗歌。”①我看到了蓝蓝的变化，这些年，她的日常生活并不悠闲自在，甚至还有些动荡，当然，这种动荡更多来自于内心的冲突——她关注的事情非常广泛，个人的，公共的，无不成为她涉足的领域，这一方面为她带来了公共知识分子的情怀，另一方面，也或多或少让她陷入了忧虑、难堪、无助甚至困境。陷于忙碌的困境中，诗人虽然有些焦虑，但并不影响她在写作中将个人的思考释放出来，并赋予它们以诗意之美和现实之真。由此看来，蓝蓝是经历过写作转型的，早期和近期的写作，风格并不尽相同，但有一条重要线索是一脉相承的，那就是对现实和词语精准的感受力，还有一种从表象切入内核的力量感。这样的写作转型，正是源于她在要求自我更新的过程中不断的变化和提升，一种诗歌信念支撑她完成了最初的使命。此前，她随性而写，文字有弹性，诗意显张力，字里行间隐隐地透出一种敏感和决绝，而且不乏尖锐和锋利的话语之刃。

如何让自己的写作与人生不分裂，表面上看是真实，其实是一种爱，内心深处之爱。“诗歌是语言的意外，但不超出心灵。诗歌是通过文字引起读者想象力重视并达到最大感受认同的能力。能够养育我们心灵的恰恰就是爱。一种由个别到其他、由特殊到普遍的传递情感的力量。”②这虽然是一份写作宣言，但绝不空洞，蓝蓝正是在朝着这一方向用力。《诗人的工作》一诗并不长，短短几句关于打铁的描绘，貌似与诗人的写作无关，但却又真切地道出了写诗的耐性与艰辛。“一整夜，铁匠铺里的火/呼呼燃烧着。//影子抡圆胳膊，把那人/一寸一寸砸进/铁砧的沉默。”这样一个场景，其实就是一幅画，诗人写诗如同铁匠打铁一样，与煅烧的火候有关，和锤炼的力度相联，是一种快和慢有机融合的艺术。如果说《诗人的工作》是以打铁比喻

① 蓝蓝：《不分裂的诗歌和诗人》，载《北京文学》2012年第2期。

② 蓝蓝：《赞美》，载《诗刊》(上半月刊)2011年3月号。

写诗的话，那么《写作》一首，则是蓝蓝以诗歌的形式提出的创作宣言，她直接将写作与日常生活联系了起来，处处见出诗意：“他在鸡毛蒜皮的小事上摸着生活的胸脯/他的手在洗菜盆中触到梦想的头/他的字背叛他日常的面容/为了保住贞操，守住秘密/他放弃经验的照相术/在那纸页的镜中迷宫/书写的笔就是一块橡皮/把它映出的形象一点点擦去/一条隐秘的暗道/他消失其中/尽头却涌出异域鲜艳鸟群的//——飞舞”。写作看似轻盈，实则显得沉重，这与诗人的个性气质有关，也与她所关注的现实有关。有的诗人溢出到现实之外，向往“生活在别处”，所以总是将笔触置于高悬的技艺之巅，一种迷幻和玄奥也就随之而来，而且他们在这过程中找到了创作的自我认同。蓝蓝拒绝这样的书写，她以现实和艺术达成的那个恰如其分的尺度为目标，下笔即是在为自己的这种理想而努力。因此，她的意象并不奇崛晦涩，写作意图也并不是想让人看不懂，她在创造中保持了一个知识分子的独立立场，在语言的世界里兑现了个体的承诺——“遵从诚实的原则写下源于生活的诗句，同时也需身体力行地接受自己写下的诗歌的检验”①。诗人与她的诗歌不分裂，在精神上保持一致，这是有难度的，因为稍有懈怠，便越过底线，成为了自己写作的反面。如何在自己身上统一一种价值观，这是坚守“不分裂”的保证，蓝蓝的“介入”写作就是建基于诚实的内心，保存着敏锐的直觉，也守护着个人灵魂与公共社会的那道距离。

幽闭的写作，或者说是私密写作，自己是写作者，也是倾听者，这还不一定是自娱自乐，而是一种彻底的自我回归。不受他人干扰，也不受自我控制，在自由而放松的环境中写作，这是大多数女诗人的选择。但蓝蓝没有限于这种幽闭，而是选择了向现实敞开，这样难度虽然大一些，在技艺和性别上也不讨巧，但她选择介入现实，是有她的道理的：“当很多人提倡诗歌介入现实生活的时候，同样也存在着一个问题。‘介入现实’这句话只说了一半，另一半是诗歌还有着超出现实的那一部分，而且，这个‘现实’并不是大众的现实，它是只跟‘你’发生联系的现实。诗歌中的现实跟生活中的现实并不一样，诗

① 蓝蓝：《不分裂的诗歌和诗人》，载《北京文学》2012年第2期。

歌不是对生活的直接叙述，相反，它的现实感可能比我们接触到的现实更为真实可信。”①在这方面，蓝蓝非常清醒：无论以什么样的现实入诗，最后都需超越其上，也就是要立足于从经验到超验的转化，让诗真正成为不脱离语言艺术本体的那部分探索。“诗歌的本质是将个人极其微观的经验感受，最大化地与世间事物以及时间发生广泛深入的联系，诗歌是通过这种特殊表达和内在节奏，引起读者想象力重视并达到最大感受认同的能力。”②这不仅是一种能力，更是一种境界的体现。诗人要与时代保持关联，而诗歌最终是要与读者发生关系，引起思考，获得共鸣，当是最大的认同。这对于很多诗人来说，似乎比自我认同还要重要，而读者在什么样的立场上能找到与诗人的契合点？诗人又以何种方式与精神写到他人的内心中？蓝蓝是带着责任感和使命意识来写作的，这里有道义感召，有伦理思辨，还有终极判断。

比如，她模仿策兰的一首诗，来关注婴儿奶粉的质量：“你的婴儿不是最后一个/喝它的黑色的人。‘黑色的牛奶你们喝’/从它红色印章的圆孔里你们喝/你们喝它雪白的黑色//在你婴儿的肾脏里有一场黑色狙击满足着/急迫的渴——你们喝浓烈的蛋白质/你们的父亲喝它滚滚的黑色淮河//免检的权力大师来自这片甜蜜土地/你咯咯笑着的婴儿含着乳头/温柔的母亲喝黄金的添加剂/当这一切被允许通过她们悲惨的养育/灭绝一个种族//黑色牛奶在仔细地查找婴儿的眼珠/黑色褐色的眼珠，发青的眼珠/它们因对世界完全的信赖而被镊子夹紧/吱吱掉进瓷盘冰冷的洁白里”（《仿策兰》）她关注河南艾滋病村：“这样的村庄没有四季，没有昼夜/也没有别的动静。只有欢喜的风/把坟头破碎的纸幡吹得/瑟瑟作响……”（《艾滋病村》）她关注当下中小学教育在某种程度上给孩子们带来的伤害：“唉，分数！作业！/孩子们跟在磨房的驴子后打转//被蒙上眼睛的我，怒气冲冲/挥舞着皮鞭//——请你们理解，在这片土地上/数不清家庭的母

① 蓝蓝：《那经历着变化的——浅谈“我们的时代与诗歌”》，载《新文学》第二辑，大象出版社2004年版。

② 蓝蓝：《不分裂的诗歌和诗人》，载《北京文学》2012年第2期。

亲和孩子/也是这样被鞭子驱赶着/涌向通往疯人院的大门//而在那遥远的贫困角落/没有书包的孩子的母亲一边哭泣，一边/羡慕着这可怖的命运！”(《教育》)这些针对社会现实的直接言说，是诗人良知和正义感的体现。她这种直面时代病症的书写，并没有以牺牲诗意为代价，这也是蓝蓝的诗歌既有现实感，又不乏穿透力的原因。

> 写完这首诗，我就去洗手。//再刨一座墓坑/父亲们便可以恸哭。//祝愿世上的人都瞎了眼睛——/一个女童赤裸着蹲在床头/捂着脸发抖。//汉语也可以犯罪/在她身上留下烧焦的耻辱。//医生不能治愈泪水/法官大人——你也不能。//谁发明了这个鲜嫩的词/供一群野兽饕餮？//这片土地除了活埋孩子/还能搭起多少台歌舞晚会？//从没有这样的土地。从没有/这样的一首受诅咒的诗！

这首《嫖宿幼女罪》是蓝蓝于2012年6月1日国际儿童节那天，因对此前各地发生的多起“官员嫖宿幼女案”之恶劣行径的愤怒之言。这种对时事的有感而发，诗人以诗歌的方式表现出来，带着质疑、追问和反抗儿童受侵害的呐喊之意。蓝蓝介入时代的写作，是诗人作为公民富有良知承担的体现：一个文字工作者，一个精神生产者，面对社会不公，不仅要有基本的是非判断，更要用自己的良心去对抗丑恶的现实，蓝蓝在这方面一直走在很多诗人前面。她是引领者，也是启蒙者，不仅是诗歌美学的引领，更是公民意识的启蒙。

蓝蓝很早就确立了她的诗歌写作路径：保持独立，提升难度，拓展视野，趋于大气、开阔和厚重，而不是封闭于对女性意识的私密讲述，对个人经验的无节制放大，作单纯的情感发泄，这些恰恰是很多女诗人惯常的写作方式。蓝蓝大都是将公共生活融入个人独特的感受，这样才可赋予公共言说以艺术之美，否则，二者的脱节就成了“诗歌介入现实”这一观点广受质疑的关键所在。“未经艺术处理的情绪只能算发泄而不是表达，就像一个人悲伤时只会哭、高兴时哈哈笑一样。”蓝蓝以此阐释了公共生活、个人经验与艺术表达之间的关系。

诗歌的生动性体现在哪里？想象的新颖、经验的丰富和表达的准确，都不可或缺，蓝蓝深谙此道，所以她才会说："仅有情感是不够的，表达准确需要高度的智慧活动。"①这些言说都指向了诗歌写作的根本——有感而发，言之有理。蓝蓝在写作上一以贯之的就是力量感和命运感，她没有因言说自由的困难而放弃对时代的审视，也没有因诗歌边缘化而转向轻浅的书写，她一直持守自由的立场，以抒情格调对接现实的难题，用严肃表达呈现庄重的情怀，这是孤独者的光荣和梦想，也属于诗人独有的愿望和抱负。



① 蓝蓝：《写作手记》，《内心生活》，春风文艺出版社 1997 年版，第 232 页。

# 第四章　新世纪诗歌的多元审美

互联网时代，诗歌有感而发的本质未变，但诗坛的格局变生了微妙的变化，它变得越来越年轻化，但年轻化并不意味着诗歌文本的品质就很高，相反，后现代的碎片化和虚无化，让诗人们的写作也遭遇了瓶颈。我们既不匮乏写作的主题，也不缺少西方与传统的技艺，但诗歌总显得乏味与无力。这是悲观的现场，也是年轻诗人们所面临的难题和困境。在困惑中写作，正是这代人所要直面的现实，否则，一切都可能被简化，连审美本身都变得简单化了，这需要更多清醒的人能保持一种定力，以免于被时尚诱惑着陷入浅薄平庸的尴尬境地。

新世纪以来，70 后、80 后乃至 90 后，都相继出道，有些人狂热地投入写作，然后很快放弃，他们不是诗歌史上的过客，而是一种青春期写作的典范。如何让青春期写作变得长久和持守，在激情中增加智慧和理性的思考，当是很多 70 后诗人的选择。有些 70 后诗人写作的时间并不长，但相比于 1980 年代的那批诗人，其成熟写作的时段缩短了，这并不完全依靠天赋，后天的自我学习和训练应是最好的助力。年轻诗人的写作都还在途中，因此很难对他们下定论，其中也有些诗人面临着中年的困境，但持续不断的写作应该就是这个功利时代的自我救赎之举。不少 70 后诗人都承认了当下写作的难度，这是直面事实的内心需要，也是超越自我的境界体现。这样一批堪称“刀锋”的年轻诗人，同样能够成为未来诗坛的中坚。

## 第一节 孙磊:诗与思的人生信仰

我很早就开始关注孙磊的写作了,没有人专门推荐我读他的诗,我对其的阅读从偶然变成一种必然,是因为在长期认知过程中对诗人产生了一种信任感。孙磊并不是一个高产的诗人,与同龄诗人相比,他的诗总是显得那么少而精。我相信,孙磊的作品不多,并不代表他不勤奋,而是他的自我要求比较高,不随意写,也不随意示人。诗歌成了他隐秘的生活方式,不是全力以赴,但诗之思却成为了他的日常功课。只要他一出手,总是能给人带来出其不意的惊喜,那种创造性已非诗人刻意为之,而是一种自觉意识下的自然状态。

### 一、向内转的语言姿态

像大多数诗人一样,孙磊对语言的重视,是他写诗的动力。但他的写作不是追求狂欢的语言暴力,虽然字里行间不乏实验性,然而,那些带着诗人呼吸与体温的句子,却是对汉语的重新解放。孙磊对诗歌的敏感,很大程度上就是对语言本身的敏感,他珍视每一个词语的变体,让它们在翻飞、腾挪和最终的定格中最大限度地释放其丰富和多义的魅力。诗人不是以发泄个人私情来写作,而是一种理性的觉悟,对语言表达的诚挚愿望。他渴求着拼接组合的快意,因此,语言的冒险,对于孙磊来说,就是一场增加词语间冲突与张力的个人行动。这场个人行动带上了反游戏的色彩,有着建构的力度。相对于孙磊早期高蹈的虚空和外在世界,我更欣赏他在新世纪之后那透视内部实在界的努力,从一种旷野般的"大"回到了适度的"小",技艺和主题未变,但境界在向内转,如同悲剧获得了现代性立法的依据,坚实且富于沧桑感,打破了由盲目抒发和宣泄所导致的激情汹涌的混乱格局。

——是的,新世纪以来,孙磊从不盲目抒情,他用生动而富于跳跃感的语言,来修正这个日趋僵硬和板结的感觉世界。我们总是在已知的世界中游移不定，语言的规范促使更年轻的人遵守既定的法则，创新由此成为了一种冒犯，但这样的萌芽状态往往被扼杀。返回来，就只好听命于自身对意识形态的顺服，对威权主义的屈从，唯独缺少对语言创造的敬畏。诗歌的语言，其实也和人的生命一样，需要探索那潜隐的可能性，“诗歌写作就是探求未知感受的一种努力。”①这未知的感受来自语言世界无限可能性的延宕，怎样去探寻语言的奥妙，就是诗歌写作初始的奥妙所在，孙磊早为此做好了失败的准备。“诗人的语言必须获得某种不被理解的荣誉，它与诗人作为人的荣誉有关，但仅仅是关联，而不是全部。不被理解意味着它能够保持应有的独立性，包括独立的判断立场和性情，不被理解还意味着它能够从语言的角度，探知时空灵魂间的微光。总之。诗人的语言有一种彻底的不可同化性，它让诗人既保持个人的品格，也保持被坚持的少数身份，因此，诗人的语言是血脉记忆的证词。”②我觉得这种“少数”就代表一种创新的意识。为了语言，诗人愿意去承受表达的纠结，修辞的不满足感，以及绞尽脑汁的与众不同所带来的压力。孙磊在发挥想象力的过程中，投射到语言上的力度有时甚至超越了思想本身，这创造的精神为其诗歌保存了让人信任的品质。

在一首他自己很看重的诗作《准备——献给 Y·X》中，孙磊将现实的情感作了变形，从而呈现出了陌生的诗意，这一切都是基于他对语言规则的反叛，那些重组和拼接触及了现代汉语的秩序，常规诗歌写作的意义得以改写。“往往读书读到你不在的地方，/人民币和美元就在。那时/整个章节都是集优股的天气。/你不可能走得比现实更远，即使/在词语里，一颗烟就让你哭了。/一根火柴，一只灵敏的风向仪，/一支队伍，越来越黑的道路，/越来越黑的子弹，在晚间新闻里/射向科索沃的平民；在中非，/那儿生存的能见度很低，/往往词语也是荒凉的，/真相常在可指责的章节。”诗人言说的对象，他足够了解和熟悉，但他并未以“直白其心”的方式来倾诉衷肠，而是在词语的

---

① 孙磊：《窄门——获奖演说词》，载《诗歌月刊》2002 年第 4 期。

② 孙磊：《被坚持的少数》，载《诗探索》2012 年第 3 辑理论卷，漓江出版社 2012 年版，第 173 至 174 页。

变形中接近真相。尤其是那超现实的意味，在语言的精致处理中得以显现，并寄寓了一种高贵的格调，暗含着智慧的深度。“你总控制不住地发怒。/过于猛烈时你就退向婚姻，/退向厨房，退向锅碗瓢盆。/一个靠抗拒活着的人，/靠游移赢得了爱。”所有的书写皆立足于现实，但诗人又出其不意地道出了现实延伸出去的另一种可能，这是语言的魔力所带来的奇特效果，既不张扬，也渗透了诗人之间的相互理解和尊重。因此，在诗人的前行之路上，语言充当了助力的角色，它承载着诗人的想象和运思之力，铺陈与延展了表达的灵动。

诗歌语言的创造总是和想象有关，且紧密相联。想象是如何炼成的？并非那些滔滔不绝和天马行空就代表了想象的丰富，也不是过分的惜墨如金就能让语感趋于简洁、明晰，因为那样也可能会乏味无趣。在语言和想象中有一个适合的度，孙磊总是能那么恰如其分地控制这个度，不花哨，不搞怪，也不凌空蹈虚。“越是朴素的想象越令人震惊”，①这不动声色的从容想象，是发自诗人内心的美学召唤。他的表达虽然没有强大的扩张性，但他不屈服于某些逻辑陈规，让语言发生变化，浸润味道，才会让诗歌富有活力和内涵。“诗人的语言是以否定性为前提的，所谓陌生感也是来自于此。否定性还主要表现在语言强烈的自我反驳的层面上，诗歌需要必然的裂痕，需要对立，需要不断地撕扯，以完成一种无法完成的完整。”②这种言说最能代表孙磊的语言美学，其书写也都是围绕着这种自我感触在实践，他的不屈服，其实就是对陈腐语言的否定，让表达在从偶然到必然的转换中，也能获得审美的层次感与持久性。

对于习惯了阅读和欣赏日常抒情的人来说，阅读孙磊时需要自我启蒙，并放下单一的诗歌审美观。虽然没有过多的引经据典，但他语言表达的多元和丰富能唤醒沉睡的美学幽灵，从而给我们搭建一个全新的知性阅读平台。孙磊并不高产，然而，每一首都尽量呈现出不同的理解视角和向度。比如，他写一个人的状态：“我累了，安魂曲

① 孙磊：《窄门——获奖演说词》，载《诗歌月刊》2002年第4期。

② 孙磊：《被坚持的少数》，载《诗探索》2012年第3辑理论卷，漓江出版社2012年版，第173页。

有些羞怯,/夜晚只是部分的解释,路灯下/街道变得更黑,/风显得孤单,但/那是你生存的全部事实。//该有一种埋没给我天涯了,/该有一次死毫不动摇。/在那儿,我的地,/今天你来,把它变成/质地硬凉、细碎的远方。"(《沙尘》)他写人与时空之间的距离:"我与他之间,有一段历史,很具体,/挺着胸,目视他给我的远方/多年后,那远方成为不断拷问我的枷锁。"(《广场》)他写一个逃避之人的矛盾与冲突:"不要试着找我。低沉的人。/有低于秩序的执迷。/低于线路的行程。公共汽车。/每一站都有人怀揣修辞的力量。/但坦白地讲,有些污秽是非语法的。/非人性的。良知在每一个座位中都带有热量。/都以异音的资格承担乌云。就像/我从一张报纸上礼貌地醒来,/又被撕碎。"(《不要试着找我》)孙磊书写的很多主题,不少诗人可能难以找到恰当的言说方式,也有可能直抵根本但又无法超脱,二者都与真正的诗意绝缘。孙磊的旨趣是先找到一个合适的表达方式进入主题,接下来,语言视野的打开自然而然,各种途径都可以抵达超越感的存在形态,从而靠近神秘的图景。

无法言说的某种神秘感,就是语言的变形所带来的诗意,孙磊注重语言在细节上的准确性与合理性,但精确的语言之外的整体混沌才是诗歌的魅力所在。《在怀疑中的努力》《以真正的……》《衰老》《回应》《永爱》《取向》等诗作,都从各个不同的向度对语言表达作了相应的尝试,可能带着异质性和陌生感,但为我们提供了与更高的精神伦理交流的可能性。语言的创造,当和经验对接时,直觉和感知同样重要,它们是表达的基础,通达更直接的及物性,这是修辞能力的体现,更是思想能力的折射。

**二、写作怎样通往一种信仰**

在我看来,孙磊的写作信仰不是纯粹西方宗教意义上的,而是一种超越。他的写作既有过程的难度,又有结论的高度,这双重要求不可能让他在低于水平面的处境中施展技艺,这时,他追求的几乎是一种"神助"的力量。他的诗歌话语有着内敛的个性,一方面是节制情感所致,另一方面,还与诗人本身更加灵动的思考有关,其思考在与时代对接时渐趋深邃,既富于历史感,又带着命运感。而在整体上,还没有过度掩饰那创造的锋芒，悲悯与冷漠交织，硬朗与柔软并行，真切的现实幻化出了荒诞的诗意。

孙磊有一首诗名为《存在之难》，当最能代表他在写作上所坚持的难度信仰。在诗人看来，存在本身是困惑的，不确定，但也不游移，它为冥冥中对应的某种秩序所控制。“那是不容分说的勇敢，/愚蠢的僻静，是一张纸/迎向它的供词。迎着/笔的尖利。/和呼吸中上涨的河。//始终有一个力在暗处。/雾不重。它就要求更多的迷惘。/它需要沿岸。需要罪。/需要更多的生活，从具体的出发点，/释放出喋血斑斓的另一面。”这似乎是语言的不确定所带来的跳跃性，我们理解的难度也在于此，诗人坚持了他少数的表达，或者就是献给少数人的修辞。他在表达中的这种碎片化，其实针对的就是词语的重组与再造，让它们之间的张力更趋生动。就像他曾言：“作为隐秘区间的旅行者，诗人语言首先是生长在碎屑中的，诗歌像磁铁一样将这些碎屑粘连起来，构成新的语序和法则，建立词汇间新的张力，从而更新语言及其语义的边界。”①语言的张力就是美学的来源，而这种陌生化的美学，就是孙磊写作信仰的重要部分。“今天。我决定去散步。/它常常提供壁垒、缝隙、隐身衣……/它让我以一个旁观者的身份/‘高声写作’。虽然/我只同意其中的减法。//在的。无名的在。/求的。无所求的欲念。/一直用推论将我推向一面镜子，/推向它的深处，/更激进，/并带着更多的拒绝。”存在之难可能很大程度上源于拒绝，诗人坚守了某种“少数”，甘于边缘，这种对世俗的抵抗或许就是要响应深度美学的号召，它不可能完全公共化或普适化，这种高贵性和神秘感，其实就是诗人所追求的价值，同样属于存在之难的一部分。

信仰成为精神领域里重要的一极，对于诗人内心复杂性的重塑是一个绝佳的参照，而孙磊的复杂，并不是纯粹哲学意义上的复杂，而是语义的复杂所造成的交流的难度。诗人在写作上是设置了障碍的，那种没有难度、一帆风顺的写作和阅读，对于孙磊来说是无效的，

① 孙磊：《被坚持的少数》，载《诗探索》2012 年第 3 辑理论卷，漓江出版社 2012 年版，第 173 页。

他的挑战性既针对自己，也指涉所有的读者：被动的接受只是阅读的浅层次体现，而带着思考的阅读，方可成为他写作信仰体系里的一部分。因此，孙磊的自我挑战是双重的，他给自身设定了较高的难度系数，同样也要求他的读者不要依赖意义顺滑的自动呈现，而是要去体验，挖掘，以至最终完成接受美学上的再创造。

当然，孙磊的难度并不是要作纯粹的玄学实验，让诗歌陷入晦涩，他仍然在以生活经验写作，纳入了日常，只是他对其作了自己个性的转化。生活成为一种信仰，我始终觉得这是诗人的福祉，它会让写作对接上道义和伦理的力量，守护一种精神在场的纯粹。“当我写作越来越独立的时候，我也就越来越宽和。并且，诗歌承担了我内心的黑暗与堕落，能让我更坦然、明亮地活着。”[①]生活与诗歌的互动，可以达至一种双赢，这并不是每个诗人都能做到。流畅自如的转换，最终只是在少数诗人身上成为可能，它对于很多诗人来说是困难的，要么就可能陷入生活流的乏味，要么就以叙事抵抗抒情的泛滥，彻底沦为小说的附庸。孙磊让诗歌和生活承担了它们各自的功能，且边界清晰。他的诗歌承担了“黑暗”与“堕落”的部分，因此会显出沉重、感伤和思考的压抑，他希望自己沉下去，而不是轻飘飘、软绵绵。“一只灯泡，在我手上。/像梨汁，在盛夏的腐烂气息里。/橘黄色的窒息，不断地在往泥里渗。/我显得疲倦。/我的疲倦，我一直攥着。/不去刺激它，也不给它更多的理智。//实际上，我很容易去死，容易得/像转身钻进树丛。//每次我想象有一片海在眼前的时候，/要么它真的就在，要么它是一片漆黑。/海在远处拉琴。/我全副的信心让海更舒展。那些缓坡的跌宕，/那些生命跟不上的蓝，将事实上的冬天/推迟得更远。//我暂时不说话，在对面的街上，/它是永远。/它要始终面对一种暴力，面对低，面对向上的搏斗，/表达向下的敬意。”(《绝境》)他把绝境置放在了诗中，从一只灯泡开始：生活的紧张、不安、焦虑，都可化为诗中晦暗的可能。在现实中，我们能想到如何去活，如何去活得更明亮，但在诗歌里，我们可以去写死，写绝望，用想象去写经验的极致，去写无限生动的可能。

---

① 孙磊：《窄门——获奖演说词》，载《诗歌月刊》2002年第4期。

孙磊在诗歌中的承担，是他另一面生活的释放，他让它们分享了各自的角色所带来的快感和美学。诗歌与生活的对抗、博弈，乃至叩问、对话，都能赋予某种主题以诗意，这端赖于诗人以什么样的趣味介入生活的未知领域。由此，我理解了孙磊曾说过的那句话："诗歌对我而言不是生命而是命运。"这命运很多时候是无法把握的，需要诗人自己去领受，领受困惑带来的心事，领受疑难造就的断裂，这些领受都通达诗意的空间。孙磊笔下的繁复和尖锐，在精神上就体现为"一个人的挣扎"，而挣扎所指涉的诗意和力量感，"既是沉重的，又是鲜活的。"[①]这是诗歌对生活的一种回应，生活中那些微妙的、不可言说的部分，成为了诗歌隐秘的资源，"诗歌就是要言说那无法言说的一切。"[②]它可能暗含着执拗、暧昧和痛感，在言辞的转化中，它们又成为智慧的象征，看似是务虚的，实际上无不在生活经验的范畴里流连，落实。诗歌所带来的慰藉，是生活的注脚，又见证着记忆的重塑。"接受人，不接受人群，/接受水，不接受海水，/我每天死去一些，每天的异端，/钉在那儿，每天的孤独、隐秘，/每天更加锋利。//我有理由返身，一瞬间/修复键改变了生活的路径。/景物换了，人变得可疑，多层的晦暗/在身边犹如波浪，而斗争/有时是阐释，有时是沉默。"(《孤岛》)现实中的孤岛，也会演变成为心灵的"孤岛"，这中间变化的复杂性构成了诗歌一种特殊的立场。

那些散装的、碎片化的生活细节，在提炼中获得了新的"灿烂"色彩，它们确证了日常的感受，又无限趋于本真之美。这些其实还在于诗人如何去挖掘与再造，生活就在那里，处处都可能抵达诗意，取舍是一种选择，而选择的背后又是诗人长久积累的理解和书写能力。孙磊的写作就是打破束缚，立足于创造本身，所以会敏感地拒绝庸俗的修辞，他甚至会接纳脆弱、无力和体验那必然到来的失败。"失败是情感的本真状态。一个人的写作一定有它的命运，这是我们不能把握的，因此我只相信勇气和信心。诗歌写作就建立了我的勇气和

---

① 孙磊：《〈演奏〉后记》，《演奏》，上海三联书店2005年版，第173页。

② 孙磊：《窄门——获奖演说词》，载《诗歌月刊》2002年第4期。

信心，这是我的尊严。”[①]他有勇气来进行持续性写作，且不断面对困惑与难度，这是自我加码的意识，决不因形成了既定的风格而自我重复，始终相信自己的下一首是最好的。这种写作的信仰是热情作为动力的结果，面对世界和周遭发言，如何将那些不经意的瞬间和灵感楔入美的创造中去，则是一种内在的自觉，对于孙磊来说，更是如此。

**三、隐喻美学和思想境界**

孙磊的诗歌在语言表达上的优势，已通过其作品充分呈现出来了，他拒绝随意的涂鸦，而是以虔诚的姿态和敬畏的风度对待每一个词，每一个句子，因此他才会有“写作就是一种信仰”[②]的认知。在他的诗歌中，他注重修辞的力量本身，而这种修辞又是在隐喻书写中完成的，他并不过多求助于那些硬知识，经验和阅读当是他写作的源泉。他在思想性写作的自我律令中，没有使隐喻书写陷入一种晦涩的极端，导致彻底的虚空和不及物。孙磊从介入时代的反思和对历史的内省中走出来，逐渐通向相对澄明的境界。

孙磊的隐喻和思想书写的交融并不是后来才有的，而是他一直就保持了一个良知诗人的敏感和尖锐。在写于1990年代中期的长诗《朗诵》中，孙磊开篇就引用了法国基督教徒S·薇依的那句话：“如果确实有愿望，如果所渴望的东西确实光明，那么对光明的渴望就会产生光明。”这可作为题解，又是我们领悟此诗的切入点。

> 在冬天，要先尝一粒黑莓/尝到提前到达的春天/要怀着巨大的惊骇，对我来说/春天是否是又一次敏锐的毁坏？是否/一个人可以把火种擎持到冻土里/当洒水车还在雪地上打滑，要去捡些干草/要让车子持续地空虚，在春天到来之前/要有足够的寒冷。在寒冷里活着是高贵的/……/在说话之前，要先点一盏油灯/要裁剪火苗，它刚刚哭过。要往它内心灌注/酥油和马奶。要高龄/在火苗下雕刻大理石，要用最谦逊的刻刀雕出夜莺/它

---

① 孙磊：《窄门——获奖演说词》，载《诗歌月刊》2002年第4期。

② 孙磊：《虚荣》，载《诗探索》2012年第3辑理论卷，漓江出版社2012年版，第171页。

正试着显形，要给它声音。到处都是黑卵石/到处都带着磁性的沉默。要感到震惊/单色的暮年，要仍然向往彩饰的项链和手镯/要化晚妆，在挚友间悄悄崩溃/要像一条蜥蜴沉溺于冬眠，要能想起/一颗流星，它已不再是一枚明亮的钉子/要重新开始，要说一个朴素的词/要说：光明，一切就挪出了阴影

当我们读出这首诗时，它已经不单是“朗诵”上的意义了，而是延伸出了更多关于生命、永恒、情感、生死等形而上的问题，皆在词语的旋转与重构中得以呈现。诗中生命关怀与分裂之声交织在一起，形成了那种对生活的热爱和眷恋之意。尤其是在朗诵的畅快中，在诸如“在寒冷里活着是高贵的”这种简短宁静的句子里，诗人以理性的节制与平和的语调，让我们获得了对世界的重新理解和参透。《朗诵》不是虚妄的，在那些此起彼伏的游荡者的歌唱中，“瓷罐”“瀑布”“苔藓”“河流”“宫女”“黑莓”“海岬”“礁石”“岛屿”“尘埃”“流星”等意象，与那些“欲望”“阴影”“高贵”“贪婪”“崩溃”等形而上词语共同组成了《朗诵》最为绚烂的面孔。这看似一场虚幻语汇的狂欢盛宴，实际上，是诗人精心选择每一个词，考量每一个细节给整首诗所带来的厚重和深度：简洁的现实如何与丰富的想象对接，如何从内部来回应关于人之精神困境的思索，以求在意象组合中渗透诗意哲学的内在质感。

对于诗歌之外的文学追求，孙磊仍然有他的坚持，而且是坚持“少数”：“坚持智识的敏锐和情感的激荡，坚持精神的自由和理想的持续敞开，坚持立场及其对它的呼应，坚持反驳及其对它的重审，坚持超越和不可言说的境界……”①这其实就是独立性的体现，他将自己的诗与思建立在自由、理想和审视的立场上，然后给出启蒙之力。

思想之花会在一些隐忍克制的诗人笔下获得绽放，思想之诗一定是深沉的、深邃的，而不是轻飘飘或浮躁的词语堆砌；它们带着诗人思考的味道，也不容诗人有半点敷衍成分。它必须是一个诗人对

---

① 孙磊：《被坚持的少数》，载《诗探索》2012 年第 3 辑理论卷，漓江出版社 2012 年版，第 173 页。

生活投入了真心，其厚重感与历史感才会得以呈现。同样写到黑暗，在孙磊笔下，又是另一番深沉的模样。

在一个破败的城市中思虑重重，
在寝室里，茶几上，在被角，
或者在晚饭中，我不谈论生死，
在多风的晚上，记忆渗出了湿气，
我不谈论它，一阵拍手的声音，
车辆停了下来，忍耐，沉默，
抵挡着可耻的黑暗。

——《国家的乌云》

这个时候，黑暗是可耻的，也确实如此。没有多少人真的喜欢长时间或永久地待在黑暗里，即便如此，充其量也是向光明的一种过渡。我们没有理由对黑暗抱以宽慰的掌声，除非在诗里。诗人喜欢黑暗，但他的精神是开阔的、光明的，否则，诗歌也会被置于黑暗中，不见天日，那我们要诗干什么呢？原来，黑暗的可耻是由乌云带来的，而且还是国家的乌云，体制的乌云让人看不到人生的亮色，那种深深的不安全感，只会让人思虑重重，这是自然而然之事。一切疑虑都可从题目中找到答案，我们所感知和听闻的，都不会越出心灵对社会与时代的触及，那是最真切的，它们的矛盾与冲突，在精神发酵的过程中形成一个诗人的思想，这也是其诗歌富有力量的关键。

可能越冷静与克制，其写作越富有现代意识，而不是纯粹的古典气质。也就是说，一个诗人有什么样的思想格调，就决定了他会对写作采取何种姿态，包括语言、用词、结构与这一切组合在一起后所透出的真相。有的诗人乐意去写生活的光鲜，有的人却热衷于去探讨终极的价值，还有的诗人则钟情于“死亡的诗意”，那种强烈的国家意识和人生感怀让他无法朝轻的方向走，他只能低下头谦卑地诉说记忆的乡愁、家国的愤恨，以及围绕这些所生发出的无限感慨，那是内心的求真意志所要求和无法规避的“不合时宜的思想”。孙磊的思想性写作触及到了悲苦和疼痛，更显出了历史感和命运感。“在镣铐中，如何/维护一个缄默的上帝。//他数学的贵族气质。/他的蛮力、空旷、刀割……/和向死而生的轻。//一种被迫的含混比它自身/积蓄得更多。真理也更毒辣。/尤其当一种屠杀/从集体的信仰中醒来。//四壁形成的意志/具有极强的非逻辑性，它靠知觉/换取抽象的生活/和一颗五分钱的/子弹。//对于被封存的雪，/消融是奢华的，/尤其在春日的田野上。”初看貌似一首哲理之诗，因为其字里行间嵌着“真理”“信仰”“意志”“非逻辑性”“知觉”以及“抽象”，然而，除了这些真正抽象的词语外，还有“镣铐”“贵族”“蛮力”“屠杀”“子弹”“雪”“春日”和“田野”等，更重要的是，一句“向死而生的轻”之组合，为这首名为《监狱》的诗增添了出其不意的诗意。具象和抽象融汇在一起，诗人打破了现实空间与心灵空间的屏障，使一种高贵的诗性彰显出了它的本色。监狱是阴暗的，我们都知晓，但如此去表达，又是另一个问题，诗人没有直白地描绘，而是在内心里给出了他自认为的真相和秘密。

孙磊以他最独特的方式揭秘了监狱的内部肌理，原来，它面对的事实更多时候是一种人存在的状态，而且还是“存在之难”的状态。即便后面有着温存的景象，也不过是为此所作的铺垫。就像他所写：“眼睁睁地看着一个盲目人国家/自娱自乐。/就如同眼睁睁地看着一个主角/死在你触手可及的氤氲中。/触手可及的恐怖，/被称为安全。”（《病中——给 gaobrothers》）一切深沉厚重的写作，看起来都是一场悲剧，那是失败主义的象征。至此，诗歌写作更多时候其实是诗人面对失败时的精神注解，他以语言的方式来呈现，只是加深了这场诗歌深渊的厚度。这种厚度不仅在中年诗人身上得以体现，同时，也在年轻的诗人笔下获得了响应。只要一个诗人足够清醒，足够理解他生活的这个时代与脚下的这片土地，回望了历史的沧桑与烟尘，他就不会太偏离真相与爱的轨迹。

从孙磊的诗歌中，我们可能看不到惯常的美，有时甚至只能看到丑，时代与社会之丑，如那内心黑暗的持有者，隐忍，低调，但内里的言辞却如利刃，杀人不见血。这就是我们从孙磊的诗歌中所能领略到的诗意，与传统的单纯之诗大异其趣，它更富现代性和抽象意味。而这，可能就是我们需要的诗歌艺术、自由精神和理想主义，却又不空洞，不虚假。

**四、如何审视我们的处境**

孙磊一度被认为是“知识分子写作”精神的直接传承者，现在看来，这似乎是一个误解。其实，他的写作早已超越了知识分子与民间写作的二元对立立场，而形成了他自己独特的风格：沉郁、跳跃，归避散文化，但非常有力量。我之所以用到“力量”这个词，是因为拥有这种书写能力的年轻诗人并不多，而孙磊是少数能在词语和精神融合上把握力度的优秀诗人之一。这体现于他的每一首诗中，也反映在他整体写作的高度上，不随意，不苟且，拒绝平庸。创作一首优秀之作，很大程度上是需要将力气用尽，写到一种极致，达成唯一的境界。

新世纪初的抒情中，形式探索仍然保持着庄严之意，有些探索被遮掩在了隐喻和抽象的符号系统中，造成现实与朴素的初始想法无法被还原。孙磊写于 2002 年的《风吹我》似乎就是对这种现状的反拨，他试图用抒情的风吹散知识所包裹的晦涩与虚无。“风吹我，像吹一件破衣服。/风呵，用滴水的轻吹我，/用沙漏的慢、/绛紫的青春、青春的远。/吹动我，一根爱着的草，/疯长的绿。风吹我，/用一个夜晚吹向昨天，/用思想、煤、萝卜吹向/庸倦的时光。我绊倒在那里，/风的门槛，悲伤的树，/或者足够用来沉默的电机。/那些火热的过去，让我倒向它的沉默！/风吹我，吹碎银子的风，/今天吹碎我的孤单。”清新之风吹着自然的身体，带来的是节奏与美感，同时更触及我们内心的孤独。在一个浮躁喧嚣的社会中，我们不仅有个体的生活焦虑，而且还有着切身的精神困惑。在不快乐的处境里，甚至活着本身就是一种焦虑。成天处于焦虑状态，那么，思考也会变得艰难，且障碍重重。我们的处境是一种内心封闭的精神荒原，内敛，隐匿，但又被动地受外界影响，这就形成了现实处境的艰难，精神处境的矛盾之态。

孙磊的《处境》呈现的就是这种真切的现实：一个人孤独、失败，但不妥协，不屈服。这种真实经过诗人的艺术化处理后，一种存在主义式的处境呈于我们面前，不怎么美好，也不那么光明。从主题内容来说，这是一首由小见大、由近及远的审视之作，他不仅抒写了现实的具体处境，同时也提供了处境的诸多可能性，由个体小处境照见人生大处境。“谈到自己，我无言。/无人感谢，腌制的形象。”诗人开篇即道出令人困惑的命题：一旦谈到自己，就无话可说。诗人其实有很多的话要说，只是觉得很无奈。“300 度镜片的视力，/含釉的玻璃。热泪涌出时，/有赤白的反光，/有一些景色突然被失去。/那是曾经的沉沦，/在他人眼里数次看到。//一种冲力，像推门的手，/在力量中几乎是冰凉的。”试图改变处境的力量，如一股旋风吹来，带着冲击感，很结实，很强劲。“树影忠实，不当众揭开记忆的面纱，/耻辱写在脸上，写在/牙齿、唾液和喉咙中间。/它不直接恨你，不浑然说出/一夜的落叶。/低沉、慢、远，你知道，/整整一天我都在做准备，/微微渗汗，不哭。”原来处境就是一种耻辱，这是精神层面上的表现，我们无法规避，只有勇敢地去面对和接受：耻辱不仅只体现在表面上，而是深入到了我们身体内部，直到最后渗透进骨子里。“我”在时刻准备的过程中，其实需要承受更大的压力与疑难，这样的处境什么时候才是尽头？对于人来说，这是一种煎熬，也造成了精神上的压力与焦虑。“除非那些叶子被丢在讲述之外，/腐烂。倔强。劈啪作响。”诗人没有给出我们预想中的美好结局，而是留下了一段空白和余地，一种假设和想象：除非耻辱所覆盖的那些树叶都没有落在既定范围内，也就是说“我”的处境之上，而是飘到了言说范围之外，且在这样的场景中自生自灭。只有如此，一个人的处境或许才会得以改善。但这仅仅只是一种假设，而非既定事实。因此，“我”仍然处于格式化的恶性循环中，继续迫于困局而受折磨，受压抑。

其实，孙磊为我们写了一则寓言，它是现代社会人之艰难处境的缩影，也是对人生状况的佐证。但诗人并不自诩为救世者，他只是言说出了这种生存于世的处境，没有尊严，只有耻辱的记忆。当生活都在焦虑和不安中度过，要想摆脱这种困苦的处境，还需要不断地作假设，作想象。诗人为我们提供了一幅现代压力之下失败的生活图景，他出示了困惑、感伤、悲苦和深深的疑虑。虽然他最后没有给出一个明确的答案，是因为诗人本身对此也有困惑，不知如何来解决这灵魂的两难。“人不仅仅生存在一个可信的空间与时间中，而且也生存于一个不可信的令人迷狂的场景中。”①这种不可知性，正是诗歌产生的精神基础。从经验到超验的过渡，是诗歌的正途，也是诗人寻求当下精神处境的一条通道。“忍受松弛，像忍受/落体的心悸。/像忍受/对一无所成的无知/它是卑贱的/分享错误，公认肉欲/在一把圈手椅中/打盹，/在另一把上/怪诞、夸耀、虚伪、厌世。”孙磊的这首《40岁》，是描绘一种人到中年的存在状态，也是书写人从青年向中年过渡的心境，我们可能很难清晰地说出，它总是显得模糊、暧昧，以至于处在那晦暗不明的状态中，像陷入人生的泥潭中不可自拔。40岁，一个人无论从生理上，还是从心理上，似乎都在走向一种“松弛”，从激情到柔和，从直到弯，一个人开始变得“软”下来，对自我，对世界，对于内心那妥协的意图。

我们如何在诗中表达这种生存状态？是以中年困境的形式来驾驭失败，还是以和盘托出的方式，将自己整个交出去，接受所有人的检验？我们如何认识自己在40岁人到中年时的那种韶华易逝的焦虑，以及趋于缓和的脾性？不再慷慨激昂，也没有惊心动魄，有的只是千帆过尽之后的坦然与苍凉，这或许就是之前的生活对于我们的全部馈赠。“只要有树枝我就弯下腰去，/我喜欢低头，向懦弱和尊严，/向药罐里转悠的幸福；向疼，/向停在路人心里的龙舌兰；/向勒紧的孤独；向雨，/向低矮的门、寂静的走廊；/向褶在肉里的泥，向浑浊的镜子；/向冷，向钟表里啪嗒啪嗒渐缓的秒针；/向一日三餐、衣食住行；/向寒气吹化的容颜；向你，/以及你身上的冬天。/但是我永远不能/向你的死弯腰。”孙磊写于2002年的这首《我女友名字叫树枝》，看似一首爱情诗，总觉得会是卿卿我我、小情小调，实则不然，它由轻到重，或者说从开始就很重，有一种下坠的压力感。这样的诗，虽书写生活，但近于神圣。即便整首诗不乏炫技的成分，我们还是能看到那从技艺中附带出来的精神，一种不屈的、坚韧的精神。在诗人笔下，那些关涉精神的意象，总是能给我们出其不意的惊喜：看了前

① 孙磊：《窄门——获奖演说词》，载《诗歌月刊》2002年第4期。

面的词,怎能想到后面他出手会那样让人意想不到,其想象全都在安排这些如梦似幻的句子上了,而且运用得很到位,很契合我们的心境,以及对诗歌之美的期待。所以,诗人将更多的空间留给了我们,让我们去想象处境的改变,去重建生活的信念,去挖掘悲剧的缘由,去努力接续上那造成困境的记忆之链。

如果说孙磊之前的写作在意形式和技巧的话,他近年的诗歌则在技艺的基础上更注重心灵的作用了。以审视的眼光处理世俗经验,在获得理性认知的同时,会让诗歌更富超越感,那是写作通向精神高度的重要路径。孙磊在修辞上的成熟早已完成,如何保持持续性写作的动力,这好像也不是问题,因为他仍然笔耕不辍;而如何能有一个"介入"性的写作转型,或许是诗人探寻更强的思想穿透力的精进之道。

## 第二节　宇向:朝着爱的方向,让诗来带路

作为70后女诗人,宇向的成熟写作时间并不算长,可能在之前她曾有过一段真正的学徒期,但诗人一直没有过于明显的表现。宇向是怎样打通青春期与精神成人期写作之间的界限的,的确是一个令人棘手的问题。正常的过渡,依靠的是渐近的话语转换,而不是强硬的风格转折,这是宇向在新世纪十年来给我们留下的印象。诗歌数量不多,但每有新作出来,总能给人以惊喜,她那耐人寻味的诗歌美学,并不是我们能瞬间捕捉到的,它会让你有思量,有感觉,有不知所措的灵动,有一种倔强的刚柔相济的气质。她从与自我对话,到后来对时代的抗衡,她的这种转型仍然是基于对诗歌的一份真挚的信仰,她依恋诗歌,活在语言的创造途中,也未尝不是一种幸福。

### 一、从感觉出发的思想追索

宇向一直靠感觉推动自己,这是最真实的写作动力,因此,她的诗歌写作,至今无法归类。她既没有明确的女性特征,也无让人可方

便阐释与总结的话语风格，很多诗人和读者喜欢她，而不少批评者和研究者又对其拿捏不准。没有固定的风格，正是宇向最大的风格。或许她早期也曾在冲动的驱使下写过激情文字，那种练笔是每一个初学者必经的历程，宇向也不例外，但她与人不同的是，出手相对成熟，似乎带着天赋异禀的色彩。从开始的与众不同，到后来的特立独行，宇向可能没有屈服过自己的要求，她的句子总是显得那么无助又迷人，不少人曾为之感叹，叫好。那种不合群的孤独感，就像一束泛着异彩的光，幽幽地照着一大群写着平庸句子的诗人们，她以边缘对抗主流，用宿命抵挡功利的侵袭。

对于服从自己内心的写作，宇向并不满足，她写得少之又少，还如此苛刻，那是她拒绝表演的结果。诗歌的表演对于诗人来说，是最大的败笔，他们能够完成的，不过是一堆虚假的词语堆砌，很难形成精彩的图画。宇向对诗歌的理解就是创造，没有应景和奉命，也无宣传与口号。“我对批量生产和竞赛写作不感兴趣。”①对，就是这种感觉，宇向是依循着个性和感觉在往前走。没有触动她的事物，肯定不会到她笔下，她的参悟与领受，不是受制于某种公共的庞然大物，而是一种细腻的个人体验和经历，这是一种被动吗？在这方面，我有时也承认会有一种诗歌天意的降临，它不同于瞬间的灵感，而是诗人长期积累后一种必然的情感和经验释放，它带有诗歌主体独特的神秘感和穿透力。

宇向的诗穿透了什么？感觉。这个很重要。诗歌有时就是一种语言、经验、想象和感觉的杂糅，它们的奇特组合构成必要的神秘。宇向就在这四者之间做了一个协调人，她通过直觉和技艺来驾驭它们，像一个古怪的驯兽师，让那些凶残的动物们温顺、服从，甚至还可能让那猛虎细嗅蔷薇，多么美的感觉！“当你遵守交通规则，/贴着右边向前行驶时，/对面一排车辆逆行/而来，这时/你必须让开，/可能会翻车或/栽进路边的沟里，/但必须让开——/就像一个警察突然遇见一群/亡命的匪徒。”（《势力》）这就是一种感觉，它没有明确的意义所指，或许就是一个场景引起了诗人的突然怀想，她需要将其表达出

① 宇向：《就是这种感觉》，载《锋刃》2012 年卷，总第五辑。

来，一吐为快。但她没有以常规的陈述作按部就班的书写，而是叙述完之后，在最后两句中给出一份令我们思索的念想：你躲让一辆逆行的车，就像一个警察突然遇见一群亡命的匪徒，这就是正义遭遇邪恶势力时的状态，这样的状态是两难的：如果以硬碰硬的方式，那就是一方殒命或两败俱伤。诗人在此所写的，与其说是势力的正义或邪恶、强大或弱小之分，不如说是写出了人生的一种困境，这种困境不是二元辩证法所能分解的，它呈现的还是命运的多种可能性。这就是感觉穿透的诗意，你可能为其所困，也可能在困境之后获得柳暗花明的诗意的空间。

当然，除了依靠感觉，宇向更多的还是在作深层次的思考。勤于思考和广泛阅读的诗人，其诗歌中的思想意味，要比那些纯粹实践语言实验的诗作要更为浓郁，更为深邃一些，这也才是优秀诗作之所以成为经典的原因。如何在语言表达的基础上，将情感与平日思索转化为哲学？这是古今中外的诗人们在成熟的创作上都必须面对的难题。即使那些热衷于语言实验的诗人，也不得不经常向语言哲学寻求诗歌的解答，更不用说那些工于情感哲学的诗人了。他们渗透在字里行间的哲学思考，就是其诗歌思想的显现，男性诗人因为理性思维的突出，在表达诗歌的思想性上会占有一些优势；而感性思维丰富的女性诗人，虽然更注重情感的宣泄，但并不代表她们的诗歌写作没有思想性和哲学性。相反，在那些内心极为丰富，而又想真实地表达自我的女性诗人笔下，思想性的凸显恰恰是她们在带着呼吸的日常生活表达之外，最具形而上色彩的灵魂抒写。宇向就是非常注重思想表达的一位诗人，诗歌是她的一种信仰，而她则是以个人和自我的感怀、遭际，写出了一份哲学的意味，一份思想的信念。她的哲学和思想，是建立在生活感受基础之上的，而非那些空想的玄学化，让人读不懂，也不得解。女性诗人最容易走的两个极端，一个是深奥的玄学化，另一个就是感性的肤浅化，而能做到感性与理性平衡的女性诗人，在当下太少了，宇向正竭力做到这一点。虽然还没有完全达到这一目标，但她在努力，这也是她与那些走极端的女诗人不一样的地方。

我有一扇门上面写着：
当心！你也许会迷路
我有几张纸，不带格子的那种
记满我没有羞涩的句子
而我有过的好时光不知哪里去了
我有一个瘪瘪的钱包和一点点才能
如果我做一个乖乖女
就会是一个好女儿、好公民、好恋人
我就丢了自由并不会写诗
而我是一个污秽的人，有一双脏脚和一条廉价围巾
这使我的男人成为真正的男人
使他幸福、勇敢，突然就爱上了生活
我有一个真正的男人
我有手臂，用来拥抱
我有右手，用来握用来扔用来接触陌生人
我有左手，我用它抚摸和爱
而那些痛苦的事情都哪里去了
那些纠葛、多余的钥匙环和公式
我有香烟染黑肺、染黄手指
我有自知之明，我有狂热也有伤口
我有电，如果你被击痛你就快乐了
我有藏身之处，有长密码的邮箱
我有避孕药和安眠药
我有一部电话，它红得像欲望
我有拨号码的习惯，我听够了震铃声
为什么我总是把号码拨到
一个没人接电话的地方

宇向一直是激情与内敛并存的诗人，她总是能准确地捕捉到自己对诗歌的感觉，包括词语、结构与情感的表达，从哪儿开始，在何处

结束,个人怎样有效地传达对世界的亲近,并保持适当的距离,以留存跳跃的美感。在这首《我有》中,宇向将激情的人生和盘托出,有些是人与生俱来的东西,而有些则是需要自己去追求和寻找的东西,它们共同成为一个女人拥有的全部生活。有,本为财富,这些或有形的、或无形的财富,在诗人身体内重新排列组合,并产生矛盾,制造冲突,但人就在这样的矛盾和冲突中,不断地走向利用有形财富的人生。宇向看似在诗中只是罗列了具体的"有",但却有着其内在的哲学意蕴:一切"有"的叠加,在一个以精神追求为志业的人这里,可能完全是个"无"。所有的"有",最后还是趋向于"无"——"为什么我总是把号码拨到/一个没人接电话的地方",这对于诗人来说,是一个无法解答的疑问,而对于他人来说,则是一个正常的悖论。人生世界就是如此,有无、虚实、真假、黑白,这一对对矛盾,皆成人生。就如同混乱在一种既定的秩序里游移,反抗在一种固有的规则中实践,人生终究脱离不了没有限制的世界。有,也是在无的世界里保持一份自由。有无相生之哲理,在宇向的这首诗中得到了真切的体现。

有追问,有怀疑,正是诗歌思想性渐次逸出的结果。不管是对世界的追问,还是对自我的追问,不管是对时代的怀疑,还是对生命的质疑,都是诗人在参与一种有理想、有价值的人生的建设。带着追问与怀疑的书写,才是大气厚重的、富有力度的、能够沉下来的体验,有贴身之感,有切肤之痛,有生命之真。思想,是从这种带着切身体验的文字中走出来的,所有的文字都是如此,诗歌尤甚。

**二、深沉的底色与厚重的气质**

宇向的诗貌似很轻逸,其实很有重量,当你能看到典型的女性诗人的手笔时,其实她已经暴露了自己的一切,人性的、兴趣的、风格的,几乎一览无余。但是,她的瓷实决定了自己不可能过于现实,她要么通往虚空,要么走向超现实。

一种简洁、轻盈,让宇向的诗歌在整体上趋于直接,她的句子不复杂,不玄奥,因此与过度的晦涩无关。但她也并不是完全的口语,不是在绕口令般的纠缠中出示自言自语的梦呓,也非那种宣泄性的独白和自我倾诉,她的诗歌是语言的自足流露,语感无处不在,诗意自然呈现。她所营造的诗意，既有童话的意味，又不乏寓言的气质，既有着女性诗人的那种绵密、纠缠和华丽的感伤，又在倔强中坚持自己独特的反叛美学。在感觉支配的书写中定位一种思想的穿透力，这是她在溢出小格局之外的大觉醒。因此，她在写作中是有自己的立场的，不虚假空洞，不人云亦云，让自觉的探索成为诗歌的主导。只有如此，诗歌的厚重与大气才会获得文学的响应。“生活对于我们两个人，/都是彼此的秘密//如果他抬头，看见我向他微笑，/他会不会突然爱上我?”(《白痴》)如何让一个白痴和自己搭上关系，这是需要难度的，一方看清另一方，而又必须产生距离，诗意才会由此显现。诗人以出其不意的方式结尾，倒也并不突兀，由想象到现实，由繁复到简洁，诗意上升到一个高度，力量感获得了超越。

感性的力量在宇向的诗歌中至关重要，它让诗人在写作上探得更深，而不是“诗到语言为止”那样的绝对。语言在诗歌这里，一方面充当了工具，另一方面又早已越过了工具的功能，而达至了意义层面。诗歌之美，除了语言之美，还有思想之美，我一直奉行此观点。尽管有不少诗人并不认同这一点，他们普遍对语言创造抱有唯一的期待，一旦语言无法含括全部的意义和价值时，诗歌的失败是必然的。诗歌的光荣，很大程度上还在于语言创造的延伸，它延伸至高尚、焦虑或者虚无，都是为了突显出诗意的精彩。因此，真正的诗歌阻挡不了语言和思想的最终结合，相反，它们的隐秘同构能加深经验和想象的有效对接，同时让诗人独特的嗓子能发出爱的声音。在《街头》一诗中，她追求“简单的爱”，“顺便去爱”，这种定位承载着她对爱的理解：只要爱，就是博爱。她将爱分散到了各种维度里，写人生的残酷之爱：“当我年事已高　有些人/依然会　千里迢迢/赶来爱我　而另一些人/会再次抛弃我”(《理所当然》)；她写被动的扭曲之爱：“以母亲的名义生下一个孩子/给他爱和灾难。我不再提出任何问题/因为上帝，不负责解答/我的上帝甚至不负责解答我的残忍(《洪》)；她写老年的恐惧之爱：“当我老了/寂寞是我一身的皱纹/孤独就是我小腹的刀疤/它使我不敢宽衣解带/不敢与人相爱”(《自闭》)；她还写“不相信”之爱：“也许你写作，最好写诗一样的小说，不相信宗教，不相信政府……不去具体命名任何事物。不相信爱情。”（《所以你爱我(for you)》）诗歌的目的是什么？或者说诗歌的宗教最后面向的是什么？各种爱。爱关乎日常，关乎命运，也关乎生死，它由感性的审美达至一种理性的境界。境界的转换或许是爱形成的标志，诗人总能从中找到诗歌最后的归宿。宇向找到了生死。她写生死不是靠激情的痛苦取胜，而是一种悲悯，她让爱在生死书写中获得落实，让爱也富有尊严。

时不时的，我写半首诗
我从来不打算把它们写完
一首诗
不能带我去死
也不能让我以此为生
我写它干什么
一首诗
会被认识的或不相干的人拿走
被爱你的或你厌倦的人拿走
半首诗是留给自己的

——《半首诗》

这是诗人日常写作时的一种状态展现，写诗本应属于秘密之事，但在宇向笔下有了公开的美学，它不再是封闭的，而是敞开的，将秘密和盘托出。诗人在轻松的表达中开场，经由一首诗和半首诗的辩证法，最后回到了自我。这里面出现了一个问题：诗人到底是为读者或他人而写，还是为自己而写？文本写完了就交出去了，完全由读者来评判，似乎与诗人自己无关了。其实，她作为创造的主体，仍然与创作的诗歌文本有着割舍不断的联系，与其为了别人而写，不如将内心的这个秘密留给自己，那种写作的快感与美好，是他人无法替代和理解的，只有诗人自己能够言喻。宇向在这首诗中没有直接谈论到生死的大问题，仅以抛砖引玉的方式勾出了一种情绪，她围绕着情绪在建构、抒情和言说。我们在读完她的诗作后，总会感觉有一种深沉的情绪在字里行间流淌，你无法瞬间捕捉，又觉得似曾相识，就是这种感觉让她的诗歌获得了一种独白的气质。

宇向的独白不是那种很炫的表达，而是直截了当的诉说，甚至带着一种拙朴的意味。这才是她的精神底色，不搞怪、不表演，文字不刻意，也不打滑，总是显得直接、瓷实、饱满，以决绝的方式直面人生的困境。“我的家曾是一座坟/堆满死人的书/我读书，是给他们/狂势地，给他们/直到你循声而来/把这里栽成一朵巨大的花/那时，你身无分文，心为圣徒/还信着我的神/你在此点燃炊烟。筑建农园/研墨。浇灌。放牧。旋风般撕碎猎豹……/那时，诗行是噬咬着的/上一行成为下一行紧紧地/不能分开/那时，你无名，我便爱着空旷/像爱着濒死人的心，以为我是你/那时，仅仅一次，就能道尽终生”(《你走后，我家徒四壁》)。她将一切都暴露了，不留任何余地，这种赤裸彻底的释放，不是靠幻觉和想象能够支撑的，它需要的是诗人的一颗真心，坦荡，率真，如同去赴一场有去无回的盛宴。她没有过多考虑事后的得失，也不会瞻前顾后、谨小慎微地去做小尺度的革新，她就是要去冒险，去挑战，即便是一种极限，她也会用自己的敏感去对接那些日常的细节。“为了找你，我几乎死去/就是说/去找你/就是去找死/我要你/就是我要死”，这就是寻找的代价，除了绝望，就是死。这条寻找的路，何其艰难，又如此困顿。“这是与生母解除纽带的葬送之路/这是与养母建立血缘的虚妄之路/这是被继父奸淫猥亵的践踏之路/这是祖国落户乌托邦的易主之路/而你，只是一个适用于任何一颗心的喻体/一个苍白的象征/你迷失于经书依遁典藏的时候正是我失去你的时候/我多想说，我一直想这么说，我没有期待什么”(《我一直在找你》)。经历了一场生死的寻找，到头来发现不过是一种枉然，一场虚妄，寻找的对象只是一个象征，这符号化的寻找，到底有没有意义？这是寻找者困惑的问题，同样也是诗人解决不了的难题。

宇向一直在写纸上的生死之书，无所顾忌，也直白坦率，她以这种明心见性的方式抛出的诗作，早已深深地透出了人生的命运感。

在《洪》《如果我，今天死去》等诗中，正是那种大胆去处理生死的冒险方式，才成就了她独特的气质，深沉、厚重，不轻飘，不虚空，即使是那种伤感的痛苦，她同样不会过度依赖想象去完成一种仪式，而是在体验、经验和对日常现实的处理中获得自我提升的机遇。她的决绝，就是将自己的写作逼到一个角落，然后置之死地而后生。所以，她的力量是被挤压出来的，因此显得弥足珍贵。

当然，宇向的骨子里还有一种狠，也是在写生死的过程中体现出来的，但它不是虚幻的，而是一种现实的书写，异常残忍。“我的姥爷在老家，他正在死去”，非常冷静的一种笔法，像一部纪录片的开头。在一连串对姥爷人生历程的回忆之后，病魔正深深地折磨着这个七十多岁的老人，诗人不再假惺惺地留恋他，而是希望他快死去。“我说了那么多，那么多/为了不挽留他/我恨不得马上要他在/后辈的恩怨中无知无觉地死去/让他快死，快一点/（姥爷，你快死去/这该死的人世，它正在疯狂）/快到立刻进入/我的暮年”（《姥爷，你快死去》）。这貌似一场诅咒，实则是一种无奈的悲悯，诗里渗透着诗人对姥爷的同情，但她没有以后辈礼貌的方式来表达，而是以在面对现实残酷时的直白来化解无尽的痛苦，这是为了让姥爷尽快摆脱不必要的人世痛苦，而到另一个世界里去享受人伦之乐。这样一种硬碰硬的写法，似乎不合乎女诗人的心性，但在宇向这里，却获得了一种切实的响应，且在力道上把握得恰如其分。

**三、诗歌自身所要求的生命意识**

宇向的诗在爱中出示了一种深沉之力，这可以见出诗人内心世界的原貌，她有责任和诉求，她并不安定，甚至不乏困惑、疑难。当她下笔去写出内心的文字时，又不是一种直接的倾诉，而是变异的、扭曲的，通过回忆来回望历史和记忆，同时也让灵魂提前进入到未来世界的畅想，她在推测，揣摩，预言，让写作在一种被人生牵着走的反向状态中获得梦想的姿态，而且是自觉的，不受鼓动和制约，始终保持着对自我的警惕和反省。这种省思之诗，在宇向这里是节制的、隐忍的，且被诗歌自身所要求。这是极富先锋色彩的现代意识，她大胆地将诗交给了诗本身，一种颠覆感弥漫在字里行间，她与自我和诗歌的对峙，随之而来的就是力量感的提升。

当词语主动来到诗人笔下，如果没有充分的准备，往往可能会被它灼伤，这种伤是一种美学的幸运，它经由诗人的倾吐成为了一根尖锐的精神之刺，刺向别人，也狠狠地刺向诗人自己。宇向时刻都在磨这根诗歌的精神之刺，所以，她才会表达得越来越尖锐，甚至于不饶恕自己偶尔的放松与懈怠。然而，她的写作给人的印象又是漫不经心的，少有那种讲求速度感的急就章，而且越来越慢，慢到了只有凭借等待方可寻获诗意的地步。这样的状态更好，至少不会像很多诗人那样寻求写作的加速度，最后带来的不是愉快的阅读，而是一场美学的灾难。我相信，宇向永远不会制造美学的灾难，她追求的是一种天意，所以她等得起。她在漫长的等待中，既不凌空蹈虚，也不刻板庸俗，只是保持或接续上自由摆渡现场的诗歌传统，就是这种自由的书写精神，正对应了她不为写而写的自我约定。“诗歌被它自身要求，被它自身对‘真’的识别和承担人性的不幸与光明的诗性所要求，它与每一个明辨时代黑暗，面向真理和自由，以书写来保留生存与死亡尊严的写作者的人性来协商。”①像识别、承担、诗性、黑暗、真理、自由、尊严和人性这样的关键词，就是宇向在这个时代还能让缪斯与自己同行的理由，否则，一切归于喧嚣，人人难逃浮躁，诗意希望获得的那块宁静之处埋没不见，孤独的人们何以安身？

孤独的人并不可耻，至少对诗人来说是如此，他们在被边缘甚至被遮蔽中思考，他们承担自己的忧伤、痛苦与惊心动魄，同时，也领受由这些所带来的真相、善意和美感。宇向就是在这样一个被认为诗歌无用的时代执著地追寻着那些更“无用”的诗意，她已经走上了一条不归路，并且决定一路走到黑。在他者趋之若鹜的趣味中，她选择了搁置，而在别人放弃的地方，她寻得了诗歌的黄金。“无论法律和公正如何背道而驰，/美女仍是一个活生生的奇迹，/她让生活像颜料一样消耗殆尽。”(《绘画生涯》)这种想象的创造，就是她与那些平庸的表达背道而驰的结果。虽然她追求的是简洁，但并不是对文字的随意涂抹，而是在难度里徘徊，煎熬，寻找最后的柳暗花明。这些都

---

① 宇向:《在一个理想落空的时代谈谈诗歌》，载《锋刃》2012年卷，总第五辑。

缘于一个诗人在内心保持的那种清醒和戒律，这种自我约束的不自由，恰恰给她带来了另一种意义上的精神自由。“一生我做一个祷告/配置我。使用我。一个完美的奴隶/但我的主仍未察觉/我变得如此具象，忠实如狗/所以我，仍被弃置/不，这也是谎言/我被逐步引入暗处/潜心追求真理”(《撒旦》)。人人都是自己心中的魔鬼，宇向用撒旦来替自己寻找被欲望所挟持的人生，他最终还是要安定下来，作一些内心的反思，自己不被他人所奴役，更不要被自己的欲望牵着走，这才是“追求真理”的前提和目标。否则，所谓的“诗歌被它自身所要求”也就是一句空话。诗人需要对自己的写作伦理负责，而诗歌更需要诗人对其承担美学的责任，她在洞察外在世界时，更重要的是把握自己的出场，最后不是要进入暧昧，而是要进入明晰之中。

每天都有一些信在途中遗失
它与不信有关
它被风吹进树林，吹向
林中的坟地、墓碑以及碑前的
枯枝败叶
经过光线，它弯了一下
把死亡吹成一个美妙时刻
每天都有一个美妙的时刻
它与信有关
它落向焚烧的落叶。落在
乞丐指尖，落得下落不明
或被狗叼着，进入
动物世界
每天都有一封美妙的信，落在
雨中的路面
就像脚印
尘世被一步一步走远

我相信，这首《信》对于宇向来说非常重要，它关乎诗人的精神视野。信，可以是一封纸信，也可以是一种信任，如果只是其中的一种，这首诗倒显得不那么有力量，而一旦从物质世界进入到精神层面，当为这首诗提升了阔大的空间感和诗性的余地。信与不信的矛盾、困惑与疑难，让书写带上了思想色彩。这是一种由表及里的深度写作，尤其是在那些意象与词语间穿梭来往，却在不经意间重塑了一种精神的个性。宇向的诗一直就带着她独特的个人印迹，深沉，节制，不像有些女诗人那样通过张扬来求得诗意的生成，她的激情经过策略性的转化，从而显出另一番与众不同的诗意。像她的《女巫师》是一首带着悲悯气质的童话之诗："我高龄。能做任何人的祖母/当我右手举起面具/左手握住心，我必定/货真价实。拥有古老的手艺/给老鼠剃毛。把烛台弄炸/被豹子吞噬。使马路柔肠寸断/分崩离析那些已分崩离析的人/我懂得羞涩的仪式/会忍痛割爱。当太阳自山头升起/照耀舞台中央的时候/我就是传统，无人逾越/当我把祭器高举/里面溅出幽灵的血。是我/在人间忍受着羞辱/我是思想界最大的智慧/最小的聪明。调换左右眼/就隐藏了慈悲和邪恶/而在每一个精确的时刻/我到纺织机后配制泪水/把换来的钱攒起来/现在我打算退休/成为平凡无害的人"。字里行间那种苍凉中的遒劲，无奈中的抗争，屈辱中的高贵，平淡中的神秘，都是诗人对未来生活的想象，那不是人生的挽歌，而是一曲自我勉励的赞歌。

创造何以产生？就是刚烈和柔情在一个诗人身上得以完美融合，那不是刻意为之，而是一种自然的呈现。就像宇向的那首长诗《给今夜写诗的人》，从夜晚到清晨，似乎一气呵成，中间没有停顿，没有阻滞，它源自诗人不吐不快的情绪，要竭力将一切都交出来，彻底清空自己，重新开始新的征程。这是经过酝酿的创造，一次蕴含着献诗与对话气质的思想释放之旅，这样的创造不会使写作变得黯淡，而是为诗歌增加亮色。"这人丁兴旺的一夜/月亮们滚滚而来/黑暗中偎在墙角的孩子/如真理一般虚无"(《2009，中秋夜》)，这是一幅画面，又是一种感觉，还是一场幻象，四句诗可能并无多少外部关联，但它们有着内在的统一，都指向了一种节日的氛围，热闹与凄清的对比，欢畅与孤独的较量，就在这种语境里承载了别样的诗意。诗人的高妙之处就在于，她在看似不作为的书写中，为我们提供了存在哲学和悲观人生的义理。另一首并不算长的《我的诗》，诗人却写了十年，这样漫长的书写，才是幸福的坚持。虽然诗中更多的是沉重和感伤，但每一句都足够我们去品读，去回味。"我的生活需要一场灾难，一场平息灾难的灾难。需要我的诗"，这是一种内心激荡的人生之痛：灾难需要平息，而重生的机会又在哪里？诗人看似没有追问，其实时刻都在追问这一终极难题。全诗中渗透的生命意识和痛感之真，直指人心，尤其是那诗意的悠长，既可让人驻足倾听，观看和感受，又可越过此意而导向更丰饶的生命所在。除了语言之外，诗人最重要的责任就是激活和挖掘自己身上的精神内涵，打通语言与精神之间的关系，将其进行转化，重构与深度解析。宇向就是在做这样的努力，她对时代的观照，早就联于自我的精神土壤，如此才不会让写作架空。

**四、从艺术之美到良知情怀**

希望在自己身上发生一场灾难，这需要多么大的勇气？宇向如此彻底地交出自己，就是希望能给出一些更完整的诗意，她将自己的一切抵押出去，包括自己的灾难，就是为了能换回一份诗歌的尊严。这尊严不仅是身体的、艺术的、美学的，而且还是德性、精神与思想的，它们代表着一种独立和自由，如同生命中一个不可绕过的情感节点。

宇向一直沉浸在自己的诗歌艺术世界里，语言是她的利器，她将所有的技艺与形式都内化成了思想和精神的触角，直接伸向了力量的最深处。所以，她的慢是一种坚实的艺术守护，以独立的姿态直面人性，追寻真理，让一切写的行为都化作自我的修行，让词语不只是她诗歌的影子，而是其血肉，这才是诗人的用力所在。相对那些通过张扬个性来言说身体的女诗人来说，宇向的诗显得更为内敛，她的失落与彷徨、忧伤与无助，皆可在诗中得以反映、延伸，并最终发酵成诗意。这个在独行路上的精神探寻者，不屑于语言的游戏，她就是希望在简洁的表述中直抵内在的真实，所以，她选择去记录自我与社会的对接，并以此见证时代的幽暗和苍白。从自我到世界，再从世界回到自我，这一次次的轮回，诗人用青春在体验、书写与升华。

诗人写过她的身体："我的身体/冰凉。/满身悲伤、狂喜/满身是凶残是爱和叹息"(《我的身体》)，一首诗短短四句，道出了和宇向同龄的作家不一样的气质。当不少70后诗人在以暴露的方式抒写身体和隐私时，宇向的身体书写是异样的，她显得如此与众不同，后来证明她是正确的。她没有对身体作短暂的寻访，只满足于那点抖露隐私的快感，而是在对身体的解读中注入了历史感。宇向早期的诗作已显出了她不追求潮流与时尚的个性，这才有了她后来对人生书写的一种通达和重塑。就像她的《圣洁的一面》所描绘的苍蝇，那种生命的感受最显真切，几乎就是人心在现实中的直接投射："窗台上几只苍蝇/扭动着身子在阳光中盲目地挣扎//我想我的生活和这些苍蝇的生活没有多大区别/我一直幻想朝向圣洁的一面"。诗人由苍蝇的挣扎想到了人世的生活，这是何其相似，即便自身再肮脏，都希望能过上"圣洁"的生活，那是一种理想，又是不折不扣的本能，人与动物皆如此。这是诗人主宰诗歌的结果，她的主动构成了诗的价值，而美感的呈现，就是其心灵的折射，诗人对世界的看法同样如此。在《世界》一诗中，世界的大小就是诗人心情好坏的反映，她所看到、听到和感受到的，都会有其在诗人内心里对应的空间，这才是诗人活回了自我，活出了格调和品质的见证。像《我就要碎裂》《惊叹》《医生情人》《过气的刀》《我也想把我的迷游生活结束了》等诗，都是诗人对自我乃至时代作主动反思的结晶，它们面向真实，追求真相，不管这真相是外在的，还是内心的，都应验了诗人在不断变化与转型的艺术和精神追求。

即便写得如此少而精，宇向从来没有言说过胜利，她始终显得那么内秀，并带着一种忧心忡忡的气质。在她的诗中，你不可能找到一呼百应的召唤之感，她既不呐喊和招摇，也不像有些诗人那样作如泣如诉的呻吟，宇向就是在驳杂的堆砌中找到一处明澈的所在，让其富有质感和光泽，不至于那么轻飘飘，从而带着梦想的创造性。诗人保持了清醒的头脑，以对自我的高要求来面对时代，因此，她的词语和句子都拒绝屈服，这是其尖锐之所在，她貌似远离时代，其实与时代有着深层次的交集。“在暗处，在一个充满谎言的时代，我不善于叙事，它过气，跟不上现实的荒谬。我对质疑感兴趣，质疑让我的目光更犀利。我善于分辨犀利背后的悲凉，没有什么能够胜利，在黑暗面前我必须面对，包括诗和无力。”[①]她就是要写出一种内在的黑暗，它既有自我内心的黑暗，也有内心映照出的外部黑暗，这是良知写作的体现。女诗人在这方面的书写并不普遍，但在宇向身上，它是一种自觉。面对时代疑难的发问，无须去作内心的斗争与博弈，介入的写作就是理所当然，在批判中自然地道出时代与自我的关系。

2008 年汶川大地震之后，宇向没有缄默，她像大多数诗人一样发声，只是她的发声不是纯粹的哀悼和凭吊，而是一种批判和反省，这要比那些纯粹的发泄之诗显得更有力量，更具建设性。“建筑中的教学楼/能省则省，华而不实/即便在地震易发区/也不需抗震结构/楼板中，填充水泥袋/碎砖块和木杂碎/铁丝代替钢筋/甚至铁丝都没有/连栏杆都是摇晃的/临时组建郊区联合建筑队/不要监理不要验收和安全检查/预算紧张须更改设计/添加楼层须改变屋顶/大梁仍要变细/安全通道不存在/疏散演习更属多余/从游戏角度来看/这是灰色的积木，这是/孩子们在堆积木/搭个框架，放块板/摞几根柱子，再加块板/一跺脚，抖一抖/就像拍板一样砸下来/里面的小矮人、魔法师和公主/无人能够逃掉/一座座摇篮/一座座废墟/一座座活孩子的坟/5 月 12 日，汶川/大地震突袭/教学楼离开地面，左右摇摆/‘为什么单单倒了学校’/众多的母亲抱着，孩子的遗像/书记跪下——/请相信能够解决这个问题/请相信能够解决这个问题”(《2008，教学楼》)。在灾难面前，诗人没有加入到情绪激动的大合唱里去抒悲哀之情，而是返身回到清醒中，理性地质疑学校教学楼的安全质量问题，这种带有批判与反思性的诗作，虽然直白其心，但确实透出了诗人作为公民的良知，她以诗的形式发出了最真实的声音，这种声音是反抗的、不合作的，更是在出示自由的批判立场和独立诗人的思想深度。

---

① 宇向:《就是这种感觉》，载《锋刃》2012 年卷，总第五辑。

写出有深度的好诗，既是诗人的强烈愿望，更是为愿望而努力的话语实践。诗人从语言中寻求创造的快乐，而语言也通过她来重新生辉，这种双向的互动，同样也是一份愿望。“当我们在写作中勇敢地表达内心的真，坦诚邪恶与良善，就是在不断地自我确立，自我否决与自我审判，以免道路的失衡，而什么是我们内心最饥渴的部分？显然不是放纵内心。”[①]面对自我追问，宇向如是说。这是诗人对自我的警醒，如同一副枷锁套在了身上，她只能忍辱负重地背着枷锁前行，只要社会还有痼疾，时代遭遇暗算，集体麻木不仁，个人随波逐流，诗人就不会卸掉枷锁，那是她塑造自我的一个参照，没有什么可以替代，也无人能够摧毁。汶川地震后，她不仅写了批判和质疑之诗，也写出了《遗址》和《水晶棺》这样富有人文关怀的作品。这些诗是宇向直面现实的言说，可能被赋予了某种道义的力量，诗人应该也这样认为。“诗歌有权要求一切，它却不是现实中的武器，它阻挡不了坦克已是常识。也许它曾经鼓舞过某个时代，却有失审美。”即便如此，她仍然一直“赞同诗人更应该以个人身份参与意识形态的公共话语”。[②] 不能因为有失审美，就不去言说，拷问和批判，这有违诗人的良心。宇向以自己的良知和性情去让黑暗的现实得以改观，这种愿望本就是一个富有公民意识的诗人所不应拒绝的，她要以无形的精神去对抗有形的权力。

在这样一个时代，作为有良知和大爱观念的诗人，她需要去反抗和冒犯，只是她反抗的是黑暗腐朽，冒犯的是不公不义，最终还是走向一种大爱的境界。“基督死于人，人死于他爱的事物。我该为谁哀悼”，如此大气的终极追问，或许诗人都难以解答，她唯有以自己的语言和行动去书写，去创造，方可在危机来临时化险为夷。诗人心存这样的信念，也是基于对这个时代的认知，对自我的要求。尤其是对自我和时代对接时所产生的张力，她洞察得更清楚，更透彻。宇向这样的写作，值得期许和珍惜，更值得信任和敬重。

---

① 宇向：《关于诗歌》，载《诗刊》(上半月刊)2012 年 10 月号。

② 宇向：《在一个理想落空的时代谈谈诗歌》，载《锋刃》2012 年卷，总第五辑。

## 第三节 朵渔:无欲写作通往力量之爱

在诗集《最后的黑暗》"后记"中,朵渔说他写了这些年,"真的还不知道诗到底是怎么回事",越写越深感诗歌的不可把握。在很多不了解朵渔的读者看来,可能觉得不可思议,而在一些熟悉朵渔的人看来,可能同样无法理解他何出此言:他写的那么好,那么清醒,怎么会不知道"诗到底是怎么回事"呢?我理解朵渔的"困境"。这不是他谦虚,而恰恰是这种"失败"让诗人不至于那么志得意满,那么忘乎所以。多少比朵渔更年轻的诗人都在谈成就,谈胜利,以出全集的大师心态制造文字垃圾,但是朵渔小心翼翼,每一行诗出来,每一个字现形,他都要对其负责。这种自我要求让他在思考和写作中"把深渊挖得更深一点",由来已久的困惑从此变成了一种自觉,不是要维持某种现状,而是选择向前或向后,要让自己看清深渊下的那一点光亮到底离自己还有多远。这个距离就是思考的动力,那束光亮就是写作的目标。

### 一、思想性如何对接修辞

很多人读朵渔的诗,都可能会为其作品中所蕴含的思想性所折服,那种力道、那种韧度,都在于他和这个时代的抗争,而他所有的这些力量感和思想性,无不建基于一种修辞上的美感。诗歌和语言相关,这一本质性问题,朵渔认识得足够透彻,也足够清醒。在这一点上,没有多少可以言说的理论,去读一读朵渔的诗,几乎不会让你失望。朵渔在语言修辞上的领悟,经过了感受、想象、转化和诗意生成的过程,这是写好诗的伦理与道义。而最重要的是,他拒绝一切平庸的表达。

朵渔的修辞已经形成了一种风格,不需要我们对其作过多的阐释。甚至那些过度阐释,对其诗歌的整体审美来说就是一种破坏。除开对时代与社会的介入,朵渔的诗给我们带来的美,很大程度上是源于阅读的快感。当你读到那些出其不意的句子时，总会有一种共鸣和敬佩：他将很多句子写透了，我们无法去置换新的词语，那种恰到好处全在于他对修辞本身的重视，这种重视不是刻意，而是一种高度的自觉。写诗首先不把语言表达处理到位，又何谈语言背后的思想内涵？虽然朵渔很少直接去谈关于技艺的问题，“与时代性的诗歌精神相比，技艺其实是个小东西”[①]，但他并不排斥技艺，而是巧妙地处理了技艺，让其完全内化在了文字中，自然、贴切、合身，就像他看到了别人的好诗，觉得“就像我写的一样”，这种感觉是长期思考与自我训练的结果。朵渔对“技艺”一词不太感冒，他更欣赏“手艺”，并为此写过几篇文章。“手艺和技艺不同，技艺重在‘技’，手艺则重在‘手’。现在炫技的东西太多了，很飘，有一股乌托邦的腐气。手艺人强调的是劳作，劳作就是身体与外界直接发生关系。手艺应是原创的，具有不可复制性。”[②]这虽是他十余年前的观点，现在看来仍然有意义，他道出了诗人写作时某种切实的“劳作感”：诗人又何尝不是像农民一样劳动？每一粒稻米都有汗水的代价，“每一首诗都不是上天所赐，而是个人的呕心沥血”[③]，这种劳动支撑的是扎实、厚重，不靠才子气获取信心。

表达的手艺是基本功，很多诗人连这样的基本功都没有练好就出手，他带来的很可能就是一堆语言的残渣。朵渔不希望如此。诗无用，但有“无用之用”，这“无用之用”是为“大用”，它让我们从中感受到的是什么？一种新鲜的审美，一种独特、别样的语言感觉。朵渔早已有此觉悟，这是他比很多诗人走得远，也走得深的原因。他早期的一首《高原上》，单单感受那灌注其间的力量，就可捕捉到一种精神的光芒：高傲、孤寂，从视觉到内心通电般的转换。

当狮子抖动全身的月光，漫步在

---

① 朵渔：《羞耻的诗学——关于“新世纪十年诗歌”的个人印象记》，杨克主编《2011—2012中国新诗年鉴》，江苏文艺出版社2013年版，第518页。

② 朵渔：《手艺》，《意义把我们弄烦了》，人民文学出版社2004年版，第189页。

③ 铁骨，王士强：《每一首诗都来自于呕心沥血——朵渔访谈》，载《山花》(B版)2013年7月号。

黄叶枯草间，我的泪流下来。并不是感动，
而是一种深深的惊恐
来自那个高度，那辉煌的色彩，忧郁的眼神
和孤傲的心

当初读完这首短诗时，我瞬间想到了里尔克的《豹》，但它们又不一样，从接受程度来看，我更理解《高原上》。那种凝练的诗意，就是理性表达所透出的超验和神秘感。的确，表达也会是一种思想的见证。这首诗中，我们几乎无法去替换那些词，它们嵌在字里行间，如同那有孤傲之心的狮子一般真切、生动和踏实。就是这种生动的感悟，让朵渔的诗既在修辞的层面上“接地气”，又有围绕核心主题上升的超越感。他在整体意义上可能通向某种暧昧甚至是虚无，但在细部呈现上力求准确，不含糊、不混沌，让人有所信。修辞的力量就在于此，精准的表达让意义变得丰富，文学之美也因此有了她的秘密通道。

梳理朵渔2006年以来的诗作，会发现他越来越注重对词语力量感的挖掘，他化用，转换，都建基于一种创造。“冬雨聚集起全部的泪/湿漉漉的落叶犹如黑色的纸钱//一个男人在上坡，他竖起的肩膀/聚集起全部的隐忍//松针间的鸟，聚集起全部的灰/雨丝如飘发，聚集起一张美丽的脸//我站在窗前，看那玻璃上的水滴/聚集起悲伤的海//什么样的悲伤会聚集成力/取决于你的爱”(《聚集》)。由日常景观到内心世界，所有的聚集在此完成了，当那些单调的、为我们所忽视的意象，在诗人笔下被聚拢起来，静观，琢磨，并最终指向了某种“真理”。这种看似碎片化的表达，其实聚集起的就是我们日渐消耗的心魂。我有时更喜欢这种灵光一现的散乱，它们很可能是诗人长久思索积累的结晶。他的想象有时很尖锐：“如果需要暴力，我可以/将肉体的一半留下，陪你练习情欲//或将整个的心情寄去/让空虚与抑郁在生活里相互抄袭”(《我可以》)；有时又带着错位的美感：“这年头，什么都有可能。笼子可能等于飞鸟，三千可能等于二百五，/美女可能倒在一个盲人的怀里。”(《愤然录》)有时还在形而上的思辨里触及信仰的内核："不要思考。思考乃上帝的特权。笛卡尔一心想抛开上帝单干，/但他也需要上帝之手轻轻一碰，以便使世界运转起来。//不要思考。思考无非是一种求偏见的意志，/多数人需要麻木，就像少数人需要当头一棒。//谁对无知再多一点无知，谁就离先知不远了，/黄昏的哲人一声叹息：一觉醒来，又到天黑！"(《〈思想录〉》)在轻与重的诗意对比里，朵渔可能更偏向于重，这是其作品在整体上所透出的情怀。近乎苛刻的内省，让他无法面对没有经过审视的文字。即便他渴望在轻与重之间找到某种平衡，但他的脾性拒绝游戏化，因为他对写作仍然抱持一种理想主义精神。

精益求精用在朵渔身上恰如其分，就像他在阅读书籍和生活之后所释放的感受，要打破惯常语言的束缚，摆脱人云亦云的重复性表达。对诗来说，规范可能走向腐朽，因此，我格外欣赏他写作中冒险的那部分，日常思考的边角料，或许就是诗歌的源泉。他在《消夏录》中把句子写得风生水起，既像是灵魂的独语，又像是与他者的对话。"什么都不做时，感觉最忙，因此/我没有真正闲下来的时候"，"我有时故意把一个字写错，以体验/暴君的隐秘快感"，"生活就是一则四则运算，/得负数和无理数是常有的事。""我还是对自己太客气了，自己就像/自己的一个客人。"这些句子是切己及人的生活感受，虽然不一定通向日常生活的真理，但每一个词都安稳地落在了它应有的位置上。因此，牵强对于朵渔来说是无效的。没有什么样的诱惑比语言更具魅力，这是真正的诗人的日常功课：不管他是练习爱恨情仇，还是探索存在意义，修辞的手艺仍是关键。尽管其诗歌的外延通向爱、羞耻、责任与思想，但他所承担的汉语创造的使命，才是最为内在的说服力量。

**二、写作的责任和精神的难度**

当初读到朵渔说自己还不知道"诗到底是怎么回事"时，我也有一种恍然大悟之感。诗人是清醒的，但诗本身始终有那一块未明的区域，我们无法清晰地去捕捉和把握，那可能就是诗意的另一半。以前，我总觉得诗越直白越好，那样的清晰才会通向真实，它无法欺骗我们的眼睛，然而，诗有神秘的维度，这是一种创造。这种创造或许就是朵渔所要挖的那道“深渊”，当然，挖得越深，难度越大；只有难度变大，整体的审美才会成为可能。

难度写作绝不仅仅是修辞意义上的，很多诗人可能都会这样认为。朵渔的那道深渊，是词语的深渊，也是思想的深渊，可能后者尤甚。2010 年，他写了一首诗，名为《孤立与深渊》，虽然有着当初的时代印痕，但现在来看，仍然契合他提出的“深渊”之论。日常的风景，在修辞的陌生化中也获得了某种道义感，它们在这个时代显得沉重不堪，于是诗人写下了如此感慨：“我只是祖国的异乡人/我有候鸟颁发的暂住证//飞鸟在申请一只笼子/天空为兀鹰打开了栅栏//孤独也曾为我架起梯子/尽头搭在一片浮云之上//攀登这么高，到底意欲何为/难道真的要去做神马？//我们不停地挖掉自身的基础/以便让自己更加孤立//孤立，但又不是在高处/深渊显示了我们的残忍与贫乏。”这是一场悖论吗？与不相容的孤立比起来，他是为了尊严，为了看清他者和自己，这种清醒不是简单的对抗，而是自我的孤立在什么意义上得以成立。

孤立肯定有着必要的拒绝。作为诗人，你不能什么都占有，天赋、名利，以及那些身外之物。诗人占有语言和思想就够了，要想拥有这两种东西，又是何其艰难。有的诗人努力一生，也未尝能在最后对自己说：我此生对得起自己的写作。有人越写越谦卑，他不敢妄自尊大；而有人还没写几首，就大言不惭地说自己掌握了诗歌的真理。诗人在现实中的狂傲和清高可以理解，但在表达和修辞上，那是需要灵魂进入的，不是几句口号、几个概念和强行的命名能够让人信服的。“诗歌的精神需要一种围观，也就是说/不要太清高，要当得起狼籍，当得起/耳顺者的聒噪……”（《对话》）写诗首先必须对自己负责，方可让他人信任。朵渔的这种责任来自某种精神高度：带着汉语诗人的使命感去写下每一首“小诗”。只有对语言负责，书写才会有扎根的自觉和寻找源头的自觉。朵渔的根是很深的，他的思想之根扎在乡野和泥土里，并且越扎越深。这种深，不是深不可测的深，而恰恰是一种高度。他能用现代性文字写出扎根于乡土中国的思想，并不断的创造，这是其诗歌能富有深度的关键。

对思想的追寻，往往与启蒙相关，这一方面是自我启蒙，另一方面是对更多人的精神启蒙。启蒙意识是朵渔作为有担当责任的诗人最隐秘的使命，他也在困惑中摸索着前行。“写作从来不自由，很做作/有时候我也会陷入沉溺的意志/在一块思想的薄冰上战战兢兢/跟坏人有什么道理好讲？/但空洞的谦逊更令人反感。”(《弄险》)写作本身就是一种冒险，它不是一种放松的舒服姿态，它需要诗人承担得更多，更深，这或许就是朵渔认为不自由的缘故吧。不自由，我们才会去争取自由，才会以追求自由的方式去完成对自己的审视，对时代和社会的批判。诗人的生命，就在这审视与批判中，不断地靠近语言的旷野，置换重量，实现理想。

在此，诗人出示得更多的，还是对自我的警示，而非对他人的批判，这是他之所以能坚定而决绝保持前行，且义无反顾地奔向诗歌之域的理由。我们就需要像诗人那样，将写诗当作一次次“弄险”，惟有如此，才能在语言的创造中把握精神的高度，同时又在对思想的探索中呈现语言的精彩。

朵渔的写作，前后期的变化很明显，但是从精神的角度来看，又有着其延续性：对于乡村文明和大地的关注，对于父母、祖辈以及朋友的关注，对于内心自我意识的觉醒的关注，对于社会的批判与革命的关注，对于历史记忆碎片的整理和改写。我一直在思考朵渔何以能坚守，不妥协，文字总是那么坚挺，不弯曲，不苟且，这种毅力和耐性，很多诗人不是没有，比朵渔更勤奋的写作者，也不在少数，他们何以写不出力量感来？我觉得，还是可以归结到欲望和诱惑之上。现在的朵渔坚定地不向体制讨饭吃，因此，没有了多少虚妄的欲求，没有了分享体制之羹的诱惑。当他站在外围往里看时，可以更清醒地讲真话，求真相，最终写出求真的意志，这就是当下诗歌的伦理。“诗人必须回到时代的现场中，而不是自我边缘化，才不会成为思想史上的失踪者；诗人必须领受一项道德义务——去感受自我和其他所有人之间的‘团结感’，在有限之中而与无限相关联。”[①]这是诗人的自

① 朵渔：《诗人不应成为思想史上的失踪者》，杨克主编《2009—2010 中国新诗年鉴》，重庆大学出版社 2011 年版，第 428 页。

我要求，也是对于其他诗人的勉励，只有如此，诗人们方可从中找到自我认同的价值，那是对幻灭感最为有效的抵制。

为了免于陷入虚妄，朵渔一度也追求“行动的诗学”。他和几位友人创办了民刊《诗歌现场》，这是一种责任的体现：他不仅将责任定位在语言上，而且也要将责任从修辞拉回到地面，赋予其更切实的力量。现场是责任书写的源头，也是责任的载体。从凭空冥思到钟情现场，这里的转化有着清晰的演变路径。为了让自己不至于太偏离日常，诗人需要“生活在真实中”，肉身和精神的双重存在，当构成一个坚实的现场。

朵渔曾将自己学习写诗的经历，比喻为“追蝴蝶”的过程，这像是一场长途跋涉，他认为这一长途有三个阶段：身体、发现、现场。身体，或许就是那场轰轰烈烈的“下半身”诗歌运动，但很快就过去了。事后证明：朵渔的诗歌也并不是简单的“下半身”写作，而是带有其自身独特的理性气质。2003 年之后，朵渔开始从“身体”走向发现，这一发现，首先就是学习他人，从大师们那儿学到的东西，并不仅仅只是一些观念和技艺，它还有发现诗歌的方式。发现的过程，就是真理与自由逐渐显现的过程。辞职之后，朵渔困在了家里，开始了系统的阅读，这样的发现让他越来越清醒，也越来越警惕：

> 有一段时间非常孤愤，与人通信也显得大义凛然。如果诗歌成了孤愤与狂躁，那么它可能已不再是诗歌。我开始让自己的诗歌转向“现场”，并与朋友们办一份叫做《诗歌现场》的民刊。面向“现场”的诗歌，不必是激愤的，但要有一种大力灌注其中；不必是战斗的，但要有一个合适的对手；不必是自我辩护的，但要有一颗自由的心灵。面向现场的事物，但现场不是自然呈现的，现场是在“视野、眼光、判断力”之下呈现的。什么样的识断，就会有什么样的现场。①

这是朵渔警惕自己在激愤中迷失于现场的反思，他就是在这样

---

① 朵渔：《追蝴蝶》，载《星星》（下半月刊）2009 年第 1 期。

的一次次"自我启蒙"里,不断地调整状态,让写作越来越靠近自身的性格。除去技艺之外,性情的流露,还是朵渔能从大多数年轻诗人中脱颖而出的重要缘由。朵渔诗歌的思想性,在于对自由的追寻和对尊严的守护,这是其作品在这个时代能彰显价值的分量所在,拒绝平庸,让自由的境界成为自己的信仰,这是他写作的标准。从另一方面来说,朵渔不仅是用语言在写作,而且是用生命在写作。"每一次写作,都是独自一人站在一个新的开端,而不是尾随着一群人。"①拒绝平庸,是一种警醒,否则,就会止步不前或湮没于毫无创新的平淡里。因为他说过:平庸即是一种罪。反抗平庸,就是朵渔的写作起点。尽管他的每一次变化与调整,都是在冒险,而当冒险成为创作的常态时,朵渔的诗才会因此焕发出异样的光彩。

朵渔在新世纪的写作,也是一个由懵懂逐渐到成熟的过程,他不仅在体验理想主义人生,也在验证一个时代的伦理底线。尼采在《最有影响的人》中说:"一个人抗拒他的时代,把时代拒之于门外,更有甚者,还追究时代的责任。这样肯定造成影响。他是否想造成影响,这不重要;关键是他能。"②这样的抗拒者形象,对于朵渔来说,是再合适不过了。他的责任一方面针对的是语言的创造,另一方面就是对时代的介入。"每一位有良知的作家都应该介入公共生活,否则他的写作就是无效的。这应该是一部分常识。但是,诗人要谨防被黑暗吞噬自己,'愤怒的拉奥孔'不应成为美学的敌人。同时,由于体制的力量太过强大,一些犬儒主义的模糊论调会使诗人们变得暧昧起来,我们大可报以人性的微笑。"③这样,对于朵渔的历史之诗、生活之诗和时代之诗,我们才能够解释,才得以在他的孤独中理解那份疼痛感。一组民国之诗,显示出的不仅是朵渔的视野和参透力,更重要的是,他将一种民国精神楔入了我们时代的现实,一时显得触目惊心。他有向前看的责任,也有往后看的良知,既富有知识分子的良

① 铁骨,王士强:《每一首诗都来自于呕心沥血——朵渔访谈》,载《山花》(B版)2013年7月号。

② 尼采:《快乐的知识》,黄明嘉译,中央编译出版社1999年版,第146页。

③ 朵渔:《羞耻的诗学——关于"新世纪十年诗歌"的个人印象记》,杨克主编《2011—2012中国新诗年鉴》,江苏文艺出版社2013年版,第522至523页。

心，又带着诗人的美学情怀。这是责任的两端，也分属人生的两极。

**三、羞耻心与常识感**

2004年年底，朵渔彻底离开了他工作了十年的单位，回到了家里，这也成了他自己"写作生涯的真正开始"。没有固定工作了，他将那份耻辱归还给了体制，从而走出了自己为自己制造的阴影。他终于可以返回到真实的内心了。他从责任所引起的激愤中回到了羞耻，羞耻感让自己不至于在虚无中沉沦，于是，他后来对"羞耻之心"格外看重，并写下了不少审视自我的"羞耻"之诗。

有羞耻之心，有常识感，当属一个人的教养。而我们如何获得教养，则是考验耐性和毅力的难题，对于处在心灵黑暗中的人来说，更显必要。"分裂、背弃信念、漂泊、与现实不调和、志在未来、向往更好的、更加公道的生活——这是知识分子的特点。"①诗人同样如此，或许会显得更加尖锐。和那些西方知识分子一样，朵渔也"向往更好的、更加公道的生活"。他以批判性的思考，和对历史与时代的审视，为人生作了注解。带着审视的眼光看待自己以及写作，是诗人面对羞耻最好的回应。而被很多人所忽视的耻感，"它在我写作的时候是一种反作用力，你在批判的时候，也会有一个朝向内心的力，两种力在平衡，让你不至于过分的偏执与黑暗。因为过于介入现实的诗歌，它也是会让你走火入魔的，人会偏离内心的，你会觉得自己在干一件高尚的事情、天底下最伟大的事情，会脱离常识。如果有一种朝向内心的力也在拽着你，就不会脱离中道太远，会找到一种平衡感。这种耻感就是对向外的批判的一种平衡。"②朵渔早先就意识到了这一问题，并作了深度反思，找到了解决之道。

在第十五届柔刚诗歌奖的"受奖词"中，朵渔这样说道："我的写作伦理基本上是对羞耻感的某种回应。但无所谓成绩，所有的成绩也只是失败。王阳明所谓'持志如心痛'，我感同身受。不可能有胜

① [俄]尼·别尔嘉耶夫：《俄罗斯思想》，雷永生、邱守娟译，读书·生活·新知三联书店2004年版，第26页。

② 王士强：《"其实你的人生是被设计的"——朵渔访谈录》，载《新文学评论》2012年第3期。

利。不可能有骄傲。不可能有尽头。我就是这样被无可名状的生命本能激励着,心怀恐惧上路,仿佛前方有伟大的事物就要出现。”朵渔从体制内毅然走出,他以对权力的抵抗和对自由的追求,成为了这个时代最忠诚的诗歌守护者。他的守护是基于保持诗歌独立品质上的,是在不断追寻诗歌力量的生命基点上的。他的这种执著和与众不同,不是那种哗众取宠的媚俗和叛逆,而是自由思想的真切流露,是境界不断提升之后的自我解放。诗歌的境界,同样决定于思想的境界,美感的境界。

不管是激进,还是愤怒,都离不开他对自由的追寻,这种自由是有“耻感”的,它带着朵渔从一个农家之子到独立诗人的转变轨迹。他那首《我没想到失败也可以迎来它的荣誉》,就属于对羞耻感最好的回应。“四月,我去蜀地领取一袋黄金/犹如火中取栗,大海里捞针/我没想到羞耻本身也可以获奖/我没想到失败也可以迎来它的荣誉/他们说这个人终于有了点坏名声/他们终于从骨头里挑出了鸡蛋/我知道,我知道/诗写不好主要是光荣太多/而光荣本应由乌云来安排/如果一定要光荣和耻辱走在同一条路上/何不将道路分裂成两岸/现在好了,马已饿死在草原,牛也被/赶进了牛角尖/现在终于轮到小丑们登场了/小丑却突然扭捏起来”。深具一种失败感,是朵渔长期以来的精神处境,但就是这样的一种失败感,却让他结实地沉了下来,有时他甚至伏在地面上,听自己的心跳,体验自己对这个世界的感受。“承认自身的局限和脆弱,承认自己并不是一个英雄,这并不丢人。”①体验一种个人很难发觉的羞耻感,成为了朵渔的日常功课,他时刻都不忘将其当作警醒的训诫翻出来鞭策自己,这种自律性的反省,正是诗人能够以一个思想者的姿态立于诗坛的保证。这并非他刻意为之,而是一个有良知的公共知识分子所应有的气节和立场。

“诗写不好主要是光荣太多”,的确是当下诗人写不好诗的一个重要原因,不是因为智力问题,也非勤奋程度,它关乎的就是诗人的

---

① 铁骨,王士强:《每一首诗都来自于呕心沥血——朵渔访谈》,载《山花》(B版)2013年7月号。

心态:你到底是以什么样的目的来写诗,是自娱自乐,还是求名逐利?是止于发泄情感,还是满足精神需要?还是这些因素都各自占一部分?我想,存什么想法的诗人都有。但是荣耀对一个诗人来说,也不见得是好事,尤其是源源不断的荣耀,有时会毁了一个优秀的诗人。朵渔对诗人所获的光荣持警惕态度,这是道义使然:太多的光荣,容易让人活在自我陶醉感中不可自拔,最后剩下的,不过是一堆虚幻的荣誉。只有不断的自我剖析,才可能彰显与命运抗争的不可回避,"你有没有勇气成为失败的一部分,而不是作为它的邻居?/连一次像样的失败都没有,你是不是得到的太多了?/你这一生,可曾为自己修筑过一座抵挡溃败的堤坝?"(《问自己——你要诚实地回答》)带着"惶惑"和"犹疑"的追问式写作,是朵渔"失败主义"观念的话语实践,也是他能不断前行的动力。

失败也可以是一种生活和写作的尊严,我们允许自己和他人有此权利,就像我们都应该有写小诗的自由。朵渔有一首诗名为《写小诗让人发愁》,"写小诗让人发愁,看水徒生烦恼/混世也不是件简单的事/无望的人练习杀人游戏/大哥们在灯下说闲愁,你一支笔/能做什么?写小诗/让人发愁,看水徒生烦恼/就那样在菜心里/虚无着,在树干里正直着/混世,混这时代夜色,太阳多余且迂阔。"写小诗并不可耻,对于朵渔来说,"小诗往往就是写作的常态",我们不可能每日都过得轰轰烈烈,诗中的起伏并不对应于生活的波澜。但日常的状态就是我们写作的永恒主题,很少有诗人能就此跨越。可以看出,无论叫嚣着多么高尚,它终究还是会回到切实的生活中。"诗歌写作如果仅仅是与精神生活有关,那么它很可能是一种狂热的、高烧的精神巫术,它的归宿往往是虚无的、蒙昧的。我看一个人的作品,往往会联系上他的生活,如果他的写作和生活是分裂的,我会对此人的写作保持怀疑和警觉。"①就像诗歌处于边缘也是文学的常态一样,那平淡的生活就是我们的日常,写小诗也就顺理成章了。

没有羞耻感的人,言谈举止间往往就可能流露出膨胀的成就感,

① 朵渔:《羞耻的诗学——关于"新世纪十年诗歌"的个人印象记》,杨克主编《2011—2012 中国新诗年鉴》,江苏文艺出版社 2013 年版,第 518 页。

追求“从一个胜利到另一个胜利”的虚名，且认为是理所当然，这同样也成了一种诗坛常态。朵渔对此深有感触：“今人诗有三病：不诚实，不老实，不真实/饭碗里没有羞耻，辞受间全是政治。”（《说耻》）朵渔用诗的方式道出了真相，我们的病症就是：不诚实，不老实，不真实。如此坦率决绝，掷地有声。当下的诗人都在写些什么？似乎什么都在写，也似乎什么都没写。是因为太多，我们眼花缭乱，无可辨析？是因为太杂，我们无法受用，分辨不清？还是因为太浅，我们不屑一顾；因为太深，我们探不到底？一切都可能是，一切又或许都不是。我们陷入了混沌、尴尬，以及深深的失语中。“作诗但求好句，已落下乘，/做人若只做个文人，便无足观。”（《说耻》）这已非常清楚和明晰：诗人苦吟写诗，若只是为了自我满足，很容易自我感觉良好。人是有追求的，而诗人的追求不仅仅是写一两句出其不意的诗，应该关乎一种精神。那种语言小格调，终究只是生产小技，而无大视野，更无大境界。就像诗人所言，仅仅满足于做一个文人，那种雅兴与酸腐应合，莫过于一种自我堕落。手中的笔，如果仅仅让它成为一支绵软的笔，而不能成为一柄锋利的剑、一把尖锐的刀，那它就失去了写的力量。写可能是一种批判精神和战斗思想，但更是一种身份认同和担当情怀。

作为诗人，如果还有人格立于字词之上，良心在笔尖处滑动，我们就不可能对时代与社会的暗角无动于衷，更不可能对个人的苦难与群体的不公听之任之。介入性写作是及物的，如果反应冷漠，那是诗人在逃避担当。在朵渔看来，好句和文人，只是写作的初级阶段，但很多人一生所追求的，也不过如此。以当下读者对诗歌的期待来看，这样的写作格局太狭隘了，它留给人的空间，自然也就小了。这也难怪一些诗人总在做表面功夫，求喧嚣的热闹，如此无知的高傲让谦逊的传统成为了摆设。很多诗人乐在其中，迷恋小情调，像是还没入诗的法门。

**四、诗的终极通向爱的可能**

2008 年，汶川地震灾难之后，朵渔在悲愤中写下了《今夜，写诗是轻浮的……》，当时曾引起了很大的反响，它的理性完全有别于那些应景的眼泪之诗、悲伤之诗和纯粹的哀悼之诗。事隔五年之后，很多人或许才明白此诗的持久影响：灾难时期，诗歌何为。张清华先生认为这是地震诗中最好的一首，并给出解释："说它最好，不是因为它书写了更感人的人性和情景，更高尚的人格和故事，而是它提出了一个问题，面对这样的灾难，我们该写什么？"[①]从这样的角度来看朵渔此诗，正是它的独特性之所在，也是诗人没有出于一种公共悲愤而流于滥情的根本原因。他知道此时正义的力量该在何处得以彰显，他明白造成生命终结的除了自然的因素，还有我们自身的罪恶。与生命对峙的，除了那些邀功请赏的惯犯，还有那些掩人耳目的恶习。它们均与诗人心中的正义相背，他需要写出真相。这是知识分子责任意识的体现，也是诗人的真性情所致。[②]

在《今夜，写诗是轻浮的……》中，朵渔的批判意识很大程度上是由爱生出，而不是为了单纯的批判。他的写作在追求自由的同时，也崇尚正义，这两方面其实完全可以统一在诗人身上，并行不悖。尼采说："没有人比一个具有正义感和正义力的人更应得到我们的尊敬。因为最崇高和最珍稀的美德在其中融合而消隐，就像海纳百川一样。"[③]在当下时代，朵渔就应该是这样的人。就像他自己所说的那样，他脱离了体制，走到了体制之外，所以将体制看得更为清楚了。这里有一种看透体制的意思，但诗人仍需要生活下去。脱离了体制，并不代表一个人无法生活下去，或许他在物质上活得艰难一些，但在更高层次的精神上，他将更为舒展，更为自由。这正是朵渔所要的一种境界。如果说他现在还没有达至这种境界，那么，他的努力正在朝向这一生命环节：一个诗人的纯粹。带着"诗歌不是让人学会仇恨，而是让人变得善良"之情怀，朵渔在"面向时代的写作"中，节制地写着他理想中的文字，这又何尝不是一种个性使然呢？在我们的诗歌写作里，需要这样的反叛之个性，需要如此坚韧之意志，更需要爱。

---

① 张清华主编《1978—2008 中国优秀诗歌》，现代出版社 2009 年版，第 307 页。

② 参见刘波：《正义与力量之诗——读朵渔〈今夜，写诗是轻浮的……〉》，载《名作欣赏》（下旬刊）2011 年 3 月号。

③ 尼采：《历史的用途与滥用》，陈涛、周辉荣译，上海世纪出版集团 2005 年版，第 44 至 45 页。

离开了单位，也曾有过激愤之时，但朵渔没有自我封闭，沉陷，而是在阅读、思考和写作中变得更加开阔和理性，“朵渔从体制内走出，在很多人看来这是一种自我放逐，其实，这样的举措又何尝不是诗人对自我的调整？他走出了体制，回到了诗歌与内心的‘慢’，在坚定民间立场的同时，批判工业社会对乡村文明的侵袭；于思索和拒绝中参透现实的苦难，以让自己接续上民间知识分子向善和大爱的传统。”①写诗到底是为了什么？到语言为止吗？追求完全无用吗？这都不是最后的归宿。“窗外，这么多人/这么多人民，却没有一个/具体的铁匠、锁匠、水果商/带着心花怒放的决心，带着爱/去生活，我就觉得/在写出这么多诗之后，如果诗本身/微不足道，在发出这么多问号/之后，如果问号却转身来质问你/那么，不如一句不写，不如闭口不说/不如直接去买醉，不如/马上去冬眠。”（《度夏》）诗人去做这些了吗？没有。他的诗歌有用，他朝着爱的方向在写。

虽然朵渔曾在诗中言说：“爱，这绝望的艺术/让我感到无力”（《再见·爱》），虽然他也追问“为什么没有爱”（《为什么没有爱……》），虽然他针对爱发出过一连串的质问：“树枝上的鸟和果实，你爱哪一个？/你爱她还是她？如果她已不再是她？/也就是说，如果她已消失，你会不会爱上地上的影子和雪？/当你说到爱，你到底是在爱别人还是爱自己？”（《问自己——你要诚实地回答》）这些自问和反问，都可能是爱的困惑，但只要内心之爱不通向虚无和谵妄，那就还存有爱的可能。“从最细微的事物里重新学习爱，从书页间/讨生活。”（《从死亡的方向看，什么才是有意义的》）这才是足够真实的生活，也是足够真实的爱，爱就在日常生活中，也在我们每日的景观、行动和冥想里。

手提一捆菠菜我感谢早起的晨雾
感谢郊区的云和泥土我受之不虞
一个赶鸭子的少年剥开薄冰谢谢

① 罗振亚，刘波：《在自由、爱与悲悯中落笔——论朵渔及其诗歌》，载《山花》2008 年第 2 期。

谢谢那条裙子和它包裹的旧风景
谢谢这瞬间的风和新栽的接骨木
甚至那一声鸟鸣也应该衷心感激
你们是一个丧家者心底的仁波切
你们为平庸的天才送来影子和蜜
的确我做着一些看似徒劳的事情
不相信知音之稀，不相信千古愁
相信每日的江郎才尽可化为诗意
谢谢一滴鸟粪的鞭策，谢谢雨滴
谢谢那个在厨房为我煮麻雀的人
一粒米的教育胜过多少鼎镬之爱
一首诗的逻辑近似于远山和绿意。

这是朵渔为诗集《最后的黑暗》所写的序诗，形式上非常整齐，但并不影响形式之外的诗意呈现。诗人带着感恩的书写，是日常之爱，广博之爱，也是终极之爱。这种爱看似琐碎，不宏大，也不激昂，但它是一种教养，一份信念。“其他的越来越不重要。但爱依然很重要。”①在语言之外，似乎只有爱能支撑着诗人继续抒情和叙事，直面惨淡的现实，也探寻这存在主义世界的荒谬之意。

所以，朵渔也写荒谬之爱，难言之爱。“我们从情欲的沟壑里取水/在难言的爱中融冰//生活多少有些戏子脾气/现实消耗了太多的温情//乌鸦和鸽子降低了天空的高度/猛禽的目光中闪烁着泪花//爱的结局往往就是不爱/热情的生活只剩下呼吸……”(《你看，生活的尖牙》)爱是无私的，一旦自私，那也就不成其为爱了，那是一种变相的恨。虚假的爱，是空洞的、乏味的、无力的，也是没有任何力量的。当爱变得虚伪，爱就是逃避责任，虽然它也在责任的圈子里徘徊与流连，但它终究只是昙花一现，而无法再生。爱被无名的障碍隔绝了，留下诗人无法隐藏的秘密。因此，变形之爱在一个人的内心似乎

① 朵渔：《〈最后的黑暗〉后记》，《最后的黑暗》，北岳文艺出版社 2013 年版，第 187 页。

是无法修正的，不管它借助于怎样的对话与沟通，一切的努力都可能会是徒劳。朵渔不会让爱变得徒劳，他要让其有所指，也有所落实，落到人生命运里，也落到词间和笔端。“爱是一种欢乐，虽然是一种夹杂着痛苦的/欢乐，但仍然是一种欢乐。”(《想不撒谎真难——维特根斯坦：天才之为诗人》)诗不是让人学会仇恨，而是让人向善，诗人则是要让我们的人生变得美好，这是朵渔曾经的感言，至今依然有效，且会继续有效。这全在于他道出了诗人的本质和诗歌的功能，诗之善与爱，为写作最终的路向。“人近中年，虚幻的成功已不够有趣/而如果写下的一切只是一种折磨/何不干脆将它酿成蜜?”(《什么才是结实的人生》)人生靠欢乐之爱获得价值，而诗歌则是对善与爱最后的备忘。

朵渔不仅仅在写爱之诗，其实，他提出了很多具有现实性的问题：我们该如何面对写作，尤其该如何面对头顶闪耀的光环写作？怎样在诗中去面对爱的困境和善的难题？这些都是很尖锐的问题。它们就那样结实地摆在面前，迫使诗人去努力理解，去解决发生在自我和他者身上的现实与精神困境。

朵渔的诗与文，现在越来越趋于一种思辨性，那可能是哲学阅读的结果。他也因此引起一些诗人的质疑：能不能把话说得明白点？这好像不是他的风格，因为他就是反对这一点的。思辨已成为一种境界，是他必定要经历的阶段，越过了这一层次，或许另一种明晰之花会在他的诗中重获绽放。

## 第四节　沈浩波：如何在自信中出示活力

作为70后的“成功者”形象，沈浩波一直以来就是个有争议的诗人：喜欢他的读者拍案叫绝，不喜欢他的人则选择避而远之。而长期的争议并没有让沈浩波成为批判的靶子，对他的深度质疑，相反成就了他的不断精进。这对于变化和转型中的沈浩波来说，当是好事。

如今,他在中国诗坛的“刀锋”形象已深入人心,不管我们对其持有何种态度,他就是那样坚挺地立于诗坛,不时地为我们提供他鲜活的诗歌文本。经过了这十多年的历练,他的写作一如既往地呈现出具体可感、生机勃勃的气势。他的诗歌依靠鲜活的口语和明晰的形式,从日常经验入手,书写生活的当下状态,自觉远离隐喻与象征的技巧,而以一种锋芒毕露的姿态来完成诗歌进入大众视野的努力。

**一、“心藏大恶”的时代**

22岁时,还在上大学的沈浩波就以一篇战斗檄文《谁在拿九十年代开涮》,引起了诗坛的关注。在此之后的几篇文章中,他与当时的学院派诗人激烈过招和交锋,道出了很多看似偏激但不无道理的事实,以此来支持当时处于不明状态的诗坛民间派。后来,在与一些诗人的交谈和自己的阅读中,我发现不少人对沈浩波及其诗歌都嗤之以鼻,认为他只不过是诗坛上的一个小丑和混子而已。这一现实,是我们必须面对的问题。他的言论无论有多大的冲击力,作品才是最主要的,所以,从诗歌本身入手,当是衡量一个诗人最理性也是最根本的方式。对待沈浩波,需要这样的评价方式。

早期的《自画像》一诗,诗人就以自嘲和玩世不恭的方式彻底与虚假的写作断裂,此诗一方面以口语形式在表象上暴露了自己的生理,另一方面也彰显了他进行口语实践的野心。在诗歌上,他似乎从不选择沉默,他总是勇敢地站立在每一次的风口浪尖,然后一本正经地告诉你,他就是这样自信:口语诗同样也有足够的空间供诗人施展语言才华。沈浩波有一种觉悟:诗歌需要极致精准的语感。而畏缩、牵强、狭隘与虚妄,对于很多诗人来说可能就是一条绝路。正像沈浩波在回答《南方都市报》记者的提问时所说:“强健,宽阔,应当是诗歌最好的境界。”后来,他一直在朝此方向努力,并渐入佳境。当此之时,他找到了一种具体可感、生机勃勃的独特话语方式。

又圆又秃/是我大好的头颅/泛着青光/中间是锥状的隆起/仿佛不毛的荒原上/拱起一块穷山恶岭/外界所传闻的/我那狰狞的面目/多半是缘于此处/绕过大片的额头/(我老婆说我/额

头占地太多/用排版的专业术语/这叫留白太大)/你将会看到/伊沙所说的/斗鸡似的两道眉毛/它使我的脸部/呈现斗鸡的形状/是不是也使我/拥有了一只斗鸡般的命运/十年之前/人们说我"尖嘴猴腮"/而现在/却已经是"肥头大耳"了/一只肥硕而多油的鼻头/彻底摧毁了我少年时/拥有一副俊朗容颜的梦想

——《自画像》

其实,沈浩波从进入诗歌写作开始就一直是以一个民间派的口语诗人身份出现在公众视野中的,他关注更多的,是诗歌与口语、日常生活与当下经验的关系,而不是悲剧性的宏大命题。20世纪90年代,在不受国外某个大师影响的情况下写诗,这样的年轻诗人在当时的诗坛上是并不多见的。当大部分学院派诗人还抱着弗洛斯特、曼德尔斯塔姆、帕斯捷尔纳克、普拉斯等人的诗歌汲取营养时,沈浩波觉得自己应该丢掉那些西方过去时的东西而直接吸收中国本土优秀诗人的新鲜营养,如于坚、韩东、伊沙等人都曾对沈浩波的诗歌写作有过或直接或潜在的影响,他对于诗歌口语语感上的传承更多的是来自他们。

自从后来沈浩波提出"下半身"诗歌宣言以来,他的写作就日益呈现为更加硬朗的风格:没有什么不可以入诗。这种看似游戏的诗歌在嫁接了摇滚乐形式后,与极富快感的语言节奏相融合,生成了生活化与直白洗练的诗歌精神。有了"语言自觉"与"身体性"的理解后,沈浩波要竭力摆脱掩饰的成分,充满激情地摊开一切,卸下沉重的语言包袱,顿释胸中块垒。不管别人对他那些被称为"下三滥"的作品有着怎样的不屑,他仍然坚持写自己的,即便有人为他这种写作喊出了"诗歌之死"的哀鸣,他也不再回头了,因为他找到了适合自己的路径。但他也为此付出了代价:他将自己的另一面彻底逼进了死胡同。在他看来,自己需要的就是从"地下"走到地上,从默默无闻走向声名大震,这种狂热的诗歌理想让他远离了抽象的隐喻,远离了技术和无聊的理论,远离了为赋新辞强说愁的苦恼,从而找到了明朗的入口,找到了口语诗的速度与加速度。沈浩波不再左右为难,上下摇摆了，他开始有了一份从容、大气的诗歌心态。《成都行》即是佐证，这是沈浩波在诗歌写作上又一次开阔的、大气的尝试，他摆脱了那种拐弯抹角地制造病态叙述的习惯，激活自己的语言潜能，写出激进冒险的句子，有着润泽心灵的话语风度。

更多时候，沈浩波的诗歌给人的印象是有硬度的，他总是在进行革命性的开拓，在语言的及物性上一针见血，直抵本质，尖锐，驳杂，又不失批判的力度。而在表现硬朗的同时，他也在诗歌中克服迷惑性的障碍，强调自己最为本真的感受，最终揭开了那层诗歌的神秘面纱。在自己进行诗歌实践和与民间诗人接触的过程中，沈浩波发现了身体的好处，身体之于诗歌的重要性，因为没有了切实的身体在场，诗歌徒有精神的外表，那只不过是词语的罗列而已。为此，沈浩波与他众多的诗歌朋友们一起办刊物，几个回合下来，沈浩波出其不意地推出了他骇人听闻的"下半身"策略。许多诗人都羞于启齿的话，却被沈浩波作为宣言纳入进自己的诗歌理论，语惊四座的《下半身写作及反对上半身》甚至引起了诗歌界外部人士的关注。他所倡导的"下半身写作"，"追求的是一种肉体的在场感"。这一时段沈浩波写下了大量身体之诗，他突出了身体的唯一可感性，揭开了一切伪诗歌与假抒情的面罩。他甚至提出了"我们只要下半身，它真实、具体、可把握、有意思、野蛮、性感、无遮拦。""只有肉体本身，只有下半身，才能给予诗歌乃至所有艺术以第一次的推动。这种推动是唯一的、最后的、永远崭新的、不会重复和陈旧的。因为它干脆回到了本质。"[①]他为此实践的《我们那儿的男女关系》《一把好乳》等诗，都是如此。评论家谢有顺虽然并不完全赞成沈浩波倡导的"下半身"写作，但他也承认这是其他文学"绕不过去的一个参照物"。[②] 现在看来，"下半身"也可能只是一个策略，虽然在提出之初，沈浩波及其同仁们也写过一些"下半身"诗歌，但是这在他自觉的口语诗歌写作中并没有占据重要位置，这种身体的出场是他此后趋于人性写作的

① 沈浩波：《下半身写作及反对上半身》，《心藏大恶》，大连出版社 2004 年版，第 318 至 323 页。

② 谢有顺：《文学身体学》，《文学的常道》，作家出版社 2009 年版，第 64 页。

前兆。

在“下半身”写作的时代，沈浩波并没有被宽容，而是被称为“流氓诗人”。在很多人都斥责其肉体写作缺乏精神内涵时，误解和非议对他来说并非坏事。赤裸裸地暴露感性的身体因子，与日常语境充分结合，这种状态看似是诗歌的灵魂缺席，而实际上却没有疏离诗歌的真实意图。对于学院派诗人华丽词语的不信任姿态，让沈浩波相信身体具有令人意想不到的诸多潜在表达功能。短句子、节奏感、开阔性在那些生猛和极富野性的文字里，被他处理得游刃有余。而有时，他也需要抛弃那些伪抒情，去成就诗歌的纯粹。

沈浩波敢于敞开自己，这比那些高深莫测的玄学爱好者要更为真切。在有些人看来，诗歌是那种带着拆解生活的态度去作义愤填膺状的聒噪，而在另一些人看来，诗歌就是低吟浅唱的感伤主义。沈浩波却远离了这些温和的小情调，以偏执和直率成就了诗的现场感，《海风吹过》《你妈贵姓》《饮酒诗》《送杨黎》等，都是富有现场感的明晰之诗，不纠缠于神秘，不制造人生的悖论。为此，诗人叫出了诗歌不再是清高优雅的贵族行为，而是与普通人密切相关的精神之事。好的诗歌是理性与感性的有效融合，沈浩波早就意识到了此点，但是他需要打破虚伪情感对诗歌的束缚，只有完成了这一过程，才能还原口语诗歌更本真的面目。

正当词语的狂欢化组合与意义的不知所云让读者极度难堪时，沈浩波和他的同道一起质疑了知识分子写作，他们找到了诗歌越来越不为人所认可的症结所在，那就是虚假与脱离个人真实的生活经验。当1980年代的诗歌盛景一去不复返，诗歌应该从形而上的隐喻和象征中回到人的本真与自我，回到对当下和日常经验的有效书写。2003年，沈浩波写出了他诗歌生涯中的重要作品——长诗《致马雅可夫斯基》。这对于诗人来说是一次重要的转型，他在诗中运用了马雅可夫斯基惯用的梯形结构，结合2003年年初所发生的社会时事，融合了自己的诸多感受，在一种古典的意境里营造了生动的荒诞效果。由此，沈浩波开始走上了另一条承续着“下半身”的某些观念，但又不同于之前的诗歌道路。

## 二、写作自信建基于什么？

沈浩波的诗歌写作一直是开放性的，他向外扩张，敞开心扉，尽一切可能的交流。他汪洋恣肆、一泄千里的写作，的确呈现出一种大气磅礴之感，而在这种大气中，诗人追求的仍然是准确——准确的感受，准确的表达，以及准确的生命律动。这些都足以让沈浩波在写作中建立起他的自信，因为从一路打杀的时代过来，他拿起又放下，放下又重新拿起，几番轮回，几个回合，终究走出了一条相对明晰的路。

这些年来，打破禁忌，祛除蒙昧，拒绝谎言，就是沈浩波恪守的原则与大道。所以，他能在社会风云变幻、个人左右摇晃的时代保持住一份心性，他愿意对诗歌彻底交出自己，那里有他隐秘的快感，有他生动的场景。"我欣喜于自己始终是一个质疑与反抗者，始终是一个直面自我心灵的写作者，始终在挺进所有我心灵在场的时空。"①写作与心灵相关，这是技术主义者们不屑于遵守的律令，但对于沈浩波来说，即便追求先锋，他仍然不排斥那接地气的现实感，只有这种现实感才与他的灵魂相通。那些有着高高在上的姿态的诗人，很可能无法与现实对接，他们的"向上"不是通向玄奥，就是迈向虚空，最终如同呓语，不知所云。沈浩波拒绝这样的虚幻书写，他所追求的就是一种瓷实、真切的表露，不刻意回避，也不假装深沉，在他那里没有隐忍、潜在和节制，有的则是狂野、激情与灵感，那种朝着梦想硬写的时候也不在少数，但这并不妨碍诗人对一切周遭之事保持敏感，他靠诗歌"养活"自己。

与很多内敛的韬光养晦的诗人不同，沈浩波显得锋芒毕露，他愿意彻底交出自己，不遮掩，不封闭，因为自由对他来说很重要，束缚和制约是他的敌人。像《疲惫之诗》《鸦巢》《妇科医院》等就是打破约束和桎梏，剔除掉窒息诗意的部分，敞开文字的诗性之门，让欲望、快感和味道散发出去。外界需要给诗人足够的空间让其施展，而他本人也是在寻找一切机会为自己营造诗意的氛围。据说，沈浩波一度因生意太忙，没有时间和心境写诗而恐慌不已，家庭和世俗生活是一种

① 沈浩波：《中国诗歌的残忍与光荣——目睹近几年来的中国诗歌现状》，载朵渔主编《诗歌现场》2008年12月冬季号，总第五期。

调节，其内心需要诗来滋润。和语言、诗意联姻的诗人，那将是一辈子的姻缘，不管爱恨情仇，无论悲欢离合，他都愿意去分享、承受与担负。这些都源于他的一份自信，自信什么？语言的创造和对自我与人生的诗意转化能力。他既可面对乡村的残酷，也可处理城市的孤独；既可在宁静中享受句子的狂欢，也可在喧嚣的多重身份转换中自如地应对。“我的生活节奏/快得如被追杀/叫上一辆出租车/掏出手机就打/先是大声咆哮/对方是我员工/不骂狠点/他难长记性/接着又换成温情款款/对我的签约作家/一个小女孩/我告诫自己/要尽可能地温柔/五六个电话打下来/不停地调换语气和表情/疲惫不堪/突然想起/此去机场/飞赴海南/是要参加一个诗会/赶紧把内心的频道/使劲一掰/硬生生地/从生意/掰到诗歌/嘎嘣一声/心惊肉跳”(《换频道》)。这样的生活场景，在沈浩波笔下就能成为诗，这种自我暴露与剖析，也是诗人处理现实和诗意转换的体现。此时，诗人的情感在现实的作用下是分裂的，它们具体，又遭遇分行，在速度感和节奏感中接受检验，诗人的跳跃性记录就是拒绝暧昧，执行纯粹的写作法则。可能正是这种纯粹，才造就了他排斥虚假的干净洗练，也正是这种不加修饰的原始创造，才显出了其作品的力道。“我出生于温暖湿润的南方乡村，但我没有成为一个乡村抒情者；我出身于学院，在学院派知识分子语境下开始写诗，但我没有成为一个热爱修辞的学院派。”①正是在这样一种自信与坚持中，沈浩波重塑了自己。他对一切主流价值有着天然的抗拒，而又不断地暴露出一个自我的矛盾体。他身体内的冲突和争吵，让他在诗歌中获得了一种释放。

由“下半身”青春写作起步，经由那集体狂欢的美学建构之后，沈浩波也意识到了需要一场告别的仪式，从集体回到个人的内心，由他者回到自我的原点，方可找到真正属于自己的独特美学。“我始终认为，世界上最好的甚至是唯一的诗歌，来自在这样的语境中爆发出来的那个‘我’，只有对自我心灵和命运的强化和追问，反思和怀疑，才能构成真正强大的内心，才能使我们可以不依赖和臣服于任何宗教

① 沈浩波：《中国诗歌的残忍与光荣——目睹近几年来的中国诗歌现状》，载朵渔主编《诗歌现场》2008年12月冬季号，总第五期。

或者既成的价值谱系去认识世界和从事写作。在真正强大的个人内心驱动下的写作，才是自觉的，有创造力的，真实的写作。”[①]通过这样的自我反思，才有了他在粗暴之外的另一种联于内心的写作，它们可以是温和的，也可以直白其心，当能见出诗人的真性情。整体来看，沈浩波有一颗柔软的心，尤其是随着家庭的建立，他开始了一种浪子回头般的人生新征程。他给妻子写诗，给孩子写诗，给父母写诗，给他所有的亲朋好友写诗，他依赖他们，就像他依赖于诗歌本身。“人活着有多难？我知道。/人在自己的心里活着有多难，我也知道。/每个人，在世间安身立命，其中的难/我隐隐约约，仿佛知道。但我正忙着解决我自己的问题。/有时解决了一些，更大的艰难随即又出现。/这过程激发了我的斗志，我甚至有些享受。”(《我在你和神之间》)这首诗是诗人写给妻子的，但这种感慨又是诗人写给自己的，一种强悍此刻化为绕指柔，这就是诗歌的魔力。一种施加了法力的语言，让诗人的内心也会变得柔软，那人生的“难”就是与家庭、时代和社会碰撞的结果，通过回忆来完成诗意的延续，也未尝不是一种立场，一种策略。

当我们掠过沈浩波的成名作与代表作，或者那些引起争议、造成反响的诗歌时，会发现他也有温柔的一面；当那些“杀伤力”强的诗歌先入为主地影响了我们对沈浩波的印象定位后，一种清新的气息同样会抓住你。那是一个分裂的诗人，他的多副面孔对应了其多元化风格。“我爱你在人世间形单影只的孤独/我爱你衣衫单薄的孤独/我爱你被我紧搂在怀中无法逃逸的孤独/我爱你吻我时浸透舌尖的孤独/我舔舐着你的孤独/它像一条冰凉的蛇/我爱你在泳池中划动碧波的孤独/分开，又聚拢/仿佛你从未置身其中”(《你的孤独》)，先锋的沈浩波，也会写出这样并不先锋的诗，所以，在他身上什么样的写作都可能发生。他崇尚明晰的口语写作，但他也可以回到生活中来发出夜间宁静的抒情之声，这种多维度造就了一个完整的诗人。《请让我紧紧地抱你》《爱情是一首诗》《婴儿》《我在你的身上寻

---

① 沈浩波：《中国诗歌的残忍与光荣——目睹近几年来的中国诗歌现状》，载朵渔主编《诗歌现场》2008年12月冬季号，总第五期。

找——写给儿子》等，都是诗人的爱情之诗和亲情之诗，温婉，细腻，带着血肉之气，这才是富有生活气息的诗意。同样，还有另一种日常的诗意，它可能就是生活经验和感想旁逸斜出而得，在日常的尺度上又向前推进了一步，幽默、感性，还带着点恶搞的“坏笑”。比如他给刚出生不久的儿子下的《战书》，就是诗人最直观精确的感受。被儿子从妻子那里夺去爱的嫉妒，沈浩波将其刻画得异常逼真、生动。在《温暖的骨灰》中，诗人从苍老的父亲那里寻获了温暖，他不可能再越过这人性的尺度了，一切恒久的情感与诗意都在这天伦的美好里得以酝酿、绽放和最终定格。

纵观沈浩波的诗歌创作历程，有相当一部分是写给亲人的，像《苏北》《奶奶的愤怒》《家族赋》《外婆的葬礼》等。近几年来，诗人写给父母的诗尤其多，回忆、现场和对未来世事的推测与想象，都在一种真实而富有力量感的倾诉中解决了伦理的贫困。《天下无戏言》中的母亲，《父亲》中的父亲，诗人毫不避讳隐私，笔端有时甚至还带着一丝嘲讽之意，而他道尽的一切，似乎都属亲历，他将这些写进诗里，一方面是性情使然，另一方面就是一种人生记录。长诗《蝴蝶》是一次关于自己和亲人之关系的彻底清理，诗人由丑陋的自我出发，一路出击，写遍了历史现实，道尽了人世沧桑。对此，他有着非同一般的自信：“我一直觉得，2011 年颁发的第九届华语文学传媒大奖诗歌奖应该给我，应该颁发给 2010 年刚刚出版了长诗《蝴蝶》的作者。”①诗人对《蝴蝶》的自信，其实也是对写作的自我认同。他从不谦虚于自己的文字在这个时代的位置，就像他从不在意直抵现实和内心的真实，不管这里面是否隐藏着伦理的羞惭、道德的不耻与人世的罪恶。诗人的敏感让他热衷于写下一切尖锐的冲突，他的自信让他敢于去暴露诱惑带来的堕落，而他正是在这样一种矛盾的心绪中前行：道德不是障碍，现实才是自由。

**三、如何先锋，怎样前行?**

沈浩波是一个有野心的人，这一点毫无疑问。他的敏感天性恰

---

① 沈浩波：《2012 年华语文学传媒大奖诗歌奖获奖感言》，载《南方都市报》2013 年 4 月 28 日。

恰对接了他在现实中的好斗与挣扎。这是一个善于捕捉发生于周遭之事的诗人，一切言谈、行为和思考，都可以为他所用。他在处理现实的方式上是很暴力，很直接的，不拐弯抹角，也拒绝隐喻，更多时候甚至都懒得去分节了，一路分行写下来，似一气呵成。他需要的是速度感、快节奏，这带给他的才是真正的创造的快乐与刺激。

在很多人看来，先锋就是一味向前，或者始终向下，与那些崇高、虚幻的想象断裂。沈浩波当年进行“下半身”写作的尝试，其实就带有很大的“向下”意味，他的叛逆和反抗都针对的是一种腐朽。但是，他也有反思，“在我看来，再怎么先锋，也不能使先锋沦为标签和形式，不能令对先锋的追求外在于诗歌。”①大多数诗人怎样理解先锋，确实是个问题。不少就是嘴上的先锋，“我要先锋到死”，但这种先锋往往就是一句口号，或者一个标签，毫无实际意义。实际的先锋到底是什么？它是一种话语实践，一次有效的反对平庸的行为。

基于以前对先锋的理解，沈浩波后来也有微妙的变化：“我也曾因这种先锋的执念，有时剑走偏锋，好勇斗狠，不惜代价强行披挂先锋外衣。这样的写作尝试，与内心严重脱节，变成了一列脱轨的火车。如何将先锋性控制在与内心匹配的范围内，控制在诗歌写作内在逻辑的轨道上，是一个复杂的话题，绝非一味向下那么简单。”他还为此专门举了 80 后诗人小招的例子，他对于小招那种“外在于内心的先锋性的要求”非常警惕，先锋不是形式与风格的无限模仿，而是最终形成自己的个性。“因耽于先锋的虚荣心，写作变成了一种外在的虚荣性写作、标签化写作，不再与内心有关。”②而诗歌如何与内心相关？先锋的诗意怎样在对接现实的表达中自然地呈现出来？这是诗人必须思考的问题。这样的问题也曾让很多诗人颇费踌躇，但能有效地解决这一难题的并不多，沈浩波愿意去挑战自我，是有其独特的消化能力的。

---

① 沈浩波：《当代中国诗歌的 4 种虚荣心》，载潘洗尘主编《读诗》2013 年第二卷，长江文艺出版社 2013 年版，第 215 页。

② 沈浩波：《当代中国诗歌的 4 种虚荣心》，载潘洗尘主编《读诗》2013 年第二卷，长江文艺出版社 2013 年版，第 215 页。

先锋不一定就是向下的，它可以向上，也可以平视，端赖于诗人如何理解他所认知的先锋。沈浩波是一个特立独行者，他在先锋的路上解剖自己：我就是这样一个人，你们认清楚了，我以后所有的“大逆不道”，都可以公开了。早在2001年，沈浩波就对自己作过深度剖析：“我和诗人南人/饭后到山冈上散步/聊一些家长里短/偶尔也谈及诗歌/南人问我/对自己的诗歌水准/有没有一个清醒的定位/我说这是评论家的事情/我自己哪里知道/话音未落/我就已暗自脸红/我的回答多么虚伪/像一个心思很重的知识分子/……我从来就不是/一个热衷于谦卑的诗人/现在，南人兄/我要老老实实地告诉你/我觉得我自己/正在通往牛逼的路上一路狂奔”(《说说我自己》)。诗人早就交出了自己，他不是一个谦卑的诗人，所以，在自信的同时，他对一切有违先锋精神的诗人都不屑一顾，姿态亮出来了，剩下的就是以实际行动来验证自己的观点。他的《妇科医院》《她叫左慧》《少女赋》《中国家庭》等，都是直接之诗，坦率之诗，符合沈浩波对自己诗歌观念的定位，在追求速度表达的快感中解决问题。

这样的诗曾被很多人质疑：你追求的诗意与先锋何在？但沈浩波不负责解答这样的问题，他可能认为这种提问本身就很愚蠢。他的先锋就隐藏在野性的文字里，而其诗意并非由抒情带来。他更内在的自由是靠外在的冒险来完成的，常人所理解的复杂诗意，在沈浩波这里置换成了晓畅易懂的白话，没有了挑战读者阅读晦涩之辞的障碍，因此，他需要承担丢失诗意的罪责。但当他将笔触对准现实，通过记忆去完成某种书写时，其先锋意识又呈现为另一种状态：“我们那儿是一片很大的农村/农村里到处长着庄稼、男人、女人/以及他们家里畜生//我们那儿有很多女人是自杀而死的/有的喝农药，有的上吊/大部分选择了喝农药/我们那儿管这种死法不叫自杀/就叫‘喝农药喝死的’//我有时很佩服这些喝农药的女人/她们是真正视死如归的人/从想死到死/甚至都没有考虑一下/就干脆死掉了//有时候我又很佩服那几个上吊而死的女人/她们是真正考虑清楚了生死问题的人/真的决定好了要去死/这才上吊死了/我们那儿管这种死法也不叫自杀/就叫‘上吊吊死的’”(《我们那儿的生死问题》)。诗人就是以回忆来描述中国农村妇女的死亡方式，没有多少抒情，甚至连议论也并不多，他只是呈现了中国农村的一个角落，却反映出了农村女性在生死面前的无助、失望和绝望。命如草芥，这就是她们对待生死问题的态度。诗人将这个问题抛出来，不仅他自己思考过，更能引起我们的深思：关爱农村妇女，同样迫在眉睫。这是乡村的痼疾，也是诗人直面现实时的态度。这样的诗先锋吗？如果说它先锋，到底先锋在何处？如果说它不先锋，又是基于怎样的标准？它反叛了什么？又接纳了什么？各种思考都可能通向无解，唯有一点无法忽视：它出示了一种不同于常规的诗歌价值观。无论作怎样的阐释，都可能无法抵达核心，这是见仁见智的命题。但是，这样的诗作除了平铺直叙的形式外，的确与诗人的内心相关。沈浩波没有给出解决的答案，但他并不冷漠，而是以自己的文字见证了当下中国所面临的压力和困境。“我们这个时代/不配拥有伟大的人物/我也不配/拥有伟大的爱情”（《蝴蝶》）。诗人曾作如此思考，是基于社会真相和时代底色，他的体验可能并不先锋，但其书写无法再作单纯的抒情了，诗人必须面对时代发言，这是诗歌的政治所无法绕过的逻辑。因为他在写作中贯注了灵魂的评判，投入了思想的审视。

因此，先锋并不等同于形式的创新，它在精神生产和思想创造上，其实面临着更大的挑战。在汹涌的先锋浪潮中，“先锋从来不是姿态，而是诗人的内心与语言在巨大的张力中融为一体，达到通往本真的深度与广度。相对传统的、已经形成的诗意，先锋是一种反动，进而形成或者发明新的诗意。若只追求反动的一面，以为越反动越先锋，偏离本质的诗意和诗意的本质，就会导致‘先锋’与‘诗歌’之间的南辕北辙。”[①]披挂先锋的外衣，确实是一个难题。何谓先锋？作为读者的我们不知晓，而诗人自己又真正明白吗？它没有确切定义，也无固定答案，它可能就是一种感觉，一种气质，一种状态而已。沈浩波说过，只有写诗会让他觉得自己像个人一样活着，而不是一架赚钱的机器，因为写诗是纯粹的生活，不是在进行利益交换。“只有写

① 沈浩波：《当代中国诗歌的 4 种虚荣心》，载潘洗尘主编《读诗》2013 年第二卷，长江文艺出版社 2013 年版，第 217 页。

作是能够让你真地去进入生命的内部，让你体验自己的生命，体验你自己活着的质量，体验情感的质量。让你知道你自己是什么人，知道自己是什么东西，让你能够充分地，既感受自我，也能感受他人，也能感受这个世界的温度。”①感受这个世界的温度，就是他坚持写诗的理由，这是一种无功利化的存在感的体验，先锋在此就是真切的感受，随着他阅历的丰富，先锋不再是一味的叛逆和反抗，而是一个内心处之泰然的理想之境。

确实，沈浩波过去在自己的写作中做加法，现在仍在做，但做减法的倾向渐趋明显，太多的披挂并非好事，它能让诗人负重前行，但囿于束缚和限制，缪斯那必要的轻盈，同样无法灵动而至。沈浩波找到了他的方向——身体感、时代性和对人性的挖掘。② 这一方向是诗人十多年来的实践总结，这给了他信念和动力，也是他在曾经的焦虑、彷徨和柳暗花明的兴奋中所恪守的原则。他的诗歌美学，无须我们用多么复杂高深的理论去捕捉和阐释，它们就在那些直白其心的文字中，需要我们去感受和理解。他的诗歌首先是基于身体性这一维度，因此，他不会沉迷于玩语言游戏，最后凌空蹈虚地走向玄学化。他极少去翻拣故纸堆，也不向往那个空洞的“远方”，只是对当下和现场保持兴趣，时代性是他写作的立足之本，所以才会有现实感和刺痛感。在沈浩波这里，无“人”不成诗，正是因强调身体性和当下性，他才会有对人性挖掘的自觉，这甚至是诗人在写作上的一种本能反应。离开了对“人”本身的关注和聚焦，我们也就看不到沈浩波的鲜活、生动与神采飞扬了。他的反叛与认同、莽撞与血性，都是在围绕着身体、时代和人性而展开，他所打出的先锋旗帜上就飘扬着这样一种瓷实的美学，他扛着这面旗帜，毅然前行于及物写作之路上。

**四、在变化中寻找创新的可能**

在“下半身”写作时代，沈浩波就是以反抗姿态进入的，在很多人

---

① 李昶伟：《沈浩波访谈：诗歌是你生命的外延，它随着你的生命往前走》，载《南方都市报》2013年4月28日。

② 沈浩波：《2012年华语文学传媒大奖诗歌奖获奖感言》，载《南方都市报》2013年4月28日。

看来，他就是一个粗暴的闯入者形象：几乎是“杀”进诗坛，带着一身的质疑、叛逆和颠覆。他这种反叛，似乎因他长了“反骨”，要做一个时代的英雄。“下半身”写作近十年之后，沈浩波仍有他的自信。“从那时起，我的写作就是自觉的置身于强大现实中的写作，就是带有坚硬精神背景的先锋写作。多年过去了，多少当年和我一起先锋过的青年已经完全无力为继的时候，我自豪于自己没有背离写作的初衷。也曾经犹豫和停滞过，也曾经由于乡村生活的背景而放任过那种浪漫主义的软弱抒情一面，但最终我却更为坚定的成为一个年近中年的‘先锋派’，态度与当下创办《下半身》杂志时一样决绝，甚至内心更为笃定。”①沈浩波看到了很多与他同时出道者的转向，而他保持了一种决绝的反抗姿态，这一点无可否认，在他的写作中，一以贯之的是他不败的信念。但隐秘的转变仍然存在，那是由人性所决定，甚至是由他作为男性的特征所决定的：过去的肆无忌惮、口无遮拦，如今也有所收敛了，那种内心矛盾、冲突、压抑带来的释放，都或多或少地化为了一缕缕清凉的诗意。

从过去的嘲讽、讥笑，到现在的追问、理解，他甚至还有了不懈的探索之意。贯穿其诗歌写作始终的，我认为不是现实性，而是一种浪漫主义。而有了转换的，恰恰是现代性。这种转换不是说他原来有现代性，如今没有了，也不是说他原来没有现代性，现在突然有了，不是现代性的多少和强弱问题，而是什么样的现代性问题。如果说他早期的现代性就是一种不妥协的先锋和前卫，那么，此时的现代性则变得更为理性和富有智慧了。他懂得如何驾驭一种整体性的诗意，如何将困境写得更客观，更有质感。他保持了创作的旺盛精力，以昂扬的姿态汇集所有的希望与失望，乐观与绝望。所有的质疑和追问，他都要在自己身上和时代中寻找答案。他有现实的人生顾虑：“妻子想再生一个/但我不敢/我怕爱得越多/恨就越少//我深知爱的虚假/和恨的真实”（《蝴蝶》）；他有生命的终极之思：“谁有权力审判/人类中饥饿的灵魂？/落日像孤独的宗教/张开空虚的怀抱//即使生命只

---

① 沈浩波：《中国诗歌的残忍与光荣——目睹近几年来的中国诗歌现状》，载朵渔主编《诗歌现场》2008 年 12 月冬季号，总第五期。

是/上帝做出的鬼脸/也不能使我心/归于枯寂”(《在冬日的群山中》);他也有高远的梦想:“我的身体里有狮子被长矛洞穿后的吼声//只要星星仍然在头顶闪耀/就一定有骏马沿着大河奔跑//只要人类仍然有爱和悲痛/就一定有微风扬起柔软的马鬃”(《诗人在他的时代》)。诗人就是在这样的书写中保持着强大的感受力,那种锐利和敏感,让他不会在繁忙庸碌中诗性枯竭。所以,沈浩波对诗歌之事的警觉,给人的感觉就是霸气,那种不容质疑的口吻,需要胆识。他有的是勇气,且从不试探和摸索,单刀直入的风格,成为了他一个阶段的写照。

好斗是他的天性,这能让他坚持一些基本的东西,而不会随着风向的变化而转变。但他又需要一切荣誉,不管大小,无论官方还是民间,他一概收入囊中,这似乎不是原则,而是一种性情和胃口。这样的胃口,也像他的诗歌胃口一样强大。他可以写《福莱轩咖啡馆,点燃火焰的姑娘》那样的轻逸之诗,也可以写重口味的《淋病将至》;他可以写《柔软赋》这样的温和之作,也可以写《来,咱们学几个成语》那样的愤怒之诗。也即是说,他既能够让自己“生活在别处”,也可以真切地活在现实中,其自如的转换,对于沈浩波来说就是一种自然状态,不是速度和犹疑所能决定。当然,他的内心还是温暖的,否则,也不会在他笔下出现那么多形而上的思考,有那么多生动又不乏超现实意味的人生素描。我相信,这一切都是基于现实的考量,诗人对现实的情有独钟,与先锋无关,而是和他的人性相联。

由《寂静的乡村》到《下岗女工》,从《文楼村纪事》到《北川残篇》,他一路并没有放弃对社会的关注,这样的记录就是见证,而他的反思与自省,则让他不会太过极端,他的冒险也是在身体、时代与人性的范畴内。“政治虚荣心、先锋虚荣心、文化虚荣心、技术虚荣心的膨胀与泛滥,是我目力所及的中国当代诗人最容易陷入的写作歧途。我看到很多才华横溢的诗人,一旦陷入,立刻获得合法性、道德优势或诗歌的政治正确,固执无比,再也不能返身,不能单纯而本质地面对诗歌。这样的情况,对我的写作是极大的提醒。”[1]沈浩波有虚荣心吗?其实也有,对于这四种虚荣心,他可能之前也曾有过思考,他现在提出来了,不仅针对他者,也针对自己:将端着的架子放下来,将向上的身段放下来,亮出一个真实的自我,这是诗人的为诗之道。坚持、突围和守恒,方为写诗的本色。

新世纪以来,沈浩波的写作可能没有强大到推动整个诗歌潮流向前奔涌,但他的姿态和所作的努力,是在完成对自己的救赎。这一说法或许在他人看来有夸张之意,不就是诗歌吗,能对一个诗人重要到如此程度吗?诗歌对于沈浩波很重要,在世俗生活与生意场之外,它是其内在的精神支柱。长诗《蝴蝶》是沈浩波对自我的一次审视之旅,既有家族的历史再现,也有他自己的成长经历;既有他对一切人世的看法,也有他返观自身的彻底敞开。他逡巡,洞察,自在地对自我进行革命。总之,他就是要在自己身上开刀,写出一种暴露的极致力量,这是一次野心勃勃的写作。蝴蝶是一种情欲的化身,但在沈浩波笔下,它成为了冲破一切的力量之象征,在刚柔相济中通向了清晰的人生哲学。“这个世界上,并不存在一个自我二元对立的沈浩波。我一直就在这样写诗,我的诗歌一直就有多重的声部。不存在一个只有‘下半身’的沈浩波,也不存在一个只有‘上半身’的沈浩波。”[2]他的写作是多元的,不定的,这才为他的持久创造提供了重要的平台,否则,他可能就埋没在自己为自己设定的束缚和圈套中了。

沈浩波的性格注定了他不是一个四平八稳的诗人,他不讲规矩,不按常理出牌,有时甚至偏执,引起误解是必然的。如果一个诗人从来没有引起过误解和争议,他的写作是否值得信任?他的变化有没有一种创新的可能?冒险当为一个诗人必经之途。不管他选择什么样的路,只要他愿意留在诗歌的内部,不断的突围就是一种真理。超越自我不可避免,而抵达更高或者更低,或许又是一种新诗意的落

---

① 沈浩波:《当代中国诗歌的 4 种虚荣心》,载潘洗尘主编《读诗》2013 年第二卷,长江文艺出版社 2013 年版,第 219 页。

② 沈浩波:《〈命令我沉默〉编选手记》,《命令我沉默》,浙江文艺出版社 2013 年版,第 289 页。

实。“时至今日，我满意于我确实走在这样一条反抗与创造的道路上，诗歌使我成为一个独立的人，拥有更自由不屈的内心，如果没有诗歌，我不知道在这样的时代，我会成为一个怎样的人，甚至，是否能够活成一个‘人’——而不是时代的奴隶和命运的傀儡。”①当然，这种满意中也有诗人的不满意，这是支撑他前行的力量。他最终是要活成一个人，而不是被时代和命运牵着走，诗人的自主和独立，就是他多元写作的前提，也是其不断创造的关键。

对于沈浩波的写作，至今还无定论，也不应有定论，他还在变化的途中。这一方面与其正处于创作的盛年有关，另一方面，也与他的性情有关。他不可能让你轻而易举地就抓住他，给他贴标签，或者说他自我风格化。正是一种出其不意的出手，能让人感觉到创造的惊喜。他在生活的现场，活跃、丰盈，没有过于爱惜羽毛，而他又向往语言的快感，那种“黄金在天上舞蹈”的风采，他需要去追寻，且迫不及待。他容不下更多的质疑和贬损，所以，他总是在应战，在最恶毒的语言交锋乃至谩骂中愈战愈勇，直至对方不再回应。他就是想挑战自我和他者，有话直说，不委屈自己，不降低标准，让他的“诗坛战士”形象深入人心。但无论怎么挑战与应战，最终靠的不是骂名，而是切实的文本：你到底给我们提供了哪些富有创造力的作品？沈浩波仍然在路上，他的变幻与转型是没有前兆的，所以预测在他身上也显得苍白，对他抱有期待即可，这是对诗人最好的认同。

① 沈浩波：《2012年华语文学传媒大奖诗歌奖获奖感言》，载《南方都市报》2013年4月28日。

# 结 语

在对中国当代诗歌产生影响的“刀锋”诗人里，我所选择的，并不一定名气很大，但绝大多数肯定都还在持续写作中，且曾经或正在为我们提供某种独特的诗歌美学。这些诗人中不少也引起过争议，这争议一方面可能是因为诗歌之外的人格、品质和交往等；另一方面，当与他们的写作理念和诗歌取向有关：不见容于大众读者，是所谓“读不懂”的诗人，他们的诗可能晦涩，让我们难以进入，这是他们很难让人接受和认同的“负面”因素。但我并不认为这样的诗人不是好诗人，恰恰可能是因为他们的陌生化，导致诗歌的诗意更富有挖掘的可能空间。这样的诗人在持续性写作上会有一个长久的过程。

在这样一个时代，诗歌真的不合时宜吗？其实也未必。都在言说诗歌乃至整体文学的边缘化，但身边仍然有那么多人选择阅读文学书，不管他们是在纸上，还是在网上，总之，是在靠近一片精神的领地，那个空间里有高度、深度和广度。诗歌也属于其中一员，它并未因读者的减少而消亡，我论到的这十八位诗人里，诗龄最短的也有十几年了，而诗龄长的，也已有四十余年，他们的诗歌在过去是一种号召，一种集体主义的美学，而在当下，他们同样也在引领文学的某种风潮。虽然诗歌的审美变得多元，各种诗歌派别和诗人个体相继出现在时代的洪流中，但诗歌的精神仍然需要不断的接续，不断的重建。几代诗人都在各自的成长期建立了独特的美学空间，但他们最终都可归结到一点：作为语言艺术的创造，诗歌关乎修辞，更在于内心的力量再现与精神释放的强度。

有评论家和研究者说，新世纪的中国文学格局中，诗歌的成就要高于小说和其他文体，这似乎获得了国际认同。在我看来，这并非就是诗歌的胜利，或者说是小说和其他文体的溃败，而是因为诗歌坚守了它的原点。它没有随着社会的发展而要“与时俱进”，诗人们坚持了诗歌的“无用”，让其在庸俗而缺乏诗意的时代获得了精神的标高。北岛、多多、王小妮、于坚、王家新、西川、翟永明、李亚伟等诗人，在新世纪依然笔耕不辍，选择坚守和回归，与诗同在，这并非由姿态所决定，而是一种信念的见证。我愿意去梳理和追踪他们的诗歌写作，更是在于这些诗人以耐心对抗了时代加速度的喧嚣。这些诗人从写诗至今，大都自成一格，引领了各自时代的诗歌美学潮流。作为独特的个体，他们已不属于过去的某门某派，而是在个人化写作时代出示创造的诸多可能性。这是他们之所以成为诗坛“刀锋”的原因，尽管他们的写作也并不完美，有的甚至遭致批判和不屑，但他们能打破诗歌写作的僵化与板结，出手一种新意和建构，就是有价值的写作。

一个诗人的诗作可能不会给自己带来多么大的声誉，甚至还可能缺陷多多，不完美、不新颖，但其写作有可能会给他人带来启发，让他人的写作获得一种参照，我认为这也是一些诗人需要努力的方向。在这批“刀锋”诗人里，也不乏这种能给他者带来写作启示和思想触动的人，有时，我们可能还更需要这样的诗人。因此，在这本书里，我是将他们都当作个体在进行阐释和批评，而不是作为一个流派或群体在研究。我越发意识到，在当下的诗歌格局中，相对于“抱团取暖”，个体的写作显得多么重要，他们独自的生动，其实就是诗歌“灿烂”精神的体现。诗歌似乎再也不可能回到1980年代那样的“辉煌”，诗人们甘守边缘，诗歌创新的层出不穷也可能会是一种常态，我更愿意这样来理解诗人与诗歌在当下的关系。

以什么样的心态来靠近这些诗人和他们的诗作，其实全在于我们如何用心去领悟他们的文本意义与创造价值。他们成为了同时代人的标杆，无论是从想象力的发挥与建构，还是在修辞和表达的呈现上，这些诗人都有其自身的非同凡响之处，他们让诗意在人性和神秘感之间更显得耐人寻味。书写表现的可能需要想象力，书写一种即将发生的可能也需要想象力，而表达不可能发生的事情更需要想象力。我认为，很多诗人其实根本不缺乏这种想象力。诗人们的想象或许与我们大众所理解的想象根本就不是一回事，而我们所能理解的想象就是一种可能性而已，它们普遍存在于诗人的头脑中，这无需我们去为他们呼吁，他们自有自己的想法去实现想象力在诗歌上的重塑。想象的启蒙对于诗人来说是专业精神的体现，不依靠想象的写作，尤其是对于诗歌，那将可能是一场美学的简化处理。

当有的诗人要进入日常的对立面，获得神性的关照时，他很可能就已走向虚幻，凌空蹈虚在所难免；而有的诗人则彻底向下，选择亲近世俗生活的底部，于是经验的写作大行其道，但经验如何从写作中超拔出来，获得一种语言艺术的意味，这同样是难题。在困惑和疑虑中纠结前行，是很多诗人的写作常态，而在日常生活里寻求写作的可能，也是当下诸多诗人的首选。但平淡不等于创造，庸俗也不是真正美学的可能，从经验到超验的转化，一定是优秀诗歌写作的前提和保证。即便是食指、北岛这批朦胧诗人，他们也不是满足于情绪的宣泄和口号的张扬，而是面对意象进行对话与言说。此后的诗人，更是注重技艺和精神在写作中的同构，一种综合的美学与力量由此在几代诗人身上得以深度呈现。

这十八位诗人的优点，对诗坛稍有了解者或许并不陌生，而对于他们的缺陷，同样也是争议颇多，毕竟，他们中的绝大部分人仍然在写作的途中，没有停下来，因此，他们身上就还有创新的空间。尤其是对于1960年代之后出生的诗人，作为当下诗坛的中坚力量，他们很大程度上是在重建新世纪的诗歌精神，在各自转型的道路上体验不同的美学，寻求新的变化，获得新的写作前景。因此，这本书不是终结，我对他们的追踪研究，也会因顺理成章而得以持续。

能引领当代诗歌美学，构建当下诗坛格局，影响目前先锋诗歌写作的诗人，肯定不止我论到的这十八位，至少还应有杨炼、欧阳江河、柏桦、韩东、孟浪、黄灿然、杨键、雷平阳、张执浩等诗人，他们同样也是当下诗坛的一道道风景线。正在写作途中的他们，也堪称不同时代的文学领路人，当属诗歌史坐标系上的核心。所以，从这个角度来说，透视当代诗坛“刀锋”的工作，我还将继续下去。希望在不久，我们能看到对另外的诗坛“刀锋”的评论和研究，这是一份激励，更是一种挑战。

# 后　记

与诗相守，如今也有十年了。我越发觉得，在这个时代，虽然做一个诗人需要勇气，但它恰恰就是一种荣誉。这荣誉不需要别人给予，而是对内心那份坚守的自我封赏。我愿意留在这块阵地上，继续观察诗人们的喜怒哀乐、离愁别绪，他们的狂热和忧虑，他们的坚定与不安，更重要的，还是很多诗人的作品就让人有着近乎本能的信任，因为那里面暗藏着汉语言的表达之美，思想之力。这本书或许就是这种对诗与人长期跟踪考察、审视和理解的结晶。

说来说去，都离不开诗。从读硕士时写作零星的诗评，到博士期间的专业研究，再到工作之后的与诗为伴，和朋友们聊诗，跟学生们谈诗，与自我进行诗的对话，看似走火入魔，其实我从诗歌里看到了一种清醒，这不仅是文学的，更是时代和社会的。我从诗中看到了丑，也体验到了更多的美，领略了恶，也感悟到了普遍的善，而近几年越来越懂得爱和羞耻的力量。从精神上来说，它就是诗的本质。这最“无用”的东西，对我来说，真的就是“大用”。我不敢说我进入了这“无用”之道的内部，但我试图去靠近它，理解它，守护它。

虽不能免俗，但感谢之言，仍发自内心深处。谢谢恩师罗振亚先生，是先生将我真正领进诗歌批评和研究之门，并且一路带我至今，我相信，这种师生情谊和温暖将会持续永远，只要先生不嫌弃我这个学生。感谢我的博士后合作导师张清华先生，先生为我拟定了新的学习思路，让我的诗歌研究之路得以延伸与拓展，这于我是另一种方向的指导。感谢吴思敬、沈奇、于坚、谢有顺、陈超、梁平、杨克、李少君、潘洗尘、张执浩、田禾、毛子、赵思运、吴投文、张德明等老师们这些年对我的提携和帮助。同时，也谢谢朵渔、胡传吉、李寒、刘春、霍俊明、张立群、王士强、熊辉、易彬、卢桢、王西平等好友，一同开会或电话、网上交流的时光，让人记忆犹新，也感受益匪浅。在三峡大学工作的这几年，和师友们共事相处，让人惬意、舒畅，感谢吴卫华院长和周卫华副院长的关照，也感谢邓莹辉、朱华阳、李小驹、彭红卫等老师们的鼓励，谢谢中国现当代文学教研室的兄弟姐妹们！尤其感谢本书策划和责任编辑杨显硕先生，这兄弟情谊，正验了酒之味道——愈久愈醇，我们再度合作，默契、愉快而美好。我的研究生赵玮璐和张颖为本书做了大量校对工作，在此一并致谢。

最应当感谢的，是我的家人，尤其是我的妻子张汇和女儿刘彬跃，没有他们的理解、支持和付出，我的批评与研究工作可能就是一句空话。我从诗歌那里获取了信心，也得到了信任，这是无论多少感恩也难以换来的，唯有虔诚地去爱，方可获得力量，继续前行。

刘　波

2013 年 12 月 17 日于三峡大学